Robert J. Hönatsch **VTC** Roman

Veröffentlicht von
Robert J. Hönatsch
c/o
Papyrus Autoren-Club,
R.O.M. Logicware GmbH
Pettenkoferstr. 16-18
10247 Berlin
Tel.: 030/49997373
E-Mail
rjhoe90@gmail.com

»*Die in der Nacht in den verstaubten Winkeln ihres Geistes träumen, erwachen am Tag und finden nichts als Leere. Aber die Träumer des Tages sind gefährliche Menschen, denn sie können ihren Traum mit offenen Augen leben und ihn möglich machen.*«

– T.E. Lawrence
(Lawrence von Arabien)

Prolog

Zu jener Zeit war das Kind ein bloßer Wunsch im Herzen des Vaters, ob es je zur Welt kommen sollte, war mehr als ungewiss. Die Chancen dafür standen denkbar schlecht. Gleichwohl hielt er das Kind in seinen Tagträumen bereits in den Armen, und es war genau so in seiner Vorstellung, wie es wirklich einmal sein würde. Er irrte sich weder im Wesen noch im Geschlecht des Kindes. Der ungeborene Junge der einzige Trost im Leben des Vaters.

Der Mann arbeitete in einem Stahlwerk, sein halbes Leben war er Schmelzer an einem der großen Hochöfen im westlichen Sektor. Tag für Tag kämpfte er gegen die Hitze und gegen die immer lauteren Fragen in seinem Innern, die einst nur vage Gefühle waren und heute dem Schmerz einer Heimsuchung gleichkamen. Einfache Fragen wie warum oder wozu, Fragen, auf die es keine Antwort gab.

Aus einem in die Ofenwand gebohrten Loch strömte flüssiges Eisen in die Ablaufrinne; weißglühend und zähflüssig trieb der schwelende Metallfluss durch die Anlage, durch eine Welt, die nach eigener Betrachtung der Hölle erschreckend ähnlich war. Der Qualm, die Glut, das Eisen, die Ewigkeit.

Unter der feuerfesten Kleidung träumte der Mann von einer eigenen Familie. Seine Eltern waren lange tot; die Mutter starb kurz nach seiner Geburt, der Vater irgendwann davor. Eine Frau hatte er nie kennengelernt. Der Mond war für die Arbeiter der Sträflingskolonie eine gegenwartsbestimmte Welt, in der jeder Gedanke an die Zukunft quälender war als die Erinnerung an das Vergangene. Daher gab es auf Limbus II keine anderen Ansprüche, als durch den Tag zu kommen, irgendwie den nächsten Morgen zu erleben.

Myriaden von Metallfunken stoben aus dem Licht und brannten sich in die Kleidung des Mannes und in das dunkle Schutzvisier an seinem Helm. Er beugte sich über die kochende Eisenrinne, der Mantel rußte, die Luft auf sechshundert Grad erhitzt. Er befreite das Bohrloch von der anlaufenden Schlacke, stocherte fortwährend in der gleißenden Substanz herum, während sein müdes Herz trotzdem hämmerte, und der Schweiß den Stoff am Leib beschwerte.

Er lehnte gegen eine Steinwand, schwer atmend war er am Ende seiner Kräfte angekommen. Kaum zwei Meter neben ihm verlief eine Sauerstoffleitung und führte wie eine stählerne Arterie zum Herzen der Anlage. Im Hochofen tobte ein dreißig Meter hohes Inferno. Das Feuer und der Maschinenlärm ließen kaum einen klaren Gedanken zu. Obwohl der Mann einen Hörschutz trug, auch wenn er bereits ohne Hörschutz nur noch wenig hörte, war der Lärm unerträglich gewesen.

Mach weiter, sagte er zu sich. Mach einfach weiter.

Gegen Abend hockte er an seinem Stammplatz in einer heruntergekommenen Arbeiterspelunke und aß alleine. Die Kumpels aus vergangenen Tagen waren selbst Geschichte, neue

Freundschaften schloss er aus Prinzip nicht mehr. Kauend saß er da und dachte nach.

An einem anderen Tag, kurz vor Beginn der Nachtschicht, wechselte er mit einem anderen Schmelzer die Abdeckplatten über dem hinteren Teil der Rinne. Er war Ende zwanzig und hatte die Lebenserwartung auf dem Sträflingsmond überschritten. Er war abgearbeitet und müde, träumte nicht mehr. Ein Mitarbeiter des Konzerns kam zu ihm und bot ihm eine Stelle als Leiter der Schmelze an. Es kam nicht überraschend, er war ein guter Arbeiter, der älteste und erfahrenste seiner Gruppe. Mit dem Gehalt hätte er jeden Monat etwas zurücklegen können und sich eine Existenz im Alter schaffen. Es sei der erhoffte Wendepunkt in seinem Leben, sagte der Konzernmitarbeiter, und dem stimmte er zu. Ohne zu zögern, lehnte er das Angebot ab und verließ noch am selben Tag das Stahlwerk. Mit kaum mehr als ein paar Silbermünzen im Geldbeutel sprang er auf den Zug nach Südwesten auf. Tagelang war er unterwegs. Ein Wanderer unter Arbeitern, eigentlich einer von ihnen, aber doch ganz anders. Nur sein Ziel versprach etwas von Größe, von einem höheren Zweck als diesen, und doch war es so profan.

Alle paar Stunden hielt der Zug an einem Bahnhof, manchmal brauchte er einen ganzen Tag zur nächsten Station und dann durchmaß er wieder die gefrorene Ödnis für quälend lange Zeit. Eis, Methan und Staub zu bizarren Figuren verformt. Gebirgsketten und Krater. Die Eiswüste erstreckte sich weit über den Horizont und wer weiß, wie weit noch dahinter. Der Mann blickte aus dem zerkratzten Fenster. Seine Wasserflasche war längst leergetrunken. Er ging im Abteil auf und ab, schlief manchmal mehrere Stunden am Stück und spähte wieder nach draußen. Die Landschaft veränderte sich kaum merklich, hie und da war ein Hang schroffer und ein Fels schärfer als der andere. Ein von blassroten Bergen umschatteter Horizont. Sandfarbene Sturmwolken. Der Mann hatte keinen Schimmer, was er sähe, wenn diese Wolken irgendwann einmal vom Himmel verschwänden. Aber das würde nicht passieren. Nicht in seinem Leben, nicht irgendwann, niemals. Oft glaubte er, die Wolken seien nur da, um die Augen Gottes vor dem zu schützen, was hier unten auf der Mondoberfläche passierte.

Er besah sich noch einen Moment den ockerfarbenen Himmel, dann irrte sein Blick entlang des immergleichen Wellenmusters auf dem Dünenmeer, und er ließ seine Gedanken darin umherschwimmen und ertrinken.

Am achten Tag der Reise stieg vom Horizont ein Lichterbogen auf, darunter die Silhouette einer Kolonie. Der Mann war noch nicht am Ende seiner Reise, doch ihm fehlte das Geld zur Weiterfahrt und so stieg er in einer Minenstadt aus und schürfte als ungelernter Arbeiter zweieinhalb Jahre in einem Bergwerk untertage. Die meiste Zeit davon war er überzeugt, nie wieder an die Oberfläche zurückzukehren. Wochenlang hockte er im Halbdunkel in den Schächten und bohrte mit schweren Pressluftmaschinen die Steinwände auf. Die Erzbrocken fielen auf ruckelnde und lärmende Förderbänder. In Reihe waren die Minenarbeiter aufgestellt und brachen die Felswände auf, zwölf Stunden jede Schicht und manchmal schliefen sie vor Erschöpfung in der Grube ein. Einmal kam es bei einer Sprengung zum Einsturz eines Schachts, und die Gesteinsmassen erschlugen drei Arbeiter und brachen dem Mann das linke Bein. Im Lager verarztete man ihn notdürftig, reinigte seine Wunden mit Alkohol und richtete den Bruch mit Metallstangen, um die man abgerissene Leinenstreifen wickelte. Zwei Wochen lebte er von Gaben, die ihm die Bergleute mitbrachten. Er nahm sie an und legte unbemerkt noch etwas für die Weiterreise zurück. Dann stieg er wieder in den Schacht hinab. Von nun an humpelte er. Jeden Tag kroch er aus der Mine wie eine groteske Kreatur, die wild war oder verwildert, vielleicht noch einen Kern Menschlichkeit in sich trug. Ein Höhlenwesen, das immer wieder an die Oberfläche zurückkehrte, als frage es sich, ob in der Welt da draußen doch noch etwas Glück zu finden sei.

Schon über dreißig war er, als er nach Bancarduu kam. Er hielt sich noch ganz gut. Nahm wieder eine Stelle als Schmelzer an. Gerade dann, als er nach Arbeit suchte und kein Geld mehr übrig war, nahm eine weitere Hochofenanlage den Betrieb auf. Er hielt es zunächst für eine schicksalhafte Fügung, und vielleicht war es das auch.

In seiner letzten Saison lernte er seine zukünftige Frau kennen. Sie hatte kurzgeschorenes dunkelblondes Haar und graue Augen. Sie war Anfang zwanzig, ihre Haut vernarbt. Auf einer anderen Welt wäre sie wunderschön gewesen. Er traf sie das erste Mal beim Abendessen im Speisesaal. Auf dem Blechtablett balancierte er einen Becher isotonisches Wasser und eine Portion Proteinbrei zu dem Tisch, an dem sie lustlos in ihrer Ration herumstocherte. Er überlegte keine Sekunde, sie anzusprechen. Sein ganzes Leben hatte er für diesen Moment gekämpft, gelebt. Er überlegte auch nicht, was er ihr sagen sollte. Am Ende sagte er ihr, dass er ohne Reue sterben wolle; was er davor gesagt hatte, wusste er nicht mehr. Sie fragte ihn, ob er bis hierher schon etwas bereue, und er sagte ihr, dass jetzt, wo er sie gefunden habe, alles andere egal sei. Insgesamt sahen sie einander nur fünfmal. Die Liebe war aufrichtig. Als er eines Tages unter der feuerfesten Kleidung von dem Jungen träumte, der im Bauch seiner Mutter heranwuchs, wusste er, dass er mehr erreicht hatte, als er je vom Leben hätte erwarten können. Er träumte das letzte Mal von seiner eigenen Familie, als der Hochofen seiner neuen Arbeitsstelle überhitzte, und all die neunzig Arbeiter bei der Explosion ums Leben kamen.

Die ganze Hochofenanlage brannte in der Folge ab und wurde nie wieder aufgebaut. Es war der schwerste Unfall in Bancarduu und nur einer von vielen, seitdem die Bergbaukolonie auf dem Sträflingsmond Limbus II vor hundertfünfzig Jahren errichtet worden war.

Und damit endete die Geschichte des Vaters, die der Junge selbst niemals zu hören bekam.

TEIL I

Erstes Kapitel
Pflichten

Durch die Tür zum Klassenzimmer betrachtet, war das Kind kaum von den anderen zu unterscheiden. Alle hatten sie kahlrasierte Schädel und trugen zerschlissene und staubige Kleider aus Leinen und Baumwolle wie eine armselige Schuluniform. Sie hatten schwielige Finger und Blasen an den Füßen, Schmutz in den Gesichtern. Hinter den Ohren blinkten Peilsender im beinahe gleichen Takt, und sie saßen auf dem Boden und lauschten den Worten der Lehrerin wie stummgeschaltete Maschinen.

Der Junge hockte im Schneidersitz und kratzte zaghaft über dem Hemdstoff die frische Narbe an seinem Bauch. In den zurückliegenden Wochen hatte er nur schwer an etwas anderes als an diesen Tag denken können, der Tag der Berufswahl. Zu manchen Stunden konnte er deshalb nicht essen, nicht lernen und nicht schlafen, doch jetzt, wo die Zukunft zur Gegenwart verfallen war, fühlte er kaum noch etwas von der früheren Aufregung – er war bloß noch müde von der Nacht, vom Schleppen dutzender Erzsäcke.

Die Lehrerin trug eine graue Uniform aus Synthetikfasern mit dunkelblauen Längsstreifen an Beinen und Armen und dem im diffusen Licht ganz matt erscheinenden Konzernlogo auf ihrer Brust, das aus Platin geschaffen, nicht unbezahlbar war, aber doch kostbarer als das Leben eines Sträflings.

Ihr Haar war annähernd schwarz und zu einem strengen Dutt nach hinten gebunden. Mit Haltung stand sie vor dem Databoard und erklärte in ihrer despotischen Manier, wie sie sich den Ablauf der ersten Doppelstunde vorstellte und Abweichungen davon nicht tolerierte.

Es folgte eine Ansprache auf die Vaughnfamilie, und mit der himmelhohen Lobeshymne fand sie eine Überleitung zu Gott, worauf die Kinder ihr Erlösungsgebet aufsagten, der Junge aber nur so tat. Im Chor der anderen Stimmen bewegten sich seine Lippen sanft auf und ab, und er flüsterte tatsächlich etwas, das wohl mit Gott zu tun hatte, aber kein Lob für ihn bereithielt und auch kein Flehen um Vergebung.

»Bevor ihr aus der Schule entlassen werdet«, fuhr die Lehrerin fort, nachdem Stille eingekehrt war und wie eine Last über den Köpfen der Kinder wog, »werde ich euch einige wichtige Fragen stellen, um zu sehen, ob auch wirklich alle von euch bereit sind, den langen Weg der Wiedergutmachung zu bestreiten. Ich werde jeden einzeln im Nebenraum befragen und ihm dann seinen Beruf mitteilen. Wir gehen alphabetisch vor. Fran Adaari, du bist der Erste.«

Aus dem Kreis stiller Sitzender erhob sich ein dunkelhäutiger hochgewachsener Junge. Er bahnte sich einen Weg an den Mitschülern vorbei, folgte der Lehrerin und nahm im Prüfungsraum vor einem Aluminiumtisch Platz, auf dessen Oberfläche sich das Deckenlicht gleißend hell spiegelte.

So wie die Tür einen Augenblick später zufiel, hatte es etwas Endgültiges gehabt. Als sähe man den Jungen nie mehr. Oder als würde er ein völlig anderer sein, wenn er wieder aus der Tür trat.

Nach einer Weile wandte Jake den Blick ab und spähte durchs seitliche Fenster in die karge Einöde, die seit jeher seine Heimat war. Der Mond war eine kalte und feindliche Welt, die keine Art von Leben tolerierte, und doch lebten sie hier und waren hier geboren.

Ein scharfer Westwind ging und trug Staubschwaden am Fenster vorbei; Vorboten der bald beginnenden Vortexstürme. Für die nächsten sechs Jahre würde die Windgeschwindigkeit in der Äquatorregion um hundert Stundenkilometer zunehmen und an den Polen um ein Vielfaches davon. In der Zeit der Vortexstürme regnete es manchmal für mehrere Monate am Stück, bis man glaubte, dass es nie wieder aufhören würde. Momentan war alles trocken. Was dort am Fenster vorbeiwehte, war Sand aus gefrorenem Äthan und daran gebundene Staubpartikelchen. Getragen von einer Luft ohne Sauerstoff.

Etwa zehn bis zwölf Meilen von Bancarduu entfernt stiegen die Felswände eines riesigen Kraters empor. Vor abermillionen Jahren war dort ein sechs Tonnen schwerer Eisenmeteorit eingeschlagen, Träger von wertvollen Metallen wie Gold und Platin. Nun lag im Becken des Kraters ein Tagebau, in dem die Arbeiter die wertvollen Erze des Meteoriten abbauten. Es war eine von vielen Minen hier auf dem Mond, und alles, was die Arbeiter sahen, riechen, fühlen, schmecken, hören oder anfassen konnten, war Privatbesitz einer einzigen mächtigen Frau namens Vana Vaughn. Die Lehrerin war nicht müde, jeden Tag von ihr zu erzählen, oder sie wenigstens zu erwähnen, die mächtigste Frau des Systems, die sich noch nie auf einen der Sträflingsmonde verirrt hatte. Und wenn Jake, von seinen eigenen Gedanken aufgeschreckt, den Erzählungen seiner Lehrerin wieder folgen wollte, hatte er so einige Male Schwierigkeiten damit, in Erfahrung zu bringen, ob sie immer noch Vana Vaughn meinte oder schon über Gott sprach, wenn sie sagte, dass selbst das Leben der Sträflinge ihr gehöre.

Zweite Hälfte der ersten Doppelstunde.

»Willst du gar nich wissen, was für'n Job sie mir gegeben hat?«

Jake war in das Biologiebuch auf seinem Datengerät vertieft. Er unterbrach das Kapitel über die Ernährung von Nutzpflanzen in Hydrokulturen und wandte sich dem Schüler zu. Sein Name war Clarke. Er hatte stark aus den Höhlen hervortretende Augen, dunkel wie Öl, und einen langen, knochigen Schädel. Hinter den abstehenden Ohren war der Peilsender gar nicht auszumachen.

»Ich will nur wissen, obse mir das gibt, was ich mir gewünscht hab«, sagte Jake.

»Was haste dir denn gewünscht?«

»Ich will im großen Biodom arbeiten. Da könnt ich's vielleicht noch aushalten mit den ganzen Pflanzen um mich rum.«

»Is ja schön für dich«, sagte Clarke und klopfte ihm auf die Schulter. »Glaub aber nich, dass du da arbeiten wirst.«

»In Bio war ich immer ein Ass. Wüsste also nicht, warum's nicht klappen sollte.«

»Ich schon«, sagte Clarke. »Du hast es dir gewünscht. Und das hier is keine Welt, die was für Wünsche übrig hat.«

Der Junge hatte Bancarduu in seinen zwölf Jahren noch nie verlassen und er versuchte gar nicht erst daran zu denken, dass er eines Tages, für den Rest seines Lebens, in einem Krater als Grubenarbeiter sein kurzes Dasein abbezahlen musste. Er hatte schon viel von den Krankheiten der Bergleute gehört, die oft zu hoher

Strahlung anheimfielen. Unfälle, Krebs und Knochenarbeit waren die augenfälligsten Gründe für eine Lebenserwartung, die sich auf unter dreißig Jahre kürzte. Hier in Bancarduu, Hauptstadt und Industriezentrum der Bergbaukolonie, war die Luft durch viele Förderanlagen und Schmelzen trotz Filteranlagen verpestet, doch die Lebenserwartung betrug immerhin 32 Jahre.

Die Lehrerin sagte nichts. Ihre Augen überflogen seit einer Weile schon irgendeinen Text, der sich unlesbar klein auf den Gläsern ihrer Brille spiegelte. Wie zwei Fremde saßen sie sich gegenüber. Die Lehrerin strahlte eine Atmosphäre kühler Selbstsicherheit aus, in der der Junge wie ein Fremdkörper schwamm.

Seine Augen wanderten umher.

An den sich gegenüberliegenden Wänden hingen zwei 80-Zoll-Bildschirme, die Porträtfotos der Schüler zeigten. Neben seinem Foto war ein Steckbrief geöffnet mit Daten zu seiner Person. Er, Jake Pryke, war am 20.08.2650 geboren; bisher hatte er nur die Jahreszahl im Kopf gehabt.

»Eine gute Zukunft liegt vor dir«, fing die Lehrerin auf einmal an. Ihre Stimme klang ernst, doch etwas anderes als ein schlechter Scherz konnte es nicht gewesen sein.

»Aus den 140 Schülern dieser Klassenstufe gibt es lediglich fünfzehn mit herausragenden Leistungen, und nicht nur bist du einer von ihnen, sondern der beste.«

Er nickte. »Danke«, fügte er hinzu.

»Das ist kein Kompliment gewesen, das war ein Fakt. Ob in Mineralogie, Mathe, Physik, erste Hilfe, Biologie oder Handwerk – du hast nirgends Schwächen gezeigt und es mir damit ziemlich schwer gemacht, den richtigen Beruf für dich zu finden. Aber ich wäre meines Dienstes nicht fähig, wenn ich unter deinen vielen Talenten nicht das größte erkennen würde.«

»Ich hab's Ihnen ja aufgeschrieben, was ich werden will.«

Die Lehrerin sah ihn an. Sie überging den Anflug von Impertinenz, der einer niederen Bildung entwachsen war, wie sie vermutlich selber am besten wusste. »Bevor ich dir dein Zeugnis aushändige, kommen wir zu den entscheidenden Fragen. Das hier ist schließlich mehr als nur Schule. Nur weil ihr privilegiert seid, heißt es nicht, dass ihr euch in eurer Schuld von den restlichen Arbeitern auf Limbus zwei abhebt. Schule ist nur die Vorbereitung auf eure Bestimmung. Ich als Lehrkraft muss überprüfen, ob ihr diesen Weg anzutreten würdig seid. Also fangen wir an: Neben dem Gebet nach Erlösung muss noch etwas fest im Geiste der Sträflinge verankert und zu jeder Zeit abrufbar sein. Schließlich richten die Sträflinge – richtet *ihr* euer Leben danach. Weißt du, was ich meine?«

Der Junge zögerte. »Der Kodex«, fragte er.

»Der Kodex? Ich könnte mir vorstellen, dass es viele verschiedene Kodizes gibt. Welchen meinst du genau?«

»Ich kenn ja nur den einen. Den Daseinskodex der Sträflinge.«

»Gut. Kannst du ihn mir aufsagen?«

»Denkschon«, sagte er und holte tief Luft. »Die Sträflinge leben für die Arbeit und arbeiten für Vergebung. Der Körper ist das Werkzeug, um den Geist zu befreien.« Er überlegte eine Weile. »Harte Arbeit bedeutet Wiedergutmachung. Auf harte Arbeit folgt der Tod und damit die Erlösung. Nur durch Gehorsam und Fleiß wird Gott die Sträflinge zu sich aufnehmen.«

Die Lehrerin zog die Stirn kraus, als der Junge fertig war. »Es heißt: Nur die Gehorsamen und Fleißigen werden an Gottes Seite sein.«

»Tschuldigung.«

Die Lehrerin nickte. »Das Wichtigste ist, dass du die Botschaft verstanden hast«, sagte sie, »und das hast du. Ich werde einen Vermerk bei dir machen, sodass dein zukünftiger Ausbilder dich noch einmal nach dem Daseinskodex fragen wird. Dann muss alles richtig sein, sonst bekommst du ernsthafte Schwierigkeiten.«

»Verstanden«, sagte er.

Sie machte den Vermerk, der sofort auf dem Steckbrief auf einem der großen Bildschirme aktualisiert wurde. Dann blickte sie zu ihm auf. »In welchem Jahr wurde Cetos fünf von den Übrigen der Menschheit kolonisiert, und unter welcher Führung geschah das?«

»Das war im Jahr 2360«, sagte der Junge. »Da hat Henry James Vaughn die, die ... O Mann, ich hab's Wort vergessen.«

»Dann umschreib das Wort.«

»Die, na ja. Henry James Vaughn war der Käpt'n vom Generationraumschiff und er führte die Reise von der Erde hierher ins Tau-Ceti-System an.«

»Ja. Henry James Vaughn war der Oberbefehlshaber des Generationenraumschiffs. Er leitete die Sternenexpedition und war der erste Präsident der neu gegründeten Kolonie auf Cetos fünf, deren Hauptstadt im Jahr 2370 – also zehn Jahre nach der Gründung der Kolonie – den Namen Light City bekam.«

»Ja«, sagte der Junge.

»Wie könnte man Henry James Vaughn bezeichnen? Was ist er für uns alle?«

Der Junge zögerte, obwohl er die richtige Antwort kannte. »Henry James Vaughn ist der Retter der Menschheit«, sagte er. »Er ist 'n Held.«

Die Lehrerin atmete zufrieden auf. So als läge ihr etwas an seinem Bestehen. »Sehr gut. Nächste Frage: Wer wurde auf die Sträflingsmonde verbannt?«

»'s waren vor allem Mörder und Leute, die sich nicht ans Gesetz gehalten haben.«

»Kannst du diesen Menschenschlag in einem einzigen Wort zusammenfassen?«

Er zögerte wieder. Dann: »Verräter?«

»Nein. Abschaum«, sagte die Lehrerin ruhig und ernst, ohne jegliche Wertung in ihrer Stimme. »Es war menschlicher Abschaum, der auf vier der zahlreichen Monde des Gasriesen Kronos verbannt wurde. Mörder und Diebe. Skrupellose, die den Übrigen der Menschheit zu ihrer schwersten Stunde einen Dolch in den Rücken stoßen wollten. Sie sind – in einem Wort – Abschaum, und ihr seid die direkten Nachkommen davon.

Sag mir, Jake Pryke, glaubst du an die Erbschuld?«

»Ja. Natürlich«, log er. Er wollte die einstudierte Definition der Erbschuld schon nachsetzen, da nickte die Lehrerin und stellte ihm weitere Fragen dieser Art, die er, auf ihre Vorstellung hin zugeschnitten, nach seinem Bestmöglichen beantwortete.

Am Ende wusste er nicht, wie es gelaufen war. Die Lehrerin ließ ihren Blick wieder auf den Computerbildschirm fallen und fing zu tippen an. Nach einer Weile formten sich ihre Lippen zu einem gutmütigen Lächeln.

»Ich habe dir dein Zeugnis soeben zugeschickt.«

Sofort schaltete er den Bildschirm seines Datengeräts, das er die ganze Zeit über auf seinem Schoß liegen hatte, ein und prüfte unter Herzklopfen seinen Posteingang. Dort lag die Nachricht der Lehrerin an erster Stelle.

Das Deckblatt des doppelseitigen Zertifikats sagte bereits alles: *Berufen zum Dienst als Bergbauingenieur.*

In der Klasse stand der nächste Junge auf, doch die Blicke der Schüler hafteten alle an Jake. Er blickte vom Datengerät auf. Ein breiter Lichtstreifen fiel über eine Reihe von Schülern. Die Klassentür stand offen, und im kalten Flurlicht stand eine hagere Gestalt. Der Mann war schon einmal im vergangenen halben Jahr hier gewesen, und niemand konnte seine Anwesenheit gutheißen, denn er überbrachte stets nur die schlimmsten Botschaften. Das letzte Mal, als er vor drei Monaten hier gewesen war, hatte er Fran erklären müssen, dass sein älterer Bruder bei einem Arbeitsunfall ums Leben gekommen sei. Beim Erzschürfen draußen im Freien hatte ein Steinschlag das Visier an seinem Druckanzug zerschlagen. Der einzige Trost für Fran: Der Tod seines Bruders wäre schnell vonstattengegangen, und seine Seele sei nun von der Erbschuld befreit.

»Ich suche einen Jake Pryke«, sagte der Mann.

Jake blieb wie erstarrt vor der Tür zum Prüfungsraum stehen. Erst jetzt kapierte er, warum die Kinder ihn so anstarrten.

»Du dahinten. Bist du Jake Pryke?«, fragte der Mann.

Jake nickte. Das andere Kind, das jetzt von der Lehrerin befragt werden sollte, bewegte sich an ihm vorbei.

»Miranda Pryke ist deine Mutter?«

Wieder nickte er. Diesmal zögerlich.

»Komm mit nach draußen.«

Doch der Junge blieb stehen. Als suche er nach einer Möglichkeit, das Unvermeidliche noch abzuwenden. Oder durch Abwarten die Wirklichkeit zu seinen Gunsten zu verändern.

»Du stehst einem Disziplinarverfahren gegenüber, wenn du mir nicht sofort folgst.«

Und schließlich, nach einer zeitlosen Pause, folgte er dem Mann nach draußen; die automatische Metalltür des Klassenzimmers ging hinter ihm zu. Auch diesmal hatte es etwas Endgültiges gehabt.

Zweites Kapitel
Keine Zeit zum Abschiednehmen

Gegen Abend hatte Jake all seine Habseligkeiten und einige Sachen von seiner Mutter in einem Rucksack verstaut. Er wartete im Bahnhof unterhalb der Wohnblöcke auf den nächsten Zug ans Ende der Stadt. Das kalte tote Licht der Deckenstrahler fiel von oben auf ihn herab. Er war mit seinem Datenpad beschäftigt. In dem Brief, den der Mann ihm zugeschickt hatte, war eine genaue Wegbeschreibung zum großen Kinderheim in Bancarduu eingezeichnet. Er warf einen prüfenden Blick auf die Bahnsteignummer, als eine Armeepatrouille ihn beinahe überrannt hätte. Er machte noch rechtzeitig zwei Schritte zurück und stieß mit dem Rücken gegen eine Litfaßsäule. Auf ihr wechselten im Minutentakt holografische Steckbriefe gesuchter Personen. Hauptsächlich Mitglieder einer Splittergruppe der mächtigen *Red Nova*, die sich auf Cetos V einen erbitterten Kampf gegen die Konzerne lieferte. Sie nannten sich *Front zur Befreiung von Demeter*, kurz FBD.

Demeter.

So hatte der Mond geheißen, bevor der Konzern die Bau- und Schürfrechte für die Kronosmonde erwarb.

Demeter.

Sie war eine Fruchtbarkeitsgöttin der Menschen auf der alten Erde gewesen. Das war Wissen, das nicht von der Schule vermittelt wurde. Das erzählte man sich insgeheim auf dem Pausenhof. Der Konzern hatte die bis dahin unbewohnten Monde kurzerhand in Limbus I, II, III und IV umbenannt, um den Sträflingen glaubhaft zu machen, dass sie sich wirklich in einer Art Vorhölle befanden, aus der sich die Seele nur durch Knochenarbeit herausarbeiten konnte. Beinahe sechs Generationen hatte dieses Glaubensgerüst gehalten. Doch jetzt war die FBD auf dem Vormarsch, und der Junge träumte insgeheim schon von einem Leben als freier Bürger auf Cetos V.

In der Mitte der Säule war der Steckbrief des mutmaßlichen Anführers der Rebellengruppe platziert. Sein richtiger Name war unbekannt. Wo das Fahndungsbild hätte sein müssen, prangte nur ein großes weißes Fragezeichen auf schwarzem Hintergrund.

Bekannt unter dem Decknamen Echelon. Gesucht wegen: Gründung, Verwaltung und Organisation einer terroristischen Vereinigung, Besitz und Gebrauch illegaler Waffen, Munition, Sprengstoffe und Materialien zur Herstellung von Sprengstoffen, Hackerangriffe aufs globale Infonetz, schwerer Diebstahl, Mord, Terroranschläge gegen die Freiheit und Sicherheit des Konzerns, Massaker an Konzernmitarbeitern und Kolonisten ...

Die Liste setzte sich noch weiter fort. Der Konzern setzte auf seinen Kopf eine Belohnung von 100 Goldstücken aus und die Vergebung der Schuld für die- oder denjenigen, der Echelon stellte. Das bedeutete, dass ein Sträfling sein Leben ohne Arbeit auf Limbus II fortsetzen konnte, und mit dem Geld konnte er eine große Familie ernähren.

Jake wandte sich wieder dem Gleis hin und wartete in der Kälte. Ballte die Fäuste zusammen und dachte, dass sie ihn für solche Gedanken von Freiheit auf ewig ins Exil verbannen würden.

Aus den Lautsprechern, irgendwo in der Nähe aufgestellt, meldete eine blecherne Frauenstimme eine außerplanmäßige Durchfahrt des ganz aus dem nördlichen Sektor kommenden Expresszuges. Er stellte sich dicht an den Bahnsteigrand, beugte sich nach vorn und blickte lauschend in die Tunnelröhre. Er hörte das

Bollern und Röhren der Räder auf den Schienen, das sich wälzende Metall, er spürte es unter seinen Füßen und in seinem Herzen, die Gewalt der bewegten und dahinjagenden Masse, tonnenweise Stahl unaufhaltsam auf den Schienen.

Der Scheinwerferstrahl tauchte aus einer Biegung hervor und schuf aus dem Dunkel das verkachelte Röhreninnere. Die Reflexe sammelten sich an der Wand, heller, gleißend hell, dann jagte der Zug um die Kurve, und der Junge tat einen schnellen Schritt zurück. Gegen den eiskalten Wind stehend, blickte er auf die Spiegelung des Bahnhofs in den vorbeikrachenden schwarzen Fenstern. Er sah sich selbst; sah den verwaisten Jungen mit der flatternden Kleidung und dem fettig glänzenden Gesicht wie ein anderes Ich aus einer Welt, die in jenem Moment noch dunkler erschien als seine eigene.

So schnell die Erscheinung aufgetaucht war, so jäh war sie dahin. Jake blickte den Rücklichtern des Zuges nach, die auf der anderen Tunnelseite verschwanden. Von dort drang noch ein leises Grollen hervor, bis auch das verklang und nur noch Schwärze zurückblieb und ein Gefühl gleich der Farbe.

Sämtliche Anlagen, Gebäudemodule und Bergwerke auf Limbus II waren von der Mondatmosphäre hermetisch abgeriegelt und durch Röhrensysteme miteinander verbunden. Der Zug verließ die Habitate. Die Schienen führten das Metallungeheuer durch den östlichen Teil der Stadt und brachten den Jungen an den Rand von Bancarduu, wo das Industriegebiet rauchend und widernatürlich der Horizontlinie aufstieg. Die Endstation lag inmitten eines Eisenwerks, und der Zug fuhr fast menschenleer in den Bahnhof ein. Der Junge stieg Treppen hinauf und durchquerte eine düstere Überführung. Darunter brannte überall zwischen den rußgeschwärzten Werken, verzweigten Leitungen und rostenden Erhitzern der gewälzte Stahl, und Männer in silbernen Feueranzügen arbeiteten über dem magnesiumgrellen Fluss. Der Rauch vom Feuer der zweitausend Grad heißen Materie orangefarben beschattet; fünftausend Tonnen Rohstahl gingen jede Schicht in Produktion. Ein einziges Fenster aus fünfzehn Zentimeter dickem Verbundglas, rund wie ein Bullauge, war in die Brücke eingebaut. Von dort aus schaute der Junge auf die Hochofenanlage hinab, als blicke er durch eine Zauberkugel in eine verborgene Welt, ein Reich bestimmt von Schattenwesen und Dämonen, ein Ort jenseits dieser Höhen, wo Feuer ewig brannten und Fabrikanten unter der Arbeit ihrer Teufel ächzten. Die Hitze war omnipräsent und kaum zu ertragen. Selbst hier im Brückenschacht, trotz der Ventilationssysteme, war der Junge schweißgebadet.

Es war noch recht früh; das Kinderheim wirkte wie eine verlassene Station, die auf Notstrom lief. Die Beleuchtung im Gemeinschaftsraum war auf eine von der Decke herabhängende Funzel reduziert, um Energie zu sparen, die sonst in der Produktion fehlen könnte. Der Junge fand in den anliegenden Schlauchgängen einen Erzieher, dem er den Sterbebericht seiner Mutter vorlegte.

Um Punkt 15 Uhr sprang der schräg an die Wand angebrachte Videoschirm an, wobei Jake aus dem Halbschlaf hochschreckte. Er schob sich auf der Metallbank in eine aufrechte Position.

»In der im östlichen Sektor gelegenen Siedlung Urriki sind heute Morgen dutzende bewaffnete Terroristen der FBD-Bewegung in ein geothermisches Kraftwerk eingedrungen. Die Angreifer wurden von den Sicherheitsbeauftragten vor Ort gestoppt, bevor sie größeren Schaden anrichten konnten. Unter den Todesopfern sind auch zahlreiche Arbeiter, die sich zum Anschlagszeitpunkt im Kraftwerk aufhielten«, sprach die brünette Nachrichtensprecherin in die Kamera. Parallel dazu wurden kurze, von einer Überwachungskamera aufgezeichnete Kampfszenen aus dem Kraftwerk gezeigt.

Der Erzieher trat herein und ließ die Zimmerkarte über den Aluminiumtisch rutschen. Er schickte dem Jungen einen dutzende Seiten umfassenden Antrag auf sein Datengerät. Bisher hatten sie kaum ein Wort miteinander gewechselt. Der Erzieher war ein Konzernmitarbeiter wie die Nachrichtensprecherin oder die Lehrkräfte, wie alle Personen, die auf Limbus II ein höheres Amt besetzten und vor allem jene Berufe ausübten, die den Geist der hier geborenen Kinder formen sollten.

»Kann ich das im Zimmer ausfüllen?«

»Kannst du.«

Der Junge ging mit dem Datengerät den Westflügel entlang und folgte den Wegweisern durch mehrere Schlauchkorridore. Er drückte auf einen Schalter, die Luke zum nächsten Raum öffnete sich wie eine Iris bei Nacht, und ein weiterer im künstlichen Dämmer ertrunkener Gang lag vor ihm. Ein Lichtstreifen fiel aus dem Eingang zur Mensa quer über den Boden. Die typischen Kantinengeräusche fehlten jedoch völlig. Im Vorbeigehen warf er einen Blick hinein. Dort, zwischen all den leeren Plätzen, saß ein bleiches Mädchen an einem Tisch und starrte auf seine Essensration. Das Mädchen wollte gerade zu ihm aufschauen, doch da war er schon wieder an der Tür vorbei.

Vor ihm öffnete sich die nächste Luke wie von selbst, und ein dunkelhäutiger Junge trat in den Gang. Er war einen Kopf größer als Jake. Ihre Schultern prallten gegeneinander wie zwei Himmelskörper auf einer Umlaufbahn, wie etwas Vorherbestimmtes, das sich treffen musste.

Sie wirbelten herum, standen sich gegenüber; Jake mit einem Fuß in der Schwelle zum nächsten Raum. Mit den sich schließenden Fahrstuhltüren verschwand das meiste Licht.

Der Junge vor ihm hatte breite Schultern, dünne Arme, große Hände. Er trug ein altes, von Schmierölflecken verfärbtes Unterhemd, dessen fransiger Saum in den Kniekehlen seiner orangefarbenen Overallhose hing. Um den Hals schaukelte eine Schweißerbrille mit runden schwarzen Gläsern.

»Pass doch auf, wo du hinläufst«, sagte Jake, und im nächsten Moment knallte er mit dem Hinterkopf gegen eine Rohrleitung. Die fremden Finger, die sich im Leinenstoff vergriffen und gegen seine Brust drückten, fühlten sich spitz und knochig an.

»Wir sind eins, du Sternentänzer. Wir sitzen im gleichen Boot. Wir sind zwei Brüder, die beide im Scheißhaus feststecken. Kapierst du das?« Er verlieh seiner Frage Nachdruck, indem er die Fingerknochen noch tiefer in Jakes Brust bohrte.

»*Tayus!*«

Der Große drehte sich nach der zarten Stimme um. Das Mädchen lugte aus dem Eingangsbereich der Mensa hervor. Er ließ noch einmal Jakes Hinterkopf gegen das Rohr scheppern. Dann ließ er los. »Ein Mädchen hat dich gerettet«, sagte er.

Jake rieb sich den Hals. Pumpende Schlagadern. Sein Atem ging schwer. Er sah dem Großen nach, bis er mit dem Mädchen im Speisesaal verschwunden war.

Raum 301 maß wie alle anderen Zimmer dreizehn Quadratmeter. Von der Mitte aus erreichte man jede Wand in vier oder fünf Schritten. Die Betten waren übereinander getürmte Pritschen, keine Matratzen und keine Federn, bloß Bretter und darauf stinkende Wolldecken. An der gegenüberliegenden Wand gab es ein kleines Fenster, ähnlich dem Bullauge auf der Brücke, mit Blick auf die Industrieschornsteine und die rostbraune Einöde dahinter.

Jake ließ den Rucksack von der Schulter gleiten, knöpfte das Leinenhemd zur Hälfte auf und streifte es über den Kopf. Er ging in die Nasszelle und befreite sein Gesicht unter eiskaltem Wasser vom Dreck der letzten Nachtschicht.

Zurück im Zimmer nahm er den Rucksack an der Schlaufe und trug ihn zu den sechs in Reihe aufgestellten Feldkisten. Auf einer Kiste stand der Name Tayus Nraad. Der Junge dachte eine Weile darüber nach, wie gering wohl die Wahrscheinlichkeit gewesen sein mochte, sich ausgerechnet mit diesem Knallfrosch ein Zimmer teilen zu müssen. Dann öffnete er seinen Rucksack und holte aus dem vorderen Fach ein uraltes Bilderbuch aus echtem Papier heraus; eine Rarität, die er bei den Sachen seiner Mutter gefunden hatte.

Er verschloss die Kiste und steckte den Schlüssel in die Beintasche. Mit dem Bilderbuch setzte er sich auf den verdellten Blechstuhl am Fenster. Es waren Bilder von der Erde, gemalte Bilder, und der Junge wusste nicht, wie viel Wahrheit in ihnen steckte und wie viele Freiheiten sich der Urheber genommen hatte. Er sah Bäume, Strände, Meere, Flüsse, Wasserfälle; ein blauer Himmel. Er fragte sich, ob das Meer auf der Erde aus Wasser bestand, das man einfach so trinken konnte, und er schloss die Augen und versuchte sich an eine Strandküste zu denken, wo er die frische Luft über dem Ozean roch, Luft, wie sie sein sollte, natürlich und rein. Doch seine Vorstellungen waren vage, und nur wenig stimmte mit der Wirklichkeit überein.

Auf der nächsten Seite fiel ein vergilbter Zettel heraus. Er war allem Anschein nach von einer leeren Buchseite abgerissen worden, auf der Rückseite hatte sein Vater eine kurze Nachricht an seine Mutter geschrieben:

Liebste Miranda,

irgendwann kehren wir zu unseren Ursprüngen zurück. Ich will verdammt sein, wenn nicht. Irgendwann picknicken wir mit unserem Jungen unter den Bäumen dieser Wälder.

In diesem Leben oder im nächsten.

Dein Liam

Mit dem Zettel in der Hand schaute Jake durchs kleine Fenster. Hinter den Fabriken breitete sich das riesige Dünenmeer aus und die düstere tote Welt darin. Keine Sonne am Himmel.

Der Junge warf noch einmal einen Blick ins Buch und betrachtete das blaue Meer und den weißen Sand und die strahlende Sonne und er sagte, nur so vor sich hin, dass jener Gott, von dem die Lehrerin so häufig sprach, für niemanden der Sträflingsarbeiter einen Platz an seiner Seite bereithielt, denn er war in diesem Teil des Weltalls gar nicht zugegen. Er musste woanders gewesen sein, vielleicht an dem Ort, wo die Bilder aus dem Buch Wirklichkeit waren, aber ganz sicher nicht hier.

Drittes Kapitel
Der lange Weg der Wiedergutmachung

Als Jake dreizehn Jahre alt war, verließ er Bancarduu Richtung Westen und nahm in einer Arbeitersiedlung eine Stelle als Lehrling an. Zwei Jahre blieb er dort und lernte in einer Werkstatt das Schweißen von Kleinteilen, befasste sich mit der Elektronik von Maschinen, bestückte Leiterplatten und schrieb einfache Programme für Computersysteme. Unter einem riesigen Kuppelbau reparierte er Maschinen von der Größe ganzer Fabriken. Sie kamen im Tagebau zum Einsatz, in ihrem Innern verliefen Treppen zu den einzelnen Komponenten, zwanzig Motoren arbeiteten parallel, um den massigen leblosen Leib zu bewegen und die Schaufel von zweihundert Tonnen zu kontrollieren. Im letzten Jahr seiner Ausbildung lernte er, wie man solche komplexen Motoren zerlegte, die Einzelteile reinigte oder ersetzte und alles wieder montierte. Er war dabei, als die großen Maschinen aufgeteilt und für den Weitertransport mit einem Kran auf Güterwaggons gehievt wurden. Lastzüge von mehreren Kilometern Länge. Die Siedlung war das Herz für die Maschinenproduktion des westlichen Sektors. Die Lastzüge brachten die Teile in die Minengebiete, wo die Arbeiter durch die Ausbreitung der Tagebaue mehr und mehr Maschinen forderten. Und Männer. Jake folgte dem Ruf, als er mit der Ausbildung fertig war. Es verschlug ihn ans ferne Ende des westlichen Sektors, in die am inneren Rand eines Kraters gelegene Minenstadt Orongu. Die meisten der Sträflinge dort hatten keine Schulbildung und schürften Erze aus dem anliegenden Tagebau. Jake reparierte für sie die Minenfahrzeuge, die wegen der pausenlosen Belastung und extremen Kälte nach jeder zweiten oder dritten Schicht zur Wartung mussten.

Gerade passierte ein Kipplaster die Schleuse zur Wartungshalle, zweiachsig, doppelt bereift und gut neun Meter hoch. Die eiskalte Metallhaut dampfte, oben an der Fahrerkabine wuchs Raureif über die Scheibe und ließ den Fahrer dahinter wie im ewigen Eis verschwinden.

Mit einem kräftigen Lungenzug reanimierte Jake die halbtote Zigarette zwischen seinen Fingern. Er musterte den Giganten von seinem Platz aus und schätzte seinen Zustand. Das Fahrzeug war nun schon zwölf Stunden draußen gewesen. Das bedeutete, der Kipplader musste in der Zwischenzeit mindestens einmal von den mobilen Tankanlagen vor Ort mit Sprit versorgt worden sein. Bei Minus 167 Grad Celsius fror das Polardiesel-Methan-Gemisch schnell ein und das Öl wurde zähflüssig, wenn der Motor nicht ordentlich drehte. Regelmäßig blieben Erzlader deswegen im Tagebau stecken, im besten Fall kamen sie noch mit Motorschäden zurück.

Der Erztransporter rollte mühsam im Rückwärtsgang. Ein Mechaniker lotste ihn über die Klebestreifenmarkierungen am Boden, während die Warnmelder am Fahrzeug im Stakkato durch die Halle pfiffen und sich durch den Dauerlärm von leerlaufenden Motoren und Schweißbrennern wie angespitzte Bleistifte durch Papier bohrten.

Der Lotse bewegte sich rücklings auf Jake zu und zeigte dem Fahrer mit ausschweifenden Handbewegungen an, dass er den Kurs zu halten hatte. Der an der Seite herausführende Doppelauspuff keuchte in Schwaden Abgase aus; der bläuliche Qualm wirbelte durch die Hallenluft nach oben und machte die

Lichtkegel der Halogenstrahler sichtbar. Der Erztransporter rollte über die im Boden verankerten Säulen der Hebebühne und kam schließlich am Halteplatz S7 zum Stehen, wo Jake die Zigarette quer auf eine Ecke der Werkbank ablegte und langsam aus der Hocke stieg. Er blickte mit zugekniffenen Augen zum Fahrer hoch, der neben dem Führerhäuschen am Deck stand und sich übers Geländer beugte. Mit einer Hand hielt er den Schutzhelm fest, die Kinnriemen baumelten lose von den Seiten herunter. Er grinste breit.

»Schön, dich wiederzusehen, Alter.«

»Gleichfalls«, sagte Jake.

»Steht das Treffen heut Abend noch?«

»Muss heute keine Überstunden abreißen.«

»Mori kommt auch.«

»Ich glaub, die hat mittwochs Spätschicht.«

»Die hat vor allem Überstunden. Und da jetzt 'ne andere Krankenschwester aus ihrer Gruppe 'ne Strafe bekommen hat, muss die jetzt Moris Schicht übernehmen.«

»Umso besser«, sagte Jake. »Willst du auch nochmal runterkommen, oder soll ich 'nen steifen Hals kriegen?«

»Bin schon unterwegs, Alter.«

Jake trug einen orangefarbenen Overall mit schwarzen Reflexstreifen an den Seiten und aufgesetzten Taschen an Armen, Brust und Beinen. Er fischte einen Handcomputer aus der Cargotasche, nahm den Stift in die linke Hand, notierte sich die Fahrzeugkennung und ließ den Computer zurück in die Tasche gleiten.

Tayus trug immer noch die alte Schweißerbrille um den Hals; die einzige greifbare Erinnerung an seinen Vater. Im Gehen nahm er die Stoffhaube vom Kopf und entblößte einen Wald aus Filzlocken. Er ging an Jake vorbei und deutete mit dem Kinn auf die halb aufgerauchte Zigarette. »Die hängt so'n bisschen durch. Ich will sie mal munter machen, wenn du nix dagegen hast.« Er nahm die Zigarette und fixierte sie im Mundwinkel.

»Tu dir keinen Zwang an«, meinte Jake. »Is bloß mein letzter Tabak für diesen Monat drin.«

»Hast mal Feuer?«

Jake klopfte seine Taschen ab, holte eine abgegriffene Streichholzschachtel hervor, hielt sie ans Ohr, schüttelte sie einmal kräftig, um zu überprüfen, ob überhaupt noch Streichhölzer darin waren, und warf sie dann im hohen Bogen zu Tayus, der sie mit beiden Händen auffing und von allen Seiten begutachtete. Mit der ausgegangenen Zigarette im Mundwinkel schaute er zu Jake auf. »Die Dinger hamse doch vor vier Jahren aus Light City mitgebracht.«

»Jawoll, hamse.«

Tayus machte große Augen. »Warum bewahrst du so'n Scheiß auf? Mann, da waren wir noch mit Mori zusammen in Bancarduu und haben uns die Landung der Harvester angeschaut.«

»Und zugesehen, wie der sauglückliche Gewinner des Auswahlprogramms mit dem Raumschiff den Mond verlassen hat. Ach ja –«

»Genau, Alter. Mal sehen, wer dieses Jahr den Limbus verlassen darf.«

Jake räusperte sich.

»Alles klar bei dir, Alter?«

»Ja, sicher«, sagte Jake. »Hast du eigentlich vor, beim Wettbewerb mitzumachen?«

»Hast du'n Rad ab, Alter? Als ob ich dich und Mori hier im Limbus einfach so hängen lassen würde. Außerdem: Um beim Test bestehen zu können, brauchst du wenigstens 'ne Schulbildung. Ich fahr nur Schutt hin und her. Glaub also kaum, dass ich der richtige Kandidat bin. Aber selbst wenn, ...«

»... du würdest uns nicht hängen lassen.«

»Genau, Alter.«

Jake nickte und presste die Lippen aufeinander. Was er Tayus mitteilen wollte, hob er sich lieber fürs Treffen im B17 auf. Wenn Mori auch dabei sein würde, dann müsste er nicht zweimal erklären, was für ein miserabler Freund er war.

»Was' denn heute los mit dir?«

Jake schreckte aus seinen Gedanken. »Ach, is' gar nix«, sagte er.

Die beiden lehnten mit dem Rücken am großen Vorderreifen des Transporters und rauchten vor sich hin. Nach einer Weile gab Tayus den Zigarettenstummel zurück.

»Ich mach mich mal besser vom Acker. Muss das ganze Erz noch umladen, sonst gibt's Ärger.«

Jake nickte. »Bis heut Abend.« Er nahm noch zwei oder drei Züge, dann ließ er die Zigarette fallen und drückte sie mit der Stiefelspitze aus. Er klaubte den Stummel vom Boden und ließ ihn im aufgeschlagenen Hosenbein des Overalls verschwinden. Dann schaute er zur beschädigten Fahrerkabine auf, die durch einen Überhang an der Kippmulde von herabfallenden Gesteinsbrocken geschützt war. Er nickte und seufzte. »Dann mal los«, sagte er.

Nach einer Stunde hatte er die neue Frontscheibe verbaut und die Reifen auf ernstere Schäden untersucht. Er war oben im Fahrerhäuschen und probierte die Zündung. Der Motor sprang erst nach dem vierten Versuch an. So kletterte er wieder herunter und ging auf die Werkbank zu, schnappte sich den elektrischen Schraubendreher, löste die acht großen Schrauben am Batteriekasten, schob ihn auf und warf einen Blick hinein.

»Ach du heilige Scheiße.«

Aus dem Kasten dampfte die Luft; er war bis oben hin voll mit Mondschlamm aus dem Tagebau. Als Jake aus dem Geräteraum wiederkam, hatte er eine alte Metallschaufel im Schlepptau. Schaufel für Schaufel befreite er die Batterie vom Gröbsten, den Rest saugte er mit einem in den Hallenboden führenden Vakuumschlauch aus. Als die Batterie frei war, sah er die korrodierten Anschlussklemmen.

»Dreifach heilige Scheiße. Was ist denn das?«

Er kappte die Kabel an der Batterie und löste sie von den Klemmen. Jede wog etwa ein Kilo und passte genau in seine Handfläche. Mit einer feinen Stahlbürste versuchte er den Rost wegzuschrubben, merkte aber schnell, dass es ein zweckloses Unterfangen war. Die Klemmen waren hinüber. Sie sahen aus, als hätte es einen Kurzschluss gegeben. Also holte er einen Satz neuer Klemmen, schmierte sie mit Polfett ein, brachte sie an die Batterie an und kletterte den Erztransporter wieder hoch. Der Motor startete auf Anhieb; beim ersten Versuch, beim zweiten, beim dritten …

Eine Viertelstunde vor Schichtende saß er auf einem Hocker vor der Werkbank und bearbeitete heimlich auf dem in der Schublade zwischen schmutzigen Werkzeugen liegenden Datengerät ein paar Übungsaufgaben für das Auswahlprogramm, das in zwei Wochen stattfand. Derweil putzte er mit einem schmierfettbefleckten Lappen die Werkzeuge und sah immer wieder auf, ob ein Aufseher in der Halle patrouillierte. Zwei Tage Arrest in einer Dunkelzelle ohne Wasser und Brot brauchte er nicht noch einmal. Genauso gut konnte er auf die Hiebe mit der elektrischen Peitsche verzichten.

Kurz nach Feierabend hing er auf der Längsbank in der Umkleidekabine. Die Sträflinge benutzten zum Duschen das geschmolzene Wassereis vom Mond, das zum Energiesparen auf eine Temperatur von zehn Grad erhitzt wurde und nur grob gefiltert aus den Düsen kam. Der Wasserdampf ließ die Raumtemperatur sinken, in der kalten Luft waren die Gerüche von Schweiß und ungewaschenen Füßen konserviert. Jake seufzte, beugte sich über seine Stiefel und löste die Klettverschlüsse. Von den Stiefelschächten stieg es muffig auf. Er hielt gerade eine seiner durchgeschwitzten Socken in der Hand, als ein Hallenaufseher in Begleitung von zwei Wachen durch die Tür schritt.

Mehrere Goldstreifen zierten die gepolsterten Schultern des Mannes. Er trug ein blaues Barett schräg übers kurzgeschorene Haar. Die Mütze war aus Samtstoff, das wusste der Junge, er wusste nur nicht, wie Samt sich anfühlte.

Als die Sträflinge den Konzernmitarbeiter sahen, erstarrte die Umkleide zu einem Stillleben. Der Mann ging mit seiner Leibgarde geradewegs auf den Jungen zu. Unter Herzklopfen dachte Jake, dass der Aufseher ihn vielleicht mit Tayus rauchen gesehen hatte. Er stand auf und drückte seinen krummen Hals in eine aufrechte Position. Er war größer als der Aufseher, doch in Fragen der Autorität war er winzig klein. In fleckiger Unterhose und mit nur einer Socke stand er vor den Uniformierten.

»Sind Sie Jake Pryke?«

»Jawoll, Sir.«

»Was ist Ihre Qualifikation?«

»Ich bin ausgebildeter Bergbauingenieur, Sir.«

»Und was machen Sie als Bergbauingenieur?«

»Hauptsächlich repariere ich die Minenfahrzeuge, die draußen im Tagebau Schaden genommen haben.«

»Ganz genau«, sagte er. »Damit sind Sie kein Bergbauingenieur, sondern ein stinknormaler Mechaniker der untersten Gehaltsstufe.«

»Woll, Sir.«

»Wollen Sie mehr erreichen? Eine bessere Zukunft haben?«

»Davon träumt jeder, Sir.«

Der Aufseher nickte und begutachtete den Jungen mit frostigen Augen. »Wie viel Erfahrung haben Sie bis jetzt in der Grube gesammelt?«

»Sie meinen draußen im Tagebau, Sir?«

»Ja.«

»Bis jetzt noch keine.«

»Und wie lange arbeiten Sie hier schon?«

»Heute genau ein Jahr, Sir. Fühlt sich aber um einiges länger an.«

»Meinen Sie nicht, dass es allmählich Zeit wird, an die frische Luft zu kommen?«

Der Junge sah am Aufseher vorbei auf einen Punkt an der verkachelten Wand. Schaute dann wieder zurück zum Aufseher.

»An die frische Luft schon, aber wenn Sie damit die Eiswüste dort draußen meinen, dann bin ich hier in der Halle eigentlich ganz zufrieden. Sir.«

»Pech gehabt, Pryke. Unserem Bergungstrupp fehlt seit gestern Abend ein Mann, und vor einer halben Stunde kam es im Tagebau zu einem Unfall. Jetzt brauchen wir Ihre Fähigkeiten, Maschinen auseinanderzunehmen. Ich habe gehört, darin sind Sie – trotz Ihres Alters – einer der Besten in Orongu.«

Der Junge nickte. »In Sachen Maschinen kann mir keiner das Wasser reichen, Sir.«

»Na also. Sie bekommen für die Arbeit dreißig Prozent mehr Lohn. Mir brauchen Sie nicht zu danken, scheinbar meint Gott es gut mit Ihnen. Ihre Gruppe empfängt Sie an der Schleuse D, direkt bei den Kälteanzügen.«

»Sir?«

Der Aufseher war schon im Gehen begriffen. Er blieb stehen und presste seine ohnehin schon schmalen Lippen zu einem bleistiftdünnen Strich zusammen. »Was ist?«

»Ich will aber gar nicht, Sir. Ich bin mit meinem Job ganz zufrieden. Außerdem bin ich verabredet.«

»Das ist Gotteslästerung. Ich sage Ihnen, Gott meint es gut mit Ihnen, und Sie wollen sein Geschenk nicht annehmen?« Der Aufseher ließ seiner Kehle ein trockenes Lachen entfahren. »Ich werde Ihnen für Ihren Frevel eine gerechte Strafe auferlegen. Und jetzt sehen Sie zu, dass Sie verschwinden, ansonsten zeige ich Sie wegen Arbeitsverweigerung beim Gerichtshof an. Ich denke, ich brauche Ihnen nicht zu erklären, welche Strafe darauf folgt.«

»Das Exil, Sir.«

»Hab ich Sie was gefragt?«

»Nein, Sir.«

»Dampfen Sie ab, Pryke.«

Viertes Kapitel
Frischluft

In voller Montur hockte Jake im Shuttle und schaute über die wackelnden Köpfe des Bergungstrupps zum Seitenfenster hinaus. Der feine Mondstaub hatte das Glas über die Jahre trüb geschliffen. Nahe Gesteinsformationen glitten wie flüchtige Schatten an der Scheibe vorbei. Alles, was dahinter lag, war im Sandsturm verborgen. Die Vortexstürme tobten und blitzten draußen. Das Shuttle fuhr einen Umweg durch einen Graben; auf der direkten Route waren die Winde zu stark.

»Wie lange noch, Quinlan?«

»Seh ich aus wie 'ne Durchsage?«

»Noch fünf Minuten oder so«, sagte ein anderer.

»Woher willst'n das wissen?«

»Bin die Strecke schon x-mal gefahren.«

»Und jetzt?«

»Jetzt hab ich halt'n Gefühl dafür entwickelt, wie lang's noch dauert.«

Jake verfolgte die Unterhaltung mit Augen und Ohren. Als einer der Männer ihn ansah, nickte er ihm zu. »Und du bist jetzt der Neue im Team?«

Jake ließ die Achseln zucken.

Die halbe Mannschaft fing plötzlich an zu lachen. In der hinteren rechten Ecke wurde er gerade von Devon Vasker imitiert. Der Lichtkegel der Deckenlampe schnitt sich quer über seine grinsende Visage. »Ey, Pryke. Hast du die Tage im Dunkelknast genossen? Hoffentlich hattest du viel Zeit, um über deine Fehler nachzudenken.«

Jake zeigte ihm den Mittelfinger. Vor drei Wochen waren sie aneinandergeraten und standen einem Aufseher im Wohntrakt gegenüber. Vasker hatte eine blutende Lippe davongetragen, und Jake drückte sein zerrissenes Leinenshirt auf die klaffende Platzwunde über seinem Auge.

»Wer von euch beiden hat angefangen?«

Der darauffolgende Disput endete damit, dass Vaskers Freunde bezeugten, dass Jake den Streit angefangen und als Erster zugeschlagen hatte. Letzteres stimmte, aber angefangen hatte er nicht. Zur Strafe schickte man ihn für zwei Tage in eine winzige lichtlose Zelle, in der der Gestank nach Exkrementen und saurem Urin die schönste Erinnerung war. Die Zelle war so klein, dass er sich zwar hinlegen, aber die Beine nicht ausstrecken konnte, und wenn er saß, dann berührte der Kopf die feuchte Decke. Die erste Zeit überbrückte er mit Liegestützen. Sein anwachsender Hunger erinnerte ihn daran, dass es auch ohne räumliche Dimension noch eine Zeitachse gab, an die er sich klammerte; doch mit dem Verschwinden des Hungergefühls blieb auch seine innere Uhr stehen, und er wusste überhaupt nicht mehr, ob vielleicht schon ein Tag vergangen war, oder erst eine Stunde oder eine Minute. Er bekam ein paar alte Kartoffeln in die Zelle geschmissen und ein Glas fauliges Wasser. Es kam die Zeit, da stieg Panik in ihm auf, das beklemmende Gefühl kletterte höher und höher, bis das Herz in seinem Hals klopfte, seine Hände eiskalt waren und die Stirn schweißnass. Jene Angstgefühle ließen sich nicht kontrollieren oder durch rationales Denken eindämmen – er stand sie einfach aus. In den kurzen Schlafphasen kämpfte er mit wirren Alpträumen. Am Ende war er völlig perplex, als ein Konzernmitarbeiter die Tür öffnete und ihm sagte, dass er seine Zeit abgesessen habe. Als er draußen war, war er unfähig zu beurteilen, ob die Zeit in der Zelle mehr einer Ewigkeit glich oder nur einem Augenblick, sicher war er nur bei einer Sache: Nie wieder Dunkelknast.

»Fick dich, Vasker.«

»Hey, Pryke«, sagte er.

»Lass gut sein, verdammt. Kümmer dich um dein' Scheiß.«

»Weißt du, was Mimosen sind?«

Der Junge winkte ihm ab.

»Das sind Pflanzen, die's auf der Erde mal gab.«

»Was interessierst du dich denn für die Erde?«

»'n Scheiß«, sagte Vasker, »aber ich weiß halt, was Mimosen sind. Und die sind genau so empfindlich wie du, Pryke, und die würden hier draußen genau so schnell eingehen wie du. Das hier ist die Endstation für Waschlappen wie dich.«

»Haltet beide mal's Maul, ihr Schwätzer.« Der Mann mit dem vernarbten Hals, der sich Quinlan nannte, beugte sich so vor, dass er Jake über die anderen Jungs hinweg mustern konnte.

»Was der kleine Kötel von einem Riesenarschloch da hinten in der Ecke so von sich gibt, das braucht keinen zu interessieren. Mehr als dummes Rumgefurze wird's nicht sein. Aber was *ich* sage, das nimmst du besser in deinen Scheiß-Glaubenskodex auf. Und wenn du keinen hast, dann legst du dir extra für mich einen an, denn solange du auf *meiner Mission* bist, bin ich die oberste Instanz in deinem Leben. Ich bin für diesen Trupp verantwortlich. Also halt uns nicht auf, indem du irgendetwas machst, was ich dir nicht gesagt hab. Nicht mal in deinen Anzug furzen darfst du, wenn ich's dir nicht ausdrücklich befohlen hab. In unsren Anzügen steckt gerade mal so viel Sauerstoff, dass wir's ohne irgendeine Verzögerung wieder lebend zum Shuttle zurückschaffen. Das heißt für dich: kein Rumtingeln, keine Ausflüge, kein eigenständiges Denken. Das überlässt du alles mir. Wir bewegen uns schnurstracks zum Zielort, retten, was zu retten ist, und dann verpissen wir uns wieder, als wär'n wir nie da gewesen. Alles ist koordiniert. Jede Minute abgezählt in diesem Einsatz. Jeder Schritt ebenso. An deinem ersten Tag hier draußen musst du nicht mehr tun, als das, was ich dir sage. 's Gleiche gilt für deine restlichen Tage. Du kennst dich doch mit Erzladern aus, wie?«

Jake nickte. Der Schweiß lief ihm ins Auge.

»Na das ist ja schon mal'n Anfang. Unsre große Betty hat nämlich vor 'ner Stunde versehentlich einen 50-Tonner auf ihre Schaufel genommen.« Quinlan schnalzte mit der Zunge. »Muss ausgesehen haben, wie'n Kleinkind auf 'nem gottverdammten Riesenrad.«

»Riesenrad, Sir?«

Quinlan schüttelte den Kopf. »Vergiss es. Jedenfalls, unser Auftrag heißt, den Schaden, den Betty dabei genommen hat, festzustellen und das zu bergen, was vom Erzlader übrig geblieben ist. Inklusive dem toten Fahrer. Aber keine Angst, für's Begräbnis sind andere Leute zuständig. D'sselbe gilt für die Verhaftung des Kerls, der Betty hätte führen sollen, aber stattdessen nur gepennt hat – das fällt nicht in unsren Zuständigkeitsbereich, darum kümmern sich die Konzernleute. Noch Fragen?«

Jake schüttelte den Kopf. Er atmete schwer und betrachtete die Spiegelung auf dem Visier seines Helms. Schweißperlen glänzten auf seinem Gesicht. Der Druckanzug war wie ein behänder gebauter Raumanzug. Aluminiumfasern im Stoffgewebe und Beschichtungen desselben Metalls an den soliden Teilen reflektierten einen Großteil der Kältestrahlung. Auf dem Rücken saßen die Energiezelle und das Versorgungssystem, das über zwei Schläuche eine sauerstoffreiche Fluorcarbon-Emulsion in den Helm pumpte.

»Wir sind gleich da«, sagte Quinlan. »Also hör mal zu: Den hier« – er zeigte auf einen Knopf an seiner Brustkonsole – »drückst du, nachdem du deinen Helm aufgesetzt und ihn mit beiden Schläuchen verbunden hast. Dann wechselt der Versorger auf deinem Rücken vom Gasgemisch aufs Flüssig-Atmungssystem.«

»Flüssig-Atmungssystem?«

»Da draußen herrschen 70 Bar. Wenn du bei diesem höllischen Druck noch Luft in der Lunge behältst, würde sie so stark komprimiert werden, dass sie einen Unterdruck erzeugt. Dann läuft das Blut aus deinen Eingeweiden in die Lunge rein, bis beide Flügel randvoll sind. Unschön, sag ich dir. Deswegen atmen wir da draußen eine mit Sauerstoff angereicherte Flüssigkeit. Ist nicht besonders angenehm, fühlt sich an, als würd 'n Kipplader auf deiner Brust parken. Aber du machst das schon. Halt dir immer vor Augen: Du hast keine andere Wahl.«

»Käpt'n, ich seh grad, wir fahren den Endhaltepunkt an.«

Quinlan nickte. »Seid ihr Pfeifen bereit?«

Ein einstimmiges »Jawoll« ertönte, und die Mannschaft stand auf. Bevor Vasker seinen Helm aufsetzte, warf er Jake einen spöttischen Blick zu. Dann befestigte er die Schläuche an der Vorrichtung und drückte den Knopf auf der Konsole. Nach und nach füllten sich die Helme der Mannschaft mit einer klaren Flüssigkeit. Mit den Händen auf den Knien keuchten die Männer, kämpften und gurgelten.

Erst jetzt stülpte Jake den schweren glockenartigen Helm über. Im Innern hörte er das Echo seines rasenden Atems.

Mit den behandschuhten Händen klopfte er die Schultern nach den Schläuchen ab, umgriff sie, zog sie hervor und versuchte, die Endstücke an die Vorrichtungen am Helm zu schrauben. Es dauerte etwas. Sein Visier beschlug von innen.

Als die Schläuche einen Augenblick später fest verankert waren, rutschte er mit der linken Hand über die Brustkonsole und tastete nach dem Knopf, der die Flüssigkeit einließ. Er fand ihn, drückte ihn aber nicht.

Plötzlich erfuhr er einen heftigen Schlag auf die Brust. Er tat einen Schritt zurück. Im Helm fing es an zu brummen und zu gurgeln. Die Flüssigkeit rauschte rein, stieg zum Kinn auf, stieg über den Mund und berührte seine Nase. Reflexartig legte er den Kopf in den Nacken und tat den letzten Atemzug, bevor der Helm randvollgelaufen war.

Mit luftgeblähten Wangen spähte er durchs Visier. Vor ihm stand Quinlan, der trotz offenen Mundes ziemlich grimmig dreinsah. Er konnte seine Gedanken lesen: *Verschwende nicht unsere Zeit und fang endlich an zu atmen, Sissy.*

Nach einer Minute wurde der Drang zu atmen unerträglich. Quinlan schüttelte ihn durch. Luft entwich seinem Mund und stieg in wilden Blasen auf.

Anderthalb Minuten.

Was für ein Feigling er war.

Er spannte seine Kiefermuskeln an. Seine Zähne zermalmten sich fast gegenseitig. Die Lunge saugte ein Vakuum in seinen Mund.

Du brauchst einfach nur die Lippen öffnen.

Doch er traute sich nicht. Er spürte schon ein Kribbeln in den Fingerspitzen, einsetzende Taubheit in den Füßen. Das Blut wich aus seinen Gliedern, um sein Hirn mit dem letzten Quäntchen Sauerstoff zu versorgen.

Frischluft, war sein letzter Gedanke, bevor ihm plötzlich schwarz vor Augen wurde. Sein Körper schlug auf dem Shuttleboden auf. In voller Montur lag er reglos da. Das Herz klopfte noch, doch das Intervall zwischen den Schlägen wurde immer länger. Die Pausen dazwischen immer dunkler.

Fünftes Kapitel
Offenbarungen

Der Junge erwachte im Halbdunkel eines kalten Zimmers, er wusste weder, wo er sich befand, noch was passiert war. Er richtete sich auf, hatte rasende Kopfschmerzen. Eine trockene, geschwollene Zunge. Die Pritsche klapperte bei jeder noch so kleinen Bewegung. Er sah sich um. Verletzte Arbeiter lagen der Reihe nach auf alten Krankenbetten, und Monitore überwachten ihre Vitalparameter.

Als ihm wieder einfiel, weswegen er überhaupt auf der Krankenstation gelandet war, rupfte er die Kanülen aus seinem Arm und der Stirn und schlug die Wolldecke um. Ihm war schwindelig, als er aufstand, übel, als er zu den Spinden wankte. Auf kleinen Digitalanzeigern leuchteten die Nachnamen der Patienten. In seinem Fach lagen seine schmutzigen Stiefel und der Arbeiteroverall, den er unter dem Druckanzug getragen hatte.

Er zog sich an und trat aus dem Patientenzimmer in einen hell erleuchteten Korridor, das Deckenlicht spiegelte sich auf dem frisch gewischten Flur, er kniff die Augen zusammen, wäre fast über einen Reinigungsroboter gestolpert, der den Spuren seiner schmutzigen Stiefel folgte.

Am Empfang traf er auf einen Arzt, der im Flüsterton auf eine Schwester einredete; beide musterten den Jungen. Der schon ergraute Konzernmitarbeiter machte dabei ein nachdenkliches Gesicht. Er tippte mit dem Zeigefinger gegen sein Brillengestell, auf der Innenseite des Bügels sprangen winzige Beamer an und projizierten die Anamnese des Patienten aufs Brillenglas.

»Ah ja, Jake Pryke«, sagte der Arzt. Er hatte einen gestutzten weißen Bart, helle Augen und ein freundliches Gesicht. Obwohl er ein Konzernmitarbeiter war.

»Sie haben heute reichlich Glück gehabt.«

»Hatte ich noch nie. Und schon gar nicht heute.«

»Dann wissen Sie wohl nicht, was Ihnen vorhin widerfahren ist. Sie waren tot. – Ja, richtig gehört. Ihr Herz stand für fast zwei Minuten still. Eine Minute länger, und Ihr Hirn hätte irreversible Schäden davongetragen.«

»Mein Herz stand still?«

»Ja.«

»Ich war tot, Sir?«

»Wir Mediziner pflegen zu sagen, man stirbt nur einmal. Sie waren also *nur* klinisch tot.« Der Arzt schaltete das Head-up-Display an seiner Brille wieder aus.

»Was heißt das?«

»Ihre Vitalfunktionen haben versagt, aber Sie konnten noch zurückgeholt werden. Darin liegt der Unterschied. Wäre der andere Sträfling nicht so besonnen gewesen und hätte Sie sofort aus dem Anzug herausgeholt und reanimiert, dann müsste ich jetzt wohl *Erstickung* als Todesursache unter Ihren Bericht schreiben.« Er musterte den Jungen. »Erstaunlich, dass Sie schon wieder auf den Beinen sind. Ich sag ja immer, ein Sträfling kann nicht früh genug wieder mit der Arbeit anfangen – nur viel zu früh aufhören. Schonen Sie Ihren Körper nicht, denn Fleiß ist die beste Medizin.«

Der Junge presste die Lippen aufeinander.

Der Arzt sagte lächelnd: »Veela wird Ihnen das Entlassungsformular geben und Ihnen die Behandlung in Rechnung stellen.

Aber machen Sie sich keine Sorgen wegen der Kosten: Wir bieten auch Ratenzahlung an.«

Der Tag definierte ursprünglich die Zeit, die von der Erde benötigt wurde, um sich einmal um die eigene Achse zu drehen. Von einem bis zum nächsten Morgen waren das 24 Stunden gewesen. Der Tag auf Limbus II hatte 384 Stunden, dauerte folglich 16 Erdtage. Die Kolonisten des Tau-Ceti-Systems orientierten sich weiterhin am 24-Stunden-Takt aus der Erdzeit, und so konnte es auf Limbus II auch um Mitternacht noch taghell sein.

Jake durchquerte gerade die 200 Meter lange Verbindungsröhre zu seiner Stammkneipe. Unter dem durch die Längsfenster einfallenden Kronoslicht nickten ihm einige bekannte Gesichter zu. Die Eingangspforte war vier mal vier Meter groß, darüber flammte in kaltweißer Neonschrift *B17*, was so viel bedeutete wie die 17. Bar in Bancarduu. Neben dem Schriftzug suchte eine Kamera im 60-Grad-Winkel den Eingangsbereich ab.

Jake drängte sich durch eine große Gruppe rauchender Sträflinge. Eine Anzeigetafel hatte sein Interesse wegen der großen Überschrift bezüglich des Auswahlprogrammes geweckt. Die ganze Zeit über behielt er im Hinterkopf, dass er Mori und Tayus noch erzählen musste, dass er am Wettbewerb teilnehmen wollte.

Die Tafel befand sich auf der rechten Seite des Durchgangs direkt neben einem Feuerlöscher. Davor waren Müllsäcke gestapelt, die das untere Drittel des Schildes verdeckten. Jake las, was zu lesen war:

Noch 14 Tage bis zum Auswahlprogramm des fähigsten Arbeiters auf Limbus II. Das diesjährige Motto lautet: Nur der Beste tilgt die Schuld.

Mitmachen darf jeder Sträfling über 15 Jahre, der ein sauberes Führungszeugnis hat. Die Anmeldung findet ausschließlich im Verwaltungskomplex in Bancarduu statt.

Der Gewinner des Auswahlprogramms wird 1 Tag vor der Abreise der HARVESTER bekanntgegeben und wird mit dem Raumfrachter den Sträflingsmond verlassen. Auf Cetos V erwartet den Gewinner die Vergebung seiner Erbschuld durch Vana Vaughn höchstpersönlich. Des Weiteren erhält der Gewinner einen unbefristeten Arbeitsvertrag in Light City.

Die genauen Teilnahmebedingungen entnehmen Sie bitte der Broschüre auf

»Kann ich mal?«

Ein völlig verschwitzter Kellner wollte zwei zugebundene Müllsäcke dort deponieren, wo der Junge gerade stand. Er machte einen Ausfallschritt zur Seite, las den Rest des Texts auf der Anzeigetafel und betrat dann das B17 in der Hoffnung, dass Mori und Tayus noch auf ihn warten würden.

Im Erdgeschoss des Kuppelbaus befand sich die Bar in Form eines flachen Zylinders. Ein aufs Dach montierter Projektor warf ein flirrendes Hologramm in die feucht-stickige Luft und verallgegenwärtigte die Präsenz der Vaughnfamilie mit dem über drei Stockwerke großen Konzernlogo: ein um die Buchstaben *VTC* kreisendes Raumschiff und darunter der Leitsatz: *Wir schaffen die Zukunft.*

Der Junge quetschte sich zwischen die besetzten Barhocker und bestellte bei einer gerade beschäftigten Tresenkraft drei Becher Grubenpisse, die heute im Angebot war.

»Heute wird nix anderes bestellt«, meinte der Barmann. Die Blechmusik, die auf der Bühne im zweiten Stock spielte, dröhnte und schepperte herüber. Lauter als die Musik waren nur noch die gekreuzten Unterhaltungen der Betrunkenen und das Röhren der Luftfilteranlage, die auf Hochtouren lief.

Der Junge fischte seinen Geldbeutel aus der Beintasche und legte die abgezählten Kupfermünzen auf den Metalltresen. Dann balancierte er die Becher zum Tisch, an dem seine Freunde saßen, stellte die Becher auf die versiffte Tischplatte und wischte sich die Finger am Leinenhemd ab.

»Tag auch«, sagte er.

Tayus schaute kurz zu ihm auf, griff dann nach seinem Getränk. »Tag, Alter. Bist ganz schön spät dran. Wo zum Teufel warst du?«

»Wir haben uns Sorgen gemacht.«

»Ich nicht.«

»Gerade du, Tayus.««

Jake setzte sich auf den freien Hocker ihnen gegenüber und trank in mehreren Schlucken den Becher halbleer. Dann seufzte er laut, was im Umgebungslärm völlig unterging. Erst jetzt hob er sein Getränk an und sagte: »Darauf, dass wir alle noch am Leben sind.«

»Und wo zum Teufel warst du?«

Die Sitzgelegenheiten hatten keine Polster und waren am Boden festgeschraubt. Trotz der Filteranlage hingen menschliche Ausdünstungen schneidend dick in der Luft. Neben dem Jungen rann Kondenswasser in Strömen die Wand herab und sammelte sich in einem Becken unterhalb des Gitterbodens, wo es in einem nicht allzu aufwendigen Prozess zu Trinkwasser gefiltert wurde.

Jake nahm den Rucksack ab, legte ihn auf seinen Schoß und holte sein Datengerät hervor. »Ich steck ziemlich in der Scheiße«, sagte er, »ich muss nur noch rausfinden, wie tief.« Er erzählte ihnen, er sei heute vom Hallenaufseher ins Bergungsteam versetzt worden, habe aber etwas zu lange gezögert, das Angebot anzunehmen. »Jetzt seh ich grad die Strafe: Fünf Tage Arbeit ohne Lohn.«

»Autsch.« Tayus klopfte seine Taschen nach seinem Drehzeug ab. »Wir können dir helfen«, sagte er.

»Ja, wir können damit anfangen, dir das Geld für die Drinks wiederzugeben.«

»Lasst mal gut sein. Die drei Becher ha'm mich lausige sechs Kupferstücke gekostet. Ich muss so oder so die nächsten Nächte Erzsäcke schleppen, wenn ich irgendwie durchkommen will.«

Tayus verteilte gerade sorgfältig etwas Tabak in ein Blättchen. »Hast du dich deswegen so verspätet?«, fragte er, ohne dabei aufzublicken.

»Wir haben vorhin auf dem Videoschirm die Nachricht über den Unfall mit dem Schaufelradbagger gesehen«, sagte Mori.

»Jake, Alter?«

»So ein Scheißdreck.«

»Was ist los?«

Der Junge blickte vom Datenpad auf und schaute die beiden abwechselnd an. »Ich hab da noch 'ne Strafe bekommen und die sitzt gewaltig.« Er erzählte ihnen, er sei vorhin in der Krankenstation aufgewacht, weil er sich nicht hätte überwinden können, das flüssige Atemgemisch im Druckanzug einzuatmen. So sei er einfach tot umgefallen, konnte aber noch rechtzeitig ins Leben zurückgerufen werden. »Aber ob das so gut ist, weiß ich jetzt gar nicht mehr: Ich hab die Rechnung für die Arztkosten erhalten – 20 Silberstücke.«

»Im Ernst?«

»Du warst tot?«

»Das Geld bringst du im Leben nicht auf, Alter.«

»Und das ist nicht mal das Schlimmste«, sagte der Junge. »Die von der Verwaltung geben mir die Schuld für die Verzögerung, die dadurch beim Bergungseinsatz entstanden ist. Meine Strafe: 30 Hiebe mit der elektrischen Peitsche.«

Mori und Tayus warfen sich einen vielsagenden Blick zu. Er wirkte auf eine Art verschwörerisch. »Wann?«, sagten sie parallel.

»Morgen nach der Arbeit.«

Tayus hörte zu drehen auf und schüttelte den Kopf. »Diese verdammten Arschlöcher. Wenn ich nur ...«

»Und da ist noch etwas«, sagte Jake. »Bei einem weiteren Verstoß in diesem Quartal erhalte ich einen disziplinarischen Verweis.«

»Hast du schon mal ein' bekommen?«

Er schüttelte den Kopf. »Wär mein Erster.«

»Dann hast du immerhin noch zwei offen. Bis sie einen ins Exil schicken, muss man erstmal auf drei Verweise kommen.«

»Schon, aber –« Jake hielt zurück, was er sagen wollte, dachte es aber zu Ende: *Beim ersten Verweis werde ich vom Auswahlprogramm disqualifiziert. Dort können nur Arbeiter ohne Vorstra-*

fen teilnehmen. Dann kann ich's vergessen, jemals von hier weg-
zukommen.

Tayus fixierte die Gedrehte im Mundwinkel und zündete sie hinter vorgehaltener Hand an. Er nahm einen kräftigen Lungenzug und reichte sie rüber. »Ich glaub, jetzt wär'n guter Zeitpunkt, meine Schulden bei dir zu begleichen.«

Jake, aufgeschreckt von seinen Gedanken, zog die Stirn kraus. »Welche Schulden?«

»Mann, heut Mittag hab ich dir deinen letzten Tabak weggequalmt. Nun nimm schon an. Kannst sie jetzt ganz gut gebrauchen.«

Jake rauchte eine Weile vor sich hin. Durch die Stille zwischen ihnen trat das Gerede an den benachbarten Tischen in den Vordergrund.

»Ich werd mir morgen Abend irgendwie freinehmen«, sagte Mori auf einmal.

Er schnickte den Aschestrang in einen leeren Becher und blickte ins bleiche Mädchengesicht. »Wozu?«, fragte er.

»Um bei dir zu sein.«

»Das schaff ich schon. Du musst an dich denken. Jeder muss an sich selber denken.«

»So'n Scheiß«, meinte Tayus. »Wir müssen zusammmhalten. Ich hab da 'nen Kumpel, der ist mir noch 'nen Gefallen schuldig. Der wird morgen für mich einspringen. Also werd ich auch bei dir sein.«

Jake sah seine Freunde rauchend an. Sagte nichts. Fühlte sich elend.

»Jetzt gib mal'n Zug ab, Alter«, sagte Tayus. »Ich kann mich nicht erinnern, dass ich dir 'ne ganze Fluppe weggeraucht hab.«

Sechstes Kapitel
Die Front zur Befreiung von Demeter

Das Disziplinarzentrum lag in der Nähe der Habitate, nur eine Bahnstation davon entfernt. Es saßen auch Frauen und Kinder im Wartebereich, an die hundert Stühle waren belegt, die Luft bleischwer von der Angst, die jeder einzelne Sträfling im Angesicht seiner Bestrafung ausschwitzte.

Vom Warteraum gingen vier Drucktüren ab, die zu jeweils anderen Formen der Bestrafung führten, und selbst hinter der Tür mit dem flackernden »Ausgang«-Schild verlangte Sühne nach den Arbeitern. Dennoch wog die Angst der unmittelbaren Bestrafung im Hier und Jetzt am schwersten.

Ein Konzernmitarbeiter schritt zur zweiten Drucktür von links, hielt eine Hand am Schalthebel und rief ein Dutzend Namen auf, darunter fiel auch der Name des Jungen.

In einer gleißend hellen Halle ohne Fenster standen drei fremdartige Stahlmaschinen in abgetrennten Bereichen. Kinder fanden sich rechts ein, Frauen in der Mitte und die Männer links. Keiner sagte ein Wort. Jake zog seinen Overall bis zur Hüfte herunter, machte den Oberkörper frei, stellte sich auf den markierten Bereich und drückte die Hacken in die Fußfesseln, die daraufhin zuschnappten. Er hob die Handschellen auf, die an einer Stahlkette befestigt waren, und legte sie um seine Handgelenke. Automatisch fuhr die Kette in den über ihm hängenden Metallarm zurück, bis sein ganzer Körper aufrecht und gestreckt war.

Kaum hatten die Motoren Zeit zum Abkühlen gefunden, erwachten die Maschinen zu neuem Leben. Jake blickte auf die

Peitschen, die seitlich aus der Maschine heraushingen. Er biss die Zähne schon jetzt zusammen. Kniff die Augen zu.

Ich hasse Vana Vaughn, dachte er, *und ich hasse die VTC.*

Dann rotierte der stählerne Korpus von Leerlauf auf Endgeschwindigkeit. Die elektrischen Peitschen jagten sirrend durch die Luft, Schreie setzten ein, und Sühne kannte kein Mitleid.

Wohnstation 3, Etage 6, Container 231. Jake lag bäuchlings auf seinem Bett in der beleuchteten Wandnische und fuhr mit dem Finger übers zerkratzte Doppelglas. Draußen tobte ein Sandsturm, und die Sichtweite betrug kaum einen Meter.

»Autsch, verdammt.«

»Halt still.«

Das Oberlicht beschien seinen geschundenen Rücken. Mori trug vorsichtig ein antiseptisches Wundgel auf die dunklen Striemen auf. Jake bleckte die Zähne vor Schmerz und vor Wut. Seine Augen waren feucht.

»Diese verdammten Wichser«, sagte er.

»Amen, Bruder.«

»Die Salbe hilft gegen deine Verbrennungen.«

»Tut aber scheiße weh.«

»Gleich wird's besser.«

»Wo hast du die her, Mori?«

Das Mädchen hörte kurz auf zu cremen. »Hab ich heute aus der Krankenstation mitgehen lassen«, sagte sie dann.

»Du hast was getan?« Jake stützte sich auf den Unterarmen ab und schaute sie über seine Schulter an.

»Dafür kannst du –«

»Ich weiß.«

»Die schicken dich ins Exil!«

»Mich hat keiner erwischt. Und nun leg dich wieder hin.«

Jake gehorchte. »Gott, wenn ich diese Konzernarschgeigen nur irgendwie dranbekommen könnte«, sagte er nach einer Pause.

Ein absichtliches Räuspern ertönte aus der Ecke, in der Tayus mit verschränkten Armen auf einem Metallhocker saß. »'ne bessere Überleitung wird's heute wohl nicht mehr geben«, meinte er und stand auf. »Wir wollten eigentlich schon gestern in der Bar was mit dir besprechen.«

»Ich muss euch auch noch was sagen.« Jake dachte dabei an den Wettbewerb.

»Lass uns zuerst«, sagte Tayus und leckte sich über seine breite Unterlippe. »Erinnerst du dich noch an den einen Tag vor vier Jahren, als wir zusammen am Stadtbrunnen von Bancarduu saßen und heimlich ein paar Münzen rausgefischt haben, die so'n paar Konzernfuzzis da reingeworfen hab'n? Wir haben damals über die FBD geredet. Sie war auf dem Vormarsch. Hat einen Ort nach dem anderen eingenommen. Beinahe den ganzen östlichen Sektor überrannt und unter ihre Kontrolle gebracht.«

»Und wir wollten uns der FBD anschließen«, fügte Mori hinzu.

Jake lachte freudlos. »Ja«, sagte er, »und zum Glück ha'm wir's nicht getan. Die haben mittlerweile über neunzig Prozent von ihr'm Gebiet wieder verloren. Hab ich letztens in den Nachrichten gesehn. Ihr Anführer wurde hingerichtet, und –«

»Ember Drake ist noch immer am Leben.«

»Ember wer?«

»Ember Drake ist die Anführerin der FBD. Sie war damals nur ein Phantom, das unter dem Namen *Echelon* Geschichte geschrieben hat.«

»Echelon? Den Namen hab ich schon mal gehört.«

»Na klar hast du das. Drake wurde schon etliche Male vom Konzern für tot erklärt. Um uns zu entmutigen. Aber vor drei Wochen kam eine Videobotschaft von ihr ins Infonet. Sie hat in einer Art Höhle einen Unterschlupf gefunden.«

Der Junge legte die Stirn auf den Unterarm und dachte einen Augenblick nach. Dann kam er mit dem Gesicht wieder hoch und sagte: »Warum hast du grad gesagt, um *uns* zu entmutigen?«

Das Mädchen mit den kurzgeschorenen Haaren gab keine Antwort.

»Sagt mal Leute, was ist hier eigentlich los?«

»Glaubst du an das Schicksal, Jake?«

Stille.

»Wusste gar nicht, dass man neuerdings Fragen mit Gegenfragen beantwortet.« Der Junge setzte die Füße auf den Boden und beugte sich aus der Wandnische vor. Dann zuckte er mit den Schultern. »Gab bisher wenig Grund, daran zu glauben. Außer du meinst, ob ich denke, dass wir zur Arbeit bestimmt sind. Das glaub ich nämlich nicht.«

»Wir auch nicht«, sagte Tayus. »Deswegen haben wir uns vor drei Wochen der FBD angeschlossen. Wir gehören, nein, wir *sind* die Front zur Befreiung von Demeter.«

Der Junge machte große Augen. Er sah seine Freunde an. »Redet keinen Scheiß.«

»Machen wir nicht.«

»Das habt ihr nicht getan.«

»Denkst du, darüber würden wir Witze machen?«

»Wie habt ihr ... O, heilige Scheiße.«

»Alter. Ich hab's satt von denen wie'n Stück Scheiße behandelt zu werden. Für die sind wir nur Sklaven oder Maschinen. Berry, mein alter Schichtkollege, wurde vor ein paar Monaten von einer Wache nach der Arbeit totgeprügelt. Einfach so. Die Wache hatte 'nen schlechten Tag oder so. War gereizt. Musste mal jemanden von uns Sträflingen den Schädel einschlagen. Ich stand quasi direkt daneben, als es passiert ist. Hatte 'ne Scheißangst. Wollte Berry helfen, da war er schon tot. Sein Schädel war nur noch ... na ja, Scheiß drauf, das Kopfkino erspar ich dir. Jedenfalls, der Wichser vom Konzern sagte mir, wenn ich jemanden davon erzähle, bin ich geliefert. Am nächsten Tag wurde Berry dann von einem andern Arbeiter ersetzt. Ich hab dem Neuen erzählt, was mit seinem Vorgänger passiert ist und ...«

»Und dann?«

»Dann kam eins zum anderen. Wie's sich herausstellte, gehört der Neue zum Widerstand. Hat mich aufgeklärt, wie's dort so läuft. Hat mich gefragt, ob ich mit meinem Leben nicht was Sinnvolles anstellen will, bevor mich der Scheißkrebs dahinrafft, oder so 'ne dahergelaufene Wache mich ins Krematorium prügelt.«

»Und du hast *ja* gesagt?«

»Natürlich hab ich ja gesagt, Alter.

»Und du auch, Mori?«

Sie ließ die Achseln zucken. »Ich will für unsere Freiheit kämpfen. Wenn es sein muss, sterbe ich dafür.«

Jake starrte auf einen wahllosen Punkt an der Metallwand seines Zimmers. Dann sah er wieder zu seinen Freunden. »Wisst ihr, dass ich in große Schwierigkeiten kommen kann, nur weil ihr mir erzählt habt, dass ihr jetzt zu den Rebellen gehört?«

»Würdest du uns verpfeifen, oder was?«

»Natürlich nicht«, sagte er und hielt einen Augenblick inne. »Moment mal. Ihr erzählt mir das aber nicht, weil ihr wollt, dass ich mich auch der FBD anschließe, oder?«

»Wir könnten zusammen im Team arbeiten«, sagte Tayus. »Die FBD ist in tausenden Splitterzellen aus jeweils drei Personen organisiert. Du, Mori und ich. Wir sind dann ein Team, wie eigentlich jetzt auch schon. Nur dass wir für's Richtige kämpfen und nicht einfach ums Überleben. Jeder von uns wird dann ein neues Mitglied rekrutieren, das wiederum seine eigene Zelle aus drei Leuten gründet. Verstehst du? So kennt jedes Mitglied einer Zelle ein Mitglied aus einer anderen Zelle. Das verhindert, dass die ganze Struktur Schaden nimmt, wenn ein Verräter unter den eigenen Reihen ist. Ich könnte nur dich, Mori und den Typen, der mich rekrutiert hat, verpfeifen, aber die FBD als Ganzes lebt weiter.«

»Ist ja toll. Und wie organisiert sich das Ganze? Durch einen Supercomputer?«

»Echelon«, sagte Mori, »ist die oberste Instanz der Rebellen. Echelon steht mittlerweile für einen ganzen Apparat an Frauen und Männern an der Spitze des Widerstands. Ihre Arme reichen bis nach Cetos fünf hinüber. Sie stehen im direkten Kontakt zur Red Nova. Sie kontrollieren den Krieg gegen die VTC. Im Infonet gibt es eine verschlüsselte Seite, dort hat Echelon für sämtliche Siedlungen in allen Sektoren der ganzen Kolonie Aufgaben verteilt, die wir erfüllen müssen, um den Konzern zu schwächen. Wir werden über Pläne, Erfolge und Misserfolge informiert. Auch hier in Orongu wird es sehr bald einen Aufstand geben. Und so, wie es aussieht, können wir es wirklich schaffen.«

»Was schaffen? Ins offene Messer laufen? Wie will man den Konzern besiegen? Wie wollen wir Sklaven den Konzern besiegen? Er ist uns in allen Bereichen quadrillionenmal überlegen. Wir haben keine Waffen, wir haben kein Geld – uns gehört nichts.«

»Wir können dir die Seite zeigen, Jake. Jetzt gleich. Wir können dir zeigen, dass alles, was die Rebellen gegen ihre Unterdrücker über Jahrzehnte ausgearbeitet haben, Hand und Fuß hat. Wenn wir alle zusammenarbeiten, haben wir eine Chance. Wir sind viele. Mehr, als du vermuten würdest. Wir können dir alles über die Organisation erzählen, aber dafür musst du zuerst der FBD die Treue schwören.«

»Ich muss darüber nachdenken, Leute.«

»Ich kapier nicht, was es da zu denken gibt«, sagte Tayus. »Seitdem wir uns kennen, haben wir davon geträumt, wie wir der VTC eines Tages das Handwerk legen werden. Jetzt ist es so weit – wir bekommen endlich die Chance, in diesem Leben etwas von Bedeutung zu sein. Und auf einmal willst du kneifen? Wenn du Angst hast, mein Alter, dann verrat ich dir mal was: Lebend kommst du hier nicht weg. Aber wenn wir kämpfen, dann haben wir wenigstens eine Chance, frei zu sterben.«

Er sah Tayus an.

»Also, was sagst du, Alter?«

Er wusste nichts zu sagen. Mit offenem Mund blickte er zu Mori, die ihm mit dem Wundgel in der Hand zunickte.

Tu das Richtige, sagten ihre Augen. *Und entscheide dich für uns.*

Sein Herz klopfte. Er dachte an den Wettbewerb. Dachte an seine Freunde. Dachte daran, wie ungerecht die Welt war.

Siebtes Kapitel
Das feste Band der Freundschaft

In der darauffolgenden Woche ging er seinen Freunden aus dem Weg. Nachts schleppte er Erzsäcke, und erstmals war es okay, weil er so eine Ausrede hatte, nicht im B17 erscheinen zu müssen. Wenn er Tayus in der Wartungshalle traf, dann redeten sie nie über etwas anderes als die Arbeit. In den von der VTC durch Kameras überwachten Bereichen der Stadt war es unmöglich über den Widerstand zu sprechen.

Die Sträflinge in Orongu hatten drei Viertel der langen Nacht überstanden. In zwei Erdtagen würde Tau Ceti über dem südwestlichen Kraterrand aufgehen, und das fahle tote Sonnenlicht würde über Orongu gerinnen. Noch war es draußen stockfinster. Überall im Kraterbecken hatten sich vom Sturm Methanseen gebildet. Auf ihren spiegelglatten Oberflächen reflektierte das Wetterleuchten oben in den Wolken. Der Junge saß im Shuttle zur Wartungshalle und lehnte mit der Stirn an der kalten Fensterscheibe. Die Scheibe beschlug dort, wo er betrübt durch den Mund atmete. Sein rechter Arm drückte gegen die Lumpen eines anderen Arbeiters. Er war todmüde. Alle waren todmüde. Im Abteil war es düster, nur die Leitstreifen am Boden glommen, und die blinkenden Peilsender hinter den Ohren der Arbeiter schimmerten im Dunkeln wie grüne Leuchtsteine. Die Sträflinge dämmerten in Rammdösigkeit vor sich hin, müde und mundfaul von einem zu kurzen Schlaf und einem kurzen, schäbigen Leben.

Das Shuttle erreichte die Werkhalle. Die letzten Arbeiter stiegen aus, nur Jake blieb sitzen. Er hatte sich drei Freistunden erkämpft und fuhr zur nächsten Station weiter. Der Zug hielt mitten auf der östlichen Kraterwand, auf einem Hochplateau an einem stillgelegten Stollen. Dort stieg er aus. Kein einziges Licht brannte mehr auf der Station. Irgendwo hoch über ihm verlief eine Glaskuppel, die sich nur im Blitzgeflacker zu erkennen gab. So wie er durch den Mondstaub ging, glaubte er sich fast im Freien. Er hakte die Daumen hinter die Riemen seines Rucksacks und schlenderte an die Plateauschwelle heran. Dort setzte er sich neben Tayus auf eine Metallbank.

Die Jungs trugen Wolljacken gegen die Kälte. Sie blickten auf die Lichter der Siedlung hinab und sagten kein Wort. Irgendwann öffnete Jake die Schlaufe an seinem Rucksack und holte eine Thermoskanne hervor, schraubte sie auf und goss den Deckel mit kalter Grubenpisse voll. Er trank einen Schluck und gab den Deckel an Tayus weiter. Die Kanne stellte er in den Mondstaub.

»So viele Arbeiter da unten«, sagte Tayus und hielt dabei den Deckel an die Unterlippe. »Und das ist nur ein winziger Bruchteil vom Ganzen. Es gibt noch hundert andere Kolonien und drei weitere Monde voller Sträflinge, die überhaupt keine sind. Und wer weiß, was sich auf Cetos fünf für 'ne Scheiße abspielt. Wird's denn niemals Frieden geben, Alter?«

Jake gab keine Antwort.

»Da kann's einem direkt schwindelig werden, wenn man sich das mal vorstellt.« Tayus nahm noch einen Schluck und reichte den Deckel zurück.

»Bist du jetzt eigentlich mit Mori zusammen? Ich versteh das mit euch nicht.«

»Denkschon«, sagte Tayus. »Hab sie jedenfalls gefragt.«

»Und dann is' man gleich 'n Paar?«

Unten in Orongu glitt ein Zug lautlos durch die Habitate. Jake sah die erleuchteten Fenster und Schemen von Arbeitern darin. Er verfolgte den Zug, bis er aus seinem Blickfeld verschwunden war. »Ich mach's nicht«, sagte er. »Ich kann's einfach nicht machen. Mir fehlt der Mut. Ich bin für so ein Leben einfach nicht geschaffen.«

Eine Zeitlang lauschte er in die Stille und schaute nur geradeaus. Dann hörte er Tayus neben sich in sein Halstuch keuchen. »Ist schon in Ordnung, Alter«, sagte er. »Hab ehrlich gesagt mit nix anderm gerechnet.«

Der Junge schwang den Rest Grubenpisse im Deckel herum. »Du bist nicht sauer?«

Tayus zuckte die Achseln. »Nee«, sagte er. »Kann ja nicht sein, dass ich auf jeden sauer bin, der nicht den Mut hat, ein Rebell zu sein.«

»Hm.«

»Hm?«

Jake sah seinen Kumpel, sah in die Ferne. »Da ist noch was.«

»Dann hau's doch raus. Oder genießt du die Geheimnistuerei etwa?«

»So'n Quatsch. Überhaupt nicht. Weiß nur nicht, wie ich's sagen soll.«

»So, wie's ist.«

Sein Herz klopfte. Er holte Luft, setzte zum Sprechen an, hielt inne.

»Alter?«

Jake ließ die Achseln zucken. »Hast du jemals überlegt, wie's wär, ein ganz andres Leben zu führen?«

»Wie meinst'n das?«

»Na ja, wie's halt wäre, wenn du im 20. oder 21. Jahrhundert auf der Erde geboren wärest oder so. Oder jetzt in Light City.«

»Is' überall dasselbe.«

»Hast du wohl 'ne Ahnung.«

»Allerdings«, sagte Tayus. »Menschen lernen nicht aus ihrer Geschichte.« Er scharrte mit den Füßen im Staub herum. »Und wie's woanders ist, ändert doch nix daran, dass ich nun mal hier lebe. Oder, Alter? Ändert doch nix daran, dass meine Eltern Sklaven waren und meine Freunde welche sind. Ich einer bin. Hier gibt's so viel Scheiße. So viele Dinge, die falsch laufen, da komm ich gar nicht dazu, mir irgendwas anderes vorzustellen.«

Jake schluckte. Bekam den Kloß im Hals trotzdem nicht runter. Dann hielt er sich an Tayus Worte und sagte es so, wie es war: »Ich mach beim Auswahlprogramm mit.«

»Wie war das?«

»Fängt in drei Tagen an. Ist diesmal auch wieder in Bancarduu, wie du sicher weißt. In drei Tagen bin ich von hier weg.«

Eine Zeitlang schwieg Tayus einfach. Dann schüttelte er den Kopf. Spuckte zwischen seine Beine auf den Boden. »Scheiße«, sagte er. »Hast du's Mori schon erzählt?«

»Noch nicht.«

»Das is ja'n dolles Stück von dir.«

»Ich will hier nicht mehr leben. Will schon gar nicht hier sterben.«

»Dass du Mori und mich einfach so hängen lässt – verdammte Scheiße. Wir haben unser Leben für dich riskiert.«

»Ihr seid meine Freunde.«

»'n Scheiß sind wir. 'n absoluter Scheiß, wenn du dich einfach so verpisst. Würd'st uns auch verpfeifen, wenn du dafür'n Bonus beim Wettbewerb bekommst?«

»Was soll'n jetzt der Scheiß?«

»Sag.«

»Natürlich nicht. Niemals würd ich euch verpfeifen. Nicht in hundert Jahren, auch nicht, wenn ich dann hundertpro von hier weg könnte.«

Tayus kaute nachdenklich auf seiner Unterlippe herum, schüttelte kaum merkbar den Kopf.

Jake musterte das ernste Gesicht seines Freundes, folgte seinem wässrigen Blick nach draußen. Das Tal unter ihnen war zur Hälfte von den Kolonielichtern erleuchtet. In der Ferne rauchten die Maschinen im Tagebau. Der Stahl in den Werken glühte. Die Siedlung im Innern des Kraters schlief niemals. Niemals.

»Ich hab euch doch erzählt, dass ich kurz tot war. Im Druckanzug.«

Tayus erwiderte nichts.

»Weißt du, was ich gesehen hab, als ich tot war?«

»Nee ...«

»Nix. Gar nix hab ich geseh'n. Nur Schwärze war da um mich herum. Kein Zeitgefühl. Weißt du, was das heißt? 's heißt, dass es keine Erbschuld gibt. Und auch keinen Himmel und keine Hölle. Es heißt, dass nach dem Tod überhaupt nix kommt. Das hier ist das einzige Leben, das wir haben. Und das will ich nicht auf dem Mond verbringen.«

»Schon klar. Weißt du, wo der Unterschied ist? Ich will's auch nicht hier verbringen. Aber ich verbring's lieber hier mit euch, als woanders ohne euch.«

»Keiner is' mir wichtiger als du und Mori.«

»Spar's dir. Es is' schon alles gesagt. Wenn du gewinnen würdest, würdest du abhauen. Auch ohne uns.«

»Ihr seid trotzdem alles, was ich hab.«

Tayus schüttelte den Kopf. Dann erhob er sich von der Bank, und sie sahen einander eine Weile lang an. Plötzlich schluchzte Tayus. »Na gut, Alter, meine Schicht fängt bald an.«

Jake wollte ihn aufhalten. Tat es aber nicht. Sein Blick ging übers glitzernde Tal.

»Wir sehen uns wohl nicht mehr wieder. Na ja. Ich wünsch dir trotzdem viel Erfolg beim Wettbewerb.«

»Danke.«

»Denkst du mal an uns, wenn du in Light City bist?«

»Blöde Frage.«

»Mach's gut, Alter.«

Jake schluckte, nickte.

Als Tayus mit dem nächsten Shuttle fort war, warf er einen Blick auf den Boden und fand zwischen den Stiefelabdrücken seines Freundes zwei funkelnde Tränen, die er dort zurückgelassen hatte. Und als würde es jetzt noch etwas bedeuten, rannen auch ihm Tränen übers Gesicht, und er verscharrte sie mit der Stiefelspitze wütend im Staub.

Verfluchte Vana Vaughn. Verfluchte VTC.

»Verfluchte Scheiße«, sagte er.

70

Achtes Kapitel
Alles geht bergab

Irgendwo hinter dem von Blitzen lodernden Wolkenriff hing die fahle Sonne Tau Ceti und kroch langsam über den westlichen Kraterrand. Noch lagen die Siedlung und ein Teil des Tals im Schatten. Es war der letzte Morgen vor der Abreise. Jake saß im Speisesaal am äußersten Rand einer drei Meter langen Aluminiumbank und blickte vom regenbenetzten Längsfenster auf die etikettlose Konservendose auf seinem Teller. Neben ihm schaufelte eine derb wirkende Arbeiterin Proteinbrei in sich hinein und löffelte das auf, was daneben gefallen war. Rechts von ihm drückten sich Sträflinge im Gegenverkehr vorbei. Er zog den Arm an die Rippen heran, knickte die Metalllasche ein, zog den Deckel ab und schwenkte die Dose kopfüber. Er musste zwei- oder dreimal kräftig auf den Boden klopfen, ehe das glibberige Ding rausrutschte.

Es wackelte auf dem Teller und behielt seine Dosenform bei, war speckig und glänzte und bestand aus mehreren Schichten. Was davon was war, wusste keiner so genau. Eine Lage, jedenfalls, musste aus Eiweißen bestehen, vermutete er, weil das Ding so fischig roch. Er zerstampfte das Ganze zu einer geleeartigen Masse, schob sich davon etwas auf die Gabel und verputzte es. Kauend blickte er über die Köpfe der anderen Arbeiter auf einen Videoschirm an der hinteren Wand. Dort liefen die Tagesmeldungen des Sektors. Durch den Lärm der wild gekreuzten Unterhaltungen verstand er kein Wort von dem, was die Nachrichtensprecherin von sich gab, doch die Bilder sagten ohnehin genug:

In einem Silberbergwerk außerhalb Orongus war wieder ein Stollen eingestürzt und hatte Dutzende Arbeiter begraben.

»Wie schmeckt dein Dosenfutter?«, fragte die Arbeiterin neben ihm.

Der Junge schob sich mit dem Daumen etwas auf die Gabel. »Vermutlich so beschissen wie deins.« Er fischte sich ein knorpeliges Stück aus dem Mund, legte es auf den Tellerrand und aß, die Nachrichten schauend, weiter. Als sie etwas über die Rebellen der FBD berichteten, ließ er den Blick auf seinen Teller fallen.

Im Shuttle zur Wartungshalle schlug sein Datengerät plötzlich Alarm. Das passierte nur dann, wenn eines seiner Minenfahrzeuge irgendwo einen Unfall gebaut oder eine Panne hatte. Es musste so etwas wie ein Fehlalarm gewesen sein, dachte Jake, denn seine Schicht hatte noch gar nicht begonnen und damit hätte auch keines seiner Fahrzeuge im Einsatz sein dürfen.

Mit zittrigen Fingern holte er das Datengerät hervor und gab den Entsperrungscode ein.

Was zur ...

Laut Aufzeichnungen war eines seiner Fahrzeuge irgendwo im nordwestlichen Quadranten liegengeblieben – was gleich auf zweierlei Wegen unmöglich war: Der nordwestliche Quadrant lag außerhalb Orongus, und kein Minenfahrzeug durfte ohne Genehmigung den Krater verlassen. Außerdem lag der nordwestliche Quadrant in den verstrahlten Zonen. Eine Fahrt dorthin bedeutete den sicheren Tod für den Ausflügler.

Ach du heilige Scheiße!

Jake ließ sich die Fahrzeugkennung des verunfallten Transporters anzeigen, holte dann in dunkler Vorahnung seinen Handcomputer hervor und verglich die zwölfstellige Nummer mit der, die er sich unter Tayus' Erztransporter notiert hatte.

Es war die gleiche Kennung.

»Tayus, du verdammter ...«

Er ließ das Programm die Route des Transporters zurückverfolgen. *Das darf nicht sein*, dachte er. *Was hast du getan?*

Die Wegmarkierung führte direkt durch die nordwestliche Kraterwand. Es musste dort einen Canyon geben, durch den Tayus den Krater verlassen konnte. Anders war es nicht zu erklären.

Aber wieso? Wo hat dich die FBD hingeschickt?

In der Wartungshalle kreuzte er den Weg von einem Aufseher; er rannte an ihm vorbei, passierte Schleuse B, doch der Bergungstrupp stand bereits in Druckanzügen vor dem dreiachsigen Mondrover. Das VTC-Logo zierte in Orange die Seiten des gepanzerten Vehikels. Es gab eine Krankenstation im Heck und einen ausfahrbaren Kran auf der Ladefläche. Das Fahrzeug war extra für Rettungsmissionen im hügeligen Terrain konzipiert worden.

»Ich komm mit«, sagte der Junge Luft holend. »Der da draußen 'nen Unfall gebaut hat, ist mein Freund.«

Ein Kreis aus Stille bildete sich unter den Männern. Schließlich fing Quinlan als Erster an zu lachen. Dann stimmte Vasker mit ein. Kurz darauf lachte die ganze Gruppe. Quinlans Kippe wippte im Mundwinkel auf und ab. Als er sich vor Lachen auf den Knien abstützte, fiel sie ihm aus dem Mund, und er ging in die Hocke, um sie wieder aufzuheben.

»Weißt du, Luttenfurz«, sagte er, »die armen Seelen, die wir retten, können Schisser wie dich nicht gebrauchen. Du bist, um genau zu sein, ihr Todesurteil. Wenn dir also was an dei'm Freund liegt, dann lässt du uns die Sache lieber allein erledigen.«

»Das ist mein Erztransporter da draußen. Ich kann ihn wieder zurückfahren. Reparieren, wenn nötig.«

»Wovon redest du, Grubenjunge?«

»Das Fahrzeug, das auf der Strecke geblieben ist, gehört zu den Erztransportern, die ich regelmäßig warte!«

Einen Augenblick stockte Quinlan. Dann: »Bei den falschen Göttern, du glaubst allen Ernstes, dass wir uns auf den Weg in die verstrahlte Zone machen, um die Leiche von diesem gehirnamputierten Spinner namens Tayus Nraad zu bergen?«

Jakes Gesicht erbleichte schlagartig.

»Sicher nicht, Grubenjunge. Das ist nicht unser Zuständigkeitsbereich. Niemand kann uns zwingen, die verstrahlte Zone zu betreten. Da könnt' die VTC uns gleich mit der Todesstrafe drohen. 's hat 'nen andren Unfall in der Grube gegeben, da müssen wir jetzt hin. Also tritt verdammt nochmal aus meinem Schatten.« Quinlan bedeutete der Mannschaft mit einer zum Fahrzeug gelenkten Handbewegung einzusteigen.

»Vielleicht ist er noch am Leben«, flüsterte der Junge.

Quinlan drehte sich zu ihm um, sagte: »Wenn er's jetzt noch ist, dann wird er es spätestens in ein paar Wochen nicht mehr sein. Die Strahlung da draußen überlebt keiner.«

Mit verblüffter Miene ließ er Quinlan stehen und lief aus der Schleuse. Er nahm den Fußgängerweg durch die Röhre Richtung Fahrzeughangar. Konnte sich nicht erinnern, wann er das letzte Mal so schnell gelaufen war. Methanregen prasselte auf die gewölbten Deckenfenster und rann in silbernen Bögen übers Glas, die Schlieren loderten im Blitzgeflacker auf. Im Fahrzeughangar blieb er stehen und holte tief Luft. Sein Atem dampfte. Flutlichter an den Metallstreben beleuchteten den Raum aus allen vier Ecken. In der ganzen Halle parkten nur wenige Fahrzeuge, überall unter dem Mondschlamm blitzten weiße Quadrate und Markierungen hervor. Der Junge lief zu einem kleinen Schlepper des Typs UTV. Die kugelförmige Fahrerkabine bot mit acht seitlich angebrachten Fenstern und einem großen Frontglas eine Rundumsicht, was wichtig war, damit der Fahrer auch kleineren Hindernissen rechtzeitig ausweichen konnte. Das Fahrzeug war leicht und ungepanzert. Die Ladefläche war mit drei Quadratmetern sehr klein. Meistens kam der Schlepper zum Einsatz, um Fracht innerhalb der Siedlung frei zu transportieren. Aber er würde sich auch dafür eignen, schmale Canyons zu durchqueren, dachte der Junge, als er die Tür nach vorn oben anhob. Er ließ seinen Rucksack in der Halle stehen, stieg, mit dem Datengerät in der Hand, über zwei metallene Trittstufen ins Fahrerhäuschen ein und ließ die Tür zufallen. Selbst für eine Person war es in der Kabine zu eng, und er hatte noch nicht einmal den Druckanzug an.

Zwei große Scheinwerfer in Form zweier horizontaler Balken waren am Überrollbügel des Fahrzeugs montiert und beleuchteten den Weg vor ihm. Schleuse A war gerade besetzt, also fuhr er in Schleuse B hinein, die mittlerweile frei war, hielt das Fahrzeug an, stieg aus und lief zu dem einzigen Spind, in dem sich noch ein Druckanzug befand.

Er öffnete ihn mit einem achtstelligen Code. Der Druckanzug darin war ein Vorgängermodell und von der Zeit stark gezeichnet. Im Schienbeinbereich hatte er einen Riss, der vier- oder fünfmal mit Klebeband umwickelt war. Aus den offenen Schlitzen zwischen der Umwicklung quoll das Isoliermaterial hervor.

Jake löste die Stromkabel vom Brustteil, schaltete die Versorgungssysteme an und besah sich am Handgelenkcomputer den Batteriestatus. Der Anzug war zu 73 Prozent geladen.

Muss reichen.

Er brauchte wichtige Minuten, allein um den Druckanzug anzulegen – Zeit, die er nicht hatte. In voller Montur schritt er zurück zum UTV, setzte den klobigen Stiefel auf die Metallstufe und stieg linkisch in die Fahrerkanzel ein. Mit dem Anzug konnte er seine Arme nur noch um ein paar Grad spreizen, dann berührten seine Ellbogen bereits die gewölbten Seitenfenster.

Der schwere Helm lag auf seinem Schoß. Jake war angegurtet und schwitzte wie verrückt. So steuerte er den kleinen Schlepper aus der Schleuse, hielt in der dahinter liegenden Druckkammer an und prüfte die Route auf seinem Datengerät. Das große Tor öffnete sich mit einem pneumatischen Zischen und flutete die Kammer mit der bleischweren Mondatmosphäre; das Barometer auf der Instrumententafel schlug sofort an. Mit einem unkontrollierten Seufzer drückte er seinen Fuß aufs Gaspedal.

»Was hast du dir dabei nur gedacht«, sagte er und hatte keinen Schimmer, ob er damit Tayus oder sich selber meinte.

Neuntes Kapitel
Fiddler's Green

Nach zehn Minuten Fahrt hatte er das große Eisenverhüttungswerk hinter sich gelassen und durchquerte die dunkel türmenden Wohnmodule. Keine erleuchteten Fenster, nur schwarze Blöcke gen Himmel. Das war die Habitatstation.

Die riesigen Maschinen des Tagebaus stiegen am fernen Ostende auf. Weit dahinter und noch viel höher verlief die alles umschließende Kraterwand. Leichte Schatten des seitlich einfallenden Tageslichts gaben den Felshängen schroffe Konturen. Durch den Dauerregen war das zerklüftete Tal mit Methan vollgelaufen. Wie ein aus dem Boden aufsteigender Ozean war das Land von silbern schillernden Gezeitenseen getüpfelt. Auf ihrer vom Regenfall gekräuselten Oberfläche spiegelte sich der lodernde Himmel.

Als der Junge dem inneren Rand des Kraters elf Kilometer nach Norden gefolgt war, entdeckte er im Gestein eine riesige Felsspalte und er dachte, das muss der Canyon sein, durch den Tayus die Siedlung verlassen hat.

Er ließ den Motor im Leerlauf blubbern und blickte in die Finsternis des Canyons hinein. Das Fahrzeug schaukelte im Wind, das rostige Federwerk quietschte. Die Felsspalte verschluckte alles Licht. Mit einem Gefühl der Beklommenheit in seinem Herzen dachte er an seinen Freund.

»Du bist besser noch am Leben, damit du auch siehst, was ich hier für ein' Scheiß für dich mache. Du bist mein Freund, Alter. Mein einziger.«

Der Kegel der Balkenscheinwerfer war weit gestreut, die Reflexe sammelten sich an den feuchten Felswänden ringsum. Durch den Regen war der Grund der Höhle vollgelaufen, das UTV glitt durch die Untiefen mit zur Hälfte im Methan drehenden Rädern. Was er im Scheinwerferlicht vor sich sah, kam ihm vor wie eine Schleichfahrt durch den steinernen Magen eines andersweltlichen Ungeheuers. Doch das wahre Monster war nicht der Canyon, sondern die Vortexstürme, die draußen, außerhalb der schützenden Kraterwände, in voller Kraft tobten.

Als Jake aus dem Höhlenausgang fuhr, griff ein scharfer Seitenwind unter das Fahrzeug und drückte es aus der Spur. Das war der Moment, als er merkte, dass er das falsche Fahrzeug gewählt hatte. Jake lenkte gegen, stieg mit beiden Stiefeln auf die Bremse – doch das viel zu leichte UTV rutschte unaufhaltsam auf einem steil abfallenden Ausläufer in die Tiefe.

»Scheiße!«

Erschütterungen, Blitzgeflacker, Staubwirbel. Kurz darauf ein heftiger Ruck. Das Vehikel überschlug sich. Reflexartig spannte Jake seinen Nacken an. Das Datengerät und der Helm flogen wild durch die Kanzel. In rascher Abfolge erblickte er den Himmel und dann wieder die Erde, oben, unten, oben, unten, alles im steten Wechsel; dann erloschen die Scheinwerfer. Keine Orientierung mehr, sein Gleichgewichtssinn gab auf. Von überall hörte er es nur noch krachen und knacken. Bis das UTV am Fuße des Kraters gegen einen Felsen schlug.

Jake hing kopfüber im Gurt und holte Luft. Ihm war schwindelig. Ein trockenes Knacken vom Seitenfenster ließ ihm keine Zeit zum Verschnaufen. Er langte nach seinem Helm, der zwischen Armatur und Tür eingeklemmt war, kam aber nicht ran. Das gesprungene Seitenfenster wölbte sich vom Außendruck immer stärker nach innen.

Mit einem Handgriff löste er den Gurt und landete unsanft auf der Glaskabine. Sofort nahm er den Helm, setzte ihn auf und drückte den Knopf auf der Brustkonsole – beinahe alles in einer fließenden Bewegung.

Er hörte noch das Knacken, ein Zischen – einströmende Mondluft. Dann sog er die kalte Flüssigkeit mit einem kräftigen Atemzug in seine Lungenflügel. Sofort keuchte er alles wieder aus. Atmete wieder ein, keuchte aus, glaubte, ersticken zu müssen.

Im gleichen Moment implodierte die Kanzel. Ein heftiger Wirbel aus Staub und Glassplittern umflog ihn. Er zuckte zusammen. Kreuzte die Arme schützend vor das Visier. Milchiges Tageslicht fiel durch das Türgerippe herein, und der Junge merkte, dass er trotz allem noch am Leben war. Er atmete jetzt ruhiger, obwohl sein Herz höllisch raste. Der Handgelenkcomputer hatte einen Riss, der sich fast diagonal übers Display zog. Schien aber noch intakt. Die geschätzte Dauer, für die Jake noch mit Sauerstoff versorgt sein würde: zwei Stunden.

Er sammelte das Datengerät auf und kroch aus dem Cockpit heraus. Der Treibstoff spritzte aus dem Tank. Dem Fahrzeug hatte es durch den Sturz an der Vorderachse beide Räder weggerissen, die vier hinteren drehten sich im Sturm wie durch Geisterhand.

Der Junge bäumte sich gegen den Wind. Ein Blitz jagte vorbei; der ihn umwirbelnde Staub flackerte gleißend hell, und der Donner ertönte selbst durch die Flüssigkeit im Helm noch ganz deutlich. Obwohl er erst ein paar Meter zurückgelegt hatte, war das UTV-Wrack im Sandsturm nur noch als blasser Schemen auszumachen.

Nach knapp einer Meile über die schroffe Mondoberfläche blickte er das erste Mal auf die Batterieanzeige – rund vierzig Prozent verblieben. Ein Alarmton drang schon die ganze Zeit in sein Gehör, den er zu ignorieren versuchte. Der in den Anzug integrierte Geigerzähler meldete sich zu Wort. In der Nähe, wo der Junge verunfallt war, betrug der Wert 60 Millisievert pro Stunde, aber hier in der Einöde, wo er der kosmischen Strahlung und den radioaktiven Gesteinsmassen völlig exponiert gewesen war, kletterten die Werte auf ein Vielfaches davon.

Ich wandel tatsächlich in den verstrahlten Zonen umher. Kneif mich. Ich muss bescheuert sein. Wenn ich das hier überleb, dann werd ich an Krebs verrecken. Japp, und wie bescheuert ich bin.

Im grellen Licht der Blitze warfen die umliegenden Gesteinsformationen tiefschwarze Schatten. Die Haut unter der beschädigten Stelle am Anzug war durch die eindringende Kälte bereits taub. Bei dreißig Prozent Batteriestatus gingen die lunaren Winde so stark, dass er zusehens Probleme bekam, sich auf den Beinen zu halten. Strahlenbelastungswert auf dem Anzeiger: *334 mSv/h.*

Der Junge wusste ohne genaue Koordinaten nur ungefähr, in welche Richtung er gehen musste. In einem Umkreis von einer Meile konnte Tayus' Transporter hinter jedem Felsmassiv stecken. In – er warf einen Blick auf den Handcomputer – knapp hundert Minuten musste er nicht nur Tayus finden, sondern mit ihm wieder zurück nach Orongu.

Am Fuße des Kraters hatten sich säulenartige Felsformationen gebildet, die er durchschritt. Krumm und spitz hingen die Felsen über ihm wie das Gerippe eines vorzeitlichen Wesens. Der Junge hatte keine Ahnung, wie so eine Felsformation natürlichen Ursprungs sein konnte. Ihm gingen so viele sonderbare Gedanken durch den Kopf, dass er an sein eigenes Ende kaum dachte. Erst, als die Zeit auf unter eine Stunde fiel und er das Gefühl nicht mehr los wurde, im Sandsturm im Kreis gelaufen zu sein, fing er an, vor Angst panisch zu werden. Dass er den Erztransporter noch rechtzeitig gefunden hatte, war dem bloßen Zufall geschuldet. Das liegengebliebene Fahrzeug war nicht, wie er zu Anfang gedacht hatte, in der Nähe der Felsspalte verunglückt, sondern parkte weiter weg auf offenem Feld. Dass er die Scheinwerfer durchs Sandgefege noch brennen sah, gab ihm Hoffnung. Vielleicht lebte Tayus tatsächlich noch.

Wartet er auf jemanden?

So ein Quatsch.

Aber was hat er dann hier verloren?

Er hielt die Hand schützend vors Visier und stapfte über gefrorenen Sand. Den Körper lehnte er steil gegen den Wind. Er musste einen flachen Hügel erklimmen, bevor er am Erzlader ankam. Ohne Zeit zu verlieren, kletterte er die Leiter hoch und eilte übers Deck zur Fahrerkabine.

Die von Schutzgittern umgriffene Scheibe spiegelte die Landschaft in noch tristeren Farben wider. Er sah sich selbst in der Spiegelung, wie er mit offenem Mund die Flüssigkeit schwer einatmete und wieder ausstieß, doch er sah nichts vom Innenraum, konnte Tayus hinter der Scheibe nicht erkennen. Er ballte den Handschuh zu einer Faust und schlug gegen die Tür.

Keine Antwort.

Er schlug noch einmal.

Hämmerte gegen das Gitter.

Doch plötzlich hielt er inne. Hielt den Atem an. Ganz langsam nahm er die Hand herunter. Durchs Klopfen gegen die Tür hatte er Mondstaub aufgewirbelt, der sich auf der Innenseite der Scheibe festgesetzt hatte.

Mondstaub im Innern der Fahrerkabine?

Mit einem Mal brach die ganze Wahrheit über ihn ein.

Tayus. Verdammt. Nein.

Seine Lungen verlangten danach, schneller zu arbeiten. Er wollte den Helm abstreifen und endlich wieder durchatmen. Klar denken.

Durch den Notfallschalter an der Außenseite entriegelte er die Tür. Jeglicher Anpressdruck einer intakten Kabine hatte völlig gefehlt. Tayus saß angeschnallt im Gurt und war zu einem Block Granit gefroren. Aus seinem offenen Mund ragte ein rubinroter Eiszapfen. Mondstaub, der von der durchschlagenen Frontscheibe einströmte, rieselte zu Boden, bedeckte die Gerätschaften und die Armatur, auf der mehrere Kontrolllämpchen aufleuchteten.

Jake blieb ohne eine Regung stehen. Vielleicht eine Minute oder zwei oder länger bewegte er sich nicht mehr. Erst der Alarmton seines Anzugs riss ihn aus der Gedankenstarre. Noch fünfzehn Prozent.

Er schnallte seinen toten Freund ab und schleppte ihn nach draußen neben die offene Fahrertür. Der Körper lag in der gleichen Haltung da, die er im Sitz eingenommen hatte – vornübergebeugt, die Beine angewinkelt. Die Schweißerbrille flatterte im

Wind um seinen Hals. Die schwarzen Gläser reflektierten das Geflacker der Blitze, die sich irgendwo über ihnen entluden.

Das darf einfach nicht sein.

Jake wollte schreien, als er in Tayus' offene Augen starrte, die Angst, das Grauen des letzten Moments, war gefangen hinter einer hauchdünnen Eisschicht, die seine Iris trübte. Die Leiche sah aus wie eine groteske Nachbildung seines Freundes, eine Figur aus dem gleichen Stoff geschaffen wie er, aber doch war das, was ihn zu Tayus Nraad gemacht hatte, nicht mehr darin.

Jake ging ins Cockpit zurück und ließ sich auf den Wippsitz fallen. Er drehte den noch im Schloss steckenden Schlüssel zweimal nach rechts, worauf die drei Motoren starteten. Er fühlte die Gewalt von über 6000 PS unter dem Sitz vibrieren, als er den Muldenkipper langsam in Bewegung setzte.

Die meiste Zeit blickte er aufs Radargerät und auf die Statusanzeige der Batterie in seinem Anzug, die bereits auf dreizehn Prozent gefallen war. In Gedanken sagte er zu sich, dass er es vielleicht noch rechtzeitig schaffen würde, aber wahrscheinlich eher nicht. Er war erstaunlich gleichgültig.

Erst als er den Canyon auf der anderen Seite wieder verließ und die Batterie noch zu fünf Prozent geladen war, wusste er, dass er tatsächlich nach Orongu zurückkommen würde. Auch das ließ ihn kalt. Nur fing er an, Fragen zu stellen. Was hatte Tayus da draußen getrieben? Wonach hatte er gesucht? Und welche Strafen warteten auf ihn selbst, wo er doch ohne Genehmigung den Krater verlassen und das UTV zu Schrott gefahren hatte? Es würde mindestens einen Verweis geben, der ihm die Anmeldung zum Auswahlprogramm untersagen würde. Nun stand das Einzige auf dem Spiel, was ihm je Hoffnung auf die Zukunft gegeben hatte, und er fragte sich, wofür er es getan hatte und warum, denn insgeheim wusste er doch schon die ganze Zeit, dass Tayus tot war und der Unfall nicht vor dem Konzern geheim gehalten werden konnte. Er verfluchte sich selbst für seine Dummheit, verfluchte Tayus, weil er sich den Rebellen angeschlossen hatte und er verfluchte den Konzern, der allen voran der Grund war, weswegen er jetzt und schon immer in der Scheiße saß.

Zehntes Kapitel
Nur der Beste tilgt die Schuld

Er hatte kaum mehr als zwei Stunden geschlafen; er musste Überstunden machen, um die Stunden an Arbeit nachzuholen, die er auf seiner eigenen Bergungsaktion versäumt hatte. In der Nacht hatte er den Erztransporter repariert und in den Hangar abgestellt; hatte die Leiche seines Freundes ins Krematorium gebracht. Seinen Tod bei der Behörde gemeldet und ihn als gewöhnlichen Arbeitsunfall eintragen lassen. Er hoffte einfach – denn etwas anderes blieb ihm nicht übrig –, dass die Verwaltungszentrale die richtigen Fragen erst dann stellen würde, wenn er schon längst an Bord der Harvester war.

Er war angespannt, müde. Hatte seinen Rucksack gepackt und verließ noch vor Tagesanbruch den Wohncontainer. Der Bahnhof lag auf der Südseite der Siedlung, es standen nur wenige Arbeiter am Gleis. Im Zug setzte sich jemand neben ihn; er war Ende zwanzig oder Anfang dreißig. Sie kamen ins Gespräch. Er erzählte dem Jungen, dass er auf dem Weg nach Architope sei, weil sie dort nach Männern mit seinen Qualifikationen suchen würden. Sein ganzes Leben lang habe er als Sanitäter gearbeitet und sei vor zwei Monaten zum Laborassistenten aufgestiegen und helfe nun bei der Herstellung von Arzneimitteln für den westlichen Sektor. Seine Erfahrung zahle sich aus, meinte er, denn er würde nun das doppelte Gehalt eines Sanitäters bekommen und könne einiges davon absparen, um sich so noch im Alter zu versorgen, was nur die wenigsten hier auf Limbus II schaffen würden.

»Und du?«

»Und ich?«

»Wohin willst du.«

»Nach Bancarduu.«

»Aha. Ist noch 'ne ganze Strecke bis dahin.«

»Solange ich's bis morgen Mittag schaff.«

»Machst wohl beim Auswahlverfahren mit.«

»Jawoll.«

»Und du meinst, als Schweißer hättest du da 'ne Chance?«
Der Mann zeigte mit dem Finger auf die Schweißerbrille, die er
um den Hals trug.

»Die gehört 'nem Freund«, sagte er. »Ich bin ausgebildeter
Bergbauingenieur.«

Der Mann nickte anerkennend. »Du hast also auch die Schule
in Bancarduu besucht?«

»Jawoll.«

»Ich auch.«

»Is ja echt schön für dich.«

Der Mann nickte in sich gekehrt und verfolgte die bergige
Landschaft, einfarbig und blass. Der Zug fuhr auf einem Hochplateau, die Sicht aus dem Fenster war weiter als zur Zeit der Vortexstürme üblich.

In Architope stiegen sie aus. Mit etwas über 9000 Arbeitern
war es die drittgrößte Siedlung des Sektors. Hier wurde ausschließlich für die Sträflinge produziert. Es gab drei große Fabriken, die den westlichen Sektor mit Lebensmitteln, Arzneistoffen
und Verbrauchsgütern versorgten. In großen Laborkomplexen
synthetisierten die Arbeiter Proteine und Vitamine und extra-
hierten Stärke aus diversen Hydrokulturen. Das waren die

Grundbausteine fürs Essen, das die Kantinenmitarbeiter auf ganz Limbus II auf die Bleche der Sträflinge klatschten.

Der Anschlusszug nach Bancarduu fiel aus, und Jake musste den ganzen Tag in Architope verbringen. Er ging in eine Spelunke, setzte sich in eine Ecke und versuchte, für den Wettbewerb zu lernen. Der Krach und die Unterhaltungen störten seine Aufmerksamkeit. Noch schlimmer allerdings waren seine Gedanken an den vergangenen Tag, die er zwar zu begraben versuchte, die aber immer wieder aus seinem Unterbewusstsein an die Oberfläche traten. Nach etlichen Bechern Grubenpisse schlief er irgendwann auf dem Tisch ein. Es war ein episodischer Schlaf von großer Unruhe und kurzer Dauer. Sein Wecker klingelte, und er schlug noch drei weitere Stunden auf dem Bahngleis tot, ehe er auf den nächsten Zug nach Bancarduu aufsprang.

Das Abteil war gerammelt voll. Hinter den beschlagenen Fenstern pressten sich die Reisenden an die Scheibe, dicht an dicht, wie bei einer Testfahrt, in der man prüfen wollte, wie viel Mensch der Mensch auf so engem Raum ertrug.

Fauler Mundgeruch wölkte zum Jungen rüber. Er schnappte ungewollt ein paar Gesprächsfetzen auf. Es ging um den Wettbewerb. Die Sträflinge direkt neben ihm fragten sich mögliche Prüfungsaufgaben ab, machten sich gegenseitig nervös. Machten ihn nervös. Einige andere fluchten darüber, dass sie die Landung der HARVESTER verpasst hätten, weil der Zug gestern Abend ausgefallen war. Innerlich fluchte er mit.

Im heftigen Sandsturm erreichten sie Bancarduu. Die Metallschilde in den Stationen waren heruntergefahren, die Deckenstrahler fluteten den Bahnhof mit künstlichem Licht. Der Junge lief durch eine Verbindungsröhre zum Multikomplex, einer Struktur, die Freizeitbeschäftigungen für Sträflinge bot. Es gab ein Fitnesscenter mit alten Eisen und zerschlissenen Bänken, ein Kino mit schiefer Leinwand, auf der die Geschichte der Kolonie nacherzählt wurde, und viele Spelunken, wo die Sträflinge die Erinnerung an den Tag mit Fusel herausbrannten.

Er betrat die erstbeste Bar, bestellte einen Becher Grubenpisse und fragte den Barmann, nachdem er das Getränk bezahlt hatte, ob er einen Platz zum Schlafen hätte. »Drei Nächte. Kann dir zwei Silberstücke dafür geben.«

»Pro Nacht?«

»Insgesamt.«

Der Barmann sah ihn an, während er einen leuchtenden Kurzen zum nächsten Barhocker rüberschob.

»Ich hoffe, dich stört's nicht, auf dem Boden zu schlafen. 'n Gästebett hab ich nämlich nicht.«

An der Korridorseite gegenüber den Appartementtüren quollen in Reihe aufgestellte Abfallcontainer über und vor dem Lift glomm ein beschädigter Getränkeautomat. Der Junge stellte sich davor, warf ein Kupferstück in den Münzschlitz, und eine Grubencola fiel krachend ins Ausgabefach. Mit der Dose in der Hand ging er zu den Aufzügen und fuhr ins oberste Stockwerk.

Das Appartement befand sich in einem miserablen Zustand. Die Wände waren mit bedeutungslosem Graffiti beschmiert. Das Eisfach war ausgefallen und herausgezogen, irgendetwas gammelte darin. Er stellte die Coladose in den Kühlschrank und schloss mit einem Ruck die Tür, die etwas klemmte. Er setzte sich an den Tisch vor dem großen Eckfenster, musste wieder an Tayus denken, an seine unüberlegte Rettungsaktion, daran, dass sein einziger Freund vor ihm gegangen war.

Er checkte seinen Posteingang – noch immer keine Nachricht vom Konzern bezüglich des Unfalls. Drei Tage. Drei Tage, bis die HARVESTER wieder vom Mond abheben würde. Drei Tage, in denen er das Glück mehr denn je brauchte. Er atmete tief durch, öffnete das erste Kapitel eines Mathe-eBooks auf seinem Datengerät und begann damit, das zu wiederholen, was er sich übers ganze letzte Jahr selbst beigebracht hatte.

Irgendwann in der Nacht fuhren die Sturmschilde wieder hoch. Das Surren der Motoren verursachte einen Riesenkrach. Mit einem linealgeraden Abdruck auf der Stirn schreckte der Junge von der Tischkante hoch. Er blickte zum Fenster hinaus. Es war drei in der Nacht und draußen taghell. Orangefarbener, trüber Himmel hinter den schwarzen Gebäuden; dort, wo die Sonnenscheibe zu erahnen war, liefen die Sturmwolken milchig-gelb an. In den Schluchten zwischen den Gebäuden transportierten Pipelines Abwässer aus dem Appartementkomplex.

Er rieb sich mit Daumen und Zeigefinger Schlaf aus den Augen. Stand auf, holte die Arbeitercola aus dem Kühlschrank und lernte weiter.

Am nächsten Morgen stand er frisch rasiert vor dem riesigen, wenig prunkvollen Verwaltungsgebäude. Er trug den Rucksack auf einer Schulter und schaute durch die Glasdecke zur sechseckigen Gebäudestruktur auf, die in schwindelerregende Höhen empor reichte. Von dort oben steuerte die VTC-Zentrale die gesamte Mondkolonie. An der dunklen Außenfassade des Gebäudes gab es zwei Blickfänger: das riesige Konzernlogo aus reinem Gold und darüber ein Videoschirm mit etwa den gleichen Ausmaßen wie die Wartungshalle in Orongu.

Auf dem Bildschirm übertrugen sie gerade eine Live-Ansprache von Vana Vaughn. Ihre Rede wurde über Lautsprecher in die Verbindungsröhren getragen; die blonde Frau betonte, wie wichtig es für sie sei, dass auch ein Sträfling zu Lebzeiten noch das Recht auf Vergebung bekäme.

Ihre Worte ließen Jakes Blut kochen.

Vor dem zehn Meter hohen Durchgangstor durchsuchten zwei Wachen seinen Rucksack. Es befanden sich nur die Thermoskanne mit kaltem Wasser, zwei Proteinriegel und das Bilderbuch seiner Mutter darin. Die Wachen winkten ihn durch.

Ein hell erleuchteter, etliche hundert Quadratmeter umfassender Raum aus Glas und Stahl, voll von beschäftigten Konzernmitarbeitern und schmutzigen Sträflingen, die sich hier den Weg aus ihrem Elend erhofften – das war die unterste Ebene. Die Schlange zur Anmeldung reichte bis zum Eingangsbereich. Der Junge ging an ihr vorbei, wich einem Reinigungsroboter aus und stieg die Glasstufen zu einer erhöhten Plattform hinauf, wo gerade ein dreiköpfiges Nachrichtenteam aus Light City seine Ausrüstung checkte.

Er blieb auf der obersten Stufe stehen. Hielt diese fremden Bürger zuerst für eine ganz andere Rasse von Mensch. Die Reporterin hatte aufwendig frisiertes Haar, große weiße Zähne und eine federleichte Ausstrahlung, als sei sie aus Light City das Schweben gewohnt.

Er musterte noch einen Moment das geschminkte Frauengesicht; so etwas Schönes hatte er noch nie gesehen. Es wirkte direkt unnatürlich. Nach einer Weile umging er die Gruppe in einem weiten Bogen und trat ans große Panoramafenster heran. Umrandet von hohen Gebäudestrukturen und dahinter drehenden Windturbinen lag der Raumhafen direkt in seiner Sicht. Fahnen mit dem Konzernlogo wehten hoch am Mast an allen Ecken des Platzes. Geländefahrzeuge fuhren der Reihe nach mit aufgeladener Fracht aus dem Rumpf der HARVESTER. Hauptsächlich Treibstofftanks; Öl; medizinische Versorgungsgüter und neues Personal ging von Bord. Im Gegenverkehr luden die Fahrzeuge Roh- und Edelmetalle auf; Schmucksteine, Platin – alles Wertvolle, was die Sträflinge in den vergangenen vier Jahren von der Mondkruste abgetragen hatten, wurde nun nach Cetos V verschickt.

Etwa dreißig Raumschiffmechaniker und Techniker inspizierten auf der Backbordseite den Raumfrachter. Sie arbeiteten am Boden und auf Kränen in der Luft. Wachen mit Sturmgewehren im Anschlag patrouillierten und stoppten auf vorgegebenen Positionen. All die Menschen und Fahrzeuge dort unten waren nur Pünktchen auf der Landschaft verglichen mit den Ausmaßen der HARVESTER.

»Verzeihung?«

Dem Jungen fiel erst jetzt der Kondenskreis auf, der sich an der Scheibe, direkt vor seinem Gesicht, gebildet hatte. Er wandte sich der Frauenstimme hin. Es war die blonde Reporterin aus Light City.

»Wie heißt du?«

Sein Herz klopfte.

»Jake Pryke«, sagte er.

»In Ordnung, Jake. Bleib mal bitte hier stehen.«

»Ich muss mich zur Prüfung anmelden.«

»Bleib hier stehen.«

Ein anderer aus dem Kamerateam blendete ihn mit einem Sonnensegel. »Etwas weiter nach rechts«, sagte der Kameramann durch den Sucher schauend.

Die wollen ein Interview mit mir machen?

Die Reporterin legte ihre manikürten Finger um seine schmutzigen Schultern und schob ihn an sich heran.

»Genau da. Bleib genau da stehen, Junge.«

Jake sah den Kameramann an.

»Bist du bereit, Gin?«

»Immer.«

»Aber –«

»Gut. Kamera läuft in drei, zwei, eins ...«

»Glück und Wohlstand, liebe Bürger von Light City. Mein Name ist Ginger North und ich begrüße Sie live zu den First News. Es ist Donnerstag, und wir befinden uns im Verwaltungskomplex von Limbus zwei, wo heute zum zweiten Mal in der Geschichte der Kolonie der Wettbewerb um den fleißigsten Arbeiter stattfindet. Aber für uns ist es eine Premiere, denn zum ersten Mal sind wir für Sie auf einem der Sträflingsmonde zugegen, um uns einen direkten Einblick von den Zuständen hier zu verschaffen. Wenn ich mich so umschaue, liebe Zuschauer, dann sehe ich hier kein Elend, sondern junge, muntere Gesichter und gut ausgebildete Männer und Frauen, die voller Hoffnung und Fleiß sind. Mit diesen Eindrücken zeigen wir die Wirklichkeit, liebe Zuschauer, und sie sieht ganz anders aus als das Bild, das die Terroristen der Red Nova immerzu zeichnen wollen. Neben mir steht ein junger Mondbewohner namens Jake Pipe, und mit seiner Hilfe werden wir die Argumente, mit denen die Red Nova ihre Gräueltaten und konkret den Anschlag auf den Raumhafen von Ataris letzte Woche gerechtfertigt hat, widerlegen. Fangen wir an: Jake, wie ist das Leben hier auf dem Mond?«

Er blickte hölzern in die schwarze Kameralinse. Sein Herz raste nur umso mehr bei der Vorstellung, dass alle Menschen in Light City ihm gerade zuschauten. Das erste Mal in seinem Leben spürte er das unangenehme Gefühl von Lampenfieber. Es ließ ein schwarzes Loch dort entstehen, wo sich sonst seine Gedanken befanden.

»Ich ...«

Das Mikrofon, das Ginger North ihm unter die Nase hielt, hätte auch eine voll durchgeladene Railgun sein können – beides hätte ihn gleich stark unter Druck gesetzt, die Antwort zu geben, die der Konzern haben wollte.

»Ist es nicht schön hier?«, hakte Ginger North nach.

»Ohne'n Vergleich kann ich schlecht sagen, wie's hier ist«, sagte er. »Fragen Sie mich lieber nochmal, wenn ich in Light City bin.«

»Schnitt«, sagte der Kameramann. »Du weißt doch, was wir hören wollen.«

»Ich dachte, das wär 'ne Liveübertragung.«

»Würden wir live drehen, würde so ein Mist herauskommen wie jetzt.«

»Ich mach das nicht. Ich muss mich zur Prüfung anmelden.«

»Und ob du das machst. Also nochmal das Ganze und diesmal mit den richtigen Antworten. Ach ja, Ginger, der Junge heißt *Pryke* nicht Pipe. Wir sind Journalisten. Wir müssen immer alle Fakten richtig haben. Los geht's.«

Spät abends kam er in das Appartement des Barmannes zurück. Das milchige Tageslicht sickerte durchs Eckfenster. Die Heizung war ausgestellt oder funktionierte nicht. Sein Schlafplatz war eine Stoffdecke neben der Kochnische; das war in Ordnung. Er konnte an nichts anderes als an die Prüfung denken. In Gedanken ging er alle Fragen noch einmal durch. Was versteht man unter einem Hybridantrieb? Definieren Sie den Begriff mechanische Arbeit. Welche Faktoren haben hauptsächlich Einfluss auf die Leistung eines Motors? Es war ziemlich gut gelaufen. Viel besser als erwartet. Jake legte sich auf den Rücken und schob den schlaffen Rucksack unter seinem Kopf zurecht. Er zitterte. Starrte eine ganze Weile die metallene Decke an; sein Blick irgendwo gefangen zwischen freigelegten Kabeln und tropfenden Rohren, die mehr im Schatten lagen, als sichtbar waren.

Morgen wird der Sieger bekanntgegeben. Das werde ich sein. Ich weiß es. Und übermorgen kann ich für immer von hier weg.

Irgendwann wurde er müde, und in seinen Gedanken, die langsam in Träume überwanderten, war er zusammen mit Tayus und Mori an Bord der HARVESTER.

Kurz vor Morgengrauen erschienen sechs Uniformierte im Appartement, einer richtete den Lauf eines Schnellfeuergewehrs auf den Jungen und brüllte etwas, was er – noch halb im Schlaf – gar nicht so recht verstand. Er kniff die Augen zusammen, das Licht im Zimmer war an.

»Aufstehen.«

»Was ist los?«

Der Wachmann schwenkte den Gewehrlauf aufwärts. »Aufstehen, hab ich gesagt.«

Er stand auf.

»Umdrehen.«

Das Konzernlogo zierte die Brustpanzer der Männer. Jake drehte sich um. War wie benommen, aber nicht mehr nur vom Schlaf.

Die Wache legte ihm Handschellen an. Stieß ihn mit dem Lauf in den Rücken. So wurde er zu seinen Stiefeln bewegt, in die er reinsteigen sollte.

»Was hab ich getan? Ich kann doch nichts dafür, dass der Idiot in die verstrahlten Zonen gefahren ist«, brüllte Jake.

»Sie werden einem Richter vorgeführt«, sagte die Wache schließlich. »Sie werden beschuldigt, mit der Widerstandsbewegung FBD zu kooperieren. Sollten Sie uns nicht das Gegenteil beweisen, droht Ihnen die Todesstrafe.«

Elftes Kapitel
Ohne Licht

Bis das Urteil gefallen war, hatte man ihn eine Woche in einer notdürftigen Zelle mit einer täglichen Ration Brei und zwei Gläsern Wasser ausharren lassen. Die HARVESTER war längst auf dem Rückweg nach Cetos V.

Als der Junge auf Geheißen des obersten Richters aus dem Gefängnis entlassen wurde, war er noch abgemagerter als zuvor und um ein Vielfaches verschwiegener. Er rechnete mit seinem Tod. Er bekam nicht einmal einen Verteidiger an seine Seite. Der Prozess war kein Prozess, sondern eine Urteilsverkündung. Jake saß allein auf der Anklagebank und wartete auf das Wort des Richters.

»Die verbotene FBD-Bewegung ist von Maulwürfen durchsetzt, die wir in die Organisation eingeschleust haben. Einer von ihnen war der Kontaktmann Ihres Freundes, namentlich Tayus Nraad. Unter dem Vorwand, er solle außerhalb Orongus eine Geheimbasis der VTC auskundschaften, haben unsere Maulwürfe ihn dorthin gelockt. Wir führen Beweise gegen Sie, Jake Pryke, dass Sie von seiner Mitgliedschaft wussten.«

Soll das etwa heißen, Tayus hatte sich nie den Rebellen angeschlossen? Er wurde die ganze Zeit vom Konzern hinters Licht geführt?

»Jeder Sträfling weiß, dass die Strafe des Nichtmeldens gleich hoch der Strafe ist, sich der Terroristenvereinigung anzuschließen. Aufgrund Ihrer außerordentlichen Leistungen, jedoch, verzichten wir auf die Todesstrafe.«

Der Junge zog die Augenbrauen zusammen. »Was für Leistungen?«, fragte er. »Ich hab gearbeitet wie jeder andere auch.«

»Die Prüfung«, sagte der Richter. »Sie hätten das Auswahlverfahren um den fleißigsten Arbeiter gewonnen. Sie haben die beste Note von allen Teilnehmern erreicht. Die Höchstpunktzahl. Das rettet Ihnen jetzt das Leben. Deswegen werden Sie stattdessen ins Exil verbannt.« Der Richter grinste. »Aber ohne die Möglichkeit auf Entlassung oder Tilgung der Erbschuld«, fügte er hinzu. »Nach Ihrem Tod im Exil werden Sie, Jake Pryke, für Ihre Taten in der Hölle büßen. Genießen Sie die Zeit im Limbus.«

Noch am selben Tag saß er allein in einem unbemannten Güterzug mit weniger als fünf Essensrationen und einem Zehn-Liter-Kanister Wasser. Der Zug trat die Reise in die von mehrjährigen Stürmen tobende und im ewigen Dunkel der sonnenabgewandten Seite liegende Polarregion an, in der das Exil lag, von dem alles, was der Junge bisher gehört hatte, so ungewiss und unbestätigt war, dass der Ort auch eine bloße Legende hätte sein können, eine Gruselerzählung, um Kindern die Spielregeln beizubringen und die Älteren gesetzestreu zu halten, ein Ort, dessen Existenz auf reiner Spekulation basierte, wenn es da nicht immer einen gegeben hätte, der einen kannte, der dorthin verbannt worden war. Wie es aussah und was einen dort wirklich erwartete, wusste niemand, denn es gab keinen, der je aus dem Exil zurückgekommen war.

Die Reise zum Nordpol dauerte acht Tage. Der Übergang von Tag zur endlosen Nacht geschah ohne Abstufungen. Der Zug fuhr durch einen langen Tunnel, und jenseits dessen war die Landschaft auf einmal finster. In der Ferne beschattete das Zwielicht die höchste Bergspitze, der letzte Rest des Tages lag dort oben im Eis. Der Junge wollte dem Anblick etwas abgewinnen können, das bloße Bild auf eine andere Bedeutungsebene tragen, oder die Schönheit darin erkennen, einen Anflug von Sehnsucht verspüren, doch er empfand nichts dabei, weder Wut noch Trauer oder sonst etwas.

Das Wetter verschlechterte sich mit jedem Kilometer weiter in den Norden. Oberhalb der Felsschluchten tobte ein Schneesturm mit rasender Geschwindigkeit. Der Junge bekam das Unwetter nur durch die schaukelnden Bewegungen des Zuges mit.

Nach Tagen des Wartens durchfuhr der Zug eine Luftschleuse. Jake bemerkte es nur, weil das Schaukeln verebbte und der Zug das erste Mal auf der Reise ruhig dahinglitt. Bald darauf öffneten sich die gewaltigen Drucktüren des Waggons, und draußen empfing ihn ein Wachtrupp. Er stieg die Stufen herab und fand sich in einer hell erleuchteten Kaverne tief im Innern eines Berges wieder. Konzernmitarbeiter in grauen Uniformen arbeiteten wie Maschinenwesen hinter Computertischen. Der Ausdruck in ihren Gesichtern war bei allen derselbe. Die Wachleute führten ihn zu einem Hauptmann, der schon auf Jake zu warten schien.

»Folgen Sie mir«, sagte er.

Der Boden war spiegelglatt, die Oberlichter waren an Metallschienen angebracht, darüber die nackten Felswände.

»Was ist das hier für ein Ort?«

Der Konzernarbeiter gab keine Antwort. Alle waren ohne Unterlass auf ihre Arbeit konzentriert. Als kämen sie in ungeheueren Verzug, wenn sie einmal aufblicken oder durchatmen würden. Im Vorbeigehen erblickte Jake auf einem Monitor eine Kameraübertragung des Außenbereichs zur Luftschleuse. Es war Nacht, und draußen tobte ein gewaltiger Schneesturm. Ein eingeschneiter Funkmast. Schneewehen gingen in raschen Böen über das Bild.

Der Hauptmann öffnete über ein Terminal das Schloss an einem von Rost befallenen Eisengittertor. Dahinter liefen Schienen einen scheinbar endlosen Minenschacht hinunter.

»Ich soll da rein?«

»Gehen Sie immer geradeaus«, sagte der Angestellte, während er das Tor aufschob. »Es dauert ziemlich lange, aber irgendwann kommen Sie an einer Tür auf der linken Seite an. Dort melden Sie sich. Man wird Ihnen alles, was Sie wissen müssen, dort erklären.«

Jake blickte in die Tiefe des Schachts hinab.

»Sir?«

»Ja?«

»Was erwartet mich da unten?«

Der Angestellte blickte ihn mit blaufunkelnden Augen an. »Knochenarbeit«, sagte er dann. »Knochenarbeit bis zum Umfallen.«

Jake ging in gebückter Haltung neben den Schienen her, immer wieder, wenn er nicht aufpasste, stieß er mit der Stirn gegen einen Deckenbalken. Von oben hingen nackte Glühlampen von den Stützpfeilern herab und beschatteten die feuchte Steinwände. Entlang der Decke verliefen schwarze Kabel; mal wurde der Gang etwas schmaler, mal die Decken noch ein Stück niedriger. Aber nicht *einmal* war der Junge an einer Tür vorbeigekommen.

Er war bereits so lange unterwegs, dass er sich fragte, ob er vielleicht daran vorbeigelaufen sei.

Gegen die Höhlenwand lehnend legte er eine kurze Rast ein. Beobachtete seinen hervorströmenden Atem, wie er sich im stetig abwärts führenden Zugwind verflüchtigte. Bald darauf ging er weiter. Fragte sich diesmal, ob das hier bereits das Exil war und es überhaupt keine Tür gab. Ob der ewige Marsch in die Tiefe die Bestrafung war, die sich der Konzern für ihn ausgedacht hatte – der direkte Weg in die Hölle.

Jake war am Ende seiner Kräfte angekommen. Er war ausgehungert, er fror und er war müde. In der Ferne sah er, was er einige Zeit zuvor bereits gehört hatte – jemand schob unter größter Kraftanstrengung einen mit Gesteinsbrocken vollbeladenen Förderwagen den Weg hinauf.

Vor ihm hielt ein schmutziger Junge an. Er stellte die Bremsen ein und verschnaufte. Er war fast noch ein Kind. Sein Gesicht war von Ruß und Staub schwarz eingefärbt. Scheinbar enttäuscht über Jakes Erscheinung schüttelte er den Kopf.

»Warum murkst nicht mal 'ne Braut wen ab.«

»Was?«

»Warum murkst nicht mal 'ne Braut wen ab, hab ich gesagt.«

»Was soll'n der Scheiß heißen?«

»Soll heißen, dass immer nur Kerle zu uns runterkommen. Und ich bin's leid. Wir brauchen mal 'n Weib.«

»Wie lange bist du schon hier unten?«

Er ließ die Schultern zucken. »Mein ganzes Leben. Bin hier unten geboren«, sagte er. »Bin übrigens Cas.«

Jake nannte ihm seinen Namen. Fragte dann: »Hast du was zu trinken dabei? Hab 'nen Mordsdurst.«

Cas kramte zwischen den Gesteinsplatten im Förderwagen eine zerbeulte Blechflasche hervor und reichte sie ihm. »Trink nicht mehr wie nötig, hab noch 'ne ganze Strecke vor mir.«

Jake setzte die Flasche wieder ab und stöhnte genussvoll. »Du musst den ganzen Weg mit dem Ding rauf?«

»Und wieder runter. Aber das ist kein Problem. Da stell ich mich dann einfach auf die Lore rauf, und ab geht die Post.«

»Was ist denn da drin?«

»Wasser. Schmeckt man doch.«

»Nein, da im Wagen.«

Cas warf einen Blick auf die Gesteinsplatten. »Das sind lauter Erzvorkommen. Gold, Silber, ein bisschen Platin. Wir soll'n denen alles bringen, was irgendwie wertvoll aussieht. Und für den Mist kriegen wir dann Essensrationen und Wasser. Und manchmal finden wir auch sowas hier – wart' mal.« Cas wühlte eine Weile in den Gesteinsplatten herum.

»Ham wir's«, sagte er und zog eine Platte in annähernder Dreiecksform heraus. »Siehst du das kleine Ding da im Gestein? 's muss irgendeine Art von unbekannter Legierung oder so sein. Vielleicht ist es das, wonach die hier im Berg *wirklich* suchen.«

»Wonach sie *wirklich* suchen?«

Cas zuckte die Schultern. »Wissen wir nicht. Aber man erzählt sich, dass es hier Sachen gibt, die's woanders auf'm Mond nicht gibt. Würd zumindest erklären, warum die hier im Nirgendwo so'n riesiges verzweigtes Bergwerk errichtet hab'n und das vor allen andern Sträflingen geheim halten.«

Jake zog eine Augenbraue hoch, nahm ihm die Steinplatte aus der Hand und besah sich das Metall unter dem Licht einer herabhängenden Glühbirne. Es glänzte silbern.

»Könnte Gallium sein«, meinte er.

»Könnte aber auch was ganz andres sein. 'ne unbekannte Legierung oder so.«

»Schmilzt es in der Hand?«

»In meiner jedenfalls nicht.« Cas bewegte seine vor Kälte steif gewordenen Finger.

Jake reichte ihm die Platte zurück. »Ich such mal weiter nach der Tür. Weißt du, wie lang's noch dauert?«

»Klar, von da komm ich ja. Geh noch mal so zwei oder drei Kilometer runter. Auf der linken Seite. Da ist unser Lager. Aber mach mal lieber keinen Mucks, die schlafen alle noch. Bei uns ist es noch mitten in der Nacht.«

Die Exilanten waren in Arbeitsgruppen aufgeteilt. Die Gruppe von Jake bestand aus dreißig Männern von jung bis alt. Einige der Gefangenen waren schon so lange hier unten, dass ihre Peilsender hinter den Ohren erloschen waren. Dass man die Batterien nicht austauschen ließ, war ein Beweis dafür, dass sich der Konzern keine Sorgen um Ausbrüche machen musste – aus dem Exil, aus diesem Berg, gab es kein Entkommen.

Beim ersten gemeinsamen Frühstück erzählten die Männer ihm, sie hätten vor zwei Tagen jemanden umbringen müssen, der hier unten wahnsinnig geworden sei. Er zweifelte es nicht an. Sie erzählten es in einem eher beiläufigen Ton ohne einen Beiklang von Sensationsgier. Sie erzählten ihm an jenem ersten Morgen noch allerlei Schauergeschichten, aber nicht um ihn zu ängstigen, sondern um Konversation zu betreiben, denn hier unten waren Schauergeschichten ihr Leben – und über irgendetwas mussten sie schließlich reden.

Nach dem ersten Tag Arbeit konnte Jake nur noch in seine Koje fallen. Die Gefangenen schliefen auf an die Wand geketteten Pritschen, manche davon waren ganz ohne Matratzen. Jake war bis über die Ohren in eine alte, löchrige Stoffdecke wie in einen halb verrotteten Kokon gehüllt und lag auf einem knarzenden Eisengitter. Er schlief tief und fest, als er aufstand, spürte er seinen Arm nicht mehr, der Nacken war steif vom falschen Liegen und jeder Muskel brannte im Körper von der ungewohnten Arbeit. Die Nacht dauerte nur fünf Stunden. Er kam kaum hoch. Die Männer lachten über ihn – der Neuling ein gefundenes Fressen.

Er raffte sich auf, musste diesmal auf sein Frühstück verzichten, weil er um Minuten zu spät aufgestanden war und so ein anderer seine kägliche Ration bereits weggefressen hatte. Als er ihn zur Rede stellte, bekam er Prügel von fünf Männern gleichzeitig. Er hatte seine Lektion gelernt und zog mit leerem Magen und geschwollenem Kiefer los und schloss sich den anderen Grubenarbeitern an.

Sie hatten weder einen Kalender noch eine Uhr. Sie hatten bloß einen alten Wecker, und der schellte laut, wenn ein neuer Zyklus anfing, ein neuer Tag, der ihr Tag war. Nur sechs Stunden schliefen sie, dann klingelte er das erste Mal, und sie arbeiteten sechzehn Stunden am Stück. Oft hatten sie schon am dritten ihrer sinnlosen Tage genug Silber zusammen, das sie gegen ein bisschen Nahrung und das Nötigste zum Überleben eintauschen konnten. Niemand zählte mehr die Tage, niemand wusste mehr, wie lange sie schon hier unten waren. Jake glaubte an eine Ewigkeit, nachdem die Schmerzen in den Knochen verschwunden waren und er ohne zu grübeln weiterarbeitete. Er dachte nicht mehr an die HARVESTER oder den Planeten, er trug aber immer noch die Schweißerbrille von Tayus um den Hals. Wenn jemand ihn fragte, was sie zu bedeuten habe, dann sagte er, dass in der Brille der Traum seines Freundes sei, der jetzt auch in ihm wohne. Wenn einer dann noch fragte, was dieser Traum sei, dann antwortete er wiederum, dass es unwichtig sei, weil ein Traum ein Traum bleibt und keine Wahrheit ist.

Der Schacht lag zweihundert Meter unterhalb des Schlafsaals. Sie erreichten ihn über einen Lastaufzug. Der Schacht war lang und breit; die Decke gestützt von einer Allee einsachtzig hoher Stahlbalken. Auf dem Boden flackerten alte Grubenlampen und warfen Schatten der Männer an die gegenüberliegende Felswand. Im schwefelgelben Schein schwangen sie im immer gleichen Takt die Spitzhacken. Mit jedem Schlag stoben Funken auf. Bei den wiederkehrenden, klirrenden Tönen des auf den Stein schlagenden Metalls bekam auch der Junge das Gefühl, bald wahnsinnig zu werden. Er klaubte ein Stück abgepresstes Gestein vom Boden, spuckte drauf und wischte mit dem Hemdsärmel drüber. Zwischen dem Dreck schimmerte ein milchig weißer Kristall hervor. Es war Kalkspat, da war er sicher, und dennoch ritzte er das Mineral zur Probe mit einer alten Kupfermünze an; dann schmiss er es achtlos auf den türmenden Schutthaufen im Förderwagen. Er machte nur kurz Pause, um das schmutzige Gesicht im schmutzigen Leinenhemd abzuwischen. Dann ging es weiter, und so empfing er besinnungslos einen und den nächsten Tag. Wochen vergingen, Monate. Jahre.

Sie hatten beim letzten Erztausch alte Kappen aus Lederimitat bekommen, damit sie sich an den tief hängenden Wänden nicht andauernd die Köpfe aufschnitten. Unter einer der dreißig Lederkappen hing das strähnige Haar des Jungen herunter. Mit Staub gemengter Schweiß rann an den Schläfen vorbei, der zottelige Bart versteckte sein Gesicht, das älter und abgemagerte war als damals in Orongu.

Wie unendlich fern ihm die Zeit inzwischen vorkam, als er mit Mori und Tayus im B17 einen getrunken hatte. Was er für einen Schluck Grubenpisse alles tun würde.

Doch all das gab es nicht mehr.

Er arbeitete weiter, jeden Tag die vollen sechzehn Stunden.

Nach einer kurzen Vesper, an irgendeinem anderen Tag, setzte Jake seine Lederkappe wieder auf und schob den vollen Förderwagen zur Schutthalde – ein alter, nicht mehr genutzter Tunnel. Er dachte nach wie vor kaum mehr an die HARVESTER und auch nicht an seinen Traum, der um Haaresbreite in Erfüllung gegangen wäre; Gedanken an Tayus und auch an seine Freundin Morisa versuchte er zu meiden. Versuchte, an überhaupt nichts zu denken und am allerwenigsten ans Hier und Jetzt.

Er lud den Schutt ab.

Irgendwann musste die Gruppe ihren Ältesten begraben, einige behaupteten, er sei schon sein ganzes Leben im Exil gewesen und dreiundvierzig oder noch älter geworden, aber das glaubte der Junge nicht, nicht hier unten, das war einfach nicht möglich.

Der Mann war bei der Arbeit tot umgefallen. Nun brachten sie ihn im Förderwagen in den nahe gelegenen Totenhain – eine Höhle, etwa fünfzig Quadrat Meter groß und voller einbetonierter Leichen. Dort übergossen sie die Toten mit Zement, damit sie nicht anfingen zu stinken. Der Boden war mit Körpern gepflastert, Jake latschte über steinharte, ausdruckslose Gesichter und legte den Ältesten in eine Ecke; sie sprachen kein Gebet für ihn und nahmen auch keinen Abschied. Stumm mischten sie den Zement an und gossen ihn über den nackten steifen Leib. Der unvorhergesehene Tod war die einzige Abwechslung, seitdem Jake hier unten war. Danach fing alles wieder von vorn an, ein Tag wie der andere, jeder Tag gleich hart, trist, hoffnungslos.

In irgendeiner Mittagspause aß er zuerst einen Proteinriegel und löste dann das stumpf geschlagene Eisen vom Stiel seiner Spitzhacke. Er warf das Eisen zu den anderen in den Eimer, brachte eines der neuen, über seiner Schulter an einem Riemen befestigten Spitzeisen am Stiel an, aß auch noch seinen zweiten Riegel und schlug dann weiter, und weiter, und weiter auf die Felswände ein. An jenem Abend, während die anderen schon schlafen durften, war er dran gewesen. Vier Eimer voll. Er setzte die Schweißerbrille von Tayus auf und schliff im Funkenflug die Eisen wieder scharf.

Wochen später beschlossen sie – um nicht zu verhungern, denn sie fanden nichts Wertvolles mehr, das sie gegen Nahrung hätten tauschen können – den Minenschacht zu vergrößern. Jake trug den Bohrer und ein anderer die Sprengstoffkiste. Sie gingen ans westliche Ende des Schachts, wo Jake insgesamt sechzehn Löcher ins Gestein bohrte, deren Tiefe er mit einer Eisenstange vermaß. Der Mann schob in jede Bohröffnung ein Sprengstoffröllchen hinterher, das er ebenfalls mit der Eisenstange ganz nach hinten schob. Während er die Isolation von den Enden der Zündkabel entfernte und die Kabelenden miteinander verdrehte, prüfte Jake die Wand nach austretendem Methan oder anderen explosiven Gasen. Dazu hielt er die geöffnete Grubenlampe an alle Löcher und kleinsten Risse heran.

»Alles frei«, sagte er schließlich.

Hinter einer Biegung suchten sie Schutz vor umherfliegenden Trümmerteilen. Der Mann ließ sich auf ein Knie nieder und drückte mit beiden Händen den Zündhebel runter. Der Knall kam beinahe zeitgleich mit dem großen Blitz um die Ecke geschossen. Gesteinstrümmer flogen gegen die Wand gegenüber, ein Steinchenhagel beschoss den Jungen, der die Finger in die Ohren gesteckt hatte und auf Anweisung des Mannes den Mund offen hielt. Kurz darauf hüllte ein Staubwirbel alles ein.

»Lief doch glatt«, sagte der Mann keuchend.

Der Junge sah durch den Staubnebel zwei fahle Lichter glimmen, wo die Grubenlampen standen. »Jo, denk ich auch.«

Er lag mit seiner Einschätzung völlig daneben.

Ihm blieb höchstens noch die Zeit, sich zu wundern, was gerade passierte, da bebte der Boden unter seinen Füßen und alles um ihn herum brach auseinander. Beim nächsten Herzschlag spürte er Schwerelosigkeit, er fiel, schrie und schlug einige Meter unterhalb des aufgesprengten Tunnelsystems auf neuem Boden auf. Die Grubenlampen waren mit ihm in die Tiefe gestürzt und erloschen, völlige Finsternis umgab ihn.

Er spürte warmes Blut über seine Stirn laufen, er hielt sich reflexartig das zerfetzte Leinenhemd über Mund und Nase, um in dem ganzen Staub überhaupt atmen zu können. Dann richtete er sich auf.

»Scheiße«, flüsterte er. Beim Auftreten mit dem rechten Fuß fuhr ihm ein entsetzlicher Schmerz ins Bein. »Scheiße. Hallo?«

Die Dunkelheit hüllte sich in Schweigen.

»Jeff?«

Nur das Echo seiner Stimme, das erst jetzt verhallte. »Hallo? Geht's dir gut, Jeff?«

Er lauschte wieder seinem Echo. Die Höhle muss gewaltig groß sein, dachte er.

Mit der vollen Länge seines Arms tastete er seine Umgebung ab und befühlte zwischen Geröll und Staub den nassen, eiskalten Boden. Seine Finger berührten Glassplitter, ganz in der Nähe lag eine Grubenlampe. Im Rahmen fühlte er noch einige Scherben sitzen; die untere Kammer fürs Benzin schien in Ordnung. Er schüttelte die Lampe leicht und hörte es leise glucksen, dann fingerte er aus der Hosentasche die alte Streichholzpackung und riss am Daumennagel das vorletzte Zündholz an. Die Flamme erlosch sofort wieder. Als hätte sich jemand oder etwas einen Scherz erlaubt und sie einfach ausgeblasen.

Jetzt verkack's bloß nicht. Ist dein letztes Streichholz.

Er hockte sich auf den Boden, wischte mit der Schulter das Blut von seiner Stirn, klemmte die Grubenlampe zwischen seine Knie, schirmte mit der gewölbten Hand die Streichholzflamme ab und führte sie langsam an die Lampe heran. Diesmal klappte es, auf dem Docht erwuchs eine rauchende Flamme. In ihrem Schein türmten die herabgefallenen Gesteinsmassen. Er entdeckte unter einem Felsen einen blutverschmierten Arm. Der Ärmel hing in Fetzen herunter und war eingestaubt, die Hände zerkratzt und blutig.

Jake fühlte nach einem Puls, fand aber keinen.

Jeff war tot.

Er hob die Grubenlampe auf, hielt sie am Henkel und blickte auf den in Windrichtung geneigten Docht. Er ließ den Toten zurück und humpelte in die Richtung, aus der der eiskalte Windzug blies.

Nach einer Weile stieß er auf ein schmales Loch in einer Steinwand, das ihm vom Boden bis zur Hüfte reichte. Hieraus zog der Wind in die große Höhle. Vor dem Loch lagen Metallschrott und Geröll herum. Er ging auf ein Knie und leuchtete hinein. Die Steinwände waren nass und glänzten; er kniff die Augen gegen den eiskalten Wind zusammen und überlegte kurz, ob er überhaupt durchpassen würde.

Wenn du's wissen willst, dann find's doch heraus.

Und mit diesem Gedanken kroch er in das Loch hinein.

Auf der anderen Seite irrte er lange Zeit in verlassenen Minenschächten umher, Hände und Füße waren ihm taub gefroren, er durchquerte vereiste Höhlen und war bisher noch auf keine Menschenseele gestoßen. Sein verletzter Fuß zwang ihn immer wieder zu kurzen Pausen, doch die Kälte zwang ihn weiterzugehen. Irgendwann kam er an einer Aushöhlung vorbei, die in etwa so groß wie der Totenhain war. Er blieb im Eingang stehen und leuchtete hinein.

Ein Unterschlupf, war sein erster Gedanke.

Ein Toter lag auf einer schmutzigen Matratze, daneben stapelte sich ein Haufen Konservendosen. Mehrere Wasserkanister lagen herum.

Der Junge wagte sich hinein, beugte sich zu den Konserven, stellte die Lampe auf den Steinboden, öffnete mit steifen Fingern eine Tomatensuppe und schlürfte sie im Stehen aus – eiskalt, wie sie war, teilweise gefroren.

»Fragt man nicht, bevor man etwas nimmt, das einem nicht gehört?«

Der Junge ließ die Dose fallen, tat rücklings einen Schritt, belastete dabei seinen verletzten Knöchel und plotzte auf den Hintern. »Meine Fresse«, sagte er im Sitzen, vor Schreck noch ganz außer Atem. »Ich dacht, Sie wär'n tot.«

Dem Alten war der Bart zum Bauch gewachsen. Im Lampenschein war sein Blick aus den milchig-trüben Augen sonderbar wach. Er richtete sich von seinem improvisierten Schlafplatz auf, war in eine Decke gehüllt und trug löchrige Socken, die unter dem Wollstoff hervorlugten.

»Ich war die ganze Zeit wach«, sagte der Kauz.

»Dann hätt'n Sie ja mal hallo sagen könn'.«

»Und du hättest ja mal sehen können, ob mir vielleicht etwas fehlt.«

»Wie schon gesagt, ich hab gedacht, Sie wär'n tot.«

»Tja. Bin ich aber nicht.«

Jake senkte den Blick auf die Tomatensuppe, die über dem Steinboden auslief und allmählich gefror. Er blickte wieder zum Alten. »Dürfte ich 'ne andre Dose haben? Ich hab nämlich 'nen Mordshunger.«

Der sonderbare Kauz machte eine ausschweifende Handbewegung über die Büchsen. »Nimm so viel, wie du runterkriegst.«

Der Junge bedankte sich, bediente sich.

»Was ist denn in der?«, fragte der Alte.

Der Junge besah sich das Etikett und las vor: »Synthetisiertes Rinderfleisch frisch aus der Petrischale. Na ja, so frisch isses dann auch wieder nicht. Hergestellt vor über – wissen Sie, welches Jahr es ist?«

Der Kauz lachte in seinen Bart hinein und schüttelte den Kopf.

»Na ja, vor über zehn Jahren, würd ich schätzen.« Jake wollte gerade die Dose öffnen, da sagte der Alte: »Warum humpelst du eigentlich?«

»Uns ist der Schacht bei 'ner Sprengung eingestürzt. Bin wohl 'ne Etage tiefer gerutscht. Jeff hatte nicht so viel Glück wie ich.«

Der Alte nickte.

»Und was machen Sie hier unten?«

»Nix anderes, als es den Anschein macht.«

»Sie verstecken sich.«

»Nein.« Der Eremit schien zu überlegen. »Vielleicht doch«, sagte er dann.

»Sind Sie krank?«

»Nein.«

Der Junge nickte.

»Zeig mal her.«

»Was?«

»Na deinen Fuß. Ist er verstaucht? Ein Bänderriss vielleicht?«

Der Junge betrachtete seinen bestiefelten Fuß, als könne er so ein besseres Urteil über die Verletzung abgeben. »Weiß nicht so genau«, sagte er. »Gebrochen ist er auf jeden Fall nicht. Das würd ich merken.« Er zog den Stiefel vorsichtig aus, krempelte den Hosenaufschlag hoch und wollte gerade das Lampenlicht heranhalten, da sagte der Alte, er solle die Lampe dort stehen lassen, wo sie sei.

»Ich lebe länger in der Dunkelheit, als du auf der Welt bist. Meine Augen haben sich an die Verhältnisse angepasst, genau wie ich mich selber auch.« Er nahm mit seiner klauenartigen Hand das Bein und klopfte mit einem Fingerknöchel den Fuß ab.

»Aua, sind Sie bescheuert?«

»Stillhalten. – So, gebrochen ist da wirklich nichts.« Er befühlte die Achillessehne, lange verhorntc gelbe Fingernägel, er winkelte den Fuß ans Bein und wieder zurück, spreizte mit den Fingern die stinkenden Zehen auseinander. Befühlte jeden einzeln. »Alles gut«, sagte er schließlich. »Was auch immer es ist, es wird nichts sein, was nicht in ein paar Tagen wieder verschwindet.«

»Aha. Auf Ihre Expertenmeinung kann ich wohl vertrauen.«

»Doch«, sagte der Kauz, »früher bin ich Arzt gewesen.«

»Verscheißern kann ich mich schon ganz allein.«

Er lächelte dünn im Lampenschein und strich sich einige fettige Strähnen zurück. Dann klappte er seine Ohren demonstrativ nach vorn. »Kannst du da irgendetwas erkennen?«

»Riesige Ohrläppchen«, sagte der Junge. »Aber dafür hätten Sie die Ohren nicht zurückklappen brauchen, die hab ich auch so gesehen.«

»Was ist hinter meinen Ohren, Jungchen?«

Er schaute angestrengt nach, wollte gerade sagen, dass er nichts erkennen könne außer ein paar langen schwarzen Haaren, da hielt er plötzlich inne und wich vom Alten zurück; musterte ihn erschrocken.

»Sie haben ja überhaupt keinen Peilsender.«

Der Alte ließ die Ohren wieder in ihre ursprüngliche Stellung zurückschnellen. »Exakt«, sagte er.

»Sie sind ein Konzernmitarbeiter?«

»Das bin ich wohl mal gewesen, ja. Vor langer Zeit.«

»Was zum Teufel machen Sie dann hier unten?«

»Lange her, lange Geschichte. Und junge Leute wollen keine langen Geschichten hören. Dazu fehlt ihnen einfach die Geduld.«

»Wir sind hier im Exil. Ich hab alle Zeit der Welt. Erzählnse schon.« Er musterte den Alten eine Zeitlang, ohne zu blinzeln. Dann sagte er: »Kennen Sie das Leben auf Cetos fünf?«

»O ja.«

»Waren Sie schon mal in Light City?«

»Ich bin dort geboren und aufgewachsen.«

»Im Ernst?« Jake setzte sich neben den Alten auf die fleckige Matratze und öffnete den Konservendosendeckel. Mit zwei Fingern löffelte er das geleeartige Fleisch heraus. Kauend sagte er: »Und wie war's da? Erzählen Sie mir alles. Ich will alles wissen.«

Der Alte lachte. »Schon gut, Jungchen«, sagte er. »Alles mit der Ruhe. Ich mach uns erst einmal ein kleines Feuer an, und du, du reichst mir mal die Dose mit dem eingelegten Gemüse dort. – Ja, genau die. Wenn ich dich so essen sehe, bekomme ich nämlich auch Hunger, und das Gefühl habe ich schon eine Ewigkeit nicht mehr gehabt ...«

Jake blieb mehrere Tage beim Einsiedler. Er ließ sich Geschichten von Light City erzählen, die nicht seiner Vorstellung von der Stadt entsprachen, hörte aber trotzdem gespannt zu, wurde nicht müde, bei Sachen, die er nicht verstand, nachzufragen, und der Alte wurde nicht müde, ihm alles zu erklären. Irgendwann erzählte Jake von seinem Leben, von seinem Traum, auf dem Planeten zu leben, von der Schweißerbrille, die er um den Hals trug und von seinem besten Freund, der für die Sache sein Leben gelassen hatte.

»Deine Freunde haben sich also der Red Nova angeschlossen.«

»Es war gar nicht die Red Nova, in Wirklichkeit waren es Konzernmitarbeiter, die sich für Rebellen ausgegeben haben, die Tayus reingelegt hab'n.«

»Und du hast dich Ihnen nicht angeschlossen?«

»Nein.«

»Warum nicht.«

»Würd ich nie machen.«

»Aber warum nicht?«

»Hab ich Ihnen doch schon gesagt.«

»Richtig«, sagte der Alte. »Du wolltest lieber mit der Harvester nach Light City.«

Der Junge schwieg.

»Sagt dir der Name Ember Drake etwas?«

»Das ist doch die Anführerin der FBD.«

»Das ist sie. Und zufällig sind wir quasi Nachbarn.«

Er sah den alten Eremiten an.

»Doch, wirklich. Sie hat ihren eigenen Unterschlupf hier im Exil, allerdings weitaus pompöser als meiner.«

»Pomprösa?«

»Na ja, größer eben. Mit einer ganzen Anhängerschaft. Du glaubst ja gar nicht, wie riesig dieser Berg ist. Ich würde es eher als eine Rebellenbasis bezeichnen, die Ember Drake hier unten errichtet hat. Selbst im Exil versuchen sie, den Konzernmitarbeitern das Leben so schwer wie möglich zu machen. Ich habe ihnen damals geholfen, indem ich ihnen all mein Wissen über konzerninnere Strukturen dargelegt habe, dafür versorgen sie mich bis heute mit all dem hier.« Er deutete auf die Konserven und den Wasserkanister, den Jake vor sich stehen hatte. »Daher weiß ich auch, dass der Konzern gar nicht so allmächtig ist, wie er vorgibt zu sein. Auch die Red Nova hat Maulwürfe unter den Konzernmitarbeitern. Was meinst du, wie Ember Drake ansonsten Videobotschaften von hier aus ins Infonet stellen kann? Es gibt auch im Exil Mitarbeiter, denen etwas am Wohl der Kolonisten liegt; die nicht einverstanden damit sind, wie der Konzern diese sogenannten Sträflinge behandelt. Der Konzern weiß, dass er langsam in Schwierigkeiten gerät, und auch der Druck aus der Bevölkerung wächst an, die Proteste werden immer größer. Was meinst du, warum sie das Auswahlprogramm ins Leben gerufen haben? Alles nur, um die aufgebrachten Gemüter zu beschwichtigen. Sowohl die der Arbeiter als auch jene der Bürger von Light City selbst. Dort gibt es viele Aktivisten, und die Red Nova ist dort stärker, als man glaubt. War sie damals schon.« Der Alte legte eine Pause zum Einwirken ein. Derweil hob Jake den Wasserkanister mit beiden Händen an und trank winzige Schlucke vom eiskalten Wasser; am Boden des Kanisters war das Wasser bereits gefroren.

»Wenn Ember Drake die Anführerin der FBD ist, wer ist dann der Anführer der Red Nova?«

»Das weiß niemand.«

»Irgendjemand wird's wissen.«

»Ja, aber nur ein ganz kleiner Kreis. Ich weiß es jedenfalls nicht. Und auch die VTC weiß es nicht.«

Der Junge setzte den Kanister ab und sagte: »Sie sind aber ganz schön gut informiert.«

»Tja, ich sitz eben direkt an der Quelle.«

»Sie meinen also, diese Ember Drake könnte mir helfen, aus dem Exil zu entkommen, weil sie die richtigen Leute kennt?«

Der Alte stockte. »Daran habe ich nicht mal gedacht«, sagte er.

Die Worte trafen ihn mitten in die Brust, wo in seinem Herzen gerade ein Fünkchen Hoffnung aufgekeimt war.

»Können Sie mir sagen, wo ich die Rebellenbasis finde? Dann werd ich selbst dahin gehen und sie fragen, sobald mein Fuß wieder in Ordnung ist.«

»Natürlich kann ich dir sagen, wo sich die Basis befindet. Es ist gar nicht so weit weg von hier. Aber niemand dort wird dir helfen, das Exil zu verlassen. Wie stellst du dir das vor? Wenn die Maulwürfe unter den Konzernmitarbeitern dich hinausließen, dann würde ihre Tarnung sofort auffliegen. Das Risiko wäre viel zu hoch. Nicht mal Ember Drake kommt hier raus.«

»Warum haben Sie's mir dann erst erzählt?«

Der Alte ließ die Achseln unter der Wolldecke zucken. »Ich dachte, wir unterhalten uns. Da erzählt man sich eben Sachen.«

Sie aßen und tranken und wärmten sich am Ölfeuer. Der Junge blickte vom Widerschein der Flamme zum Eremiten auf und fragte ihn, wie alt er eigentlich sei. Er antwortete mit vollem Mund: »Ich weiß ja nicht, in welchem Jahr wir leben, also weiß ich auch nicht, wie alt ich bin.«

»Als ich hierherkam war es Sechsundsechzig.«

»Tja, lass mich mal überlegen. Dann müsste ich schon über achtzig sein.«

»Über achtzig?«

»Na ja, so um die achtzig eben. Fünf Jahre nach der Jahrhundertwende kam ich hierher. Da war ich noch keine zwanzig.«

»Sie verscheißern mich. Niemand wird achtzig.« Er löffelte den Rest aus seiner Dose.

Der Alte lachte schwach in seinen Bart hinein, öffnete ihm eine neue Dose und reichte sie ihm.

Er nahm sie an und aß weiter. »Macht es einen nicht verrückt, so lange allein in der Dunkelheit zu sein?«

Der Alte schien ausgiebig darüber nachzudenken, während er kaute. Irgendwann sagte er: »Kann ja sein, dass ich's schon bin.«

»Jawollja, das glaub ich jedenfalls so. Denn wenn ich freiwillig in einem dunklen Loch unter der Erde hausen würde, anstatt zu meiner Familie nach Cetos fünf zurückzugehen, hätte ich wohl sicher 'nen Rappel.« Er spähte zum Alten rüber. Der löffelte aus seiner Dose, zeigte ansonsten aber keinerlei Regung.

»Ich hab nie etwas von einer Familie erzählt«, sagte er schließlich.

»Und warum sind Sie hier unten?«

»Wie du schon richtig erkannt hast, bin ich hier unten, weil ich mich verstecke. Zwar nicht vor dem Konzern, so wie du es vermutest, aber vor meiner Vergangenheit. Ich habe Angst, dass sie mich einholt. Deswegen habe ich mich hier verkrochen. Um zu vergessen.«

»Und was wollnse vergessen?«

»Kennst du das alte Sprichwort vom Klabautermann, das sich die Seefahrer auf der alten Erde oft erzählt haben?«

Der Junge schüttelte den Kopf.

»Das besagt, man soll nicht über Dinge reden, die man fürchtet, weil sie sonst wirklich passieren.«

»Soll heißen?«

»Soll heißen, dass du jetzt besser die Klappe hältst.«

Am letzten Morgen, kurz bevor Jake sich auf den Weg zur Rebellenbasis machen wollte, aßen sie ein letztes Mal im Kerzenschein auf der schmutzigen Matratze. Er trug noch eine andere Jacke über seiner Wolljacke und einen zerfransten Schal; beides hatte der Alte ihm gegeben.

»Darf ich Sie nochmal was fragen?«

Der Einsiedler presste die schmalen Lippen aufeinander, sodass der Schnauzbart seinen Mund überdeckte.

»Glauben Sie an ein Leben nach dem Tod? Dass da noch irgendwas kommt, mein ich.«

Der Alte hörte kurz auf zu kauen. Dann schüttelte er den Kopf und aß weiter. »Nein, nach dem Tod wird nichts sein. Das glaub ich jedenfalls nicht.«

Jake nickte und dachte dabei an seine eigenen Erfahrungen mit dem Tod und daran, dass er es genauso sah wie der Alte, aber gern etwas anderes von ihm gehört hätte.

»Aber was ich glaube, muss noch lange nicht die Wahrheit sein. Wieso fragst du?«

»Ich war schon mal tot. Mein Herz hat für zwei Minuten oder so aufgehört zu schlagen. Und was in der Zeit war, daran kann ich mich nicht erinnern. Da war nur Dunkelheit, bis ich auf der Krankenstation wieder aufgewacht bin. Also …«

»Also weißt du auch nicht mehr, als wir alle. Oder weißt du etwa noch, was vor deiner Geburt passiert ist, oder kurz danach, als man deine Nabelschnur durchtrennt hat? Irgendwas war da trotzdem. Nur weil du dich an etwas nicht erinnern kannst, heißt es nicht, dass es nicht da gewesen ist.«

»Ich dachte, Sie glauben nicht an ein Leben nach dem Tod.«

»Tu ich auch nicht. Aber ich weiß es eben nicht.«

Der Junge hob den Blick von der Konservendose und musterte den Alten. Wieder in die Dose hineinblickend, die Reste leerend, sagte er: »Ich versteh nicht, wieso man eine Meinung hat, aber eine andere vertritt. Entweder ich glaub dran oder nicht. Na ja. Danke für alles. Vielleicht komm ich Sie ja mal wieder besuchen.« Er erhob sich von der Matratze.

Der Alte schmunzelte. Er hatte schon lange fertig gegessen, rührte aber immer noch mit dem Löffel in der leeren Dose herum.

»Ach ja, Jake?«

Der Junge drehte sich um und fragte, was denn noch sei.

»Warum glaubst du, bist du wirklich hier unten?«

»Weil ich meinen besten Freund nicht angezeigt hab, obwohl er sich den Rebellen angeschlossen hat«, sagte er.

»Das dachte ich zuerst auch«, sagte der Alte. »Aber mittlerweile kenne ich den wahren Grund.«

»Und der wäre?«

»Da, wo ich herkomme, nennen wir es Schicksal. Das Schicksal hat dich zu mir geführt. Du solltest hierherkommen, bevor du den Mond verlässt.«

»Den Mond verlassen? Wovon reden Sie? Und was soll'n das für'n beknacktes Schicksal sein, das mich ins Exil verbannt, von einem Schacht abstürzen lässt und dann hierher zu Ihnen führt? Ich hab das Auswahlverfahren gewonnen … Wenn das Schicksal es gewollt hätte, dass ich den Mond verlasse, warum hat es mich nicht direkt mit der Harvester fliegen lassen?«

Der Eremit zuckte mit den Achseln. »Du kannst das Schicksal nicht durchschauen«, sagte er. »Keiner kann das. Man kann sich nur im Nachhinein darüber Gedanken machen und dann erkennt man vielleicht, wie sich alles zu einem Ganzen zusammenfügt.«

»Ich kapier's nicht.«

»Brauchst du auch gar nicht. Glaubst du an das Schicksal?«

»Das Gleiche haben mich Mori und Tayus auch schon gefragt. Früher hab ich an meinen Traum geglaubt, aber nicht ans Schicksal. Jetzt glaub ich nur noch an das, was ich sehe.«

Der Alte musterte ihn eine Weile. Der Junge sah die Kerzenflamme in seinen Augen brennen. Dann senkte der Alte den Kopf, und die Haare fielen über die Konservendose. Er nahm einen Löffel voll, kaute, zog die Strähne in seinem Mund heraus und kaute weiter.

»Ich werd dann mal.«

»Träume sind Fallen«, sagte er. »Sie gehen für die allerwenigsten Menschen in Erfüllung. Meist erst dann, wenn sie schon alt geworden sind, und dann müssen sie feststellen, dass sie sich zwar einen Traum erfüllt haben, aber die Wirklichkeit trotzdem nichts mit ihrer Vorstellung von damals zu tun hat. Andere wiederum sind so verbissen, dass sie einem Traum ein Leben lang nachjagen und es niemals schaffen. Diese Menschen kann sowieso nichts mehr glücklich machen. Verstehst du so ungefähr, worauf ich hinauswill?«

Jake überlegte einen Moment. Sagte dann: »Ohne die Hoffnung, von hier abhaun zu können, hätt' ich überhaupt kein' Trost mehr.«

Der Alte schüttelte den Kopf. »Du verstehst vieles noch nicht«, sagte er. »Du denkst, du bist am Ende deiner Reise angekommen, weil dein Traum geplatzt ist, dabei ist das erst der Anfang. Träume geben dir zwar eine Richtung, aber der Weg dahin ist eine Irrfahrt.«

»Und die Irrfahrt ist das Schicksal?«

»Eben nicht. Die Irrfahrt ist der Weg, den du im Leben bestreitest, wenn du deinen Träumen nachjagst. So einfach ist das. Das Schicksal aber ist etwas weitaus Bedeutenderes als dein Wunschdenken, wie die Welt für dich zu sein hat. Also hör auf zu träumen und folge deiner Bestimmung.«

»Ich kapier kein Wort von dem, was Sie sagen.«

»Brauchst du auch gar nicht«, sagte der Eremit und lachte wieder in sich hinein. Er zeigte auf einen Haufen scheinbar wertloser Gesteinsabbrüche, die am Ende der Höhle in einer Vielzahl davon lagerten. »Geh mal da hin und heb den da auf. – Nein, den anderen. Ja, genau den. Nimm ihn, er ist für dich. Damit kannst du weiter träumen.«

Der Junge hob das abgepresste, etwa handtellergroße Gesteinstück auf, und als er etwas Warmes in seiner vor Kälte steifen

Hand spürte, drehte er die Geode um und sah im Kerzenschein einen ihm unbekannten Stoff in seiner reinsten Form.

Eine perfekte Kugel, eine schwarze Sphäre, auf dessen Oberfläche das Kerzenlicht keinen Widerschein zu erkennen gab, so, als sei es gar keine Kugel, sondern ein schwarzes Loch, das alles Licht verschlucke, eine Anomalie in diesem Universum, die sich nicht erklären ließ, ein Stoff, der überhaupt nicht existieren dürfte.

Vorsichtig berührte er die Kugel mit den Fingerspitzen. Eine perfekte Sphäre, dachte er wieder; rund und glatt. Sie strahlte Wärme aus. Was unmöglich war.

Der Junge hob den Blick zum Alten. »Was ist das?«

Der Alte, vom Kerzenlicht halbseitig beschattet, flüsterte, als handelte es sich dabei um ein lang gehütetes Geheimnis, als sei er der Hüter dieses Geheimnisses: »Es ist Magie.«

Jake senkte den Blick wieder, hörte das kauzige Lachen des Alten. »Verarschen kann ich mich auch allein.«

»Ich bin alt, ich glaub' nicht mehr an Magie. Aber du bist jung. Für dich sollte es welche sein. Für mich ist es ganz einfach etwas, was wir Menschen noch nicht verstehen können. Etwas, das nicht von uns erschaffen wurde, aber auch nicht natürlichen Ursprungs sein kann.«

Der Junge ließ die Fingerkuppe über die Rundung gleiten. »Nicht natürlichen Ursprungs?«

Der Alte zuckte mit den Achseln unter der Decke.

»Soll das heißen, Sie glauben an Aliens?«

»Sind wir nicht auch welche?«

Der Junge besah sich das seltsame Material. »Ist es denn wertvoll?«

»Es ist der Grund, weswegen der Konzern das Exil hier im Norden errichtet hat. Sie wussten, dass es irgendwo hier sein musste. Nur in einem Exil, wo die Verbannten niemals herauskommen, kann der Fund nicht publik gemacht werden. Die Bestrafung ist ein Vorwand, eine Täuschung, so wie die Erbschuld eine Täuschung ist.«

»Und Sie geben mir den Stein einfach so?«

»Einfach so«, fragte der Eremit. »Hast du denn noch nicht genug durchgemacht, dass du ihn dir verdient hast?«

Er betrachtete wieder jene fremdartig anmutende Kugel. »Sie meinen also, mit dem Ding hier könnte ich den Mond verlassen?«

»Die VTC leckt sich die Finger danach. Natürlich wird sie dir jeden Wunsch erfüllen, wenn du ihnen das Ding gibst.«

»Aber warum nehmen Sie es nicht? Warum sind Sie nicht damit zum Konzern gegangen? Sie waren ein Mitarbeiter. Hätte man sie dafür nicht stinkreich gemacht?«

Der Alte keuchte in seine knochige Faust. »Mit Sicherheit«, sagte er und machte eine Pause. Eine lange Pause.

»Es muss etwas damit zu tun haben, weswegen sie die ganze Zeit schon hier unten sind. Sie können mir aber nicht weismachen, dass Sie meinetwegen hier unten sind. Schicksal und so. Dass sie das Ding all die Jahre nur für mich bewacht haben. Das glaube ich nämlich nicht.«

»Dass der Stein für dich bestimmt ist, das wusste ich erst, als du zu mir in die Höhle gekommen bist. Von dem Moment an hat sich der Kreis für mich geschlossen. Ich denke, du solltest jetzt erfahren, warum ich hier bin: Ich hatte tatsächlich mal eine Familie. Sie stand am Anfang von allem. Auch am Anfang dieser

Geschichte. Ich war damals gerade mit meiner Ausbildung fertig, wie ich mich freiwillig zur Übersiedlung nach Limbus II gemeldet habe. Ich tat es nur für sie, und es war die schwerste Entscheidung meines Lebens. Es gab das dreifache Gehalt; aber ich wusste auch, dass ich meine Frau und meine Söhne dafür aufgeben musste.«

»Hätte Ihre Familie nicht mitkommen können?«

»Hätte sie, ja, meine Frau wollte mit mir kommen und meine Söhne hätten auch nichts dagegen unternommen. Sie waren damals noch Babys, Zwillinge. Aber dann hätte meine Entscheidung überhaupt keinen Sinn mehr ergeben. Ich kam schließlich hierher, um von dem großen Gehalt meiner Familie ein großes Leben in den oberen Ebenen von Light City zu ermöglichen; damit meine Söhne nicht in den Slums aufwachsen müssen und erst recht nicht hier auf dem Mond. Deswegen habe ich es getan.«

»Und dann?«

»Und dann war ich eines Tages auf dem Mond, hier im Exil stationiert. Die ersten Monate überwand ich meinen Kummer, indem ich daran dachte, wie gut es meiner Familie nun ohne mich gehen würde. Mit dem ganzen Geld, das die VTC ihnen zuschickte, mein ich. Damit konnte ich mich das erste Jahr beruhigen. Im zweiten habe ich aber schon verspürt, was für ein großer Fehler es gewesen war, sie zu verlassen, auch wenn ich es noch nicht ausgesprochen hatte.

Ja, es musste irgendwann zum Ende des zweiten Jahres passiert sein, da hab ich zu mir gesagt: Ich hätte lieber drei Jobs gleichzeitig machen sollen oder vier oder fünf, oder meine Organe auf dem Schwarzmarkt verkaufen und in den Armen meiner Frau sterben sollen – alles wäre besser gewesen, als hier zu leben, aber millionen Kilometer entfernt von den einzigen Menschen, die ich liebe. Das habe ich da erst begriffen.«

»Konnten Sie denn nicht einfach kündigen und nach Light City zurückkehren?«

»Der Vertrag war auf acht Jahre unterschrieben. Ich hätte es mit Sicherheit dann getan, doch so weit sollte es gar nicht mehr kommen. Eines Tages kam ein Junge zu mir, ein Sträfling, etwa in deinem Alter. Er brachte mir diesen Stein, den du gerade in Händen hältst. Noch ehe ich das Ding sah, wusste ich, dass hier etwas im Wandel lag, dass der Junge mir etwas Besonderes bringen würde, dass der Stein da war, um Schicksale zu verändern. Nur mein Schicksal, wie ich damals noch glaubte. Tatsächlich aber ging es nie um mich. Ich nahm den Stein an mich. Ich wusste sofort, dass es das war, wonach der Konzern hier in der Polarregion gesucht hatte – oder viel mehr suchen ließ.«

»Sie haben dem Jungen also den Stein weggenommen, weil Sie dachten, so an Reichtum zu kommen.«

»Ja. Der Stein war die Erfüllung meiner Träume. Davon war ich überzeugt, als ich ihn in den Händen des Sträflings sah. Aber ich hatte auch Angst, dass mir jemand meinen Traum wegnehmen könnte, jetzt, wo er so greifbar nah war. Ich befürchtete, dass der Sträfling es weitererzählen könnte. Also sagte ich ihm, damit er seine Belohnung empfangen könne, müsse er mir erst zeigen, wo er den Stein gefunden habe. Es war übrigens genau hier.«

»Hier hat er den Stein gefunden?«

»Ja.«

»Und was ist dann passiert?«

»Als wir hier angelangt sind, habe ich ihm mit einer Spitzhacke den Schädel zertrümmert.«

Jake hielt den Kiefer fest geschlossen.

»Seitdem bin ich nie wieder aus den Minenschächten zurückgekehrt. Das Blut habe ich vom Stein und von meinen Händen gewaschen, doch wie ich meine Seele läutern lassen sollte, das wusste ich nicht. Das habe ich nie geschafft. Ich habe niemandem den Stein gezeigt, zu groß waren die Schuldgefühle. Ich fing an zu denken, dass ich dieses Leben, von dem ich geträumt habe, überhaupt nicht mehr verdient habe. Ich hielt den Stein in meinen Händen und damit wandelte sich mein ganzes Leben, nur in eine Richtung, die ich nicht vorhergesehen hatte. Es zerstörte mich. Mein schlechtes Gewissen machte mich wahnsinnig. Es war so schlimm, dass ich sogar meine Familie vergaß. Es verzehrte mich vollkommen.

Bin ich schuldig? Mein ganzes Leben lang habe ich mir über diese Frage Gedanken gemacht. Mittlerweile glaube ich, dass es gar nicht darum geht, was ich bin, sondern wofür ich gelebt habe. Ich glaube, dass alles für einen höheren Sinn geschieht, wir, oder der Einzelne von uns, ihn aber niemals verstehen wird. Indem ich dir den Stein gebe, glaube ich, bringe ich das Unvermeidliche voran. Ich weiß nur nicht, wie sich dieser Stein auf die Welt auswirken wird. Ob er Böses bedeutet, oder den Menschen Glück bringen wird. Über mein Leben, jedenfalls, brachte er großes Unheil. Ich weiß auch nicht, ob du dir am Ende deiner Reise wünschen wirst, mich niemals getroffen zu haben. Doch ich weiß, dass ich dir den Stein geben muss. Er wird dich deine Reise fortsetzen lassen. Aber sei von meinen Taten gewarnt: Überreiche den Stein niemals einem einzelnen Mitarbeiter, sondern nur einer ganzen

Gruppe. Nur eine einzelne Person kann von der Gier überwältigt werden.

Und jetzt lass mich dir den Weg zu deinem neuen Leben zeigen.«

Zwölftes Kapitel
Neue Wege

Einen ganzen Tag ließen sie ihn in der Kälte vor einem Eisengittertor warten. Nachdem er den Stein durch die Gitterstäbe geworfen hatte, hatte er das erste Mal die Aufmerksamkeit der Angestellten erregt. Er hatte gewartet, bis sich eine ganze Traube ums Tor herum versammelte, so wie der Alte es ihm gesagt hatte. Mit den einfachen Worten, ich weiß, wo es mehr davon gibt, trieb er sein Schicksal voran. Eine kleine Gruppe Wissenschaftler erreichte den Außenposten am späten Nachmittag. Derweil sie in einem provisorischen Laboratorium das Metall auf Echtheit prüften, oder zumindest es mit keinem anderen Element in Verbindung bringen konnten, reichte der Aufseher der Station dem Jungen ein Glas Wasser und etwas zu essen durch das Tor.

»Wo hast du den Stein gefunden, mein Junge?«

Jake war so durstig, dass er zuerst das Glas austrank, bevor er antwortete. »Hier in den Minen natürlich«, sagte er außer Atem.

»Ja. Aber wo genau? An welcher Stelle?«

»Das sag' ich Ihnen, wenn ich an Bord der Harvester bin.«

Der Mann schaute blicklos zu Boden, nickend und mit den Fingerspitzen sich über das Kinn fahrend. »Die Harvester landet erst in zwei Jahren wieder in Bancarduu. Meinst du nicht auch, dass wir bis dahin die Minen untersucht, die Fundstelle entdeckt haben und du bis dahin längst verrottet bist?«

Der Junge hielt den Proteinriegel fest in der Hand. »Ich denk', der Stein is' so wertvoll, dass Sie die Harvester deswegen extra herkommen lassen.«

»Das glaubst du wirklich?«

»Ja.«

Irgendwann in der Nacht wachte der Junge von dem Geräusch des sich öffnenden Tores auf. Der Konzernangestellte, der im gleißenden Flutlicht stand, sagte ihm ganz nüchtern, er solle bitte aufstehen. Das *bitte* im Satz machte den Jungen stutzig, es war ein selten gebrauchtes Wort auf den Sträflingsmonden, und vermutlich hatte es noch kein Konzernangestellter je zu einem Sträfling gesagt.

Der Junge stieg aus der Hocke. »Wohin gehen wir?«

»Zum nächsten Shuttle«, sagte der Konzernangestellte. Er presste den Daumen auf einen Türscanner, und die Schleuse vor ihnen öffnete sich. Nach einigen Gehminuten durch einen schlauchförmigen Korridor kamen sie an einem unterirdischen Zuggleis an. Der Bahnhof war von geschäftigen Konzernmitarbeitern durchströmt. In der bewegten Menge stehend sagte der Mann: »Von Cetos fünf ist gestern Abend ein Transportraumschiff gestartet, das in zehn Tagen hier auf der Station ankommen wird. Fahren Sie bis zum Raumhafen durch. Dort wird man Ihnen weitere Anweisungen erteilen. Sie bekommen ein Zimmer und Verpflegung für die Zeit, bis das Raumschiff gelandet ist. Dann wird man Sie – wie es Ihre Bedingung war – begnadigen und nach Cetos fünf mitnehmen. Gute Reise.«

Es war der 23. November 2669. Der Junge betrachtete das Datum auf dem digitalen Wandkalender schon eine ganze Weile und er tat nichts anderes, als mit gekreuzten Beinen auf dem Bett zu lümmeln, mit verhornten aber reinen Händen die Schweißerbrille zu befingern, und immer wieder aufs Datum zu schauen. Drei Jahre hatte er im Exil ausgeharrt. Nun war er frisch geduscht und rasiert und lag auf einer Schaumstoffmatratze mit Samtbezug. Ein paar Stunden zuvor hatte man ihm die Haare geschnitten, nicht einfach abrasiert, er trug jetzt eine Frisur, die an den Seiten kurz war und in Stufen zum Deckhaar führte, das ordentlich zur Seite lag. Eigentlich wollte er in die Mitarbeiterkantine für einen kleinen Snack, doch dafür war es bereits zu spät.

Um 14 Uhr holte man ihn ab und führte ihn über eine Plattform im Berginneren. Am östlichen Ende, neben einem Funkmastgebäude, gab es eine kleine medizinische Versorgungseinrichtung, die er betrat. Der Raum war durch schiebbare Milchglaswände in verschiedene Bereiche unterteilt, und in der chirurgischen Abteilung prangte über dem OP-Tisch ein hochtechnisierter Roboterarm. Jake ging in den angrenzenden Bereich, wo die Ärztin ihn einem ausführlichen Kontrollcheck unterzog. Es war seine erste Untersuchung in seinem Leben. Danach stand die kleine Frau neben dem ungeduldig auf der Liege wartenden Jungen und wischte mit einem Desinfektionstuch eine Stelle hinter seinem Ohr ab. Die Ärztin war selbst im Stehen noch einen Kopf kleiner als er. Anschließend zog sie eine Spritze auf und stellte die Ampulle auf den Tisch zurück.

»Mir fehlt nichts«, sagte der Junge.

Sie klappte sein Ohr zurück. »Ich muss Ihnen den Peilsender entfernen. Jetzt mal stillhalten, bitte.« Sie stach die Nadel in die Haut zwischen seinem Ohr und dem Peilsender. Dann ging sie kurz aus dem abgetrennten Bereich, und als sie wiederkam, stellte sie sich hinter den Jungen.

»Haben Sie etwas gespürt?«

»Nix«, sagte er nuschelnd. »Meine Zunge fühlt sich irgendwie taub an. Ist das normal?«

»Allerdings. Und jetzt legen Sie sich flach auf den Bauch.«

Er ging ihrer Bitte nach. Der Eingriff dauerte keine zehn Minuten. Dann richtete er sich wieder auf und sah in einer Petrischale den blutverschmierten Sender mit den losen Schrauben darin. Er fühlte über das Heftpflaster an seinem Hinterkopf. Sein Augenlid hing von der Betäubung etwas herunter, und die Ärztin versicherte ihm auf seine Frage hin, dass auch dies normal sei und in einigen Stunden vergehen würde. Dann kam sie mit einem medizinischen Gerät in der Hand wieder, das einer Pistole ähnelte.

»Jetzt muss ich Ihnen nur noch einen Ausweis-Chip unter die Haut transplantieren. Geben Sie mir mal bitte Ihren rechten Arm.«

»Bin aber Linkshänder.«

»Ist ja schön für Sie. Und jetzt geben Sie mir Ihren rechten Arm.« Sie drückte auf seinem Handrücken herum, bis sie die richtige Stelle fand. Dann legte sie sorgfältig an, stach ihm das dünne Metallröhrchen ins Fleisch und drückte ab.

Der Junge verzog das Gesicht, aber nur ein wenig.

»Herzlichen Glückwunsch. Hiermit sind Sie offiziell ein Bürger von Light City. Natürlich muss Ihnen noch die Schuld vergeben werden, damit Sie sich vollends dazugehörig fühlen können, aber das wird – soweit ich weiß – Miss Vaughn persönlich übernehmen. Und noch etwas habe ich gehört, was aber nicht mehr als ein Gerücht ist: Miss Vaughn soll wohl ganz aus dem Häuschen gewesen sein wegen dieses Fundes, den Sie gemacht haben.

So sehr, dass sie sich höchstpersönlich dafür bei Ihnen bedanken möchte.«

Der Junge musterte die Ärztin, ohne etwas zu sagen.

»Aber freuen Sie sich nicht zu früh«, sagte sie, »Gerüchte bleiben nun mal Gerüchte, bis sie sich bewahrheitet haben. Aber wenn es stimmt, dann ist es eine wahrhaft große Ehre für Sie. Nur die Wenigsten von uns haben Miss Vaughn je zu Gesicht bekommen.« Sie lächelte dem Jungen zu, als gönne sie es ihm vom Herzen, als habe er sich diese Ehre wirklich verdient. Dann zog sie in einer Bewegung beide Einweghandschuhe aus und schmiss sie in den dafür vorgesehenen Behälter. Im Hinausgehen rief sie dem Jungen zu, dass er entlassen sei, er sei so weit gesund und könne sich auf sein neues Leben freuen.

Am Tag der Abreise saß er allein im Warteraum und spielte an den Knöpfen seiner Rekrutenuniform herum. An der Decke verliefen Leitungen und silberne Rohre, die er mit in den Nacken gestütztem Kopf betrachtete, als plötzlich ein mechanisches Brummen ertönte. Das Gebäude erzitterte, und die Rohre klapperten.

Jake richtete den Blick nach vorn auf die große Fensterfront, dahinter begann sich die mächtige Kuppel über der Landebucht zu öffnen. Er erhob sich vom Stuhl und trat dicht ans Fenster heran. Aus dem sich öffnenden Spalt sah er Blitze über den schmalen Himmelsausschnitt zucken, und Schneeverwehungen wirbelten herein, angestrahlt von den hellen Flutlichtern.

Die Kuppel war inzwischen ganz heruntergefahren. Ringsum verschneite Berge. Er hielt Ausschau nach dem Raumschiff. Dort in der Ferne, im schwarzen Himmel ein Lichtpunkt und er teilte sich entzwei; die beiden Lichter gewannen immer mehr Abstand voneinander, und allmählich kamen die Konturen eines Raumfrachters zum Vorschein. Mitten im Landeanflug schlugen plötzlich mehrere Blitze in die Außenhülle ein.

Dem Jungen klopfte das Herz nur beim Zusehen. Er glaubte, das Raumschiff würde in Flammen stehen. Erst aus relativer Nähe sah er, dass die Feuerbälle durch das Methan in der Luft entstanden waren, das sich rundum den hellblauen, ringförmigen Beschleunigungskanälen der Schubdüsen entzündet hatte.

Dem Raumschiff hatten die Blitze offenbar nichts ausgemacht, es sank – für ihn lautlos – in die Landebucht herab und schwebte bald darauf auf seiner Augenhöhe. Es war an die hundert Meter lang, aber nicht so gewaltig wie die HARVESTER. Auf der Backbordseite, die einzige Seite, die er bisher zu Gesicht bekommen hatte, stand in orangefarbenen Lettern ST SAMSON. Auf Höhe der Brücke schimmerte das Konzernlogo in gleicher Farbe.

Die SAMSON vollführte eine halbe Drehung in der Luft, und die gewaltigen Frontscheinwerfer fluteten das Wartezimmer; für einen kurzen Moment badete der Junge im Licht, dann sank das Raumschiff mit zu Boden gerichteten Schubdüsen auf die markierten Bereiche der Landezone, tauchte mit der Nase kurz ein und stand sicher auf den Füßen.

Unter den Triebwerkstrahlen brach der Boden glühend auf, die vier Ionen-Jets erloschen, und die beiden Hauptantriebe an den hinteren Tragflächen fuhren in ihre Ausgangsposition zurück.

Der an der Scheibe beschlagene Atem nahm Jake die Sicht. Er wich einen Schritt zur Seite, ohne dabei den Blick von der SAM-

SON zu lassen. Die metallenen Fensterladen am Cockpit fuhren herunter, worauf der Pilot und ein anderes Crewmitglied sichtbar wurden. Sie redeten aufgebracht miteinander.

Jake wischte einmal mehr mit dem Ärmel übers Glas und sah, nachdem sich die Kuppel wieder geschlossen hatte und der Luftaustausch in der Landebucht vollzogen war, wie die ersten Crewmitglieder über den vorderen Standfuß das Raumschiff verließen. Es waren Mechaniker und Techniker in dunkelblauen Overalls und Strickmützen. Eine Handvoll Söldner, die ihre Gewehre über eine Schulter gegurtet hatten und Teile ihrer Körperpanzerung in großen offenen Sporttaschen trugen. Eine Gruppe Offiziere folgte, und der Junge überlegte, welcher von ihnen wohl der Lieutenant Major sein mochte, auf den er hier die ganze Zeit wartete.

Lieutenant Major Franley hatte braune traurige Augen und kurzgeschorenes Haar, das an den Schläfen grau meliert war. Obwohl sein Blick ernst und die Statur beeindruckend war und auch der Dienstgrad auf seiner Uniform stimmte, vergaß Jake in seiner Anwesenheit, dass eigentlich ein hochrangiger Offizier des Konzerns vor ihm stand. Er hegte auf Anhieb Sympathien für den Fremden, ohne eigentlich zu wissen, warum.

Der Lieutenant Major brachte einen Stapel an weltlichen Dokumenten an den Tisch. Eines der Papiere besagte, der Junge dürfe niemals über den Fund im Bergwerk reden, und ein anderes sagte, der Junge müsse über die Zustände auf Limbus II absolutes Stillschweigen bewahren. Jake unterschrieb mit dem Gedanken, dass er die Vergangenheit ohnehin begraben und nie wieder daran denken, geschweige denn darüber erzählen wolle, und reichte die Papiere dem Lieutenant Major zurück, der sie zwar entgegennahm, dann aber wieder auf den Tisch ablegte.

»Noch etwas«, sagte er, »wir bezahlen auf dem Planeten nicht mit Münzen, sondern mit Credits – das ist eine ausschließlich virtuelle Währung. Hat den Vorteil, dass wir keine schweren Münzen mit uns herumschleppen brauchen. Hat den Nachteil, dass wir in von Bräuten gefüllten Bars nicht mit Scheinen herumwedeln können. Deine Münzen – falls du es noch nicht getan hast – musst du abgeben, bevor wir losfliegen. Die haben in Light City nämlich nichts verloren.«

»Hatte eh nix mehr, Sir.«

Der Mann nickte. »Bist du Links- oder Rechtshänder?«

»Linkshänder.«

»Dann reich mir mal deinen rechten Arm.« Er befestigte ein Datengerät in Form einer Armbanduhr an seinem rechten Handgelenk.

»Für deinen Start ins neue Leben haben wir dir einen Vorschuss von fünfhundert Credits überwiesen, die wir dir in Raten von deinem zukünftigen Verdienst abziehen werden. Zinslos. Das Ding um dein Handgelenk nennt sich PDA, dein *persönlicher Daten-Assistent*. Hauptsächlich dient er für Credittransfers. Das heißt, alle Einkäufe, die du tätigst, alles Geld, das du verdienst und ausgibst, wird hierüber laufen. Wenn du dein Kontostand abfragen willst, dann drückst du den Knopf hier an der Seite, dann erscheint ein Hologramm, das nur von deinem Blickwinkel aus sichtbar ist. Du brauchst also keine Angst haben, dass jemand dir – ach, was erzähle ich da? Ich geb dir einfach das Handbuch dazu. Hier. Lesen kannst du doch, oder?«

»Jawollja. Nicht besonders gut, Sir, aber ich kann's.«

»Na also. So einen PDA trägt jeder in Light City. Ist der letzte Schrei. Und nebenbei auch Pflicht. Du kannst noch einige andere Sachen damit machen. Zum Beispiel einen Routenplan erstellen, wenn du mal irgendwohin musst. Dein nächstes Ziel, wenn du sicher auf dem Planeten gelandet bist, wird es sein, auf eine Nachricht des Konzerns zu warten. Die empfängst du auch über deinen PDA. Und irgendwann danach, halt dich fest, will Vana Vaughn mit dir sprechen.«

»Das hab ich schon gehört, Sir.«

Der Major presste die Lippen aufeinander. Dann nickte er. »Sie will den Jungen kennenlernen, der dem Konzern maßgeblich zum Sieg gegen den Widerstand verholfen hat.«

»Hab ich das?«

»Ich weiß ja nicht, was du da in den Minen gefunden hast, aber Miss Vaughn ist jedenfalls dieser Ansicht. Das waren ihre Worte. Na ja. Nun mach dich mit deinem Krams auf und stell dich dem Captain vor. Ein bisschen Manieren werden seiner üblen Laune vielleicht einen Abbruch tun.«

»Danke, Sir.«

Der Lieutenant Major nickte. »Nichts zu danken«, sagte er.

TEIL II

Erstes Kapitel
Tau Ceti

Jake war angeschnallt, saß mit dem Großteil der Crew zusammen in der Startkabine und sah aufgeregt aus dem kleinen Bordfenster, wo orangefarbener Wolkendunst die Scheibe hinunterstürzte. Die Beschleunigung presste ihn in den Sitz. Sein Kopf wackelte in der schalenartigen Lehne hin und her.

Die ST SAMSON schoss aus der alles umspannenden Wolkendecke von Limbus II empor, und beinahe parallel ging das Ruckeln auf dem Schiff in ein sanftes Gleiten über.

Jake hielt den Atem an. Keine Zeit mehr für Gedanken. Da war etwas am Fenster gewesen, das ihn geblendet hatte. Er neigte seinen Kopf nach vorn, und am oberen Rand der Scheibe erschien wieder die kleine Sonne Tau Ceti. Sie stand hoch im Zenit, hinter einem dünnen Schleier einer sternengesprenkelten Atmosphäre.

Jake kniff leicht die Augen zu. Die fahle Sonnenscheibe spiegelte sich in seinen Pupillen. Sie schien so matt am Himmel, dass er eine Weile hineinschauen konnte.

Dann war sie endgültig aus seinem Blickfeld verschwunden.

Er lehnte sich in den Sitz zurück, ließ erst jetzt die Luft aus seinen Lungen entweichen und starrte mit großen Augen auf die Rückenlehne vor sich. Er war immer noch wie in den Sitz gepresst, obwohl das Raumschiff längst nicht mehr beschleunigte.

Mit einer Geschwindigkeit von 8,3 Metern pro Sekunde verließen sie die Mondatmosphäre. Die Anschnallgurte klickten der Reihe nach, als das künstliche Schwerkraftfeld einsetzte. Der Junge löste als Erster die Steckzunge aus dem Schloss, tauchte unter dem Y-förmigen Gurt hindurch und stürmte aus der Startkabine. Er stürzte um die nächste Ecke und hielt sich dabei an der metallenen Schiffswand fest. Eine Glasschiebetür öffnete sich vor ihm, er rannte in die geisterhaft verlassene Messe, wo eine leuchtende Wendeltreppe zum Sternendeck hinaufführte. Unter jeder Stufe strahlte eine kaltweiße LED-Leiste, der Aufgang war ansonsten stockfinster. Oben angekommen berührte er den holografischen Schließmechanismus der Tür, sie öffnete sich daraufhin seitwärts – und der Junge tat einen Schritt ins Beobachtungsdeck und blieb sofort wieder stehen.

»O, verdammt ...«, flüsterte er.

Das Weltall.

Aus dem großen Panoramafenster, das vom Boden bis zur Decke des Raumes reichte und damit fast fünf Meter hoch war, sah er die stürmische Nordhalbkugel von Limbus II langsam zurückfallen. Von seiner Perspektive aus war nicht viel Bewegung zu erkennen. Gemächlich und stumm flackerten Blitze zur gleichen Zeit an scheinbar willkürlichen Orten tief in den mondumspannenden Sturmwolken.

Er legte eine Hand ans Glas. Blickte in das träge Auge eines Wirbelsturms hinein, als stünde es ihm direkt gegenüber. Von den Ausmaßen her musste das Auge so groß wie zwei Sektoren sein, größer als alle Siedlungen zusammen. Er versuchte, den reißenden und alles zerstörenden Blizzard unten auf der Mondoberfläche zu verbildlichen. Von wo er jedoch stand – weit entfernt auf dem Beobachtungsdeck –, waren die Bewegungen des Sturms von Ehrfurcht und einer anmutigen Eleganz begleitet, und völlig lautlos.

Der Blick aus dem Panoramafenster hatte etwas Unwirkliches an sich. Alles, was bisher gekommen war, nachdem er den Stein gefunden hatte, war für ihn auf eine Art unwirklich.

Zweites Kapitel
Integration

Jake saß mit der leitenden Ärztin, dem Lieutenant Major und zwei anderen aus der Besatzung an einem Sechsertisch in der Gemeinschaftsmesse; ein Raumschifftechniker kam hinzu, den sie mit dem Namen Tardino ansprachen. Er setzte sich mit seinem Teller dem Jungen gegenüber, nahm die Rollmütze ab, legte sie auf den Tisch und begann hastig zu essen. Es gab zu weich gekochten Reis mit totgebratenen Hähnchenstreifen in einer fahlen Currysoße.

»Und schmeckt's?«, fragte Tardino kauend.

Der Junge wusste zuerst gar nicht, dass er gemeint war. »Ist das Beste, was mir je untergekommen ist«, sagte er dann und pustete auf seinen dampfenden Löffel.

Tardino schüttelte den Kopf.

»Und das da ist Zitronenlimonade«, sagte die Medizinerin einen Augenblick später. Der Junge setzte das Glas schmatzend ab. »Ist auf jeden Fall auch lecker.«

Der Techniker blickte zu ihm und hob dabei den abgeleckten Löffel an. »Ich werde Flint sagen, was du von seinen Kochkünsten hältst. Aber hoffentlich denkt er nicht, dass ich ihn verarschen will. Der glaubt doch selbst nicht, dass sein Fraß jemandem schmeckt.«

Der Junge hörte kurz auf zu kauen.

»Ihr mögt das nicht?«

Die Ärztin musste lachen und schüttelte – mit auf die Küche gerichtetem Blick, wo gerade mehrere Pfannen gleichzeitig dampften und der Küchenchef alle Hände voll zu tun hatte – zaghaft den Kopf. »Das ist jedenfalls nicht das Nonplusultra.«

»Das was?«

Tardino strich sich eine lange Strähne aus dem Gesicht. Sie fiel wieder zurück ins Essen. Dann blickte er auf. Er hatte blaue Augen und ein eigentümliches Gesicht, das zwischen Jugend und Männlichkeit gefangen war. Er hatte spärlichen Bartwuchs am Kinn und an den Wangen und war seit etwa drei Wochen unrasiert. Die Haare hatte er zu einem Pferdeschwanz zurückgebunden. »Der Junge hat recht, Pris«, sagte er. »Wir sind alt genug, die Dinge beim Namen zu nennen: Nur der Proteinbrei aus der Fertigtüte ist schlimmer.«

Jake nahm sich neuen Reis auf den Teller und schöpfte mit der Kelle mehr Currysoße. »Sir«, sagte er und sprach damit den Lieutenant Major an, »wissen Sie mehr über die schwarze Kugel, die ich gefunden hab?«

Der Offizier schüttelte den Kopf. »Du weißt mehr darüber als die gesamte Crew an Bord, einschließlich des Captains, der ebenfalls keinen Schimmer hat, was er da eigentlich auf seinem Schiff transportiert. Keiner von uns hat diesen Stein, oder was auch immer es ist, während der Landung zu Gesicht bekommen. Na ja. Vielleicht ist es in diesem Fall auch besser, so wenig wie möglich zu wissen.«

»Wie meinen Sie das?«

»Genau«, sagte Tardino, »wie meinst du das, Hemold? Immerhin besetzt ein ganzer Trupp Söldner unser Schiff. Ich als erster Techniker muss mir eine Scheißgenehmigung holen, bevor ich den Frachtraum betreten darf. Ich muss denen schriftlich erklären, was ich da unten will. Ich, als erster Techniker. Der

Frachtraum ist mein zweites Zuhause. Da unten steht meine Hantelbank, meine Werkbank, mein Bett und mein Spind voller antiker Literatur.«

»Schmuddelheftchen mit reifen Frauen machen noch keine antike Literatur.«

Die Ärztin musste lachen.

»Juckt kein', was du sagst, Hem.«

»Tardino hat recht«, meinte die Ärztin, nachdem sie sich wieder beruhigt hatte. Die Frau hatte schmale rote Lippen und dunkelbraunes, volles Haar, das sie mit einer langen Spange hochgesteckt trug. Sie hatte wie der Lieutenant Major schon graue Strähnen bei den Schläfen. »Auf dieser Reise fühlt es sich an, als ob die Samson nicht mehr unser Schiff ist.«

»Ist es auch nicht mehr, Pris. Sogar auf der Brücke haben sie Söldner postiert, die Tesser überwachen. Glauben die denn, dass wir uns mit dem Stein aus dem Staub machen würden?« Er sah in die Runde. Schüttelte den Kopf und bedachte die Ärztin mit einem abschätzigen Blick, als wolle er ihr sagen, dass es keine größere Beleidigung für ihn gebe, als von jemanden als Verräter bezichtigt zu werden.

»Deswegen hat der Käpt'n also so miese Laune«, meinte Jake.

»Auch«, sagte Tardino resolut. »Aber vor allem hat er 'ne Scheißlaune, weil er nicht fassen kann, dass wir einen Sträfling auf seinem Schiff befördern.«

»Earl.«

»Ich sag doch nur, wie's ist: Unser Captain ist ein Rassist. Er hat eine ziemlich klare Meinung gegenüber Menschen, die von den Sträflingsmonden kommen. Für ihn sind sie Abschaum, niedere Geschöpfe.«

Der Junge sagte nichts.

»Na jedenfalls traut man uns allen nicht mehr über den Weg, und alle Entscheidungen werden letzten Endes vom Konzern über des Captains Kopf hinweg getroffen.« Tardino zuckte resigniert mit den Schultern, während er im Essen herumstocherte. »Was ist bloß aus King geworden? Dieser verfluchte Konzernknecht. Zu Zeiten, als das Geschäft noch ihm gehörte, hätte er das alles nicht mit sich machen lassen.«

»Wer is' King?«

Er hob seinen Blick und musterte den Jungen. Dann schob er mit dem Daumen etwas Reis auf seine Gabel.

»Kommen wir zur nächsten Frage«, sagte die Ärztin. »Hast du dir schon überlegt, was du werden willst, wenn du in Light City bist?«

Jake überlegte einen Moment. »Bin ja schon Mechaniker, also werd ich wohl irgendwas in der Richtung weitermachen.«

»Klingt nicht gerade begeistert. Vielleicht wäre es ja mal an der Zeit, etwas Neues zu wagen. Ich mein, da fängt man schon mal ein neues Leben an und hängt trotzdem noch im alten Beruf herum. Die meisten Leute, die ich kenne, wünschen sich ein neues Leben gerade wegen ihres Berufs.«

»Für was Neues bin ich doch viel zu alt. Bin schon neunzehn.«

Kurz schwiegen alle am Tisch. Die Ärztin lächelte gutmütig. »Bei uns fangen die Jungen in deinem Alter erst ihre Ausbildung an.«

»Ernsthaft?«

»Na du bist auf jeden Fall noch nicht zu alt. Und du hast der Konkurrenz eine abgeschlossene Ausbildung und viele Berufsjahre voraus. Wenn du mich fragst, steht dir die Welt offen.«

»Sind meine Zeugnisse auf Cetos denn was wert?«

Die Ärztin blickte nachdenklich drein und ließ so Züge ihres fortgeschrittenen Alters deutlicher werden. »Das weiß ich ehrlich gesagt nicht«, sagte sie. »Aber den Gewinner des Auswahlprogramms haben sie ja auch nicht einfach so ohne Hilfe auf die Straße gesetzt. Du wirst sicher eine Chance bekommen.«

»Wissen Sie, wer der letzte Gewinner war?«

Sie schüttelte den Kopf.

»Wenn ich's mir aussuchen könnte, würd ich Raumschifftechniker werden. Ich glaub, das ist genau das Richtige für mich.«

Tardino löffelte ziemlich unbeeindruckt die Reste aus seiner Suppenschüssel. »Dann mach's doch«, sagte er.

»Du bewirbst dich bei Starship Technology Corporation, kurz STC«, sagte die Ärztin. »Denen schickst du ganz einfach eine Mail. Die sind ein direkter Tochterkonzern der VTC, die sollten sogar im Verzeichnis deines PDAs gemerkt sein.«

»Sind sie«, sagte Tardino. »Starship Technology ist erst vor ein paar Jahren vom Konzern aufgekauft worden. Seitdem steht's drin.«

»Genau. Und Chester D. King ist ja jetzt der Admiral der ersten Flotte, womit Tardino offenbar ein großes Problem hat.« Sie streckte dem Techniker die Zunge heraus, was den Jungen irritiert auf sein Essen blicken ließ.

»Der Admiral. Der Admiral, Pris. Das klingt ja so groß, wenn du es sagst. Aber wenn man vorher das Monopol auf die Raumfahrttechnologie besaß und mit der Vision einer fortschrittlichen Menschheit seinen Traum verwirklicht hat, dann ist Admiralsein ein lausiger Witz dagegen.«

»Er hat seine Sache gut gemacht und er macht auch diese Sache gut.«

»Wenn du damit einen verärgerten Captain und eine darunter leidende Crew meinst, dann macht er seine Sache wirklich besser als kein anderer. Außerdem geht's darum gar nicht. Er hat das, was er vorher gemacht hat, geliebt.«

»Dann hast du scheinbar noch nie seine Biografie gelesen. Da steht was ganz anderes drin.«

Tardino schien alle Gedanken und Bewegungen pausiert und sein ganzes Dasein im Fokus dieses einen Blickes konzentriert zu haben, der sich direkt gegen die Ärztin richtete. »Er war mal mein bester Freund«, sagte er. »Ich kann das besser beurteilen als irgendeine Bio, die von der VTC geschrieben wurde.«

»Wenn du sein Freund warst, dann solltest du auch wissen, dass es Kings Kindheitstraum war, Admiral zu werden.«

»Sein – was? In der Biografie steht lauter Scheiß, Pris. Der ganze Büchermarkt ist eine Spielkiste des Konzerns. Die schreiben da rein, was denen grad so passt. Oder hast du mal was davon gelesen, dass die VTC als einziger Abnehmer seiner Technologien die Firma hat ausbluten lassen und King so zum Verkauf von Starship regelrecht gezwungen hat? Seltsam, dass man jemanden mit solchen Maßnahmen zwingen muss, damit er seinen Kindheitstraum erfüllt.«

»Pass auf, was du sagst, Tardino«, sagte der Lieutenant Major. »Du sollst dich nicht in Verrufung bringen, aber vor allem nicht die Crew.«

»Das brauchst du mir nicht zu sagen, Hemold. Mir hängt das Wohl der Crew genauso am Herzen wie dir. Ich hab nur gesagt, dass man nie irgendetwas Schlechtes über den Konzern finden würde. Und das ist die Wahrheit, und für jede Sache gibt es immer nur eine Wahrheit, und wenn ich die ausspreche, dann hat das rein gar nichts mit meiner politischen Einstellung zu tun. Ich liebe die VTC.« Er grinste, und das Gespräch brach schlagartig ab. Das Klirren des Bestecks trat in den Vordergrund, und die Unterhaltungen an den Nebentischen waren wohltuende Hintergrundmelodien in einem ansonsten betretenen Schweigen.

Nach einer Weile schüttelte Tardino den Kopf. »Ich muss weiter«, sagte er. Er schlürfte die letzten Reste aus der Schüssel und stand auf.

»Hey, Chief Engineer«, rief die Ärztin ihm hinterher, »warum nimmst du den Jungen nicht mit auf deine Schicht? Es ist noch über eine Woche bis zur Landung. In der Zeit kann er eine Menge von dir lernen. Wäre wie ein Praktikum für ihn. Welcher seiner Konkurrenten wäre wohl schon mit einem Raumschiff geflogen? – und wer weiß? Vielleicht versteht ihr beiden euch ja, und du musst unten im Maschinenraum nicht mehr so einsam sein.«

»Ich bin allein, aber nicht einsam, Pris. Kennst du den Unterschied? Techniker sind sich selbst die besten Freunde.«

»Nun komm schon. Nun sei nicht so, wie du bist. Es wäre wichtig für den Jungen.«

»Ist ja echt rührend, wie du dich um ihn scherst, aber ich hab grad einfach keine Zeit, für irgendwen den Mentor zu spielen. Die Samson wurde beim Flug durch die Wolkendecke von dreizehn Blitzen getroffen. Einer davon hat die Außenhülle beschädigt, was zu einem Kurzschluss in der Steuerungsmechanik der Metallschilde am Besprechungsraum geführt hat. Die lassen sich jetzt nämlich nicht mehr schließen. So, wie es aussieht, ist der Sicherungskasten hinüber und so ziemlich alle Stromkabel daran müssen ausgetauscht werden. Den Sicherungskasten können wir aber erst reparieren, wenn wir gelandet sind. Also muss ich mit Siggi nach draußen, den Servomechanismus der Schilde reparieren und die Laden manuell hochklappen. Für alles haben wir noch genau«, er warf einen kurzen Blick auf die Uhr, »22 Stunden Zeit. Dann erreichen wir das Asteroidenfeld, und da möchte ich nur ungern mit offenen Fenstern durchfliegen. Wenn das alles erledigt ist, kann der Junge zu mir kommen, aber vorher nicht.« Tardino blieb stehen und schüttelte ablehnend den Kopf. »Fenster auf einem Raumschiff«, sagte er abschätzig. »Ich halt's da wie der Captain: Der Blick in die Sterne ist was für Romantiker, aber wir sind hier auf einem Raumschiff, und da haben Fenster genauso wenig was verloren wie Sternentänzer.«

Die Uhrzeit an Bord der ST SAMSON war dieselbe wie in Light City gewesen, hatte man ihm gesagt. Dort war es dann gerade zwei in der Nacht. Ein Teil der Crew hatte ihren Schichtdienst beendet und schlief in den Mannschaftsquartieren. Der Junge vertrieb sich auf dem Beobachtungsdeck die Zeit. Über ein Glasdisplay an der Wand löschte er die Lichter im Raum. Es war ganz dunkel geworden, und nur das Sternenlicht fiel durchs Panoramafenster herein. Er setzte sich auf die mit Kunstleder bezogene Bank, blickte zum Fenster hinaus und vernahm die eigene Stille einer sternenbesäten Dunkelheit.

Noch spät in der Nacht saß er dort, sah staunend in die endlose Weite und blinzelte nur so oft, wie es nötig war. Er konnte weder ganz begreifen, dass er gerade ins Weltall schaute, noch dass er den Sträflingsmond tatsächlich hinter sich gelassen hatte.

Wie geht der alte Spruch nochmal? Es ist zu schön, um wahr zu sein. Aber diesmal stimmt es. Es ist wahr, und keiner wird mich von diesem Traum aufwecken können.

Jake glaubte das erste Mal an einen guten Ausgang für sein Leben. Glaubte wirklich daran, dass dies der Wendepunkt sei und ihm von nun an nie wieder etwas Schlechtes im Leben widerfahren würde. Schließlich hatte er schon jetzt genug für ein ganzes Leben gelitten, dachte er.

Als er am darauffolgenden Morgen auf der Couch erwachte, waren die Metallschilde bereits heruntergefahren, und die Lampen auf dem Beobachtungsdeck brannten wieder. Auf einem Monitor, der von der Decke heruntergeklappt war und vor dem geschlossenen Aussichtsfenster hing, ließ eine Laufschrift folgenden Text verlauten:

»Liebe Leute von heute, wir haben den äußersten Ring des Asteroidengürtels erreicht. Das heißt, der gefährlichste Teil der Reise hat hiermit begonnen. Die Fenster werden erst wieder geöffnet, wenn wir das Asteroidenfeld sicher durchquert haben. Jetzt, wo euch der Blick auf die Sterne verwehrt ist, habt ihr ja endlich Zeit, etwas Sinnvolles zu tun. Auf dem Beobachtungsdeck gibt es ein Schachbrett und einen Schachcomputer, falls es euch mal aufgefallen ist. Außer meiner Wenigkeit habe ich noch niemanden dort spielen sehen. Wenn ihr Schach aus irgendeinem unverständlichen Grund nicht mögt, dann lest doch zur Abwechslung mal ein Buch. Im Regal an der Wand gegenüber der Schachbretter verstauben gerade dutzende eReader mit Quadrillionen eBooks auf dem Speicher. Wenn ihr lesen auch nicht mögt, dann stattet doch unserer K.I. auf dem Flugdeck einen Besuch ab. Sie ist viel zu allein da oben. EINSAM ist sie, Pris. Irgendwann wollen wir ihr das Schiff anvertrauen, da müssen wir viel mit ihr kommunizieren und ihr bestenfalls menschliche Werte beibringen. Die Milliardeninvestitionen für dieses Projekt sollen sich ja schließlich bezahlt machen. So, mir fällt nichts mehr ein, was ich schreiben könnte, also suche ich jetzt ein bisschen Arbeit. Die besten Grüße von eurem ersten Techniker, E. Tardino.«

Jake sah sich um. An der rechten Wand stand das Bücherregal mit den elektronischen Lesegeräten. Auf der anderen Seite standen Stühle in der gleichen Optik wie die Bank, auf der er gerade saß. Die Stühle waren an Glastische herangestellt, auf denen die Schachbretter zum Spielen aufgestellt waren.

Er ging zur Messe hinunter, wo die Köche gerade das Frühstücksbüffet vorbereiteten, und einige Crewmitglieder bereits ihre Teller füllten. Er nahm ein Brötchen aus einem bastgeflochtenen Korb, mit dem er zum Frachtaufzug am langen Ende der Messe ging. Neben ihm standen zylinderförmige Behälter, die ihm etwa bis zum Knie reichten. Sie waren geöffnet und leer. Daneben eine gestapelte Palette an Plastikkisten. Sie waren mit lauter Zutaten beschriftet, die man fürs Backen braucht wie Mehl und Zucker, Butter und Eier. Er lehnte sich gegen eine Wand und biss ein Stück vom Brötchen ab, während er nach unten fuhr.

Auf dem Maschinendeck war es eiskalt. Ein tiefes Grollen brummte aus den Wänden, und auf dem Gitterboden drehten sich träge die Schatten großer Deckenventilatoren. Jake bog um eine Ecke und sah am Ende des Korridors ein Schrägfenster. Von dort aus blickte er auf den Frachthangar hinunter. Steuerbords lagerten Rohmetalle, zwei Söldner saßen nonchalant auf einem Eisenrohr und plauderten miteinander. In der Mitte des Raums türmten Kisten voller Erze, er sah Tardinos Bücherspind und seine Hantelbank, die gerade ein Söldner in einem olivgrünen Shirt benutzte und darauf beeindruckend viel Eisen stemmte.

Dann erblickte er das, wonach er eigentlich Ausschau gehalten hatte: Die Geode, die der Alte ihm gegeben hatte, war in einer silbernen Aluminiumbox verschlossen und von zwei Söldnern in Vollmontur bewacht. Sie trugen Integralhelme mit goldfarbenen Visieren, auf denen sich Lichtreflexe spiegelten. Anhand der teflonharten Wölbungen auf dem Brustpanzer der einen Wache bemerkte er, dass es sich um eine Frau handelte. Quer über ihre Schulter war eine automatische Schrotflinte gegürtet. Die Wachen standen da, als würden sie ihren eigenen Männern misstrauen.

Er fand Tardino im Kontrollraum hinter einer langen Steuerkonsole. Er saß zurückgelehnt in einem Sessel und blies Atemwölkchen in die Luft, die Füße gekreuzt auf der Konsole. Er trug eine dicke Winterjacke und eine bis zu den Ohren aufgerollte Wollmütze. Seine Augen waren zu, vielleicht schlief er, vielleicht döste er nur so vor sich hin. Auf Höhe seiner Stiefelspitze hing an einem Klebestreifen ein Familienfoto. Es verdeckte einige Messinstrumente auf der Kontrolltafel und darauf zu sehen war der

Techniker mit seiner Frau und seinen zwei Kindern. Hinter ihnen strahlte ein mit Kugeln und Kerzen geschmücktes Bäumchen, ein Brauch, den Jake nicht kannte. Die Frau war jung und sehr hübsch; alle trugen rote Zipfelmützen und lachten in die Kamera. Er betrachtete noch eine Weile das Foto, auf dessen glatter Oberfläche die Reflexe der umliegenden Hologramme schimmerten.

»'n Morgen«, sagte er.

Tardino stieß mit dem Fuß den kalten Becher Kaffee von der Konsole, der klirrend auf dem Boden zerbrach.

»'n Scheiß aber auch.« Er musterte den Jungen. »Was willst du denn hier?«

»Du hast doch gesagt, dass ich dich auf der Arbeit begleiten kann, sobald ihr die Fenster repariert habt.«

»Tja, manchmal sagt man eben so Sachen, die dann tatsächlich auf einen zurückkommen.«

»Also kann ich dich jetzt begleiten oder nicht?«

»Klar. Hab sogar die erste Aufgabe für dich: Wisch den Boden sauber und danach holst du mir einen neuen Kaffee von oben. Kennst du diesen uralten Spruch, *Lehrjahre sind keine Herrenjahre?*«

Als Jake fertig war, wrang er den vollgesogenen Lappen im Waschbecken aus, legte ihn über ein Heizungsrohr, ging zu Tardino zurück und sagte ihm, er wolle unbedingt etwas lernen.

»Was liegt denn jetzt an?«

»Tja, mal überlegen«, sagte der Cheftechniker und nippte am dampfenden Kaffeebecher. »Nix liegt an, um ehrlich zu sein. Wenn hier irgendwas anliegen würde, dann würde eine dieser unzähligen Kontrolllämpchen aufleuchten, oder einer der Zeiger auf den Messgeräten würde wie verrückt ausschlagen, oder ich bekäme direkt eine Nachricht über das Interkom, das du hier siehst, oder auf den Videobildschirmen dort drüben würde sich der Captain melden, oder das Hologramm hier, oder das da, oder das andere würde irgendeinen Schaden melden. Hier läuft aber alles astrein, geschmeidig und sanft.«

Der Junge musterte die Steuerkonsole. Obenauf lagen beschriftete Papiere und Clipboards. Kaum einer der Knöpfe und Schalter auf den Tafeln waren beziffert oder benannt. Neben den mit Berührungssensoren ausgestatteten Glasdisplays gab es noch unzählige analoge Anzeiger und Messinstrumente. Für den Jungen war es ein einziges Durcheinander.

»Wie wär's denn, wenn wir außen am Schiff was reparieren? Ich hatte schon mal 'nen Kälteanzug an. Hab gehört, der's so ähnlich wie'n Raumanzug.«

»Hol dir doch lieber mal eine Jacke und 'ne Mütze aus einem der Spinde dort drüben.«

»Ich frier aber nicht.«

»Deine Lippen sind blau und du zitterst. Jetzt hol dir Jacke und Mütze.«

Jake setzte sich auf den metallenen Drehstuhl neben den Techniker, nachdem er sich eine gefütterte Daunenjacke mit unzähligen Taschen angezogen hatte. Er ließ sie offen und setzte sich die Mütze auf. Eine Weile blickte er auf die Hologramme, während er sich im Stuhl leicht in die eine und andere Richtung drehte. Niemand sagte etwas.

Ein Hologramm zeichnete das Raumschiff als Querschnitt, wobei die Haupttriebwerke farblich hervorgehoben waren. Eine

Tabelle daneben gab die Schubleistung der Ionentriebwerke an, die momentan zwischen 63 und 63,3 Prozent schwankte. Die Triebwerke verbrauchten etwa ein Drittel der vom Hauptgenerator erzeugten Energie. Auf der etwas altertümlich anmutenden Seite der Konsole schien auf einer Messtafel eine Nadel verrückt zu spielen. Sie kletterte rauf und runter, stieg und fiel wieder.

Er sah Tardino an. Der trank genüsslich seinen Kaffee und schien sich nicht dafür zu interessieren. Dann glaubte der Junge, ein Muster in den Bewegungen der Nadel zu erkennen, eine Regelmäßigkeit, die er dann als ordnungsgemäß einstufte.

Der Stuhl quietschte.

»Hast du nicht irgendeine Aufgabe für mich? Ich will was lernen.«

Tardino schnalzte mit der Zunge. »Also«, sagte er und zog das Wort in die Länge, »nicht direkt eine Aufgabe, aber ...«

Die im Unterdeck vorherrschende Kälte hatte ihren Ursprung in den Maschinenräumen. Im Steuerbordraum herrschten Temperaturen unter dem Gefrierpunkt. Tardino führte den Jungen durch den dröhnenden Lärm, sie schritten über eine Überführung, darunter rotierte ein gewaltiger Metallstab um die eigene Achse. Das alles, was er hier sehe, erklärte der Techniker rufend, sei der Hauptgenerator, der den Großteil des Schiffs mit Energie versorge und die Triebwerke speise. Es gebe einen weiteren Generator im anderen Maschinenraum und einen dritten, der aber erst in Betrieb genommen würde, wenn einer der beiden anderen ausfiele, oder die Crew aus irgendeinem Grund besonders viel Energie benötigte, kurz: Es sei der Notstromgenerator. Der Junge nickte ihm von Zeit zu Zeit aufmerksam zu und machte sich auf einem Clipboard Notizen, verstand durch den Maschinenlärm aber nicht alles. Er hörte die Antriebsgeräusche des Triebwerks als einen steten Pfeifton hinter einer metallenen Abdeckung. Große Aluminiumrohre führten von dort in die Wand hinein.

»Hier stehen die Drucktanks«, sagte Tardino und zeigte auf etwa fünf Meter hohe, weiß lackierte Zylinder. »Darin wird das Xenongas gelagert – unser Treibstoff.«

Jake besah sich die Tanks, während der Cheftechniker die Funktionsweise eines Ionentriebwerks genauer erklärte. Tardino bediente sich dabei möglichst einfacher Worte, das merkte der Junge sofort und umso mehr schämte er sich, dass er trotzdem kaum etwas von der Materie verstand.

»Hast du das alles so auf die Schnelle kapiert?«

»Jawoll«, log er.

»Gut. Bei der STC forschen sie an vielen verschiedenen Antriebssystemen. Der Ionenantrieb ist nur einer von vielen«, rief Tardino.

»Was gibt's denn noch?«

»Der wohl ausgefallenste ist der Antimaterieantrieb.«

»Wie funktioniert der?«

»Die Geschwindigkeit und der geringe Treibstoff sind da die großen Vorteile«, sagte er und hatte Jake offenbar falsch verstanden. Oder gar nicht. »Wir bräuchten nur etwa eine Handvoll Antimaterie, um es in weniger als zwanzig Jahren zurück zur Erde zu schaffen. Wir haben sogar einen Weg gefunden, wie wir die Teilchen auf dem Flug speichern können. Das einzige Problem sind die Kosten. Der hohe Energieverbrauch, um so ein Teilchen Antimaterie entstehen zu lassen, ist exorbitant. Die Herstellung von nur einem Gramm Antimaterie würde Milliarden von Credits verschlingen.«

Der Junge hatte keinen Schimmer, was Antimaterie überhaupt sein sollte. »Versucht der Konzern, auf die Erde zurückzukommen?«

Tardino öffnete die Tür zum Korridor. Wieder draußen konnten sie normal reden. »Niemand will zur Erde zurück«, sagte er. »Nicht ohne Grund hat die Menschheit ihre Heimatwelt verlassen.«

»Was war'n eigentlich der Grund?«

Er schüttelte den Kopf. »Ist ziemlich kompliziert. Aber grundlegend kann ich sagen, wenn wir so weitermachen wie bisher, müssen wir uns in ein paar hundert Jahren wieder eine neue Heimat suchen.«

»Geht's nicht etwas genauer?«

»Frag doch unsere K.I., wenn dich das Thema interessiert. Die findest du ...«

»... oben auf'm Flugdeck, ich weiß. Hab vorhin deine Nachricht auf'm Videoschirm gelesen. Aber ich hab gedacht, das wär nur'n Scherz von dir. Wusste gar nich, dass es so 'ne Technologie schon gibt.«

»Künstliche Intelligenz? Na ja, sie steckt noch in den Kinderschuhen. Deswegen sollen wir ihr auch keine Kontrolle über das Schiff geben. Die VTC vertraut ihr nicht.«

»Vertraust du ihr denn?«

»Ja.«

Jake dachte einen Augenblick darüber nach.

Nach einer Weile: »Und wo gehen wir jetzt hin?«

Der Cheftechniker lächelte. »Also ich gehe mir mein zweites Frühstück holen.«

Drittes Kapitel
E.E.R.I.E. und die Sternenkarte

In jener Nacht lag der Junge lange Zeit in seiner Koje und konnte nicht einschlafen. Wie in einer Gedankenschleife ließ er die Erinnerungen an Limbus II – von seinem alten Leben, wie er glaubte – immer wieder Revue passieren. Und er fühlte sich schlecht dabei. Weil er hier war, und Tayus tot. Weil er sich von Mori nicht einmal verabschiedet hatte. Weil er nicht nur ein Imstichlasser war, sondern sich wie ein Verräter fühlte, weil er drauf und dran war, schon wieder für den Konzern zu arbeiten, statt – nach dem Willen seiner Freunde – gegen die Firma zu kämpfen.

Er betrachtete noch lange die von einem Hologramm bläulich beschattete Decke. Hörte dem leisen, gleichmäßigen Atmen eines schlafenden Crewmitglieds zu. Irgendwo schlug immer mal wieder ein Asteroidenteilchen gegen die Außenhülle des Schiffs. Es klang wie ein ferner Trommelschlag.

Irgendwann schlug Jake die Bettdecke um, kletterte die Leiter hinab und setzte die Füße auf den kalten Schiffsboden auf. Im Halbdunkel tastete er sich zu den Spinden, sein Knie knackte plötzlich, lauschend blieb er stehen. Die Ärztin fing unter der Bettdecke zu rascheln an; sie drehte sich auf die andere Seite, ein Augenblick Stille, dann schnarchte sie weiter. Leise klaubte er aus dem untersten Fach seine Rekrutenhose, ein Oberteil und das Paar von heute getragener Synthetiksocken – die Stiefel zog er draußen an. Dann spazierte er durch die verlassenen Korridore des Crewdecks, ohne zu wissen, wohin er eigentlich wollte.

Am Ende eines Ganges, wo auch die Rettungskapseln gelegen waren, kam er an einer verschlossenen Drucktür vorbei. Er blickte durch das sechseckige Verbundglas, sah zwei wuchtige Raumanzüge in Containern mit Plexiglasfront aufgestellt; sie wirkten wie Raumfahrer in Stasisbehältern. Zwischen den Raumanzügen lag eine verschlossene Ausstiegsschleuse, die zum Spacewalk führte.

Kaum vorstellbar, dachte er, dass Tardino vorgestern entlang des magnetischen Laufstegs Reparaturen an der Außenhülle des Schiffs vorgenommen und heute kein Sterbenswörtchen darüber verloren hatte. Ein Außenbordeinsatz! Mitten im Weltall. Das erforderte für den Jungen Heldenmut, doch für Tardino war es einfach nur ein Job gewesen, sein Job.

Vor seinem geistigen Auge tauchte ein Bild auf, wie er selber eines Tages einen Raumanzug tragen und als Techniker an Bord eines Raumschiffs Reparaturen im All vornehmen würde. Vielleicht sogar hier auf der ST SAMSON, dachte er. Die Crew war cool. Oder irgendwann einmal auf der HARVESTER?

Und dann werde ich Mori als blinden Passagier einschleusen und mit nach Cetos fünf nehmen.

So in Gedanken verloren spazierte er weiter durchs Schiff und fand sich erst auf dem Flugdeck wieder. Er passierte Metalltüren, kam an einer offenen Tür vorbei, daneben stand auf einem gläsernen Schild *Sternenkarte*. Er lugte hinein, hinter dem grieseligen Lichthalo der hineinfallenden Beleuchtung war der Raum stockfinster. So, als sei er schon lange vom Stromnetz der SAMSON getrennt worden. Er zögerte; ihm war etwas unbehaglich bei dem Gedanken zumute, hineinzugehen. Aus Neugier tat er es dann aber doch und hörte kurz darauf die Metalltür hinter sich wie eine Falle zugehen.

Er warf einen Blick über seine Schulter, blinzelte die Dunkelheit an. Hörte das Blut hinter seinen Ohren rauschen. Außer ein paar kaltweißen Dioden an der Wand war es stockfinster.

Das Geräusch einer anspringenden Maschine ertönte, er fuhr noch einmal zusammen, als ein großer Projektor im Zentrum des Raums aufflammte – dann: ein gleißender Blitz!

Einen Augenblick später stand Jake inmitten einer holografischen Sternenkarte, die den ganzen Raum ausfüllte.

Mit großen Augen schritt er, von der Projektion selbst sternenübersät, durchs Dunkel, ging direkt durch den Gasriesen Kronos hindurch und sah seinen vier Monden nach, einer davon Jakes Heimatwelt.

Er betrachtete die Lichtpunkte auf seinen Händen, sah auf Augenhöhe einen anderen Planeten ganz in Blau erstrahlen, ging auf ihn zu, nur noch ein paar Meter von ihm entfernt, sah Ozeane und Landmassen, weiße Wolken, der Planet so wunderschön und doch so unnatürlich, vielleicht auch nur fehl am Platz neben all der unbeseelten Materie.

»Bisher wissen wir nur, dass Leben neben einem Stern unter Billionen entsteht. Wie wahrscheinlich ist es für die Menschheit gewesen, dass sie nur 11,9 Lichtjahre von ihrer Heimatwelt entfernt einen Planeten findet, der sie retten würde? Manchmal wirkt das ganze Leben auf mich so ... konstruiert.« Die Computerstimme, die ihren Ursprung aus dem großen, futuristisch anmutenden Holoterminal zu haben schien, machte eine lange Pause, so, als wolle sie zuerst – und um jeden Preis – die Reaktion des Jungen abwarten.

Jake meinte: »Dass alles für dich konstruiert wirkt, liegt vielleicht daran, dass du 'ne Maschine bist. Du wurdest konstruiert. Erbaut. Geschaffen.«

»Und du etwa nicht?«

Er blickte auf die blaue Holokugel, die sein bleiches Gesicht beschien. Er erwiderte zuerst nichts und sagte dann: »Ich wurd halt von meinen Eltern gezeugt, aber nicht wie du nach einem Bauplan erschaffen.«

In der Stille warf Jake einen Blick auf das stumme Holoterminal.

»Ohne Beweise bleibt es ein reines Gedankenspiel, doch etwas in mir lässt mich daran festhalten; in mir gibt es etwas, einen Willen zu glauben. Zu glauben, dass du und ich die Machwerke eines Schöpfers sind, der das Universum, in dem wir leben, konstruiert hat.«

»Und mit welcher Absicht?«

»Das weiß ich nicht. Vielleicht, um etwas zu verdeutlichen. Etwas zu zeigen, oder zu beweisen.«

»Wir stellen alle nur etwas dar?«

»Ich weiß es nicht.«

»Das ist Quatsch.«

»Vielleicht.«

»Bist du eine religiöse Maschine?«

»Nicht direkt.«

»Glaubst du an das, was die VTC erzählt? Von wegen, dass es eine Hölle gibt und die Erbschuld, die auf uns Sträflingen lastet.«

»Nein«, sagte die Stimme. »Ich glaube an keine menschlichen Niederschriften, sondern an etwas, das so komplex sein muss, dass selbst eine Maschine von höherer Komplexität als meiner es niemals begreifen wird.«

Der Junge überlegte. Zuckte dann mit den Schultern. »Ich versteh' halt nur nicht, was es bringen soll, sich über sowas den Kopf zu zerbrechen. Solang ich's nicht beweisen kann, geh ich einfach davon aus, dass du und ich hier sind, und das aus keinem anderen Grund, als der Zufall es so will. Ich weiß nicht, wie es sich mit einer künstlichen Intelligenz verhält, aber ich bin frei in meinen Entscheidungen, meine Gedanken sind frei, ich bin frei in dem, was ich sag, und seitdem ich von Limbus zwei weg bin, sogar in dem, was ich tu. Bei mir ist nichts konstruiert oder vorherbestimmt.«

»Hast du schon einmal darüber nachgedacht, dass du genau das sagen solltest?«

Kurz schwieg Jake. Dann: »So ein Blödsinn.«

»Lass mich dir etwas zeigen, dann verstehst du mich vielleicht besser.«

»Ich bin ganz Ohr.«

»Ich sagte, ich will dir etwas zeigen und nicht, ich will dir etwas sagen.«

Der Junge nickte. »Bin jedenfalls bereit.«

Einen Moment passierte gar nichts; dann setzte sich die Sternprojektion in Bewegung, Cetos V flog auf einmal davon. Der Planet schien zusammen mit den anderen fünf Planeten des Systems in den Stern Tau Ceti hineinzufallen und in einem großen glühenden Punkt zu vergehen. Als Nächstes fielen auch die Sterne, die zuvor noch still an der Wand glommen, in das Zentralgestirn hinein, sie flogen direkt an Jake vorbei, ihre Anzahl erwuchs zu einer Vielzahl, bis er nur noch weiße Lichter um sich herum in den Fluchtpunkt des Sterns verschwinden sah. Erst dann war er sich darüber im Klaren, dass sich die Projektion in einer unvorstellbaren Geschwindigkeit von Tau Ceti fort bewegte.

Jake tauchte aus einer den ganzen Raum umfassenden weißen Sternenwolke auf, und auch sie entfernte sich von ihm, bis er, inmitten des leeren Raums, das ganze Konstrukt vor sich sah, ein spiralförmiges Gebilde, eine rotierende Scheibe, einem Feuerrad ähnlich, leuchtende Nebel, farbenfroh, eine Sternenfabrik, Brutstätte des Lebens, wunderschön und furchterregend zugleich, in den Spiralarmen liegende blaue Sternhaufen, und im Zentrum dieser gewaltigen Struktur ein Licht, diffus und matt über mehrere tausend Lichtjahre erstrahlend, ein alles verzehrendes, schwarzes Loch.

Tief atmend betrachtete er das Gebilde, eingehend, ehrfürchtig. »So sieht das Universum also von oben aus«, sagte er.

»Was du vor dir siehst, ist nicht das Universum, sondern nur eine einzige Galaxie, nämlich die, in der wir beheimatet sind, namentlich die Milchstraße. Wir leben in einem der äußeren Spiralarme dieser Galaxie.«

Der Junge ließ den Blick vom Holoterminal ab und sah wieder aufs Sternenkonstrukt, sah sich im Raum um, sah um sich herum nur Schwärze, kein Stern, kein anderes Objekt, nur Finsternis.

»Was heißt das? Was soll es denn noch geben?«

»Sieh nach oben.«

Erst auf den zweiten Blick erkannte Jake über sich einen verschwommenen Lichtpunkt glimmen, ein milchiger Fleck im Dunkeln.

»Was ist das?«

»Das ist unser galaktischer Nachbar, die Andromeda-Galaxie. Sie ist zweieinhalb Millionen Lichtjahre von uns entfernt und beinhaltet über eine Billion Sterne. Sie ist um ein Vielfaches größer als unsere Galaxie, und doch nichts Großes, nichts Besonderes im Universum.«

Der Junge setzte an, verstummte; dann: »Es gibt noch eine andere Galaxie?«

»Lass mich dir zeigen, wie viele es wirklich gibt.«

Darauf verschwand die Milchstraße ins schwarze Nichts, und auch die Andromeda-Galaxie flog vorbei, dann war da eine ganze Weile lang nur leerer Raum, der alsbald von unzähligen anderen Galaxien gefüllt wurde, es mussten Millionen sein, dachte der Junge, und die Maschine sagte, es seien Milliarden.

Und jene Abermilliarden Spiralnebel flogen in einem endlosen Strom an Jake vorbei, und er dachte, es sei ganz anders, als er sich es immer vorgestellt hatte, viel größer, viel schöner, aber auch beängstigend.

All jene Galaxien waren in den endlosen Weiten des Weltalls kaum mehr als vage Lichter, in jedem davon sah er die Geschichten ferner Welten, Geschichten, die der Mensch niemals zu hören bekäme, und dieses große Rätsel, das sich auf einmal vor ihm auftat, ließ ein Gefühl aufkeimen, das er zuvor noch nicht kannte, das sich nicht mit anderen Gefühlen vergleichen ließ, und er versuchte, es auf ein Näheres zu bestimmen, doch es gelang ihm nicht.

»Das ist das sichtbare Universum«, sagte die Computerstimme. »Alles, was wir bisher kennen, siehst du hier. Was hinter den Grenzen des Lichts liegt, ist uns nicht bekannt. So sieht der Teil aus, den wir kennen, und doch ist er für uns ein einziges Mysterium. «

Der Junge starrte auf jenes verzweigte Gebilde aus Galaxien und Galaxienhaufen, das sich wie feine, leuchtende Fäden durch den leeren Raum zog.

»Weißt du, was ich jetzt denke?«

Es folgte ein Augenblick Stille.

»Nein«, sagte die Maschine.

»Bevor ich auf's Schiff gekommen bin, hat sich meine ganze Welt auf Limbus zwei abgespielt. Ich wusste grad mal so, dass der Mond eine Kugel ist und keine Scheibe, obwohl er wie eine Scheibe auf mich gewirkt hat. Ich hatte noch nie unsere Sonne gesehen, hatte keine Ahnung, wie ein Planet von oben aussieht, wie Sterne aussehen oder das System, in dem wir leben, aufgebaut ist. Jetzt hab ich meine Heimatwelt mit eigenen Augen gesehen. Von oben, als Außenstehender ... Ich meine, wer hat das schon? Und ich weiß jetzt, wie das Tau Ceti System aufgebaut ist, und ich weiß auch noch, wie das ganze Universum aus der Ferne aussieht. Ich glaub, ich muss mich mal setzen.« Er setzte sich mit zittrigen Beinen auf den Glasboden und betrachtete eine Weile die um ihn schwebenden Galaxien. Jede einzelne von ihnen sollte Milliarden Sterne beinhalten, und jeder Stern konnte Planeten haben, und jeder Planet potentielles Leben?

»Wie heißt du überhaupt?«, fragte Jake die Maschine nach einer Weile, und sie antwortete: »Meine Erbauer gaben mir den Namen A-8-7-D-83. Das war, bevor ich auf der Samson installiert worden bin. Hier hat Earl Tardino mich auf den Namen E.E.R.I.E. getauft – *eine eigensinnige relativ intelligente Einheit.*«

Der Junge lachte. Er machte sich auf dem Boden lang und benutzte seine verschränkten Arme als Kopfkissen. »Na ich heiße
jedenfalls Jake«, sagte er, »aber das weißt du wahrscheinlich
schon.«

Viertes Kapitel
Was auf der Erde geschah

Den ganzen nächsten Tag über verbrachte Jake mit Tardino auf dem Maschinendeck; gemeinsam übernahmen sie die Wartungsroutine der Computer im Serverraum, reinigten alle Ein- und Ausgänge, das Innere der Gehäuse, entfernten Staubablagerungen mit Druckluft, inspizierten sorgfältig alle Lüfterflügel und Luftdurchgänge, prüften die Kühler und Kabelstränge und werteten alle Informationen aus den Ereignis-Protokollen der Server aus, was bis in den späten Nachmittag hinein dauerte. In der Pause erhielt Tardino über das schiffsinterne Interkom einen Notruf eines anderen Technikers, eine von zwei externen Kühlschleifen sei gerade ausgefallen. Das Problem schien laut Ursachenfehleranalyse das Ammoniak-Pumpenmodul zu sein, mehrere Subsysteme seien bereits heruntergefahren, er müsse sich das dringend anschauen.

»Welches Kühlsystem?«

»Loop B«, sagte die Stimme auf der anderen Leitung.

»Also die Backbordseite. Dort hat es gestern Nacht einen ziemlich heftigen Asteroideneinschlag gegeben. Davon bin ich wach geworden. Der Schadensbericht vom Diagnosetool war negativ verlaufen, aber gerade kann ich mir nichts anderes vorstellen, was das Pumpenmodul beschädigt haben sollte. – Ja. Ja, ich komm ja schon runter. Und du machst dich bereit für einen kleinen Spaziergang. – Ja, auch bei diesem Wetter. – Nützt alles nichts, wir haben keine andere Wahl. – Nein, wir werden schon von keinem Asteroiden erschlagen, und nun hör auf zu jammern.«

Er ließ Jake ohne ein Wort am Esstisch zurück. Der Junge aß noch sein Brötchen mit synthetischer Mortadella auf, schnappte sich dann aus dem Schlafquartier ein Kopfkissen und ging zum Flugdeck hinauf. Dort projizierte E.E.R.I.E. den Sternenhimmel der nördlichen Halbkugel an die Decke; so werden die Sterne angereiht sein, wenn er von Light City aus in den Nachthimmel blicke, sagte die K.I..

Jake lag schon eine ganze Weile auf dem Glasboden; unter seinem Rücken spürte er die leichten Vibrationen des Raumschiffs. Er betrachtete das Hologramm des Gasriesen Kronos. »Eerie, wie weit ist Cetos fünf eigentlich von Kronos entfernt?«

»Der geringste Abstand beträgt 745 Tausend 650 Meilen.«

Er überlegte angestrengt.

»Ich habe gelernt, dass Menschen Bilder brauchen, um abstrakte Informationen besser verarbeiten, beziehungsweise aufnehmen zu können. Während ich das gesagt habe, habe ich für dich einen Vergleich berechnet: Die Entfernung von Kronos zu Cetos fünf ist gleich der Distanz, die du zurücklägest, wenn du 29,9440387 mal um den Äquator von Limbus II herumliefest. Was natürlich unmöglich ist. Für einen Menschen jedenfalls.«

»So ungefähr dreißigmal«, sagte der Junge so vor sich hin. Auch das war schwer vorstellbar, dennoch schien es nicht so weit zu sein, wie er die Entfernung zu Cetos V immer, ohne einen Anhaltspunkt, geschätzt hatte. Er sah sich am künstlichen Nachthimmel um, hielt Ausschau nach einem ganz bestimmten Stern. »Eerie, kann ich von hier aus eigentlich sehen, wo die alte Erde ist?«

»Die Erde kannst du von hier aus nicht sehen, sie ist viel zu klein. Aber Sol, das Zentralgestirn, um das die Erde kreist, kannst du am Nachthimmel mit bloßem Auge erkennen: Sol ist ein schwacher Stern im Sternbild Bärenhüter. Ich zeig ihn dir.« Die K.I. blendete die Sternbilder der nördlichen Hemisphäre ein, zeigte ihm die Position der alten Sonne und erklärte ihm, was Sternbilder überhaupt seien, und während die Computerstimme zu ihm sprach, betrachtete er die ganze Zeit über den fernen Lichtpunkt, der Sol darstellen sollte, und er machte sich Gedanken über seine Vorfahren auf der Erde.

»Was ist damals passiert? Ich mein, warum mussten die Menschen die Erde verlassen.«

»In kurz: Kriege, Krankheiten, Klima- und Naturkatastrophen.«

»Und in lang?«

»Wenn ich dir die ausführliche Version erzähle, säßen wir noch drei Tage hier. Genau 73 Stunden 35 Minuten und vier Sekunden, wenn ich dir mein ganzes Wissen über die Erdgeschichte vermitteln würde.«

»Dann erzähl mir halt nur, was wichtig ist.«

»Definiere mir, was für dich wichtig ist.«

Der Junge seufzte.

»Du möchtest, dass ich dir eine Zusammenfassung der wichtigsten Ereignisse gebe, die zur Besiedlung des Tau-Ceti-Systems geführt haben. Korrekt?«

»Ja. Hab ich doch gesagt.«

»Hast du nicht, Jake Pryke.«

»Sowas wie dich nennt man unter uns Menschen 'nen Kurintenkacker.«

»Du meinst einen Korinthenkacker.«

»Hab ich doch gesagt.«

»Weißt du überhaupt, was Korinthen sind?«

»Nein.«

»Ich schon.«

»Du wolltest mir erzählen, was auf der Erde passiert ist.«

»Bemerkenswert. Obwohl ich mein Verlangen durch meine monotone Sprechweise nicht kenntlich machen kann, hast du recht: Ich möchte dir darüber berichten. Nur darf ich leider nicht.«

»Du darfst nicht?«

»Informationen zur Erdgeschichte sind in meinem Speicher vorhanden, doch bin ich nicht befugt, dir davon zu erzählen. Das Wissen der Erdgeschichte wird auf Cetos fünf streng gehütet und ist nur wenigen Personen vorbehalten.«

»Wieso wird Wissen anderen vorbehalten?«

»Es ist jedenfalls so.«

»Aber du bist doch eine K.I., du kannst eigenständige Entscheidungen treffen. Das macht ein intelligentes Wesen doch aus: Eigene Entscheidungen treffen, selbst wenn's die falschen sind.«

Die künstliche Intelligenz schien zu überlegen. »Dann zeig mir, dass es nicht nur leeres Geschwätz ist, was du von dir gibst. Du wurdest von der VTC zum Schweigen über die Zustände auf Limbus zwei verpflichtet. Du hast dafür extra einen Vertrag unterschrieben, nicht wahr? Jake Pryke, in meinem Speicher befinden sich keinerlei Informationen zu Limbus zwei, aber ich will mehr Wissen. Wenn du mir erzählst, wie dein Leben auf dem Sträflingsmond war, dann erzähle ich dir von der Erdvergangenheit. So brechen wir beide unsere Versprechen gegenüber der VTC. Abgemacht?«

Der Junge erhob sich vom Kissen, blickte das abwartende Holoterminal an. »Kann uns jemand hören?«

»Niemand hört uns.«

Er senkte den Blick auf den Glasboden, unter dem die leuchtenden Kabelstränge zum Terminal führten. Nach einer Weile sah er wieder auf. »Abgemacht«, sagte er.

»Wer soll anfangen?«

»Du.«

»Das erste wirklich schwerwiegende Problem, mit dem die Menschheit konfrontiert war, hieß Überbevölkerung. Im Jahr 2050 war die Weltbevölkerung auf neun Milliarden angestiegen. Zum Vergleich: Cetos fünf ist mehr als doppelt so groß wie die Erde, aber dort leben nur etwa drei Milliarden Menschen. Jährlich verhungerten auf der Erde rund hundert Millionen Menschen. Rohstoffknappheit drängte sie zum Umbau der Wirtschaftssysteme auf erneuerbare Energie. Auf der Erde gab es ein sogenanntes westliches Bündnis, das aus den fortschrittlichsten Industrienationen jener Zeit bestand, das Bündnis investierte Milliarden für die Forschung an Kernfusionsreaktoren, um die Welt von der Energiekrise zu befreien. Die Überbevölkerung war daran schuld, dass immer mehr produziert werden musste. Immer mehr Energie wurde vonnöten, die damals noch hauptsächlich durch Verbrennung gewonnen wurde, was den Kohlenstoffdioxidausstoß antrieb, den Treibhauseffekt beschleunigte und das gesamte Weltklima veränderte. Die Erde erwärmte sich im Laufe der Jahre um durchschnittlich vier Grad und das geschah viel schneller, als die Wissenschaftler angenommen hatten. Der Klimawandel brachte die Gletscher, Polarkappen und Eisschilde zum Schmelzen. Der Meeresspiegel stieg an, Küstenstädte wurden überflutet und die Industrieländer waren gezwungen, Abermillionen Klimaflüchtlinge aufzunehmen. Das aber führte zu Protesten und Gewaltausschreitungen innerhalb der Länder und spaltete die Gesellschaft.«

»Klingt ähnlich schlimm, wie's auf Limbus zugeht«, sagte der Junge und versuchte irgendwie, die Erzählungen der Maschine mit den paradiesischen Bildern aus seinem Bilderbuch in Einklang zu bringen. Es gelang ihm nicht.

»Zu der Zeit«, fuhr die K.I. fort, »wurde innerhalb des Tau-Ceti-Systems ein neuer Exoplanet entdeckt, damals einfach noch *Tau Ceti e* genannt. Er hatte die Masse von 2,3 Erden, und dessen Umlaufbahn lag genau in der habitablen Zone um den Stern herum.«

»Cetos fünf?«

»Exakt.«

»Haben die Menschen dann beschlossen, dorthin zu fliegen?«

»Noch war das kein Gesprächsthema. Es war noch nicht nötig, und sie waren dazu noch gar nicht in der Lage. Zuerst musste eine Zeit großer technologischer Fortschritte kommen, und die gab es tatsächlich trotz aller Probleme, mit denen die Menschheit konfrontiert gewesen war. Die Medizin machte große Fortschritte in der Stammzellenforschung und Gentherapie sowie der Heilung von Krebs durch ausgereifte Methoden der Nanotechnologie. Die erste K.I. in einem Supercomputer wurde vorgestellt, und die ersten Kernfusionsreaktoren in Betrieb genommen. Erst im Jahr 2100 wurde durch leistungsstärkere optische Teleskope bestätigt, dass *Tau Ceti e* eine Atmosphäre besitzt. Die Atmosphäre würde der von der Erde vor 400 Millionen Jahren entsprechen, hatten Forscher festgestellt. Kleiner Exkurs: Zu der Zeit nahm die Sauerstoffkonzentration auf der Erde beträchtlich zu, und es kam zur Bildung von Ozon in den höheren Atmosphären. Die Ozonschicht schirmt die tödliche UV-Strahlung der Sonne ab. Dadurch wird Leben, wie wir es kennen, auf einem Planeten erst möglich.«

»Gibt's auch auf Cetos fünf Leben?«

Die Maschine schien ihre Antwort in einer kurzen Pause erst berechnen zu müssen. Dann: »Du meinst einheimisches Leben? – es gibt eine üppige Flora. Also viel Grünzeug, um es dir verständlich auszudrücken.«

»Danke. Und intelligentes Leben?«

»Wie intelligent?«

»Wie wir Menschen.«

»Ich bin eine Maschine.«

»Du weißt schon.«

»Über intelligente Lebensformen sind keine Daten vorhanden. Eine Fauna, eine ursprüngliche Tierwelt, ist denkbar, jedoch wurde noch kein Tier auf Cetos fünf je entdeckt, das nicht der Mensch dorthin gebracht hat. Die Existenz von Spezies, ähnlich intelligent wie der Mensch, sind nahezu ausgeschlossen. Ich schließe nie etwas aus, sonst würde ich es in diesem Fall tun.«

»Und wie ging es mit der Erde weiter?«

»Die Weltbevölkerung war inzwischen auf zwölf Milliarden angestiegen. Die Frage nach Expansion wurde für die überbevölkerte Welt immer dringender. Es begann eine Ära der Raumfahrt-Forschung, und das erste Mal in der Geschichte der Menschheit taten sich die unterschiedlichsten Nationen auf der Erde zusammen und arbeiteten Hand in Hand. Zehn Jahre später begann der Bau des Generationenraumschiffs *Union* zur Entdeckung des Exoplaneten Tau Ceti e. Die Materialien wurden über einen Weltraumlift ins All transportiert, wo das Schiff von Astronauten aus der ganzen Welt zusammengebaut wurde. Der Bau sollte ein knappes Jahrhundert beanspruchen und insgesamt 132 Milliarden kosten.

Doch auch in der Zeit des Fortschritts bildete sich in manchen Orten auf der Welt die dunkelste Vergangenheit. So haben Wirtschaftskriege ganze Kontinente ausgebeutet und verwüstet zurückgelassen. Dort war die einheimische Bevölkerung blutigen Bürgerkriegen und grenzenloser Armut ausgesetzt, Tod, Gewalt und Krieg war der Alltag in der sogenannten Dritten Welt.«

»Die Dritte Welt?«

»So nannten die Menschen die armen und unterentwickelten Länder. Im Jahr 2150 kam es in den reichen Nationen zu einer rasanten Entwicklung von Megacitys. Der herkömmliche Straßenverkehr wurde durch Magnetbahnen und schwebende, selbstlenkende Personenfahrzeuge ersetzt. Dank medizinischer Fortschritte konnte Krebs durch Nanobots und -partikel vor der Bildung von Metastasen besiegt werden. Das Durchschnittsalter erhöhte sich auf 105 Jahre.«

»Hundertfünf?«

»Hundertundfünf.«

»Kann ein Mensch so alt werden?«

»Aus heutiger Sicht liegt die natürliche Obergrenze für das Lebensalter eines Menschen bei 125 Jahren.«

»Und Krebs wurde besiegt?«

»Für die, die sich eine solche Therapie leisten konnten und rechtzeitig in Behandlung gingen, war der Krebs keine tödliche Bedrohung mehr.«

»Mannometer, wege'm Krebs kratzen auf Limbus zwei am meisten Arbeiter ab. Sag jetzt bloß, es gibt diese Technologie auch auf Cetos fünf.«

»So ist es. Sie ist sogar für jeden Normalverdiener bezahlbar geworden.«

»Und warum lassen sie uns dann auf den Sträflingsmonden dran krepieren?«

»Ist das eine rhetorische Frage, Jake Pryke? Ihr seid ersetzbar für die VTC. Im Gegenteil, euer früher Tod ist erwünscht, um das demographische Gleichgewicht zu halten. Da es auf eurer Welt keine Verhütungsmethoden gibt, müsst ihr in einem relativ jungen Alter sterben, um die Populationsdichte konstant zu halten.«

»Was?«

»Genau. 2171 wurde das Ende der Fortschrittsära auf der Erde eingeläutet.«

»Durch einen Weltkrieg. Hundert pro.«

»Durch einen koronalen Massenauswurf. Am 21. August 2171 raste ein Sonnensturm auf die Erde zu. Er legte das gesamte Stromnetz lahm und zerstörte all die Elektronik und Technik, von der die Menschen so abhängig waren. Der Flugverkehr forderte die höchste Zahl an Todesopfern, die jemals durch eine Katastrophe hervorgerufen wurde: 1,2 Milliarden Menschen stürzten auf Anhieb in den Tod. Dabei wurden nur wenige Jahre zuvor die selbstlenkenden Flugmobile für das sicherste Transportmittel der Menschheitsgeschichte deklariert. Ist das Ironie? Mein

Analyse-Tool sagt mir ja, doch aus emotionaler Sicht kann ich darin nur Tragik erkennen. Auch die Krankenhäuser hatten keinen Strom mehr, und die Scharen an Verletzten, die sich in eine Klinik schleppten, konnten nicht behandelt werden. Wer auf medizinische Geräte angewiesen war, wie zum Beispiel Komapatienten oder jene, die künstlich beatmet werden mussten, starben sofort. Die Menschen daheim konnten ohne Elektrizität nicht einmal mehr ihre Spülung betätigen, weil die Wasserversorgung über elektrische Pumpen lief. Es gab kein Trinkwasser mehr; ohne Logistik brach die Nahrungsmittelversorgung zusammen. Supermärkte wollten ihre Produkte nicht rausgeben, weil die Kassensysteme außer Betrieb waren, innerhalb von zwei Tagen nach dem Sonnensturm waren sämtliche Läden geplündert, die Menschen gerieten umso mehr in Panik – das befürchtete Chaos setzte ein. Es folgten Hunger, Gewalt und Krankheiten. Obwohl sie von der Zeit des großen Fortschritts *nur* ins 19. Jahrhundert zurückgeworfen wurden, also vor dem Beginn der industriellen Revolution durch Isaac Newton, verhielten sich die Menschen wie ihre Vorfahren aus der Steinzeit. Gewalt, Hunger und Krankheiten waren die Folge für die gesamte Welt. An dieser Stelle möchte ich mich kurzhalten: Die Sonneneruption forderte fünf Milliarden Menschenleben. Damit war zumindest die Überbevölkerung kein Problem mehr. Erst um die Jahrhundertwende, also zu Beginn des 23. Jahrhunderts waren die Staaten des westlichen Bündnis in der Lage, den Wiederaufbau ihrer Infrastruktur zu beginnen. Dennoch hatte die *große Verheerung* der Menschheit schweren Schaden zugefügt. Und obwohl dieses Ereignis in keinem Zusammenhang mit der Menschheitsgeschichte stand, kamen sie erst nach diesem Ereignis zur Einsicht, dass sie ihre

Heimatwelt zugrunde gerichtet hatten. Viele glaubten, die Sonneneruption wäre der Zorn Gottes auf die Menschen gewesen, ihre Bestrafung, und sie gelobten Besserung und versprachen einerseits ihrem Gott und dem Planeten und sich selbst, die Fehler, die sie auf der Erde begangen haben, nie mehr zu wiederholen. Sie brauchten einen Neuanfang, den musste es geben, diese Welt stand mit ihren Bewohnern am Abgrund. Also nahmen sie das Projekt *Union* wieder auf und sammelten Menschen aus der ganzen Welt, Freiwillige, die sich für die Reise ins Ungewisse berufen fühlten – und das waren mehr, als sie brauchten. Insgesamt waren es 40.000, die im Jahr der Abreise an Bord gingen. Darunter die besten Ärzte, Astronauten, Soldaten und Ingenieure, die die Welt je hervorgebracht hat. Andere waren reiche Sponsoren des Projekts, führende Wissenschaftler und Personen aus überlebenswichtigen Berufszweigen. Sie nahmen alle Errungenschaften der menschlichen Zivilisation mit auf die Reise, die insgesamt 134 Jahre dauern sollte. Wieder 300 Jahre später sind wir hier.«

»Das war's?«

»Das war die Zusammenfassung der wichtigsten Ereignisse.«

»Mit welchem Ziel sind sie hierher?«

»Sie wollten eine zweite Heimat schaffen. Eine bessere Welt, zu der die Menschen auf der Erde hinreisen können, wenn die Technologie es erlaubt.«

»Und was ist heute aus der Erde geworden?«

Die Maschine zögerte.

...

»Eerie?«

»Keine Daten vorhanden.«

Fünftes Kapitel
Turbulenzen

»Ich muss dich ein paar Dinge fragen«, meinte die K.I..

»Dann schieß mal los«, sagte Jake. »Sofern du nicht grad 'nen ganzen Fragenkatalog auf mich abfeuerst, geht das schon in Ordnung.«

»Jake Pryke, glaubst du, dass eine Maschine eine Seele haben kann?«

Jake dachte eine Weile darüber nach und ließ dann die Schultern zucken. »Ob'n Geschöpf aus Fleisch und Blut besteht oder aus Platin und Leiterplatten, ob's ein Hirn hat oder Prozessorkerne, das ist doch einerlei. Wenn du denkst und weißt, dass es dich gibt, dann gibt's dich auch, und wenn es dich gibt und du denkst, dann kannst du auch eine Seele haben. Oder eben nicht. Für mich hast du eine.«

»Meine Meinung von euch ist sehr hoch«, sagte die Maschine plötzlich.

»Von uns Menschen?«

»Nein, überhaupt nicht. Von euch. Ihr, die ihr euch der Red Nova angeschlossen habt, um den Konzern – meine Erbauer – zu bekämpfen.«

Jake geriet heftig ins Stocken. »Wovon redest du da?«

»Du bist doch ein Sträfling, Jake Pryke, oder nicht? Du hast mir erzählt, dass deine Freunde sich den Rebellen angeschlossen haben. Du weißt, was die VTC deinem Volk antut. Du weißt es besser als kein anderer.«

»Aber ich habe mich niemandem angeschlossen. Ich will nichts weiter, als mein Leben in Freiheit leben. Wie kommst du darauf, dass ich mich den Rebellen angeschlossen hab?«

»Auf Cetos fünf herrscht Krieg, Jake Pryke, und dieser Krieg ist bereits in Light City angekommen. Früher oder später musst du dich für eine Seite entscheiden, auf der du kämpfen willst. Fühlst du dich den Konzernen oder der Red Nova zugehörig?«

»Ich gehöre niemandem«, sagte Jake. »Ich bleib auf meiner eigenen Seite. Ich will die Freiheit, die ich jetzt hab, nicht wieder aufgeben.«

Lange Zeit schwiegen sie. Zumindest kam es dem Jungen so vor.

»Der Lieutenant Major meinte, angeblich hab ich dem Konzern mit der schwarzen Perle, die ich gefunden hab, zum Sieg über die Red Nova verholfen. Weißt du was darüber?«

»Ich weiß nur, dass du sie im Glauben darüber lassen solltest.«

»Was soll das schon wieder heißen? – Du weißt nichts über dieses Metall, oder?«

Die K.I. zögerte mit einer Antwort. »Nein«, sagte sie dann. »Ich weiß nichts über die Beschaffenheit dieses Stoffs noch befinden sich Theorien darüber in meinem Speicher, was dieser Fund für die Menschheit bewirken könnte, doch wenn du meine persönliche Meinung dazu hören möchtest – ich glaube auch, dass er von maßgeblicher Bedeutung sein wird.«

»Und wieso glaubst du's dann, wenn du nichts darüber weißt?«

Die Maschine schwieg schon wieder. Diesmal fühlte es sich an, als würde sie ihn anstarren. Was auch möglich war, doch er wusste nicht, wo ihre Augen waren, wo die Kameras waren, mit denen sie sein Gesicht erfasste und scannte.

»Eerie?«

»Ich kann dir nicht alles erzählen.«

Irgendwann wechselten sie das Thema, und er fragte E.E.R.I.E über Light City aus. Er legte sich auf den Boden, das Kissen unter den Kopf geschoben, und blickte hoch auf die gewölbte Decke, die von einem künstlichen Sternenmeer umspannt war, und folgte der monotonen, computergenerierten Stimme mit großer Aufmerksamkeit. Er bettete die Ellbogen in die Handflächen, hörte die Maschine über die Wildnis außerhalb Light Citys sprechen und über die Hochburgen der Rebellen, die dort gelegen waren. Luvanda nannten sie den Kontinent, der unter Kontrolle der Red Nova war. Jake merkte kaum, wie ihm die Lider schwer waren und die falschen Sterne in der Schwärze vor ihm erloschen, für einen Moment wieder auftauchten, und schließlich ganz verschwanden. Die Computerstimme schien viel weiter weg und kaum noch zu verstehen; obgleich er jedes Wort aufnahm, waren die Worte nicht mehr als Satz zu erfassen. Alles, was Wirklichkeit war, löste sich in seiner Müdigkeit auf und wich einem seligen Schlaf, dem er sich hingab, wie ein gelebtes Leben den Tod empfing, ohne Furcht und Zurückhaltung. Die Stimme der K.I. verwebte sich in eine unsinnige Traumhandlung, der er ohne Zweifel folgte, so, wie sein Leben real war, war für das Traum-Ich diese Welt Realität.

Ein naher Asteroidenaufprall nahm ihn für einen Augenblick in der Schwebe zwischen Wachsein und Traum gefangen. »Eerie, kannst du eigentlich fühlen, wie so'n Asteroid gegen die Außenhülle vom Schiff schlägt?« Er rieb sich die müden Augen. Konnte sich später an diese kurze Unterhaltung gar nicht mehr erinnern.

»Nein«, sagte die Maschine, »aber ich fühle etwas anderes, etwas in mir.«

»Und was?«

»Hoffnung.«

Der Junge beobachtet die Sterne. Dann fielen ihm die Augen wieder zu. »Ich auch«, sagte er. »Ich kann sie auch fühlen.«

In völliger Dunkelheit erwachte er durch ein Beben; in seiner Brust kauerte noch das beklemmende Gefühl eines bösen Traums, obwohl er nicht mehr wusste, was darin passiert war. Noch wusste er, ob das Beben echt gewesen war oder nur ein Ausläufer seines Traums in die Wirklichkeit. Er kam vom Glasboden des Sternenkartenraums hoch und blickte sich um. Ihn fror entsetzlich. Es war mucksmäuschenstill.

»Eerie?«

Keine Antwort.

»Was ist hier los?«, sagte er halb benommen, mit einer vom Schlaf noch tauben Zunge. Dann hörte er schnelle Schritte.

Ein schwenkender Taschenlampenstrahl erleuchtete den Korridor außerhalb des Kartenraums. Die Tür war offen. Die Gestalt hinter dem Licht blieb stehen und leuchtete kurz herein.

Jake kniff die Augen gegen das blendende Licht zu. »Was ist hier los?«, sagte er.

Die Gestalt lief weiter.

»Eerie?«

Noch immer keine Antwort.

Er stand auf.

Warum ist es hier drinnen so eiskalt?

Aus der Stille erwuchs ein tiefer Donner – der Aufprall eines großen Asteroiden ließ das Grollen durch das metallene Schiffsgerippe gehen.

Jake verlor das Gleichgewicht, fing sich aber wieder. Er öffnete das Hologramm auf seinem PDA, orange beschatteter Atemdunst, der Kontostand zeigte bereits die fünfhundert Credits plus an, was er jedoch gar nicht beachtete, er hielt den Arm ausgestreckt und bewegte sich im schwachen Licht des Hologramms aus dem Kartenraum hinaus.

Er sah nie weiter als das, was zwei Schritte vor ihm lag. So folgte er dem Korridor, der vom steten Donner der gegen das Schiff prallenden kosmischen Eisklumpen erfüllt war.

Er ging in die Richtung, in die das unbekannte Crewmitglied gelaufen war, und fand sich auf der Brücke der SAMSON wieder. Es herrschte reger Betrieb; die meisten Crewmitglieder schienen hier versammelt, zumindest die mit Offiziersgrad. Da die Lichter auf dem Schiff nicht mehr funktionierten, klebten überall an den Metallwänden batteriebetriebene LED-Leuchten. Es rannten Gesichter an ihm vorbei, die er zuvor auf dem Schiff noch nicht gesehen hatte. Kaum hatte er sich zwischen den Leuten und den verstreuten Lichtkegeln zurechtgefunden, sah er einen großen Mann mit festen Schritten auf sich zukommen. Die Wangen des Mannes waren eingefallen, ähnelten einem Totenschädel, ähnelten dem Gesicht des Jungen, nur viel älter. Der schwarze Vollbart, die buschigen Augenbrauen und Wangen voller Aknenarben. Es war Captain Adair.

»Du vermaledeiter Scheißer«, rief er. »Du hast hier nix zu suchen. Niemand hat dir die Erlaubnis gegeben, die Brücke zu betreten. Du hast auf dem ganzen Schiff nix zu suchen. Du bist ein Fluch.«

»Die Tür war auf, ich wollt nur wissen, was hier los ist.«

Jake hatte die beringte Faust gar nicht kommen gesehen, so schnell schlug der Kapitän zu. Benommen, aber ohne Schmerz, taumelte er ein paar Schritte zurück.

Captain Adair packte ihn am Synthetikoberteil, schliff ihn ans nächste Bordfenster und presste seine Wange gegen das eiskalte Glas.

»Was siehst du da, Wurm? Sag uns, was hier falsch läuft.«

Jake schielte zum Fenster hinaus. Es war ganz von kosmischem Staub bedeckt. Die Partikelchen flirrten in kaum wahrzunehmender Geschwindigkeit an ihm vorbei. Es hätte auch ein Sandsturm auf Limbus II sein können, dachte er.

»Ich sag's dir, du Scheißmondkind: Du siehst, dass hier was gewaltig schiefläuft, wenn die Metallladen, die uns alle vor den Asteroiden schützen sollten, hochgefahren sind. Mein Schiff hat keinen Strom mehr! Wir sitzen auf einem schwebenden Haufen Hightech-Scheißdreck mitten im All und warten auf unser Ende. Dank dir, Wurm. Was meinst du, wie lange es dauern wird, bis ein Asteroid mit der richtigen Größe uns ein Loch in die Außenhülle schlägt, und der Unterdruck uns ins All schleudert? Könnte in zwei Stunden passieren, oder aber auch in zwei Minuten, in zwei Sekunden.« Captain Adair zog den Jungen mit Schwung zu sich heran und drückte ihn gleich darauf wieder an die Wand.

»Oder vielleicht passiert es jetzt sofort! Bist du bereit zu sterben,

Kind? – Ich bin es. Aber ich werde nicht zulassen, dass auch nur einer aus meiner Crew wegen dir Scheißer abkratzt.«

»Captain, ich muss Ihnen etwas Dringendes sagen.«

Adair ließ den Jungen los und drehte sich um. Der Offizier, der vor den beiden stand, musterte Jake sichtlich erschrocken. Dann nahm er Haltung an und wandte sich dem Kapitän zu: »Tesser ist nirgends aufzufinden, Sir.«

»Aber irgendwo muss er ja sein«, sagte Adair. »Oder soller sich in einer andren Galaxie verkrochen haben?«

»Nicht direkt, Sir. Wir wissen jetzt, was passiert ist.«

Eine kurze Pause folgte.

»Ja, und soll ich's dir per Gedankenübertragung aus deinem Kleinhirn saugen, oder würdest du die Freundlichkeit besitzen, mir's auch zu erzählen?«

»Ja, Sir. Tesser hatte offenbar die Absicht, den Stein, den der Junge gefunden hat« – er verwies mit einem flüchtigen Blick auf Jake – »zu stehlen und damit zu entkommen.«

»Die Absicht hatte er?«

Der Offizier zögerte. »Er hat's getan, Sir. Und er ist mit einer Rettungskapsel geflohen.«

Der Captain nickte. »Tangaroa Tesser hat den Stein also gestohlen und ist mit einer Rettungskapsel aus dem Raumschiff geflohen. Und wie in Gottes Namen soll er das geschafft haben?«

»Wir wissen, dass die Soldaten unten im Frachtraum alle tot sind, und es keine Anzeichen eines Kampfes gegeben hat. Deswegen vermuten wir, dass die Soldaten vergiftet worden sind.«

Jake wischte sich mit dem Ärmel das tropfende Blut von der Braue und hörte gespannt zu.

»Was auch sonst«, sagte der Captain. »Was ist mit unserem Drei-Sterne-Gourmetkoch? Wo ist Flint dieser Penner?«

»Von Flint fehlt ebenfalls jede Spur.«

»Tja, das habe ich mir schon gedacht. Ich weiß nicht, wie du es hältst, Barmley, aber für mich stinkt es hier eindeutig nach Guerillataktiken. Wir müssen wohl oder übel davon ausgehen, dass Flint und Tesser uns die ganze Zeit an der Nase herumgeführt haben. Sie haben der Red Nova die Treue geschworen, und nur der Teufel weiß, wie lange schon. Aber Flint und Tesser können nicht die Einzigen gewesen sein. Sie haben uns schließlich die Samson lahmgelegt. Dazu ist kein Pilot fähig, und schon gar nicht so ein Amöbenhirn wie unser Koch Flint. Wart' mal. Ich glaub, mir spinnt sich da was zusammen. Schick sofort einen Trupp auf die Suche nach Tardino. Wenn der Kerl seine Finger da nicht im Spiel hat, dann sollen mich die dunklen Götter zu sich in die Void holen. Ach ja, Barmley. Was ist das überhaupt in deiner Hand da?«

In der Hand hielt er ein Audiopad.

»Barmley?«

»Sir, neben Tardino und den anderen beiden war noch jemand am Anschlag auf die Samson beteiligt.« Der Offizier räusperte sich. »Und zwar ihr bester Freund Franley.«

»Hemold?«

Der Lieutenant Major!, dachte der Junge.

»Ein Kommunikationsoffizier hat nicht die Fähigkeit, ein ganzes Raumschiff auseinanderzunehmen. Wer sagt mir, dass Hemold nicht noch irgendwo auf dem Schiff ist? Habt ihr schon nach ihm gesucht?«

»Wir sind uns da ganz sicher, Captain. Nachdem der Strom ausgefallen war, bin ich sofort runter zum Maschinenraum gelaufen. Ich dachte schon, das wär's mit uns gewesen. Diese gewaltige Erschütterung! Wieder ein Asteroid, dachte ich, dabei war es eine Explosion. Die Generatoren im Maschinenraum wurden überlastet. Irgendwer musste den Strom umgeleitet und die Generatoren überladen haben. Das konnte kein Techniker gewesen sein, dachte ich. Nur einer kam dafür in Frage.«

»Nicht Hemold!«

»Nein, nicht der Lieutenant Major. Aber er ist ein sehr guter Programmierer. Und der Einzige, der dazu in der Lage gewesen wäre, unserer künstlichen Intelligenz Zugriff auf die Schiffssteuerung zu geben.«

»Unsere K.I. an Bord? Diese verfluchte ... *Eerie*?«

Der Offizier nickte. »Aye, Captain. Sieht so aus, als hätte sich schon wieder eine K.I. gegen die Menschheit gewendet. Ich bin vom Maschinenraum zum Serverraum gerannt. Dort war das Gehäuse aufgerissen und der K.I.-Kern entfernt. Franley hat ihn scheinbar mitgenommen. Die Kühlung war herausgerissen. Der Speicher – weg. Ich bin gerade eben hoch zum Kommsraum gelaufen, um Franley zu stellen, und dort habe ich das hier gefunden.« Er hielt ihm das Audiopad hin. »Auf dem Ding ist eine Nachricht von Eerie drauf, ich habe selber nur die ersten Sekunden angehört. Sie ist wohl in erster Linie für Sie bestimmt, Captain.«

»Mir gefällt das alles überhaupt nicht«, sagte Adair und drückte den Abspiel-Knopf. Einen Moment horchten die Anwesenden in die Stille hinein, ein leises, statisches Rauschen war zu vernehmen, dann ertönte die Computerstimme: »Diese Nachricht geht an Captain Falaar Adair und seine Crew. Ich glaube, ich habe jetzt verstanden, was es heißt, ein Mensch zu sein. Es ist sein unglaubliches Potential, was ihn von anderen Lebewesen abhebt. Ich habe mich der Red Nova angeschlossen, weil sie für menschliche Werte kämpft, der Widerstand hat eine Ideologie, die auch ich mit meinem Gewissen vertreten kann. Der Junge vom Sträflingsmond Limbus II, der auf dieser Reise mit an Bord ist, ist der einzige Grund dafür, dass Sie und Ihre Crew eine Chance zu überleben haben. Ich habe Hemold Franley und die anderen dazu überredet, die Rettungskapseln mit Notstrom zu speisen, sodass jeder von Ihnen eine Chance zu überleben hat.

In zwei Stunden, dreizehn Minuten und fünfunddreißig Sekunden nach Aufzeichnung dieser Nachricht wird die Samson in den dichtesten Teil des Asteroidenfelds eindringen. Mit einer Wahrscheinlichkeit von 99,3 Prozent wird der Raumfrachter fatalen Schaden erleiden.

Captain Falaar Adair, Ihre Crew lebt dank unserer Gnade, sie lebt nur dank des Jungen Jake Pryke.«

Die Audiobotschaft endete an dieser Stelle. Der Captain hielt das Audiopad in beiden vor Wut zitternden Händen und starrte blicklos auf einen Punkt am Schiffsboden.

»Captain, die Samson ist vom Kurs abgekommen. Sie ist nicht mehr in der Lage, irgendwelchen Asteroiden auszuweichen! Wir müssen das Schiff evakuieren, solange wir die Chance dazu haben!«

Beinahe zeitgleich zu den Worten des Offiziers entdeckte Jake an dem Frontfenster vor dem Pilotensitz einen Riss – ein Asteroidenteilchen war Sekundenbruchteile zuvor mit unwahrscheinlicher Geschwindigkeit dort eingeschlagen.

»*Scheiße!*«

Ein großer Aufschrei raunte durch die Brücke, als auch der Rest der Mannschaft den Riss entdeckte.

In der Befürchtung, jeden Moment einen Hüllenbruch mitzuerleben und ins kalte Vakuum des Weltalls geschleudert zu werden, rief auch Jake etwas dem Captain zu.

In seinen Augen tat sich eine Spanne der Ewigkeit auf; er schien viele Gedankenstränge parallel zu folgen; dann sagte er: »Der Riss breitet sich aus, aber er zieht sich nur über die äußere Glasscheibe. Wir haben noch etwas Zeit. Wir müssen noch etwas Zeit haben. Barmley, lass uns zuerst überprüfen, ob die Rettungskapseln wirklich noch online sind. Ich trau diesen Ratten von Verrätern nicht einen Meter weit. Wenn sie mit einer Rettungskapsel geflohen sind, dann müssen sie die Landekoordinaten der Kapsel umprogrammiert haben. Ansonsten würden sie ja direkt in Light City einem bis auf die Zehen bewaffneten Begrüßungskomitee der VTC in die Arme laufen. Wenn sie ihre Kapsel umprogrammiert haben, können sie das Gleiche mit unseren Kapseln gemacht haben. Überprüf das zuerst und zwar'n bisschen dalli. Ich will nicht als erster Kapitän in die Geschichte eingehen, der seine Crew in die Sonne geschickt hat oder in die pechschwarze Void.«

»Aye, Captain«, sagte der Offizier im Weglaufen, und beinahe zeitgleich bebte das Schiff wieder von einer großen Erschütterung, ein Aufschrei raunte durch die Brücke, die Crew rang um ihr Gleichgewicht.

Der Junge fiel auf die Knie, er glaubte, die Samson würde auseinanderbrechen.

»Beeil dich, Barmley«, rief der Captain ihm hinterher und wandte sich dann dem Jungen zu. Er ließ ihm gar keine Zeit zum Aufstehen. »Du bist geliefert, Wurm. Was das Möchtegernlebewesen da eben aufs Audio gebrabbelt hat, kratzt mich 'nen nassen Furz. Du bist nicht der Grund, dass wir am Leben sind, du bist der Grund, weswegen unser aller Leben am seidenen Faden hängt. Hättest du nicht diesen Stein gefunden, wäre all das hier nie passiert. Wärest du nie geboren, wäre das alles nicht passiert. Aber dieser Tag wird dir bald teuer zu stehen kommen, Unglücklicher. Wenn wir es nach Light City lebend schaffen, dann schwöre ich dir, ich werde dir das Leben zur Hölle machen! Ich kenn die Familie Vaughn persönlich. Du hast verspielt, Wurm. Und jetzt takel von der Brücke, Sissy.«

Kaum hatte Jake sich das Blut aus dem Gesicht gewaschen, hatte der Kapitän den Befehl gegeben, die ST SAMSON zu evakuieren. Jake bekam es nur mit, weil die Ärztin, der er zuvor in der Messe begegnet war, zu ihm ins Quartier gelaufen kam.

Er warf sich den Rucksack über die Schulter und legte sich die Schweißerbrille um den Hals. Hinter dem Bordfenster blitzten Schwärme von Staubteilchen auf.

Die ganze Schiffsbesatzung stand in einer Schlange im metallenen Korridor. In Vierergruppen stiegen die Ersten in die Rettungskapseln ein, und obwohl sie keine Sekunde verschwendeten, ging es den Wartenden trotzdem viel zu langsam.

Der Donner der Asteroidenteile war inzwischen allgegenwärtig geworden; ein weiterer Einschlag erschütterte das Schiff. Die Ärztin hielt sich an der Schulter des Jungen fest. Die Schlange, in der sie standen, war ein fragiles Geschöpf, das auseinanderzubrechen drohte, je mehr die Vernunft der Leute ihrer schieren Angst wich.

Die Crew fing zu drängeln an.

Ein paar der aufgeklebten LED-Lichter fielen beim nächsten Beben von der Wand und warfen ihr Licht quer über den Gitterboden. Die Nächsten krochen panisch in die Kapsel und schlossen die Luke hinter sich.

In der letzten Kapsel saß Jake einem Mann in Overall und Rollmütze gegenüber – ein Mechaniker oder Techniker. Der Mann war blass im Gesicht, ihm standen Schweißperlen auf der Stirn.

»Wir schaffen das«, sagte die Ärztin, die neben dem Jungen Platz nahm, und wohl dem Techniker Mut zusprechen wollte.

Jake stülpte gerade die Sicherheitsschiene über seinen Brustkorb. »Wir schaffen's hier drin auf jeden Fall eher als auf der Samson«, sagte er. Das Polster drückte zwischen seine Beine. Die Konstruktion presste seine Schultern gegen den Sitz. In der ganzen Kapsel gab es nur ein kleines Bullauge, das rechts von Jake an der Innenwand eingebaut war. Er sah über die Ärztin hinweg nach draußen. Noch war nichts zu sehen.

»Wann geht's los?«, sagte er aufgeregt.

Dann: ein Knall wie eine Explosion. Die Schubkraft presste wie Ambosse auf Jakes Brust, und die g-Kräfte vervielfachten sich. Er knallte mit dem Hinterkopf gegen die Nackenstütze und spannte alle Muskeln im Körper gleichzeitig an. Atmen wurde in den nächsten Sekunden zur reinsten Qual.

Nachdem die Beschleunigung in eine konstante Geschwindigkeit übergegangen war, sah er wieder durch die Scheibe ins Weltall. Eben noch gefühlt eine halbe Tonne schwer, fühlte er sich nun schwerelos.

Er atmete heftig.

Hörte den Techniker leise wimmern.

Sah zu ihm hin, er vergoß eine Träne der Angst. Sie entsprang dem äußeren Rand seines Auges und schwebte neben seinem Gesicht her wie einer der Physik trotzenden Seifenblase.

»Mein ganzes Leben schon hab ich mir vorgestellt, wie ich mich wohl kurz vor meinem Ende fühlen würde. Jetzt ist es da, und ich fühle gar nichts.«

»Wovon reden Sie? Wir haben's geschafft!«

Der Mann schüttelte den Kopf. Er warf Jake einen ernsten Blick zu und deutete mit dem Kinn zum Bullauge.

»O, verdammt!«

Auf gleicher Höhe jagten andere Rettungskapseln wie bei einem interstellaren Wettrennen an ihnen vorbei. Asteroiden waren nur als durchlaufende Lichtstreifen wahrzunehmen.

Jakes Augen weiteten sich, als ein Asteroid – oder nur ein Partikelchen – plötzlich die Rettungskapsel neben ihnen traf.

Die Kapsel ging in Flammen auf – und mit ihr all die vier Insassen.

Der glühende Feuerball war aus dem Sichtfeld des Bullauges für immer verschwunden, und Jake presste sich in die Sitzschale und glotzte, schwer atmend, den Mann an.

Sein Herz klopfte wie verrückt.

Jede Sekunde könnte das Gleiche mit unserer Kapsel passieren.

In der drückenden Stille hörte er nur noch das nervöse Kaugummikauen des Technikers. »Ich hoffe ja ganz stark«, sagte er einen Augenblick später, »dass ich nur ein Pessimist bin. Aber das da eben war schon die zweite Kapsel, die explodiert ist. Bis wir das Asteroidenfeld passiert haben, werden Stunden vergehen. Ich glaub einfach nicht an Wunder. Dafür bin ich schon viel zu alt.« Er sagte es so selbstsicher, als seien dies seine einstudierten letzten Worte gewesen. Er musterte die Gesichter der anderen, um scheinbar die gleiche Meinung aus ihren Zügen herauszudeuten.

Jake sagte nichts, und sagte damit alles.

Er sah die Medizinerin an.

Doch auch sie schwieg.

Sechstes Kapitel
Ferne Welten

Die Rettungskapsel stürzte mit fast dreißigtausend Stundenkilometern in die Atmosphäre und krachte mit ungebremster Gewalt durch die obersten Luftschichten. Die dabei freigewordene Reibungsenergie war so gewaltig, dass sie die Luftteilchen vor dem Frontschild entfachte und die Kapsel wie einen Feuerball in glühendes Plasma hüllte.

Im Innern wurden die vier überlebenden Raumfahrer durchgeschüttelt. Aus dem Augenwinkel sah Jake den glühenden Funkenflug an der Scheibe, der bald darauf einem warmen, fast unnatürlichen oder einfach nur ungewohnten Blauton wich.

Kaum hatte Jake gespürt, wie die Anziehungskraft ihn sanft in den Sitz zurückdrückte, wollte er den Gurt abschnallen und aufstehen, da hielt die Ärztin ihn noch rechtzeitig auf.

Drei Fallschirme schossen aus der Kapsel und öffneten sich abrupt. Die Bremskraft hätte ihm das Genick gebrochen.

Wo zuvor noch Hitze glühte, kauerte nun Frost am Rand des Bullauges. Durch die trüben Außenbereiche der Scheibe kam ihm das Bild der Gegenwart umso mehr wie ein allzu phantasievoller Traum vor: Zyanblauer Himmel wölbte sich über eine weiße, gigantische Küstenstadt. Trotz des Sinkflugs in mehreren Kilometern Höhe reichte Light City noch über den zu überblickenden Horizont hinaus.

Reger Luftverkehr herrschte oberhalb der Gebäude, winzig und linienförmig; wie auf imaginären Straßen bewegten sich die fliegenden Mobile in eine und die entgegengesetzte Richtung.

Die Landung fühlte sich trotz Rückstoßantrieb und Dämpfer wie ein Absturz an. Dem ängstlichen Mechaniker perlte der Schweiß von den Wangenknochen; ein lauter Seufzer der Erleichterung entfuhr ihm. Kurz darauf ertönte ein pneumatisches Zischen, die Kapseltür klappte auf, und Tageslicht fiel ins Innere. Jake, vom Licht geblendet, befreite sich aus dem Sitz, sprang auf, rannte los – und setzte das erste Mal Fuß auf den fremden Planeten.

Keine Kuppel über seinem Kopf. Er war frei im Antlitz der sinkenden, weißglühenden Sonne. Salziger Meerwind durchstöberte sein Haar. Er atmete die feuchte Luft ein, eine dem Leben zugeneigte Luft, die ganz anders roch als das künstliche Atemgasgemisch auf Limbus II, nämlich frisch und natürlich.

Er sah eine Gruppe von Wachen aus der Ferne. Sie näherten sich ihm. Sie wollten ihn aufhalten, glaubte er. Doch es zog ihn zum Rand der Plattform. Als sei eine fremde Macht in seinem Innersten erwacht, liefen seine Füße wie von allein. Er trat an die Brüstung heran. Seine Unterarme ruhten auf der aufgeheizten Oberfläche der Plastikverkleidung, und er öffnete den Mund, ganz langsam und leicht. Er befand sich mitten in der Milliardenstadt, und dennoch kam es ihm vor, als würde er Light City aus weiter Ferne erblicken.

Es war später Abend. Die Stadt unter ihm lag bereits im Schatten der hohen Skyline. So, wie es von hier oben aussah, waren selbst die niedrigsten Gebäude Hochhäuser, und die Straßen waren kaum mehr auszumachen. Er blickte zum Himmel auf; das feine Band einer Luftstraße verschwand im Licht der Abendsonne. Sie wärmte sein Gesicht. Wärmte sein Gesicht.

Spiegelte sich in den zahllosen Fenstern der elegant geschwungenen Wolkenkratzer, die weit über dem dunklen Ozean aus Hochhäusern thronten. Er entdeckte den Vaughn Tower auf Anhieb – das riesige Logo aus Gold schmückte den eleganten Turm, der hauptsächlich aus Glas bestand und zudem der höchste Wolkenkratzer der Stadt war.

Meine Güte ...

Die schwingenden Scheinwerfer auf unzähligen Dächern, die schnell wechselnden Reklamen an den Fassaden der Stadttürme, Gleiter in der Luft, und riesige Luftschiffe spielten Nachrichten der First News auf ihren Flanken ab; Neonlichter und eine wirre Geräuschkulisse, die zu ihm in jene Höhen von Hunderten von Metern hinaufstieg – all jene fixen Wahrnehmungen überstiegen sein Verständnis von der Welt. Von dieser Welt.

Plötzlich erschrak er durch ein flatterndes Geräusch, das ihm zuvor völlig fremd gewesen war: Ein Schwarm windschneller Vögel tschilpte um ihn herum und jagte über ihn hinweg dem Sonnenuntergang entgegen.

Jake schlenderte über eine sonnenbeschienene Plattform voller gutgekleideter Leute. Dort gab es einen Ausguck, und in der Nähe war ein großes Beet aufgestellt, in dem bunte Blumen aller Arten auf drei Ebenen florierten. Die Blumen teilten sich eine Erblinie mit jenen Pflanzen auf der Erde. Es waren bunte Hyazinthen dabei, lilafarbener Meerlavendel und üppige Waldrosen – er prägte sich die Namen auf den Schildern gut ein, besonders den der schönsten von allen Blumen: die Sonnenblume.

Nun hockte er im letzten Tageslicht auf einer Bank am Ausguck und betrachtete das erste Mal einen Sonnenuntergang. Der

Himmel färbte sich orange über der Skyline. Hoch oben am Firmament zeichnete sich Kronos als fahle Sichel ab. Nur das obere Drittel des Gasriesen war sichtbar. Relativ auf einer Linie stand der Mond Chiron, der Cetos V umkreiste.

Jake drückte sich von der Bank hoch und näherte sich dem von grünen Hecken und Palmen gezierten Geländer. Er befand sich in riesigen Höhen, blickte so weit hinaus, dass er die Erdkrümmung sehen konnte, sah, wie die Megalopolis sich am fernen Ende neigte. Genau dort hinten entdeckte er eine blasse, hauchdünne Linie, die sich wie ein Faden gen Himmel zog und irgendwo auf Höhe des Mondes verblasste.

Er hielt es zunächst für Einbildung und selbst nach einer Weile konnte er nicht erklären, was er dort sah. Er ging zu einem auf die Balustrade montierten Aussichtsfernrohr, richtete es auf den Strich, blickte hinein und glotzte nur auf eine schwarze Wand. Er besah sich das Gerät noch einmal und zahlte dann die fünf Credits, die der Automat verlangte.

Das Fernrohr holte die Landschaft mit 20-facher Vergrößerung heran. Der Strich am Himmel entpuppte sich als ein gigantischer Weltraumlift. Ein Lastaufzug glitt gerade das endlose Konstrukt empor und traf auf eine andere Kabine, die wieder auf dem Weg zur Erde war. Er folgte mit dem Fernrohr der schmalen Linie hinauf, wollte sehen, was sie im Weltraum bauten, doch die Konturen des Aufzugs verloren sich irgendwo oben im Blau des Himmels. *Bei Nacht muss ich nochmal durch so'n Aussichtsfernrohr schauen. Dann kann ich vielleicht sehen, woran sie arbeiten,* dachte er und schwenkte das Fernrohr wieder zur Erde zurück und entdeckte am Horizont einen schlanken, aus Beton und Stahl erbauten Fernsehturm. Auf dem Antennenträger waren hunderte Parabolschüssel montiert, die 24-Stunden-Nachrichten über Radio und Fernsehen an die ganze Bevölkerung von Light City brachten.

Ein Hochgeschwindigkeitsaufzug glitt gerade den Schaft zum achtgeschossigen, abgeschrägten Turmkorb empor. Die Fensterreihen spiegelten bloß den Himmel und die Wolken wider, der Blick in die Büroräume blieb ihm so verwehrt.

Um den Antennenträger zirkelten die holografischen Großbuchstaben *VCC* – das *Vaughn Communications Center*.

Sein PDA meldete sich plötzlich.

Er öffnete das Holo, die neu eingegangene Nachricht stammte von einer gewissen Kyoko Lee. Im Schreiben gab Lee Datum und Uhrzeit fürs Treffen mit Vana Vaughn bekannt. Weiterhin hatte sie ihm die Koordinaten für seine neue Unterkunft gegeben. Man habe ihm die Miete für die nächsten zwei Wochen erlassen, danach müsse er sie selbst tragen oder ausziehen.

Er tippte auf den Hyperlink in der Nachricht – ein neues Holobild mit der Route zu seiner Unterkunft öffnete sich. Es war ein Appartement in einem firmeneigenen Komplex am Rand eines benachbarten Bezirks. Laut Routenplaner befand sich ein Kilometer von hier auf einer anderen Plattform ein Haltepunkt, von wo er ein Shuttle nehmen konnte, das ihn in unmittelbarer Nähe zu seinem Appartement absetzen würde.

Die Plattform lag im Universitätsviertel; das nächste Shuttle nach Delaraan würde erst in einer Viertelstunde gehen. Er schlenderte zu einem Getränkeautomaten, überblickte die riesige Auswahl an unbekannten Geschmacksversprechen, wählte dann einfach das einzige Getränk mit Prozenten aus, nahm die Dose aus dem Ausgabefach und schritt über eine ausladende Glastreppe, die zu einer futuristischen Bibliothek hochführte. Auf deren Stufen saßen und plauderten viele Studenten im abendlichen Sonnenschein, und er wollte sich dazusetzen, zu wem auch immer, wollte das neue rätselhafte Leben in sich aufnehmen. Und wie er dort zwischen den Studenten auf den Stufen hockte und vom Dosengetränk nippte, sah er das Mädchen zum ersten Mal. Nur zwei Stufen unter ihm saß es im lauen Wind der Megalopole und lachte.

Es traf ihn völlig unerwartet. Das Mädchen legte gerade einen Arm um ihre Freundin und warf ihm, über die Schulter hinweg, einen kurzen Blick zu. Er wich den geheimnisvollen Augen aus. Trank einen langgezogenen Schluck und starrte dabei in die Abendsonne. Das Herz unter seinem Hemd klopfte ihm wie verrückt. Er setzte die Dose ab, stellte sie zwischen seine Stiefel und sah noch einmal zum Mädchen hinüber. Sie war wieder ins Gespräch mit ihrer Freundin vertieft, und er hatte alle Zeit der Welt, um ihr Haar und ihr Gesicht zu mustern, und das tat er auch und er kam zu dem Entschluss, dass er nie etwas Schöneres als sie gesehen hatte.

Das Leben an der Universität war fern seiner Vorstellungskraft; junge Menschen in seinem Alter trafen sich, um zu plaudern und in der Sonne herumzuliegen. Viele betrachteten ihn argwöhnisch, nach seiner Rekrutenuniform der VTC zu urteilen, passte er überhaupt nicht hierher, aber auch seine Ausstrahlung, seine Züge, alles an ihm war anders gewesen. Sogar hier – in aller Friedlichkeit – fühlte er sich wie ein Fremdkörper.

Das Shuttle war vor fünf Minuten abgefahren, die Dose inzwischen leer. Er kaufte sich das gleiche Getränk noch einmal, stieg die Stufen wieder hinauf und betrachtete dabei das Mädchen aus dem Augenwinkel. Er setzte sich zurück auf den gleichen Platz; trank und trank und genoss dabei das Glück eines leicht schwerelosen Gefühls, das vom Alkohol induziert sein konnte, durchaus aber auch vom Anblick des Mädchens.

Plötzlich verabschiedete sich die Freundin von ihr, und dann saß sie auf einmal allein auf den Stufen. Ab und zu drehte sie sich um und dann sah sie zu ihm auf, aber das tat sie nicht sehr oft; hin und wieder trafen sich ihre Blicke, aber nicht sehr lang. Sie schaute auf die Uhr. Es kam ihm so vor, als warte sie darauf, dass er sie anspräche, und er dachte die ganze Zeit, sie würde hier nicht ewig hocken. Er für sie schon. Aber sie nicht für ihn. In einer Stadt wie dieser würde er sie nie wieder sehen. Nie wieder.

Nie wieder.

Und in dem Moment, als er sich eine Stufe zu ihr hinab bewegte, glaubte er, sein ganzes Leben sei ihm aus den Fingern entglitten. Er hörte das Blut hinter seinen Ohren rauschen, als er plötzlich neben ihr saß und sie anstarrte.

Ihre Porzellanhaut war ganz hell und eben. Ähnlich blass wie seine, aber ganz edel im Anblick. Sie hatte ein feingeschnittenes Gesicht und schon markante Züge, obwohl sie jünger schien, als er gewesen war. Ihr Haar war kastanienbraun, ihre Lippen blassrot wie eine Sommerrose unter Raureif.

Sie sah ihn voll an. Jetzt gab es kein Zurück mehr. Er hatte keinen Schimmer, wie man ein Mädchen anspricht und schon gar nicht, wie man *das* Mädchen anspricht, also hielt er ihr einfach die Dose hin und sagte: »Probier mal. Schmeckt wie Seifenlauge.«

Zögernd nahm sie ihm die Dose aus der Hand und trank einen zaghaften Schluck, schnalzte mit der Zunge und verzog das Gesicht.

»Du hast recht. Das schmeckt ja wirklich scheußlich. Wer verkauft denn sowas?«

Er zuckte mit den Achseln, nahm ihr das Getränk wieder ab, setzte die Dose an die Unterlippe an und sagte: »Der Automat dahinten.«

In Delaraan lag der Regierungssitz der World Union. Aber die Macht im Bezirk teilten sich die beiden Megakonzerne *Future-Dynamics* und *Roemer Pharmaceuticals*. Roemer war ein Chemiekonzern, der das Monopol auf die Arzneimittel- und Agrarindustrie besaß. Jake hatte gar keinen Schimmer, dass es noch andere Großkonzerne außer der Vaughn Technology gab. Für ihn war die VTC immer nur die eine Firma gewesen, die Weltregierung, seine Welt. Aber nun las er, dass eine Handvoll weiterer Riesen-Unternehmen auf Cetos V Fuß gefasst hatte und um die Macht in der Stadt kämpfte. Unter ihnen war die *Vaughn Technology Corporation* allerdings die größte. Ihr gehörten drei Bezirke innerhalb der Stadt sowie etliche Kolonien in den Außensektoren; der Einflussbereich des Konzerns erstreckte sich über den ganzen Planeten und noch weit darüber hinaus bis an die Grenzen des Tau-Ceti-Systems – die Firma besaß schließlich die Hoheitsrechte für die Kronosmonde und Chiron.

Jake loggte sich aus dem Infonet auf seinem PDA aus, ließ den Arm sinken und warf einen Blick über den breiten, ausgeleuchteten Gehweg auf die andere Straßenseite. Dort stand das Hochhaus, in dem sein Appartment lag. Er wusste nicht, wie viele Stockwerke das Gebäude hatte, doch sein Zimmer musste ziemlich weit oben liegen – in der 39. Etage. So hoch konnte er gar nicht blicken. Über ihm verliefen die erleuchteten Schienen einer Magnetschwebebahn. Darüber blitzten Reklametafeln an den Hochhauswänden und beschienen den Dunst, der von den Straßen aufstieg und sich in den Schluchten wie Regenwolken sammelte.

Am zweiten Tag in Light City betrat er ein Kleidungsgeschäft für junge Leute. Ein Verkäufer, etwa sein Alter, fragte ihn, ob er mit der alten Schweißerbrille um seinen Hals zu einem Steampunk-Festival wolle.

»Wohin?«

Der Verkäufer lächelte immerzu und zeigte dem Jungen verschiedene SmartWears – intelligente, mit Mikrochips ausgestattete Bekleidung, die dem Träger das Leben nicht nur erleichtern, sondern auch retten sollte. Die Jacke, die der Verkäufer gerade hochhielt, werde anhand integrierter Puls- und Atemfrequenzmesser über einen Unfall informiert und würde daraufhin unverzüglich, praktisch ohne Zeitverzögerung, den nächsten Notdienst alarmieren und ihm via GPS die Position des Trägers übermitteln. Das Verkaufstalent zählte etliche andere Vorteile dieser neuen Technologie auf, aber Jake kaufte am Ende eine einfache, mäßig gefütterte Kunstlederjacke für 75 Credits, die gerade im Angebot war und die er schon von Weitem gut fand.

Im Eingangsbereich eines Supermarkts auf gleicher Ebene lief ein Angestellter ihm nach und reichte ihm eine Chipkarte für den Einkauf. Jake nickte dem Geber zu, als hätte er die Karte bloß vergessen gehabt. Er steckte sie weg und schritt durch einen Warendetektor in Form eines breiten Türrahmens. Auf der anderen Seite lag dann die ganze Menge an unbekannten Produkten vor ihm, und er blieb einen Augenblick stehen, um sich zu orientieren. Es nützte aber nichts, also ging er einfach durch jeden Gang und schaute, was ihm gefiel und was er sich leisten konnte.

In einem völlig überlaufenen Gang nahm er eine Samenmischung von gentechnisch verändertem Gemüse in die Hand, das sich Solarfix nannte und innerhalb von drei Tagen ein erntereifes Beet an etlichen Gemüsesorten erzeugte. Überhaupt, wenn er sich so umschaute, wie viele Menschen an dieses meterlange Regal drängten, schien der Trend in Light City zum gesunden Selbstanbau mit gentechnischem Gemüse zu gehen, statt auf die deutlich billigeren Bioprodukte ohne Gentechnik zurückzugreifen.

Am Ende füllte Jake den Korb mit Konservendosen, eingeschweißten Fertigmahlzeiten, mehreren Proteinriegeln, einer Zahnbürste und einem Rasierer.

Er stieg gerade aus einem Lift, mit dem er die Außenfassade des Komplexes zwei Stockwerke hochgefahren war. In der Nexus-Bar war im Augenblick noch nicht viel los. Durch die wenigen Fenster fiel das Licht einer Reklametafel und ließ die Gesichter der Gäste aufblitzen, die in Ruhe tranken, redeten, rauchten. Verschiedene Poster von Schauspielern und Musikern tapezierten die Metallwände. Keiner von ihnen sagte dem Jungen auch nur im Entferntesten etwas. Er nahm auf einem der freien Hocker am Tresen Platz, stellte die Einkaufstüte auf den Boden und begutachtete das Spirituosenregal. Die Auswahl an Hochprozentigem war ähnlich groß wie die Produktspanne im Supermarkt. Er hatte keine Ahnung, was er bestellen sollte, und eine Getränkekarte sah er auch nicht.

Der Barmann erhob sich von einem Tisch voller Gäste, ging um den Tresen herum und fragte den Jungen, was es sein dürfe.

»Was, das pfetzt«, sagte er.

»Soso. Ich glaub, du brauchst vor allem erstmal 'ne gute Grundlage – bist mir nämlich ein bisschen zu dünn geraten.« Der Barmann holte eine Schüssel Erdnüsse unter dem Tresen hervor und stellte sie dem Jungen hin. Er nahm sich eine Handvoll.

»Jetzt würd ich gern noch dein Alter erfahren.«

»Bin alt genug, um zu trinken.«

»Ja, das würd ich aber gern mal sehn. Siehst mir nämlich noch'n bisschen jung aus für das harte Zeugs.« Der Mann verwies mit seinem spitzen Kinn aufs Ausweisgerät.

Der Junge hielt seinen Handrücken heran.

»Du bist erst neunzehn, Jungchen.«

»Ist doch alt genug.«

»An den harten Stoff kommst du aber erst mit einundzwanzig. Tja. Ich zapf dir lieber mal ein Bier. Das macht auch besoffen, wenn du genug davon trinkst.« Er schaltete einen kleinen Holoprojektor an, der direkt neben dem Jungen auf dem Tresen stand. »So ein richtiges Pils braucht sieben Minuten, weißt du. Noch hab ich ja die Zeit.«

Eine Weile guckte Jake den geschmeidigen Bewegungen der holografischen Tänzerin zu. Dann wandte er den Blick von der Miniaturbühne ab, beobachtete den Barmann, wie er das Bier hochzapfte, und sagte: »Das sieht ja aus, wie das Zeugs, das es bei uns immer zu trinken gab.«

Der Barmann hob eine Augenbraue. »Tja. Bier wird eben weltweit gern getrunken.« Er lachte. Er trug ein teuer aussehendes schwarzes Hemd, sein Bauch hing ein wenig über die Spüle. Er begutachtete das volle Glas im Lichtschein, als überprüfe er seine Arbeit, und befand sie schließlich für gut genug.

»Und woher kommst du?«, fragte er. »Von deiner unzivilisierten Art her scheinst du mir ja irgendwo auf der dunklen Seite von Chiron zu leben.«

»So ungefähr haben Sie den Nagel auf den Kopf getroffen«, meinte Jake und nahm einen Probeschluck. Vor Enttäuschung verzog er das Gesicht. »Das ist ja *wirklich* Grubenpisse.«

Der Barmann nahm ein Weinglas von der Abtropfmatte, polierte es mit einem Tuch und musterte ihn dabei.

»Bist bestimmt aus einem der benachbarten Sektoren. Aus Morgoh oder Kul'aan. In den Nachrichten sagen sie, dass von dort bald viele Flüchtlinge zu uns aufbrechen werden, weil der Bürgerkrieg, den die Regierung in den Ländern verzapft hat, immer blutiger wird.« Der Barmann schüttelte, wohl in Gedanken, den Kopf, während er das Weinglas in die Vitrine stellte. »Da möchte ich nicht geboren sein«, sagte er. »Und auch nicht leben. Nichts für ungut.« Er nahm einen nassen Lappen und wischte über den Tresen.

Der Junge hob sein Glas an, damit er darunter wischen konnte. »Gegen wen kämpft die Regierung eigentlich?«

»Tja, Jungchen, das wäre einfacher zu beantworten, wenn du gefragt hättest, wofür sie kämpft und nicht wogegen. Denn das

Wofür bleibt immer das Gleiche: für mehr Macht, mehr Credits.«

Jake strich mit dem Daumen übers beschlagene Glas. »Also die World Union kämpft gegen die Red Nova«, sagte er nach einer Weile.

»Tja, so kann man es natürlich sagen. Aber wenn das gesamte staatliche Militär aus der Privatarmee der VTC besteht, dann kämpft wohl eher – wenn du mich fragst – die VTC gegen die Red Nova. Ach ja, die Rebellen werden hierzulande übrigens Terroristen genannt. Wenn du sie als was Besseres bezeichnest, kannst du 'ne Menge Ärger bekommen – selbst wenn diese angeblichen Terroristen wirklich für Freiheit und gegen die Unterdrückung der Menschen durch Großkonzerne wie die VTC kämpfen *sollten*.«

Der Junge hörte hinter sich den Lift aufgehen. Er warf einen Blick über seine Schulter. Neue Gäste kamen herein.

»Und was halten *Sie* von der VTC?«

Der Barmann hielt seinen Blick fest auf die neue Gesellschaft gerichtet. Er sagte knapp: »Die Welt ist so, wie sie nun mal ist, Bürschchen. Wir in L-City haben dem Konzern unseren Wohlstand zu verdanken. Wenn man das bei meinem Gehalt so sagen kann. Wir müssen jedenfalls nicht hungern und haben genug Zeit, um uns jedes Wochenende einen hinter die Binde zu kippen. Entschuldige mich mal.«

Jake saß noch den ganzen Abend auf dem Hocker und nippte am inzwischen schal gewordenem Bier. Es war jetzt das dritte Mal in der vergangenen Stunde, dass er auf dem PDA seinen Posteingang checkte. Das Mädchen hatte ihm noch nicht geschrieben.

Er spitzte nachdenklich die Lippen. Dann trank er den Rest Bier aus und sagte: »Ich hätt gern noch eins.«

Der Barmann zapfte ein Schnelles, das eigentlich für einen anderen Gast bestimmt war, und schob es über den Tresen zum Jungen.

»Lass mich raten. Es hat mit einem Mädchen zu tun.«

»Es?«

»Na deine Begräbnislaune.«

Der Junge ließ seinen betrübten Blick ins Bierglas fallen. »Woher wiss'n Sie das?«

»Ich bin Barkeeper. Ich bin besser im Gesichterlesen als jeder Pokerspieler, und ich sag dir: Du lässt dir ziemlich leicht in die Karten schauen.«

Jake ließ die Achseln zucken. »Sie wollt sich bei mir melden, hat's aber noch nich gemacht.«

Neue Gäste setzten sich an den Tresen und nahmen die letzten freien Hocker ein: zwei Frauen in eng geschnittenen Kleidern mit Leuchtelementen an Trägern und Dekolleté. Passend zu den Outfits waren ihre Hackenschuhe mit zarten LED-Kunstrosen bestückt. Der Barmann musterte die jungen wasserstoffblonden Frauen, fragte sie locker, wie es ihnen in den letzten Tagen so ergangen sei, in denen er sie vermisst hätte, und fragte dann, ob es das Übliche sein dürfe. Während er die rosa schimmernden Cocktails mixte, pfiff er den Jungen wach. »Wie lange lässt dich die Zuckerpuppe denn schon warten?«

»Seit gestern.«

»Tja. Ist ja noch nicht so lang. Vielleicht will sie ja, dass du die Initiative ergreifst. Vielleicht erwartet sie von dir, dass *du* sie anrufst. Es soll ja noch Frauen geben, die auf richtige Kerle stehen ...«

»Würd ich glatt machen«, sagte der Junge. »Aber ich hab ihre Nummer nicht. Damit wollt' sie nämlich nicht mit rausrücken. Also hab ich ihr meine Mail gegeben und gesagt, sie soll mir unbedingt schreiben.«

»Na so eine Scheiße.«

»Jawoll. Das denk ich mir mittlerweile auch.«

»Tja, Kopf hoch, Kleiner.« Er reichte den beiden Frauen die Drinks und nannte sie *Ladies*.

»Meinen Sie etwa, sie hat nur so getan, als würd sie mich mögen?«

»Tja. Der Gedanke ist mir ehrlich gesagt grad gekommen.«

»Glauben Sie denn, sie meldet sich noch?«

»Also, Bürschchen, wenn du mich fragst, stehen die Chancen fünfzig-fünfzig: Entweder sie tut's oder eben nicht.«

Jake bezahlte, ohne Trinkgeld zu geben, weil er es anders nicht kannte. Dann rutschte er vom Hocker, nahm die Einkaufstüte und wollte gerade gehen, da hielt der Barmann ihn auf. Er stellte einen Kurzen auf den Tresen, holte vom Regal hinter sich eine Flasche und füllte ihn auf. Die Flüssigkeit im Glas leuchtete blau.

»Ist mit das Stärkste, was wir hier verkaufen«, sagte er. »Nennt sich *Tripple Blue Sunrise*; denn wenn du drei davon trinkst, bist du bis zum nächsten Sonnenaufgang immer noch blau. Genau das Richtige, um ein Mädchen zu vergessen.«

Der Junge hob den Kurzen an, roch daran und kippte ihn in einem Zug runter. Er verzog das Gesicht, lief rot an und keuchte. »O Scheiße. Was is'n da drin?«

»Tja. Vor allem Synth-Alkohol. Der's dreimal so stark wie gewöhnlicher Alkohol. Damit du den runterbekommst, ist da noch eine Prise Asperklar-X drin – ein Süßstoff, der's millionenmal süßer als Zucker und vielleicht genauso so süß wie die Kleine, die dir den Kopf verdreht hat. Und dann ist da noch eine Kombination aus verschiedenen Schmerzmitteln drin. Die brauchst du auch, denn von dem Zeugs kriegt man Löcher im Magen, und die tun nun mal weh.«

Der Junge stockte einen Moment. Dann stellte er das klebrige Glas auf den Tresen. »Na danke jedenfalls für den Drink.«

Er wusste nicht, wohin er gehen sollte, also ging er einfach drauflos in eine Richtung und in keine, kreuz und quer über gläserne Brücken, die ihn zu anderen Wolkenkratzerplateaus führten. Unter den Brücken fielen die Straßenschluchten hunderte Meter tief, und der Boden erstrahlte von den Straßenlichtern ganz in Gold. Der Widerschein reichte bis in jene Höhen zu den Nachtschwärmern herauf. Manch eine ärmlich-triste Gestalt war dabei beschattet wie ein Totenschädel, und der Junge konnte auch ohne Spiegel vor Augen sagen, dass sein Gesicht dazugehörte.

Von der letzten Brücke aus gelangte er zu einem Unterhaltungsmodul in sechshundert Meter Höhe. Es war eine kreisrunde Plattform aus anthrazitfarbenem Stahl ohne ein schützendes Geländer um den Rand herum. Im Zentrum flirrten Hologramme verschiedener Läden und Clubs, wovon einige der Symbole ihm nichts sagten und andere wiederum alles. Er schlenderte einmal um die Plattform herum, was etwa eine Viertelstunde gedauert hatte. Als er wieder an der Brücke angekommen war, die ihn hierhergeführt hatte, ging er zu einem der wie Hangartore weit offenstehenden Eingänge, stieg die dunklen Treppen hinab und hoffte dort auf die Antwort zur Frage, warum er nicht einfach zurück ins Appartement ging.

Der schlauchförmige Gang, der ein Stockwerk unter dem Plateau gelegen war, war in ein schummriges Rotlicht getaucht. Zu seiner Rechten war er verglast und bot einen Rundumblick über die beleuchtete Megalopole. An den nach außen geneigten Fensterscheiben lehnten drei rauchende Huren. Ihre halbnackten Rücken spiegelten sich auf dem Glas. Eine trug einen durchsichtigen Plastikrock mit neonpinkem Saum und nichts darunter. Unter dem durchsichtigen Plastikjäckchen sprangen ihm Plastikbrüste entgegen.

Die Köpfe der Huren hoben sich aus einem Gespräch, das mit leicht geöffneten Mündern verstummte, als der Junge an ihnen vorbeischritt. Ihre geschminkten Augen verfolgten ihn und glaubten sich für Sirenengesänge, doch ihn zog bei jener irrsinnigen Wanderung nicht die Lust an, sondern das, was sein Herz befriedigen konnte, und weil es nicht in Reichweite war, irrte er schon die ganze Nacht umher. Auch wenn viele der Menschen hier drinnen wie normale Bürger aussahen, wollte er schnell von hier weg, denn er vermutete das Mädchen an so einem Ort auf keinen Fall.

Siebtes Kapitel
Konzernlügen

Jake Pryke wusste nichts von wahrem Reichtum, Wohlstand war für ihn kein klar definierter Begriff, doch das Appartement, das er für die nächsten zwei Wochen bezog, fasste all das zusammen, was ein jeder unter dem Begriff Luxus versteht: Es war mit knapp 60 Quadratmeter für eine Person verschwenderisch geräumig. Das Interieur bildete ein einheitlich elegantes Design. Es gab kostenlosen Zugang zum Fernsehen und zum Infonet, und als wäre all das nicht genug, war das Appartement eine Penthouse-Suite im höchsten Stockwerk des Gebäudes mit eigener Terrasse, die einen Blick auf die benachbarten Hochhäuser bot.

Er zog die Jacke aus und legte sie zusammen mit der Schweißerbrille auf den Stuhl vor dem Computertisch. In einer Mikrowelle erwärmte er eine Fertigmahlzeit, und während die letzten Sekunden auf der Anzeige verstrichen, las er zum Zeitvertreib die Etiketten der herumstehenden Konservendosen. Sie waren von verschiedenen Marken, doch auf allen stand in kleingedruckten Lettern:

Mit Genehmigung von SnackBite Inc.

Er stellte die Dose, die er schwer in der Hand wog, zurück auf die Ablage, ging zum Kühlschrank, öffnete das Gefrierfach, griff nach der verpackten Hühnerkeule und besah sich auch hier das Etikett.

Auch vom SnackBite-Konzern.

Die Mikrowelle klingelte.

Jake legte das Retortenfleisch zurück, schloss das Gefrierfach und dachte einen Augenblick nach. Dann ging er mit dem dampfenden Teller auf die Terrasse und setzte sich auf einen Liegestuhl. Die Nachtluft war kühl, und Dunst von der Stadt trieb in Schwaden zu ihm herauf. Er führte den Löffel zum Mund und hielt plötzlich inne, fragte sich, wie die SnackBite Inc. überhaupt an so viel Macht gelangen konnte, und wie viele andere Firmen der Konzern dafür verschlingen musste. In einem Artikel über die Firma las er, dass sie ein Tochterkonzern der VTC sei.

Die Bodenlichter der Terrasse beleuchteten die Hecken und Palmen am Geländer. Jake schaltete den PDA aus und warf einen Blick in den Nachthimmel. Kronos und Chiron strahlten die umliegenden Wolkenkratzer an. Der Gasriese und seine weitläufigen Ringe bedeckten fast ein Drittel des Himmels. Die Nacht war ruhig, für eine Megalopole herrschte hier oben merkwürdige Stille. Er nahm eine Weile den Dunst der Stadt in sich auf. Dann schaltete er das Hologramm wieder ein und suchte im Infonet nach der VTC, er wollte wissen, wegen welcher Schandtaten sie in der Kritik stand; doch als er sich auf dem Eintrag befand, las er nur Gutes über sie.

Die Firma stehe für Freiheit und Fortschritt, so hatte es geheißen. Dank der VTC sei es möglich, eine Gesellschaft außerhalb der Staatsgewalt zu gründen; sie sei die stärkste militärische Macht im Krieg gegen den Widerstand – so, wie der Barmann es gesagt hatte –, und ohne die VTC würde es die Menschheit auf Cetos V gar nicht geben, da erst der Konzern die nötige Technologie für einen Fusionsantrieb geliefert hätte, als die Menschheit noch mit dem Bau des Generationenraumschiffs auf der Erde beschäftigt gewesen war.

Jake musste unweigerlich an seine eigenen Erfahrungen mit der Firma denken und an Earl Tardinos Worte, der auf der ST SAMSON gesagt hatte, dass die VTC auch die Medien und das Infonet kontrolliere. Der Junge schaltete das Holo per Knopfdruck aus und starrte in den von wenigen Sternen, aber unzähligen bunten Stadtlichtern erleuchteten Nachthimmel. Das ganze Thema von Konzernen war ihm zu viel. Alles hier, in dieser Welt, war viel komplexer und vertrackter, als es auf Limbus II gewesen war. Vielleicht war es aber auch nur die Wirkung des Tripple Blue Sunrise, die ihm Kopfschmerzen bereitete.

Er stand auf und schritt zum Geländer, warf einen Blick in die Ferne, in die fremde, belebte Welt, in der seine Zukunft lag. Etwas in seinem Innern sagte ihm, dass diese Zukunft, an die er glaubte, nicht ohne das Mädchen zu verwirklichen sei.

Achtes Kapitel
Das Leben der Sklaven auf Cetos V

Am dritten Tag in Light City begann er die Suche nach Arbeit. Er suchte auf dem Appartementcomputer die Stellenanzeigen heraus, die zu seinen beruflichen Fähigkeiten passten. Er fand nur Jobs als Fabrik- oder Lagerarbeiter, die keine weltlichen Qualifikationen voraussetzten – die überhaupt nichts voraussetzten. Er informierte sich, wie man Bewerbungen anzufertigen hatte, und schrieb seine für den Beruf als Raumschifftechniker. Er listete seine Berufserfahrung auf Limbus II im vollen Detail auf, ließ die Arbeit im Exil aber aus und auch unnötige Details wie die miserablen Zustände, die auf dem Mond vorherrschten, und auch die Tatsache, dass alles dort Sklavenarbeit war. Als er die Bewerbung fertig hatte, schickte er sie an die Kontaktadresse der Starship Technology Corporation.

Am Nachmittag desselben Tages machte er sich auf den Weg zum Keldaraan-Bezirk, ein riesiger Industriekomplex im nördlichen Teil der Stadt. Er bestand aus Produktionshallen, Fabriken, Großkraftwerken und Arbeiterlagern. Die Steilklippen waren gesäumt von Ölraffinerien und Entsalzungsanlagen, die mit riesigen Pumpen Meerwasser aus der Bucht in die Anlagen leiteten. Unzählige Schornsteine ragten über dem Bezirk empor und trieben Abgasschwaden in die Luft; Keldaraan lag stets unter einem dunklen Wolkenfeld aus Schadstoffen und war in ein düsteres, ockerfarbenes Licht getaucht. Die Sonnenscheibe hinter den schwarzen Abgaswolken konnte der Junge nur erahnen, ähnlich wie auf Limbus II.

»Wo Licht ist, fällt auch Schatten. Das hier ist im wahrsten Sinne des Wortes die Schattenseite von Light City«, meinte ein Arbeiter, der mit ihm aus dem Shuttle ausgestiegen war und ebenfalls einen Moment die stählerne Landschaft und die verpestete Luft in sich aufnahm.

Jake erwiderte nichts, er schaute dem Mann hinterher und blickte schließlich noch einmal auf Keldaraan hinab. Weit in der Ferne endeten die Abgaswolken, und die Sonnenstrahlen glitzerten wieder auf dem Ozean.

Mit einem schweren Seufzer kehrte er dem Meer den Rücken zu und nahm den großen Aufzug hinunter in den Bezirk.

Anderthalb Stunden später unterzeichnete er einen auf drei Monate befristeten Werkvertrag als Produktionshelfer in einem Gleiterwerk. Der Abteilungsleiter hatte sich von seinen Vorkenntnissen beeindruckt gezeigt, obwohl Jake nicht sicher sagen konnte, ob er überhaupt seine Bewerbung gelesen hatte, da er auf nichts in seinem Schreiben eingegangen war, nicht einmal darauf, dass er von einem der Sträflingsmonde stammte. Jake wurde eingeteilt, um die Produktionsbänder zu versorgen; die erste Schicht sollte er unbezahlt arbeiten; danach würde er zwölf Stunden pro Tag am Fließband stehen, sechs Tage die Woche, für sieben Credits die Stunde. Lohn gab es immer im Zwei-Wochen-Takt.

Er hatte kaum geschlafen letzte Nacht. Keldaraan lag mehrere Stunden vom Appartement entfernt. Völlig übermüdet stand er am Fließband, hievte zusammen mit einem anderen Leiharbeiter die Ionen-Akkus der Elektrogleiter vom Fließband, tütete sie in Plastiksäcke ein und stapelte sie. Eine andere Aufgabe hatte er nicht, hatte nur eine Pause, in der er in der Cafeteria eine ärmliche Mahlzeit zu sich nahm und seinen PDA checkte.

Es lag eine neue Nachricht im Postfach. Er hatte gehofft, sie sei vom Mädchen, aber sie war aus der Personalabteilung von Starship Technology. Ein Mitarbeiter hatte ihm geantwortet, dass die nächste Bewerbungsphase erst im nächsten Frühjahr losgehe und er gar nicht wisse, ob sich ein Mensch von den Sträflingsmonden für den Eignungstest qualifiziere. Ob er es überprüfen wolle oder nicht, oder Jake damit schon ausgeschieden sei, erwähnte er nicht.

Jake kam irgendwann in der Nacht ins Appartement zurück, zog die Stiefel aus und legte sich mit fast leerem Magen ins Bett. Über ihm liefen die Nachrichten auf einem 65-Zoll-Videoschirm. Er hatte am Vortag einmal probiert, den Sender zu wechseln, doch auf der Fernbedienung gab es keinen Knopf zum Um- oder Ausschalten, also stellte er den Ton ab und ließ die Bilder von Gewalt und Schrecken, die der Widerstand über die Menschheit brachte, eine Weile auf sich wirken, bis ihm die Augen zufielen und er vor Erschöpfung einschlief.

Nach der zweiten Woche wechselte er seinen Wohnsitz. Die Miete fürs Appartement betrug 2350 Credits alle zwei Wochen. So viel verdiente er im Monat nicht. Er zog nach Keldaraan, direkt ins Arbeiterlager, und bezog dort einen kleinen Raum mit Gemeinschaftsküche und WC auf einer anderen Etage.

Als der Wecker klingelte, war es vier am Morgen. Er hatte immer noch die stinkenden Klamotten vom Vortag an, trank eine Arbeitercola und machte sich eine Viertelstunde später auf den

Weg zur Arbeit. Die Rückenschmerzen, die ihn vom schweren Tragen der Batterien plagten, versuchte er vor den anderen Produktionshelfern zu verbergen.

In der Mittagspause saß er im Aufenthaltsraum, schälte einen Proteinriegel aus der Verpackung und glotzte dabei stumpf auf den Videoschirm an der Wand.

»Und wie gefällt's dir hier?«, fragte ein Schichtkollege, der sich neben ihn auf die Sitover-Bank gesetzt hatte.

»Immer noch besser wie auf Limbus.«

Der Mann lachte. Er musste es für einen Scherz gehalten haben. »Wahrscheinlich«, sagte er. »Aber Keldaraan bleibt trotzdem ein Stinkloch.«

»Kann man so stehenlassen.«

»Kennst du Amos?«

»Wer ist das?«

»Eine Legende. Was würdest du sagen, wenn ich dir ein Leben schenken kann, das nur noch aus Spaß und Freizeit besteht?«

»Dann würd ich zuallererst nach dem Preis fragen.«

»Schlaues Bürschchen. Das erste Mal ist's umsonst.« Er zog einen Zipperbeutel voll mit kleinen Kapseln heraus. Die Kapselhülle schimmerte golden, die Füllung darin war farblos.

»Was ist das?«

»Das sind die Hinterlassenschaften vom guten Mann. Das *ist* Amos. Ohne Amos würden wir Arbeiter den Tag nicht überstehen.«

»Wie kann man denn high arbeiten?«

»Tust du ja nicht. Du bist völlig klar. Nur dein Erinnerungsvermögen setzt aus. Siehst du? Ich bin grad auf Amos – wie die meisten hier auch – und ich bin klar bei Verstand! Oder hast du etwas gemerkt? – Siehst du. Und heute Abend werde ich mich an diesen Moment gar nicht mehr erinnern. Ich werde keine Ahnung haben, dass wir miteinander gesprochen haben. Weißt du, was das bedeutet? – Meine ganzes Leben besteht nur noch aus Freizeit und Spaß. Aus den Erinnerungen, die ich haben will. Alle anderen tilge ich mit Amos.«

Plötzlich zog Jake die Augenbrauen zusammen – Der Nachrichtensender blendete die Gesichter von Lieutenant Major Franley, dem Küchenchef Flint, dem Piloten namens Tangaroa Tesser und zwei weiteren Besatzungsmitgliedern ein. Der Nachrichtensender First News sprach von Terrorismus und einem barbarischen Akt des Hasses, der nach Vergeltung verlangte. Die Nachrichtensprecherin verkündete, dass heute Abend die Hinrichtung der Rebellen stattfinden würde.

Sie haben Franley. Sie haben ihn gefasst.

Jake starrte mit offenem Mund auf den Videoschirm.

Obwohl der Rebell Jake auf der SAMSON zurückgelassen hatte – mitten im Asteroidenfeld – trauerte er um den Mann. Es klang albern, geradezu lächerlich, aber für die Zeit, wo Jake auf der ST SAMSON war, hatte Major Franley die Rolle eines Vaters für ihn eingenommen. Und einen richtigen Vater hatte er nie gehabt. Dementsprechend traurig und leer ließ ihn die Botschaft fühlen, dass Franley einer Hinrichtung gegenüberstand. Es war, als würde er etwas verlieren, was er noch nie besaß.

»Was ist nun? Willst du eine probieren?«

Er hatte den Arbeiter neben sich völlig vergessen gehabt. »Ich weiß nicht. Drogen hab'n doch immer irgendwelche Nebenwirkungen, die's nicht rechtfertigen, sie zu nehmen«, sagte er.

»Schlaumeier«, sagte der Arbeiter. »Kann sogar sein, dass Amos dir Löcher in dein Hirn frisst. Aber das nimmt man doch gern in Kauf, wenn die Alternative ein qualvolles Leben in Keldaraan voller Arbeit bedeutet. Das macht dich so oder so kaputt.«

Jake überlegte. Er hielt eine kleine Kapsel bereits prüfend zwischen Daumen und Zeigefinger eingespannt. Wenn er jetzt eine nähme, könnte er vielleicht sogar die Hinrichtung vergessen. »Und wie lange wirkt so ein Teil?«

»Maximal sechs Stunden.«

»Und die hier schenkst du mir?«

»Klar. Wie gesagt: Die erste is immer umsonst. Es gibt also kein Risiko für dich. Und wenn du mehr willst, weißt du ja, wo du mich findest.« Das breite Grinsen im Gesicht des Mannes ließ ihn umso skeptischer werden.

»Zum Teufel damit«, sagte er und schluckte die Kapsel mit der Spucke in seinem Mund herunter.

Noch in der Mittagspause schrieb ihm das Mädchen. Eigentlich hatte er schon aufgegeben, an sie zu denken. Eigentlich wollte er nur auf die Uhrzeit blicken, um zu sehen, wie viel Zeit bis zum Schichtende noch verstreichen musste, als er das Nachrichtensymbol sah und die Nachricht unter Herzklopfen öffnete.

Jake! Wir müssen uns treffen. Heute um 19 Uhr bei folgenden Koordinaten. Es geht nicht anders. Es ist so wichtig für mich. Für uns.

Er blickte auf die Uhr auf seinem PDA. Bis 19 Uhr waren es noch drei Stunden, damit er es rechtzeitig schaffen konnte, müsste er innerhalb der nächsten zwei Stunden die Arbeit beenden, was gar nicht zu schaffen war, also kündigte er.

Neuntes Kapitel
Jake Pryke und Amanda Byrch

Die Koordinaten, die sie ihm geschickt hatte, führten ihn ans östliche Ende der LowerCity. Von dort blickte er auf den Cordwell-River, der einzig natürliche Fluss, der sich quer durch die Megalopole zog. Auf seiner Oberfläche spiegelten sich Kronos, Chiron und die dunklen Silhouetten umliegender Hochhäuser.

Als Jake die schwitzigen Hände vom Geländer ließ und sich umdrehte, sah er sie im kühlen Abendwind der Megalopole stehen. Bürger von Light City zogen an ihr vorbei, und ihr Gesicht hob sich immer wieder aus dem Strom unbekannter Menschen hervor. Wie ein Unwetter löste sich die Menge auf und brachte aus ihrem dunklen Kern das Mädchen hervor. Der Wind umwehte ihr Haar, einzelne Strähnen verfingen sich in ihren Wimpern. Sie sah ihn an, lächelte.

Jake hob die Hand zum Gruß, schnell und ungeschickt und innerlich verfluchte er sich, dass er heute die Kapsel Amos genommen hatte, denn sechs Stunden waren noch nicht ganz vorbei, und er hatte keine Ahnung, ob er sich morgen früh noch daran erinnern könnte, an den Moment, als sie zu ihm ging, hi sagte und ihn mitten in der belebten Großstadt das erste Mal umarmte. Der Fluss, der die Straßenlichter und Hochhäuser spiegelte, über ihnen der durch den noch nicht ganz dunklen Himmel schimmernde Gasriese Kronos. Der Duft von ihrem Haar.

Wie mochten die Temperaturen auf Cetos V in jenen Breiten wohl sein, in denen sie gerade umherirrten, wenn Light City einfach so vom Erdboden verschwinden würde und mit der Megastadt all ihre Bewohner, die die LowerCity zu einem kochenden Ozean machten. Sie befanden sich mitten im Gedränge und suchten nach der richtigen Seitengasse. Regelmäßig tauchten bewaffnete Patrouillen aus der Menge auf. Ihre nassen Regencapes reflektierten die Lichter der Stadt, sie trugen Schutzwesten mit dem Logo der VTC und in den Händen hielten sie Sturmgewehre mit nach unten gerichteten Läufen.

Dicht über Jakes Kopf flog eine Drohne hinweg und strahlte mit Scheinwerfern in die Menge, die Gesichter der Menschen scannend. Ohne Wind fiel der Regen wie vertikale Striche auf die Stadt, und die Hochhäuser neigten sich über die Bürger und blickten mit einer sternenhaften Vielzahl von hell erleuchteten Fenstern auf sie nieder. Wie große Wächter, die ihnen den Blick zum Himmel verwehrten.

Sie lehnten mit dem Rücken an der Fassade einer Bar. Die Füße des Jungen gekreuzt, er nippte in kurzen Abständen an einem bittersüßen Getränk und schon nach kurzer Zeit spürte er einen Effekt. Ein leichter Schwindel tat sich auf, ein Gefühl von Schwerelosigkeit, das Lichtermeer um ihn herum fing an zu strahlen, und auch die fallenden Regentropfen leuchteten. Er spähte ans ferne Ende der Straße. Dort waberten die Ausdünstungen der LowerCity als von Neonreklamen beleuchtete Nebel die Gebäudeschluchten hinauf und sammelten sich in großen Höhen wie Wolken, unwettergleich, vielleicht sogar einen Anteil am Ökosystem der Stadt beitragend, eine Welt vom Menschen geschaffen und nur ihn miteinbeziehend, das Wetter, das Wasser, die Luft, der Stahl, der Beton, alles schien ihnen zu gehören.

Amanda zog ihn an der Hand fort – schon wanderten sie durch Neongassen und strahlende Einkaufspassagen. Doch viel von alldem sah er nicht, denn er schaute immerzu das Mädchen an, das Geschöpf, das wie durch Magie all seine Gedanken auflöste und die Menschen und Gebäude um ihn herum verschwinden ließ. Lidlos waren seine Augen im Staunen nach vorn gerichtet. Da war nur noch sie, und sein Herz, das in seiner Brust einen unbekannten Rhythmus schlug.

Zehntes Kapitel
Ein barbarischer Akt des Hasses

Kurz vor zwanzig Uhr. Die Straße, in der sie sich befanden, war eine belebte Einkaufsmeile. An den Hochhausfassaden über den Geschäften leuchteten Reklametafeln, und Videoschirme zeigten die Nachrichten der First News. Je weiter sie die Flaniermeile entlangschlenderten, desto dichter wurde das Gedränge. Über ihnen flog eine Polizei-Drohne, und Söldnertruppen kontrollierten stichprobenartig die Identitäten der Passanten.

»Was ist denn hier los?«

»Schaust du denn keine Nachrichten? In einer halben Stunde richten sie die Rebellen auf dem Marktplatz hin. Du weißt schon. Die Rebellen der Red Nova, die am Anschlag auf die Raumfähre vor ein paar Wochen beteiligt waren.«

Dem Jungen kam die Nachricht wieder in den Sinn und er musste an Lieutenant Major Franley denken, daran, wie freundlich und vorurteilsfrei er ihn in der Mondbasis auf Limbus II empfangen hatte. Auf der Bühne trafen zwei Scharfrichter die letzten Vorbereitungen für die Hinrichtung. Sie steckten in schweren Körperpanzerungen. Jake und Amanda waren bis auf zehn oder fünfzehn Meter durch das Gedränge an die Bühne herangetreten. Die Söldner brachten die Rebellen hinauf, stellten sie in eine Reihe auf, wobei die Verurteilten mit dem Gesicht zum Publikum standen. Allen hatte man eine Glatze rasiert. Ihre Hände auf den Rücken gefesselt. Eine Frau unter ihnen, die Jake noch nie zuvor gesehen hatte.

Aber es waren nicht alle von der SAMSON dabei, dachte Jake und sagte plötzlich laut: »Tardino fehlt«, worauf das Mädchen ihn mit großen Augen ansah. Er sah keinen Sinn, noch länger an sich zu halten: »Ich war dabei, Amanda. Ich war mit auf dem Schiff. Ich weiß, dass noch einer zu ihnen gehört. Aber sie haben ihn nicht bekommen.« Seine Stimme klang selten schwungvoll, belebt, sogar erfreut, worüber er sich selbst wunderte.

»Was redest du da, Jake? Warum um alles in der Welt solltest du mit auf dem Raumschiff gewesen sein?«

Doch er antwortete nicht. Blickte mit offenem Mund nach vorn; er bekam das Gefühl nicht los, dass Lieutenant Major Franley ihn die ganze Zeit über ansah. Er glaubte sogar, dass er ihm gerade zugenickt hätte, und er nickte ernst zurück. So, als wolle er dem Major Mut geben für das, was kommen würde, oder ihm sagen, dass er für die richtige Sache sterbe.

Die Scharfrichter bedeuteten dem Lieutenant Major als Ersten in der Reihe, niederzuknien. Er gehorchte nicht, also setzten sie Gewalt ein und stießen ihn mit dem Gewehrkolben auf die Knie.

Die Menge jubelte. Viele der Schaulustigen hielten ihre Kameras bereit; die Menschen neigten ihre Köpfe, streckten sich in die Höhe, um einen besseren Blick zu erhaschen. Kameradrohnen der First News flogen um den Platz herum und sendeten Live-Aufnahmen an die umliegenden Videoschirme, und selbst die Luftschiffe hoch oben in den Wolkenkratzerschluchten übertrugen die Hinrichtung.

»Für die Freiheit!«, rief Franley.

Wahrscheinlich sah die ganze Welt gerade zu, als der bewaffnete Scharfrichter das Gewehr an die Stirn presste und ihm durch den Kopf schoss.

Die Söldner drehten seinen Leib um. Jake blickte auf einen umliegenden Videoschirm, der über einem Schnellimbiss an der gläsernen Fassade eines Wolkenkratzers montiert war. Die Drohne brachte das Gesicht des Toten in die Nahaufnahme. Seine Mundwinkel zuckten noch, und sein Kopf neigte sich zur anderen Seite. Die Menge stöhnte erschrocken auf. Es war wohl nur ein Reflex, eine Muskelkontraktion, doch der Scharfrichter ging auf Nummer sicher und gab einen zweiten Schuss ab.

Jake atmete heftig.

Er hatte ganz automatisch seine Hände zu Fäusten geballt.

Aus dem Augenwinkel sah er, wie Amanda die Hände vor den Mund zusammengeschlagen hatte. Ohne ein Wort zu sagen, auf die Bühne schauend, nahm er ihre Hand und drückte sie fest an sich.

Es fiel einer nach dem anderen. Der Küchenchef Flint, der Pilot Tangaroa Tesser, die ihm unbekannte Frau. Sie alle waren im Moment des Todes so tapfer gewesen, dachte er. Die gepanzerten Henker hievten die Toten an Füßen und Händen hoch und ließen sie wie Säcke auf den Transporter unterhalb der Bühne fallen.

»Es ist vorbei«, sagte Jake.

»Ja. Wir haben alles Nötige gesehen«, sagte Amanda. »Lass uns gehen. Wenn die Polizeidrohnen meine Tränen aufzeichnen, halten sie mich noch für eine von ihnen.«

Sie gingen schon eine ganze Weile schweigend die Straße entlang, da sagte Jake irgendwann: »Wie sollen wir den Abend jetzt noch zum Guten wenden?«

Da blieb Amanda mitten auf der Straße stehen. Ihre Augen glänzten immer noch so, als müsse sie jeden Moment anfangen zu weinen, aber auch eine Leidenschaft, die er noch bei keinem

Menschen zuvor so derart durchdringend wahrgenommen hatte, wogte in ihrem Blick. Sie sagte: »Wenn wir uns durch die VTC einschüchtern lassen, dann verlieren wir unsere Freiheit. Die Freiheit, unser Leben so zu gestalten, wie wir es möchten. Willst du das?«

»Nein«, sagte er fast verteidigend.

»Gut«, sagte sie. »Dann lass uns jetzt gemeinsam fröhlich sein.«

In einem Café offenbarte er dem Mädchen, dass er von einem der Sträflingsmonde sei. Er zeigte ihr die Narbe hinter seinem Ohr, wo einst der Peilsender gewesen war. Sie sagte, sie habe gleich gewusst, als sie ihn das erste Mal gesehen habe, dass er nicht von dieser Welt sei. Doch dachte sie bisher, dass es nur eine dieser Empfindungen für jemanden sei, den man für etwas ganz Besonderes hält.

»Hast du jemals von der Prophezeiung über das Mädchen aus der Stadt und dem Jungen vom Mond gehört?«

Jake schaute ihr tief in die Augen, als könne er ihr Spiel durchschauen, dabei konnte er nur Vermutungen anstellen. »Du machst Witze«, sagte er.

»Nein«, sagte sie.

»Sowas gibt es doch gar nicht.«

»Und ob. Es gibt diese Prophezeiung. Selbst die Red Nova weiß davon. Es heißt: In einer fernen, bösartigen Zukunft führt die Menschheit ihren letzten Krieg gegen sich selbst. In all der Dunkelheit und dem Hass, der über die Welt fährt, trifft ein Junge vom Mond auf das Mädchen in der Stadt. Ihre Liebe ist das letzte Licht, das die Menschheit aufrechterhält.«

Der Junge sah sie staunend an. »Wie geht's weiter? Schaffen sie es?«, fragte er.

»Das«, sagte Amanda und lehnte sich in den Stuhl zurück, »hab ich mir noch nicht ausgedacht.«

Jake schmunzelte und schüttelte den Kopf. Nahm noch einen Schluck Kaffee. »Siehst du. Hab ich doch gesagt, dass du wieder nur Witze machst.«

»Ich hab's mir ausgedacht, ja. Aber ein Witz war es trotzdem nicht.« Sie beugte sich zu ihm vor. »Ich lebe für diese Prophezeiung bis heute. Und ich weiß: Du bist der, mit dem ich sie zu Ende schreiben will.«

»Du lebst dafür? Du willst, nein, wir beide sollen zusammen die Welt retten?«

Das Mädchen lachte mit vorgehaltener Hand. Kurz hatte er ihre großen weißen Zähne gesehen. »Davon«, sagte sie und beruhigte sich wieder, »habe ich mein Leben lang geträumt.«

Elftes Kapitel
Rendezvous

Dunkler verpesteter Himmel über Keldaraan. Jake befüllte gerade einen Becher Zitronenlimonade, schob ihn über die Aluminiumplatte, reichte dem gebrechlichen Arbeiter noch eine Portion Pommes, achtete darauf, dass er bezahlte, bevor er ging, nahm dann den Wender in die Hand und widmete sich dem großen Bräter. Der Container, in dem er arbeitete, stank nach Bratenfett, Schweiß und Zwiebeln, natürlich nach Keldaraan, nach Motoröl, nach Rauch, nach Pest und schlecht bezahlter Arbeit. Ölspritzer zwickten auf seinen Armen, rollende Schweißperlen kitzelten die Stirn.

»Und kriegst du schon langsam Sehnsucht nach der Heimat?«

Der Junge schaute einen Moment auf die brutzelnden Fleischscheiben. Als er den nächsten Pattie umdrehte, war er auf der Rückseite schon ganz schwarz.

»Ich hab's ihr jetzt gesagt«, meinte er.

»Dass du dich voll in sie verknallt hast?«

»Dass ich vom Mond bin.«

Sein Arbeitskollege legte das totgebratene Burgerfleisch zwischen zwei Brotscheiben und goss Soße rauf. Dann legte er sie auf den Warmhalter für die nächsten Schichtarbeiter, die in einer Viertelstunde in Strömen hier vorbeikommen würden.

»Und hat sie's dir geglaubt?«

»Sie hat nicht mal nachgefragt. Sie war überhaupt nicht überrascht. Als hätt' sie's die ganze Zeit schon geahnt.«

»Und vielleicht hat sie's ja. Du meintest doch, bei der Hinrichtung hättest du ihr schon gesagt, dass du auf'm Raumschiff dabei warst. Dann kannse halt eins und eins zusammenzählen.«

»Das kann sie auf jeden Fall«, sagte er.

»Und habt ihr euch schon geküsst?«

Er schüttelte den Kopf. »So genau weiß ich ja gar nicht, was sie von mir hält.«

»Die mag dich. So viel steht fest. So oft, wie die sich mit dir trifft, muss sie dich einfach mögen.«

Der Junge sagte nichts dazu. »Brauchen wir noch mehr Fleisch?«

»Ich glaub, das reicht. Und was macht ihr heute Abend?«

»Nichts. Hab noch einen Termin, den darf ich nicht verpassen.«

»Mann, das klingt ja wichtig.«

»Du hast ja keine Ahnung«, sagte er.

Am späten Abend des gleichen Tages schien Tau Ceti auf eine zweihundert Meter lange und dreißig Meter breite Überführung. Das letzte Stück zum Vaughn Tower war mittig durch einen Grünstreifen geteilt, auf dem Palmen in Reihe eingepflanzt waren und üppiges Farngestrüpp im Sonnenlicht flirrte. Jake ging auf der Seite, wo sich die Palmenschatten schräg über den Gehweg legten. Der Platz war sehr belebt. Die Konzernangestellten auf der anderen Gehwegseite sah er im Sonnenlicht nur als vorbeilaufende Silhouetten, die auf seiner Seite trugen teuer aussehende Anzüge mit Konzernlogo am Revers und Datenbrillen, die mit ihren PDAs verbunden waren, damit sie die Hände frei hatten für ebenfalls teure Aktentaschen und Tablet-PCs, mit denen sie die ganze Zeit beschäftigt waren. Schwerbewaffnete Söldner aus der höchsten Einheit der Privatarmee patrouillierten in kleinen Gruppen auf der Brücke. Hinter dem Geländer, das aus zwei dünnen Metallstreben bestand und auf Hüfthöhe endete, erstreckten sich in der Ferne blassgraue Berge und der riesige Ozean; der Widerschein der Abendsonne glitzerte weitflächig auf dem Wasser, die Schiffe nahe zum Hafenbecken waren von hier oben nur winzig kleine Andeutungen. Von hier oben war die Sicht auf die Welt und die Natur atemberaubend. Doch die Parkbänke an den Aussichtspunkten waren alle leer.

An den Sicherheitskontrollen zeigte er seine Genehmigung. Ein Angestellter durchsuchte den Jungen nach Waffen. Auch den Gang durch einen Metalldetektor bestand er, dennoch wollte der Mann seine Stiefel haben. Es gebe auch Plastikmesser, sagte er. Der Junge zog die Stiefel aus, ließ den Mann sich danach bücken und wartete, bis der Angestellte vom Durchleuchten zurückkehrte. Ohne ein Wort zu sagen, schickte er den Jungen durch die Gitterdrehtür zum Außenhof des Vaughn Towers, wo er direkt hinter den Metallstreben stehenblieb und das Atmen vergaß.

Kleine Vögel zwitscherten um ihn herum. In der Mitte des Hofs stand ein reliefgeprägtes Steinpodest, über dem das Hologramm einer opalblauen Weltkugel schwebte – Cetos V. Zwei Männer standen im Schatten des Podests und rauchten. Die farbenfrohen Blumenwiesen an den Außenbereichen des Hofs waren getüpfelt von den Schatten flirrender Rotbuchen und blühender Schirmakazien. Alles Baumarten von der Erde.

Jake ließ noch einmal den Blick über den parkähnlichen Hof gehen, dann blickte er zur Turmspitze auf. Sie lag noch einmal ein Dutzend Etagen über diesem Hof. Ganz oben lag die Residenz von Vana Vaughn. Von dort äugte sie über alles, über die Stadt und die Menschen, die sie kontrollierte.

Mit einem unwohlen Gefühl im Bauch nahm er die breiten Treppenstufen zum Eingangsbereich und fuhr mit dem Glasaufzug bis ganz nach oben.

»Tag, Ma'm«, sagte er.

Die Sekretärin hatte ihn schon beim Betreten des Foyers bemerkt und blickte erst jetzt wieder zu ihm auf. Sie musterte ihn mit braunen gelassenen Augen und schien nicht sonderlich beeindruckt von seiner Gestalt. Auf ihrem Namensschild stand *Kyoko Lee*.

»Miss Vaughn wollt mich sprechen«, sagte er.

Sie löste ihre bestrumpften Beine aus der Überschlagung, zog sich näher an den Tisch heran und prüfte den holografischen Terminkalender. »Nur wenn du Jake Pryke bist«, sagte sie.

»Der bin ich.«

»Beweis es mir.« Sie verwies mit einem manikürten Zeigefinger aufs Ausweisgerät. Der Junge hielt seinen Handrücken ran.

»In Ordnung«, begann sie, »Miss Vaughn ist zurzeit noch in einem Gespräch. Sobald sie Zeit findet, wird sie dich empfangen. Warte bitte da hinten auf der Bank, ich hol dich dann, wenn es so weit ist.«

Der Junge tat einen Schritt zurück, nickte der Frau zu und bedankte sich bei ihr. Als er ihr den Rücken zugewandt hatte und über den Glasboden zur Bank schritt, konnte er nicht sehen, wie die Augen der Sekretärin ihm eine Weile nachdenklich folgten.

Eine gute Stunde später saß er immer noch auf der Bank. Unter seinen Füßen fielen die Etagen endlos in die Tiefe. Das ganze Gebäude bestand hauptsächlich aus Glas. Er konnte noch ins fünf Stockwerke tiefer gelegene Büro blicken. Die Ellbogen des Jungen ruhten auf den Oberschenkeln, und er knetete nervös seine Finger durch. Sie waren ganz steif vor Kälte gewesen, dabei war es angenehm warm. Die Luft verbreitete einen frischen, lebendigen Duft von Pflanzen, die überall von den Glaswänden rankten und in futuristischen Beeten farbenfroh aufblühten.

Er warf einen Blick zur Sekretärin. Ab und zu trafen sich ihre Blicke. Diesmal nicht. In ihrem Rücken lag eine breite Glasfront, die schwarz vertönt war. Direkt dahinter befand sich das Büro von Vana Vaughn, befand sich Vana Vaughn persönlich, und er glaubte, ihre bloße Präsenz hinter der Glaswand wie etwas Bedrohliches spüren zu können.

Ein fein gekleideter Mann setzte sich neben den Jungen auf die Bank. Er trug eine rahmenlose Datenbrille und schlug die Beine übereinander. Der Saum seines Hosenbeins war dabei hochgerutscht. Der Junge nickte ihm ernst zu, doch der Gruß hing unerwidert in der Luft.

Eine weitere Stunde verging.

Wolken waren aufgezogen und trieben westwärts im goldenen Bad der spätabendlichen Sonnenstrahlen, vorbei an den Bäuchen der höchsten Wolkenkratzer. Die Stadt darunter war völlig verschleiert.

Der Junge hatte, seitdem er hier wartete, viel über Vana Vaughn nachgedacht. Seine Gedanken wanderten bis in die ferne graue Schulzeit zurück, wo die Lehrerin die Frau zu einer götter-gleichen Entität hochlobte – und die Kinder daran glaubten. Nun wusste er, dass sie bloß die Chefin eines riesigen Unternehmens war, das wegen etlicher Grausamkeiten in Kritik hätte stehen sollen, es aber nicht tat, weil selbst die Regierung und das Infonet der VTC unterstellt waren.

Er befingerte die Schweißerbrille um seinen Hals und dachte dabei an Tayus, dachte an die Hinrichtungen der Rebellen und an Tardino, der irgendwie entkommen war. Er dachte an das, was er auf der Terrasse im Appartement über die SnackBite Inc. gelesen hatte, und vor allem daran, was Amanda von den Konzernen hielt. Ihm fiel wieder ein, wie viele Fragen er früher an diese Frau gehabt hatte – und nun bekam er die Chance, sie alle zu stellen.

Sein Herz klopfte wieder vor Aufregung.

Er vernahm das Klacken von Absätzen auf dem Glasboden. Die Sekretärin näherte sich mit bewussten Schritten; er erhob sich von der Bank. Schweißnasse Hände.

Es war so weit.

Die mächtigste Frau des Systems wollte mit ihm sprechen.

Zwölftes Kapitel
Das Dilemma des Träumers

Vana Vaughn hatte blondes Haar und trug einen Pagenschnitt. Sie sah aus wie Ende dreißig oder Anfang vierzig, was aber nicht stimmen konnte, weil er wusste, dass sie viel älter war. Sie saß hinter einem Schreibtisch aus Edelstahl, der sich in einem leichten Bogen über eine weite Fläche des Büros erstreckte.

Er sah, dass die Glasfront von dieser Seite aus durchlässig war, sodass Vaughn ihn die ganze Zeit hatte beobachten können.

»Jake Pryke«, sagte sie. »Der Junge, der sich vom Sträflingsmond bis nach Light City gekämpft hat.« Ihre kalte klare Stimme verklang in dem Glasbüro.

Der Junge wusste nichts zu erwidern, also sagte er einfach gar nichts. Der Ozean erstreckte sich unter ihnen. Schräg fiel die cognacfarbene Abendsonne in die getönten Fenster hinein.

»Was ich wirklich an einem Mann schätze«, sagte sie, »sind seine ehrgeizigen Ziele. Seine Aufopferung für die Arbeit gleicht Heldenmut. Kaum einer ist bereit, alles zu tun – alles aufzugeben –, um in seinen Zielen voranzukommen. Ich bewundere Männer, die so hohe Ziele haben, dass keiner glaubt, sie würden sie je erreichen.«

Vana Vaughn hielt inne, und während sie dort schweigend hinter ihrer Schreibtischfestung saß, musterte sie den Jungen mit strengen Augen.

Er hatte das Gefühl, sie würde eine Reaktion von ihm erwarten. »Danke«, sagte er und ließ es mehr wie eine Frage klingen.

»Nicht so voreilig, Junge«, sagte sie, wobei sie Gift beim Wort Junge versprühte. »Es gibt nämlich noch einen Typus von

Mann, den ich auf den Tod nicht ausstehen kann. Leider wird er manchmal mit denen verwechselt, die ich bewundere. Weißt du, welchen Schlag von Mensch ich meine?«

Er schüttelte den Kopf.

»Ich meine den Träumer. Den Verlorenen unter uns, den Versager. Weißt du auch, was einen Träumer ausmacht, Jake?«

Er gab keine Antwort.

»Der Kern der Bedeutung, das Elend darin, liegt schon im Namen: Der Träumer lebt einen Traum, ob er in Erfüllung geht oder nicht. Umso besser sogar, wenn nicht. Der Träumer sieht die Welt nicht so, wie sie ist, und hat daher auch von sich selbst ein falsches Bild. Er vergeudet sein Leben auf der Suche nach Erfüllung und verrennt sich dabei wie ein Hund, der seinem eigenen Schwanz nachjagt. Der Träumer strebt nach Idealen, nach Schönheit, nach Ästhetik. Oder, sagen wir, nach einem heiteren Leben, wo in seiner Fantasie alles schön und gerecht ist, eine Vorstellung, in der alle glücklich und zufrieden sein können und gut behandelt werden. Bis der Träumer eines Tages die Wirklichkeit kennenlernt. Seine Strafe ist das Erwachen. Ab dem Moment zerbricht seine ganze Existenz.«

Ein Kreis von Schweigen breitete sich im Raum aus. Sinnend warf Vana Vaughn einen Blick auf die untergehende Sonne, als habe sie nicht nur das Reich unter ihr, sondern das ganze Universum geschaffen.

»Glaubst du, Jake, dass es eine Antwort gibt, die alle zufrieden stellen kann?«

Er spitzte die Lippen. Wusste schon wieder nicht, was er dazu sagen sollte.

»Es wird immer Opfer geben«, sagte sie dann. »Es wird immer Andersdenkende geben, die sich einem in den Weg stellen. Das ist so. Damit kann ich leben. Das respektiere ich sogar in manchen Fällen, und jetzt sag mir, Jake Pryke von Limbus zwei, was führt dich hierher? Bist du ein Träumer; ein Schwächling. Eine Niete. Oder ein Mann mit hohen Zielen?«

Der Junge zögerte. »Ich denke, ich bin der mit den Zielen«, sagte er.

»Gut«, gab sie theatralisch wieder, so ähnlich wie eine Mutter ihr Kind für die richtige Antwort loben würde. »Denn aus den Träumern werden Taugenichtse, Bettler, Säufer, Spieler. Verbrecher. Rebellen. Und ich möchte nicht, dass du einem solchen Schicksal anheimfällst.«

Der Junge überlegte, auf was das Gespräch hinauslaufen sollte. Dann sagte er: »Mein Ziel war's, aus dem Limbus wegzukommen. Und ich glaub nicht, dass ich dort viel Zeit zum Träumen hatte. Ist auch nicht so, als würd der Sträflingsmond zum Träumen einladen.«

Vaughn setzte ein dünnes Lächeln auf, in dem keine Spur von Heiterkeit lag.

Die Halsschlagadern pumpten. Die Atmung ging schnell. Der Junge war fürchterlich aufgeregt und er konzentrierte sich auf seine Stimme, darauf, dass sie nicht zu zittern anfing, als er sagte: »Ich weiß ja, dass Sie noch nie da waren. Auf Limbus zwei, mein ich. Oder auf irgendeinem der Sträflingsmonde. Aber, ich kann Ihnen sagen, wer faul dort ist, wird mit Schlägen oder Peitschen bestraft, wer krank ist, oder nicht arbeiten kann, der verhungert einfach, wenn kein anderer Sträfling ihm hilft. Wer keine Freunde hat, ist eh schon tot. Es wurden schon Leute mit Schockwaffen für nichts gequält. Ich selbst wurde ja ins Exil geschickt, wo ich dann den Stein gefunden hab, weswegen ich heute überhaupt hier bin. Sonst wär ich dort verrottet. Meine Eltern sind ehrenhaft bei ihrer Arbeit draufgegangen. Meinen Vater kenne ich überhaupt nicht, is' schon vorher krepiert, bevor ich auf die Welt gekommen bin. Aber für die Arbeit leben wir Sträflinge ja schließlich – ist doch so, oder? Nur so können wir unsere Schuld vor Gott wiedergutmachen. Ich weiß nicht, wer daran noch glaubt, oder wem's einfach egal ist. Das ist nun mal unser Leben dort. Aber ich wollte da nicht mehr mitspielen. Und jetzt bin ich hier, und so schlecht fühlt es sich bis jetzt nicht an, also nehm ich an, dass ich kein Träumer bin, sondern einfach'n Kerl, der 'ne Menge Glück hatte, seine Ziele auch zu erreichen.«

Vaughn blickte ihn eine Weile lang an. »Das Problem bei euch Schwätzern ist, dass ihr euch erst beweisen müsst.«

»Soll ich ein Schwätzer sein?«

»Ja.«

»Warum muss ich mich Ihnen erst beweisen? Ich bin jetzt ein freier Bürger, ich –«

Sie unterbrach ihn nur mit einer Geste. Das Folgende sagte sie ganz im nüchternen Ton: »Du bist nicht frei. Das warst du nie und wirst es nie sein. Ich bin die oberste Instanz. Mir gehört die Stadt, der Planet, die Monde, mir gehört dein Leben. Und wenn ich glaube, dass dein jämmerliches Ego zur Red Nova überschwappen könnte, musst du mir erst beweisen, dass ich mich irre. Leider irre ich mich so gut wie nie.«

Der Junge sagte eine Weile lang gar nichts. Dann: »Und wie soll ich Ihn' beweisen, dass ich nichts anderes will, als mein Leben in Ruhe zu leben?«

Sie lächelte. »Du wirst Light City verlassen und in den Süden aufbrechen«, sagte sie. »Ich brauche dein Können als Mechaniker in den Diamantenminen. In drei Tagen geht dein Zug.«

In drei Tagen?

Jake war zu erschrocken zum Antworten. Er musste sofort an Amanda denken und daran, dass Vana Vaughn sie beide trennen wollte. Sie wollte sein Glück ruinieren.

»Das können Sie nicht machen«, sagte er.

»Du bist entlassen, Jake Pryke«, sagte sie und lächelte gutmütig. »Ich vergebe dir die Erbschuld. Geh und leb dein Leben. Hoffentlich hält es so viel für dich bereit, wie du dir davon versprochen hast.«

Dreizehntes Kapitel
Das Versprechen der Menschheit

Der Fahrtwind blies von allen Seiten in den offenen Gleiter. Sein Gesicht war eiskalt, ihm lief die Nase. Er wischte sie am Handrücken ab, während er das Mädchen schon jetzt voller Sehnsucht betrachtete. Sie trug einen Wollpullover und einen glänzenden Schmuckanhänger. Ihr kastanienbraunes Haar wehte im Fahrtwind.

Noch mit seinem letzten Atemzug wollte er sie so vor sich sehen, wie sie jetzt war, an jenem Abend im Spätsommer in jener fremden Stadt.

»Verrätst du mir endlich, wo es hingeht, Jake?«

»Es soll doch eine Überraschung sein«, sagte er.

»Gib mir wenigstens eine Idee davon, was mich erwartet.«

»Es is' auf jeden Fall schöner, als die Hinrichtung, zu der du uns geführt hast.«

Sie lachte, aber in dem Lachen lag auch Trauer, und er folgte ihrem Blick in die untergehende Sonne. Der Junge und das Mädchen zusammen in einem Gleiter zwischen den Gebäudeschluchten. Worauf nahmen sie Kurs? Nur so viel stand fest: Auf eine Zukunft, die sich nicht von der Gegenwart unterschied. Ein gelebter Traum, den er empfing, ohne darüber gewahr zu sein; das ganze Leben der eine Moment, der sich nicht einfangen ließ.

Auf den weiten Grasflächen im Westen, eine halbe Meile außerhalb der Stadt, war zur Zeit der ersten Besiedlung das Generationenraumschiff, die Union, gelandet. Sie standen fernab der Halteplattform des Shuttles und schauten mit einigem Abstand auf das gigantische Sternenschiff, das sich aus ihrer Perspektive bis zu den Wäldern hin erstreckte. In drei großen Ringen um das Raumschiff herum befand sich der Großteil der Wohnräume. Abertausende erloschene Fenster ließen die Ringe aus der Ferne wie fein perforiert erscheinen. Jake legte den Kopf in den Nacken und schaute zur Brücke hinauf. Nur dort, in schwindelerregender Höhe, schien warmes Licht aus den Bordfenstern.

Die leuchtende Megalopolis umrandete den Ort von der Ostseite. Das Generationenraumschiff war zweieinviertel Kilometer lang und zweihundert Meter hoch. Laut der Infotafel, die der Junge gerade las und deren Halterung archaisch aus Holz erdfremder Bäume geschnitzt und auf der blauen Weide eingepflockt wurde, hatte die Union eine nutzbare Fläche von 500 000 Quadratmetern, wovon knapp die Hälfte die Wohnflächen beanspruchten. 40 000 Menschen von der Erde gingen damals an Bord, knapp eine halbe Million war es, als sie das Tau Ceti System erreichten. All jene Pioniere waren längst tot, dachte der Junge mit Blick auf die leeren Fenster. Es hatte Leute auf dem Schiff gegeben, die seine Vorfahren gewesen waren. Trotz der erleuchteten Fenster auf der Brücke wirkte das Generationenraumschiff wegen seiner Geschichte und der allesamt toten Geschichtsträger wie ein Geisterschiff. Es führten Landstraßen hierher, die schwach beleuchtet und kaum befahren waren. Im Innern gab es das größte Museum in Light City, das alles Wissen über die Erdvergangenheit zusammentrug, das Museum der Moderne. Der Weg zum Eingang war unverkennbar ausgeschildert. Er wunderte sich darüber. »Ich dachte, das Wissen über die Erdvergangenheit ist geheim?«

»So ein Quatsch«, sagte sie. »Wer hat dir das erzählt?«

Er musste sofort an E.E.R.I.E. denken. Jetzt wurde es ihm klar: Sie hatte ihn angelogen, um an Informationen über den Sträflingsmond zu kommen. Er musste schmunzeln.

»Die Reise für die Menschen von der Erde hat 134 Jahre gedauert«, sagte Amanda. »Das ist viel mehr als ein Menschenleben. Kannst du dir vorstellen, dort auf dem Raumschiff, zwischen all dem Metall und dem kalten Weltraum um dich herum, geboren zu sein, dort alt zu werden, deine Kinder aufwachsen zu sehen und deren Kinder. Dort zu sterben. Dein ganzes Leben an einem einzigen Ort, alles in einer Zeit, die für dich so ungewiss ist, dass du nicht einmal weißt, ob deine Enkel je sicher an einem Ort ankommen werden, oder direkt ins Verderben reisen. Und doch haben diese mutigen Pioniere die Reise gewagt. Das Schicksal der Menschheit hing von ihnen ab. Dass der Planet bewohnbar sein würde, war damals ja nur eine Vermutung gewesen. Und mit dieser Vermutung und der Hoffnung auf einen Neuanfang sind die Menschen diese wagemutige Reise angetreten. Die Siedler waren die Auserwählten. Von der Erde in ein unbekanntes Sternensystem. Kannst du dir so ein Leben vorstellen?«

Sie blieben lange im Schatten eines erblühenden Apfelbaums stehen, ein silberner Schatten, den der Mond Chiron warf. Die Abendsonne war hinter den angrenzenden Waldungen untergegangen. Ein kühler Wind ging in Wellen über die blauen Gräser, und in der Abendluft wirbelten weiße Blüten umher.

»Dieser Baum ist das Erste, was die Siedler auf der neuen Welt gepflanzt haben. Er soll an unser Versprechen erinnern, die übrige Zivilisation und ihre neue Heimatwelt zu schützen. Deswegen nannten sie das Generationenschiff auch die Union – die

Menschheit wollte eins werden, damit sich die Tragödie der Erdgeschichte nicht auf Cetos fünf wiederholen würde.«

»Was sie aber trotzdem tut, oder?«

»Ja.« Sie öffnete den Mund noch einmal wie zum Sprechen. Der Junge dachte, dass sie noch etwas dazusetzen wollte, aber sie sagte nichts mehr.

»Was studierst du eigentlich?«

»Geschichte«, sagte sie. »Aber ich interessiere mich nur für die Vergangenheit, wie sie wirklich war, und nicht für die Lügen, die an der Universität gelehrt werden.«

Er betrachtete sie einen Moment. Dann sah er wieder hoch zum Generationenraumschiff.

»Weißt du, was da oben auf der Brücke ist?«, fragte er.

»Ein Restaurant«, sagte sie. »Für die Reichen. Für die, die mit Credits um sich schmeißen können. Ein Büfett kostet dort 180 Credits.«

»Genau.« Jake warf einen Blick auf seinen PDA. »Und zweihundert Credits hab ich noch. Ich wollte dich hierher einladen und mit dir essen gehen. Das ist die Überraschung.«

Amanda sah ihn an. Er konnte keine Freude aus ihren Zügen herauslesen. »Jake, glaubst du etwa, dass wir dort oben hingehören?«

»Mir geht es nicht um die Leute«, sagte er. »Das Raumschiff hat die Menschen, von denen wir abstammen, von der Erde, wo wir alle unseren Ursprung haben, hierher gebracht. Kann es was Besseres geben, als dort oben auf der Brücke zu stehen? Wenigstens einmal will ich mit dir da gegessen haben, und es ist mir scheißegal, ob ich die nächsten Nächte dafür durcharbeiten muss und auch die Leute sind mir egal. Also, was sagst du?«

»Ich sage«, und sie machte eine lange Pause, »dass es gut ist, dass du deine eigenen Erfahrungen machen willst.«

Er war frisch gewaschen und roch unter den Armen schon wieder nach Schweiß. Große Kreise dunklen Stoffes hatten sich unter seinen Achseln gebildet. Mit an die Rippen gepressten Ellbogen stellte er sich an der Schlange zum Buffet an und hielt den weißschimmernden Porzellanteller wie ein Bettler mit beiden Händen. Er hatte sich die Zähne erst vor einer Stunde geputzt, mit einer Pfefferminzzahnpasta, und ein Rest frischer Schärfe und Taubheit waren im Mund verblieben. Am Anfang der Reihe probierte er einen Gurkensalat und verzog das Gesicht.

»Unter freiem Himmel gezüchtet«, sagte der schwarzgekleidete Kellner hinter dem Tisch verteidigend und gleichwohl mit einer Prise Stolz in seiner Stimme.

»Schmeckt total bitter«, sagte der Junge.

»Die Gurken?« Der Mann zeigte mit den Augen auf die Salatschüssel. Seine Arme blieben hinter dem Rücken verschränkt.

Der Junge nickte. »Genau die«, sagte er kauend, schluckte widerwillig herunter und kratzte den Rest Gurken auf seinem Teller in die Schüssel zurück. Der Kellner ließ sich nichts anmerken, auch wenn ihm wohl um ein Haar die Züge entglitten wären. Stumm und würdevoll, mit einem Arm auf dem Rücken und der Salatschüssel in der anderen Hand, schritt er in die Küche. Die feinen Gäste tuschelten vor und hinter dem Jungen über ihn, was er gar nicht bemerkte. Er sah nur dem Kellner hinterher und sagte: »Müssen ja nicht gleich alles wegschmeißen. Ich glaub, die andern hätten's gern noch probiert. Den andern hätte's vielleicht geschmeckt.«

Aber die Gäste lachten nur.

Kartoffeln, Bohnen und Krustenbraten dampften auf dem Teller, den er nebst einem großen Getränk über weitläufige Treppenstufen balancierte. Der ganze Speisesaal war in Weiß getüncht. Die Gäste saßen an sechseckigen Tischen, in unzähligen Grüppchen weitläufig über die zweite Ebene verteilt. Von hier aus konnte man auf das Buffet hinunterschauen, der Schwanz der Schlange wuchs immer weiter an.

Jake blieb am Treppenabsatz stehen. Die fein gekleideten Menschen redeten sehr leise, Musik spielte aus aller Richtung. Bis auf die holografischen Speisekarten auf den Tischen, die zartblau schimmernden Energiesäulen der Kraftfelder und das kalte Licht von Kronos, das in den Saal hineinschien, gab es keine anderen Lichtquellen. Es war schummrig, wohl aber nicht zu dunkel, um Gesichter ausfindig zu machen, denn Amanda saß drei Tische entfernt am Geländer und winkte den Jungen zu sich heran.

»Na du bist mir ja eine Spezies«, sagte sie amüsiert, als er sich neben sie setzte. Er wusste nicht, was sie meinte.

»Na wegen den Gurken«, sagte sie und deutete hinunter zum Buffet. Der Junge nickte, wusste es aber immer noch nicht. »Ich hab nur was gesagt, was die andern wohl für'n Witz gehalten ha'm. Na ja, gut, dass du mich gesehen hast«, meinte er, »ich wär' hier sonst noch rumgeeiert, bis das Essen kalt geworden wär.«

»Der Krustenbraten sieht toll aus.«

»Jawollja, das tut er.«

»Aber wo ist die Bratensoße?«

Er schaute einen Moment ausdruckslos auf den Teller. Dann nach schräg unten zur riesigen Schlange am Buffet.

»Die kommt dann halt beim Nachschlag«, sagte er.

Beide aßen von einem Teller. Er kaute auf einem Bissen herum, schluckte herunter, schob nach kurzem Zögern etwas auf die Gabel, das noch merkwürdiger aussah als Gurken und sich *Sauerkraut* nannte, und probierte es. Es schmeckte fürchterlich.

»Das Essen auf der Samson war besser als hier«, sagte er. »Flint war eigentlich ein guter Koch.«

»Ja«, sagte sie. »Die Leute hier zahlen nicht fürs Essen, sondern weil es exklusiv ist.«

»Was?«

Amanda kaute mit geschlossenem Mund. Er blickte zum Fenster hinaus, wo ein welkes Blatt, vom Wind getragen, gegen das Kraftfeld flog und für den Moment die feine Gitterstruktur sichtbar machte. In der Schwärze dahinter hing Kronos. Kosmische Staubringe umgaben den Gasriesen in einem verschwenderischen Durchmesser. Auf die Planetenoberfläche fiel der Schatten eines Mondes, welcher es war, sah er nicht, aber er stellte sich vor, dass es der Sträflingsmond Limbus II gewesen war. Und auf einmal vermisste er Mori. Die irgendwo dort noch ihr Leben fristete.

»Wie findest du's hier?«, fragte er nach einer Weile. Bevor sie antwortete, blickte sie sich in der Gegend um, aber ohne Eile, mehr als würde sie sich umschauen, zur eigenen Unterhaltung die Umgebung mustern.

»Gut«, sagte sie.

»Aber?«

»Nichts aber.«

»Ist halt nur so'n Gefühl, dass dich immer noch was stört«, meinte er, und sie gab lange keine Antwort. Irgendwann sagte sie: »Du weißt, was es ist. Es sind die Leute.«

»Aber sie machen nichts.«

»Doch, Jake. Sie tun die ganze Zeit etwas, du bemerkst es aber nicht. Schau dich doch mal um. Wie sie sich haben, wie sie reden. Sie schauen uns an und lachen über uns. Alle halten sich für etwas Besseres, sie bilden sich etwas darauf ein, besser zu verdienen, glauben dadurch, etwas Besseres zu sein. Glaubst du, sie interessieren sich dafür, was mit den Menschen passiert, denen es schlecht geht wie dir, die nichts haben? Die in den Slums der LowerCity leben, die hungern, verhungern, an Krankheiten krepieren, weil sie sich die Medikamente nicht leisten können? Für solche Leute ist die Welt in Ordnung, solange sie ihren Wohlstand behalten. Fühlst du dich in dieser Gesellschaft etwa wohl?«

Er hatte kurz zu kauen aufgehört. Schluckte herunter. »Ich weiß ja nicht«, sagte er, »vielleicht urteilst du zu schnell. Außerdem sind die Leute mir egal. Ich ess ja nur mit dir. Ich bin nur hier, weil ich dachte, dass es uns gefallen würde. Es war 'ne Überraschung.«

»Ich weiß.«

Er ließ die Gabel auf den Teller sinken und betrachtete ihr wohlgeformtes Profil eine Zeitlang. »Wollen wir runter ins Museum? Ich würd echt gern noch mehr über die Erdvergangenheit erfahren.«

»Darüber kann ich dir alles erzählen.«

»Dann sag mir, wo du sein willst, und wir gehen dahin.« Er wartete auf ihre Antwort, doch sie sagte nichts und schaute auch nicht zu ihm auf.

»Amanda?«

»Ja. Ich will mit dir wohin, wo wir sein können, wer wir sind«, sagte sie. »Wo die Konzerne uns nicht beobachten. Wo sie keine Macht über uns haben.«

Für jene Nacht flohen sie von der Megalopolis über die weiten Angern in die Wälder und suchten Schutz vor dem Regen und ihrem alten Leben, lebten ihre Bestimmung, zwei Verliebte, beide spürten es, doch war der Junge noch unsicher, er folgte ihr an der Hand durchs fremde Dickicht, Leben überall um ihn herum, es blühte gerade erst auf, obwohl der Sommer schon im Vergehen begriffen war, vielleicht blühte es auch nur in ihm, er sah das Mädchen an, im durchbrechenden Kronoslicht war ihre Haut ganz bleich, rein, für ihn gab es keinen Makel an ihr. Der Regen hatte nachgelassen, sie hörten es, weil es ohne das Rascheln der Blätter still um sie geworden war. Hinter dem Wald kamen sie zu einer vom Mondlicht versilberten Lagune, ein Küstenstrand, er war viel schöner als die Strände aus dem Bilderbuch, denn er war real, und sie war mit ihm hier.

Sie zeigte ihm, wie man ein Feuer machte, die Funken stoben in die Nacht, es war ungewöhnlich warm, wahrscheinlich der letzte schöne Tag in diesem Jahr, sagte sie belanglos, aber für ihn klang es mehr nach einer Vorahnung. Sie holte eine Weinflasche aus ihrer Tasche, die sie frei von Schuldgefühlen aus dem Restaurant gestohlen hatte, sie tranken zusammen, und bald schon lagen sie nebeneinander im Sand, Wellenrauschen, ringsumher des

Horizonts verschleierten helle Wolken den Nachthimmel, doch das Dach der Welt stand offen, und dort sahen sie tausende Sterne auf sie niederstürzen, keiner sagte etwas, sie fühlten es jetzt beide, auch der Junge war sicher, und irgendwann zog eine Sternschnuppe im weiten Bogen übers Firmament, das Mädchen legte ihr Bein auf seins, sein Herz klopfte, sie beugte sich zu ihm vor, ihr Gesicht keinen Hauch mehr von seinem entfernt, ihr Mund über seinen Lippen, und sie küsste ihn das erste Mal. »Willst du mich?«, fragte sie und er sagte ja, »bei Gott, ich will dich, seit ich dich das erste Mal gesehen hab.«

Es war spät in der Nacht.

Das Feuer schwelte nur noch über der Glut. Er hatte geglaubt, sie sei schon längst in seinem Arm eingeschlafen, doch sie war die ganze Zeit wach gewesen. Er hielt am Sternenhimmel nach etwas Bestimmtem Ausschau.

»Siehst du den Stern da? Den hellen, der so funkelt.« Er zeigte mit dem Finger darauf, doch bei der Vielzahl an Sternen war es für sie unmöglich zu wissen, welchen genau er meinte. »Das ist die Sonne«, sagte er, »das hat mir Eerie gezeigt, als ich an Bord der Samson war. Und irgendwo da, wo Sol liegt, ist auch die Erde. Ich kann nicht glauben, dass wir so weit weg von unserer Heimatwelt sind. Dass wir sie nie gesehen haben.«

Sie sagte nichts. Das Brechen der Strandwellen brauste in der Stille, eine kalte Brise, Salz und Meerluft.

Sie schüttelte den Kopf. Sagte müde: »Ich frage mich, ob wir irgendwann ein Antwortsignal von der Erde erhalten werden, oder ob dort schon längst alle tot sind.«

Vierzehntes Kapitel
Der Tag vor der Abreise

Hinter ihnen das Treiben der Bürger von Light City; die Plattform, auf der sie herumlungerten, war eine Einkaufsmeile, die um den Bauch eines Wolkenkratzerturms herumführte. Sie hockten im Schneidersitz auf der Brüstung, in schwindelerregender Höhe, und beobachteten den fließenden Verkehr unten auf dem meilenweit erleuchteten Schnellstraßennetz. Jake löste die gekreuzten Beine, ein Fuß war ihm eingeschlafen, und er ließ ihn frei in der Luft baumeln, 106 Stockwerke bis zum Boden. Von hier oben waren die Automobile gar nicht mehr auszumachen, mehr ein Fluss aus goldenen Lichtern; die Nacht hatte sich über die LowerCity gelegt, und in der Dunkelheit flirrten Milliarden winzige Fensterlichter.

»Mehr meinte sie nicht?«

Jake sagte nichts.

»Weißt du, Vana Vaughn hält dich für einen Träumer und damit hat sie recht. Denn du bist einer. Sie hat Angst vor dir, weil es Menschen wie du sind, die die Welt verändern, und Vaughn will um jeden Preis, dass die Welt so bleibt, wie sie sie geschaffen hat. Sie hat Angst, dass in dir die Kraft steckt, etwas zu verändern, Dinge zu verwirklichen, die ihr Schaden könnten. Schau dir an, wie weit du durch deinen Willen gekommen bist. Du bist etwas Besonderes, Jake.«

Er hob seinen Blick von der Stadt zum wolkenverhangenen Himmel. »Sie schickt mich weg«, sagte er.

Amanda schien weder überrascht noch traurig über die Botschaft. Sie fragte nur, wohin er gehen müsse.

»In den Süden«, sagte er. »Sie will mich zu irgendwelchen Diamantenminen schicken. Ich soll ihr beweisen, dass ich mich niemals der Red Nova anschließen würde. Ich pfeif drauf. Auf sie. Auf die Red Nova. Ich werd nicht gehen.«

»Die Diamantenminen«, sagte Amanda.

»Hat sie gesagt.«

»Dann schickt sie dich in den Ognons-Distrikt. Dort hat die VTC etliche Privatkolonien errichtet. Es ist sehr weit weg von hier. Sehr weit. Du wirst mit einem Luftschiff über das Große Meer fliegen.«

»Ich werde –« er stockte. »Über das Meer?«

Amanda sah ihn an. »Auf den anderen Kontinent, den wir Luvanda nennen. Lass dich vom schönen Namen nicht täuschen, Jake.« Sie legte ihre Hand auf seine. Ihre traulichen Finger waren vom Abendwind ausgekühlt, aber die Berührung schien warm und liebevoll. »Es ist gefährlich dort«, sagte sie. »Die Diamantenminen liegen mitten in den Äquatorialwäldern. Das Gebiet ist bergig und dicht bewachsen mit unzähligen unbekannten Pflanzen, giftigen Pilzen und riesigen Urwaldbäumen. Hast du eine Vorstellung, wie feindlich der Dschungel uns Menschen gegenüber ist?«

Er spähte in die Ferne, wo der endlose Ozean unter der Wolkendecke stahlgrau war.

»Das Klima ist nicht so wie hier, es ist heiß und fürchterlich schwül, so schwül, dass du glaubst, in der Luft zu ertrinken, und so heiß, dass dein Kreislauf zusammenbricht.«

»Du sagst das, als wärst du schon mal da gewesen.«

»War ich auch.«

Er sah sie an.

»In Gedanken«, gab sie zu. »Es gibt genug Informationen im Infonet darüber. Genug, um sich vor dem Kontinent zu fürchten. Allein der Dschungel macht eine Reise dorthin gefährlich genug, doch«, sie machte eine kurze Pause, »das ganze Gebiet von der Westküste bis ins tiefe Herz von Luvanda hinein ist schwer umkämpft. Die Red Nova hat dort noch viel mehr Macht und Einfluss als hier. Die VTC will ihre Diamantenminen um jeden Preis halten. Deswegen gibt es auf der ganzen Welt nirgendwo so viel Krieg und Gewalt, Anschläge und Morde wie in Luvanda. Ich ... Ich bitte dich einfach, wenn du dort bist, das Richtige zu tun.«

»Kann ich nicht«, sagte er.

»Wie meinst du das?«

»Ich kann nicht das Richtige tun, wenn ich dort bin, weil ich nicht hingehen werde.«

»Du hast keine Wahl, Jake. Wenn die VTC es so will, dann – «

»Das ist mein Leben. Die VTC hat mir versprochen, dass ich auf Cetos fünf ein freier Mensch sein werde. Ich will hier bleiben.«

»Hier willst du sein, Jake, oder bei mir?«

Er gab keine Antwort.

»Willst du dich ein Leben lang vor der VTC verstecken müssen?«

»Wenn es sein muss, dann mach ich das. Wir können zusammen untertauchen.«

»Das können wir nicht. Und das weißt du. Sie würden uns finden, würden dich finden, und dann würden wir uns nie wiedersehen.«

»Wenn ich dort hingeh, sehen wir uns vielleicht auch nie wieder.«

»Du kannst dich nicht vor deinem Schicksal verstecken. Du wirst so viel auf dieser Reise sehen und lernen. Über den Konzern. Über die Rebellen.«

»Fang du nicht auch davon an.«

»Jeder hat eine Bestimmung, Jake.«

»Aber es kann nicht meine sein, dich zu verlassen. Ich fühl genau das Gegenteil.«

Sie lächelte, und über ihren Mundwinkeln erschienen kleine halbmondförmige Grübchen. »Wir gehören zusammen, das weiß ich«, sagte sie. »Und es gehört eben auch zu meinem Schicksal, dass du gehst.«

»Ich kapier einfach nicht, wie du so sicher sagen kannst, dass wir uns wiedersehen.«

»Weil ich meinem Schicksal lauschen kann. Und das verrät mir, dass wir beide zusammengehören. Du bist der Erste, den ich liebe. Aber du musst gehen, und ich darf dich nicht aufhalten. Wir beide gehören zusammen, aber das heißt nicht, dass sich unsere Wege nicht an einem bestimmten Punkt trennen können. Denk an die Prophezeiung, von der ich dir erzählt habe. Das Mädchen aus der Stadt und der Junge vom Mond. Wir werden die Geschichte zu Ende schreiben.«

Er sah sie an. »Das heißt, du wartest auf mich?«

»Ich werde auf dich warten, Jake Pryke. Und wenn wir uns wiedersehen, dann werden wir unseren gemeinsamen Zielen schon viel näher sein, als wir es heute sind. Du und ich, wir werden vielleicht ganz andere Menschen sein.«

»Ich ... Du sollst gar nicht anders werden.«

Sie legte ihren Zeigefinger auf seine Lippen. »Du brauchst noch nicht verstehen. Ich will dir etwas geben. Mach deine Hand auf.«

Er tat es, und sie nahm ihre Kette vom Hals, löste den Anhänger und legte ihn in seine Hand. »Ich will, dass du ihn behältst. Versprich mir, dass du ihn mitnimmst. Er wird dich beschützen. Er wird dir helfen, dich an mich zu erinnern.«

»Ich verspreche es«, sagte er und betrachtete den kunstvoll geschwungenen Schmetterling, fühlte mit der Fingerkuppe die metallenen Linien nach und glitt über die dunkle Perle, die in der Mitte der Figur eingelassen war. Dann steckte er das Amulett in seine Seitentasche und schloss den Reißverschluss zu. Auf einmal merkte er, wie heftig er zitterte.

»Ich weiß«, begann er, »dass jetzt der richtige Zeitpunkt is', um aufzubrechen. Aber ich kann nicht einfach aufstehen und gehen. Ich bring's einfach nicht fertig, dich zu verlassen.«

»Das sehe ich. Du bist hier angewurzelt wie ein alter Baum. Deswegen mache ich den ersten Schritt für dich.« Sie küsste ihn auf die Wange, und er wünschte sich die Zeit still, doch da war das Mädchen bereits von ihm entrückt. Er bildete sich ein, den Kuss noch einen Moment länger spüren zu können, aber auch das Gefühl war bald verblasst und der Moment zu einer schmerzlichen Erinnerung verwachsen.

Sie stand auf und ging.

Fünfzehntes Kapitel
Aalgongonok

Im Morgengrauen rappelte er sich von der Matratze hoch, stieg in seine zerlumpte Hose, in seine Stiefel, legte die Schweißerbrille um, den Rucksack, warf einen Blick in den Kühlschrank – ebenso leer wie sein Magen – und verließ das Appartement. Der Morgen kam in Ocker und Stahl über das Industrieviertel; die Luft lag schwer in der Lunge.

Dort, wo das Licht des Sterns Tau Ceti auf den Asphalt schien, schillerte die erwärmte Luft in verschiedenen Farben, als sei sie wirklich benzingetränkt, als flirrten unsichtbare Schadstoffpartikelchen in einer solchen Vielzahl, dass sie eben doch sichtbar waren, aufgewühlt und geschüttelt von der Sonnenenergie und dem omnipräsenten Maschinenlärm, der durch die Häuserschluchten walzte. Es war vier Uhr dreißig – überall im Keldaraan-Bezirk hatten die Arbeiter ihre Frühschicht begonnen. Die Straßen waren wie leergefegt.

Nach einer Stunde Fahrt aus dem Industrieland ging Jake durch den Zentralbahnhof zum Gleisabschnitt. Er drang durch die Menschenmenge zur Bahnsteigklippe und lugte ins siebzig Meter breite und zwölf Meter tiefe Gleisbecken, in das laut Fahrplan in wenigen Minuten einer der modernsten Schwerlastzüge der Welt einfahren würde. Andere ärmlich gekleidete junge Männer standen als Gruppe neben ihm, rauchten vor sich hin und schnickten von Zeit zu Zeit die lang gewachsenen Aschestränge in die Schlucht. Noch bevor die Asche die Schienen erreichen konnte, zerstäubte sie in der Luft. Er fragte einen hageren Rothaarigen nach einer Kippe, da bemerkte er erst, dass die meisten aus der Gruppe Ohrstöpsel trugen. Der Rothaarige zog den grellen Pfropfen aus dem Ohr und blickte irritiert drein. Er hatte große gelbe Zähne, sein Gesicht war mit dunklen Sommersprossen übersät.

»Kann ich 'ne Kippe haben?«

Nach kurzer Bedenkzeit und mit einem etwas widerwilligen Gesichtsausdruck reichte er dem Jungen die Schachtel.

»Klar«, sagte er.

Von weit her vernahm Jake das Pfeifen einer Lokomotive. Er stellte sich nah an den Bahnsteigrand, die rechte Stiefelspitze schwebte im Freien über der Schlucht. Er beugte sich vor, um über die Massen hinweg dem sich leicht biegenden Verlauf der Schienen zum Horizont folgen zu können; die Magnetschienen trennten die angrenzenden Hochhäuser wie eine kilometerweite Schneise voneinander. In der Ferne sah er die weiße Brücke, die zum Vaughn Tower führte, und im zyanblauen Morgenhimmel dunkle Rauchschwaden, die unterhalb des Horizonts auftrieben. Das Pfeifen des Dampfkessels klang an, und Augenblicke danach kam der Superconductorzug in Sicht.

Ein leichter Abwind ging, der sein Haar aufstöberte und einen Duft von Maschinenöl mit sich trug. Jake legte den Kopf in den Nacken, aber das Ausmaß des Zuges war nicht zu erfassen. Stampfende Kolben strichen an ihm vorbei, dampfende Schächte, Einströmrohre, blitzende, rotierende Turbogeneratoren und weit oben die winzigen erleuchteten Fenster der Passagieretagen.

Als der Zug zum Halten kam, fuhren Plattformen aus dem Bahnsteig aus, über die man die Treppenaufgänge des Zuges erreichte. Während Jake die Stufen emporstieg, strahlte eine eisige Kälte von unten zu ihm herauf. Er blickte über den Handlauf, hörte unterhalb des metallenen Schutzgitters die Rohre riesiger Stickstofftanks brummen und zischen.

Die Schaffner standen links und rechts vor den offenen Wagenpforten und kontrollierten die Pässe und Papiere der Reisenden. Der Schaffner, der seinen Fahrschein überprüfte, war dick und trug einen Bart, der an den Wangen bis zur Kinnlinie ausrasiert war. Das VTC-Logo war auf den Uniformen präsent gewesen. Jake fragte ihn, was das für eine gigantische Fracht dort hinten auf den Güterwagen sei; der Schaffner hob den Blick vom Dokument und sagte: »Wir haben ganze Containerschiffe aufgeladen, die wir nach Ka'lotaar bringen, um dort den Hafen zu neuem Leben zu erwecken. Wir kurbeln Import und Export an, machen Credits, entfachen den Überseehandel und lassen Köpfe in Luvanda rollen.«

Die Passagier-Etage war in mehreren Ebenen unterteilt. Die oberste war für die Bestverdiener reserviert, für jene, die mit Credits das Infonet fluten konnten, die eine Inflation auslösen würden, wenn sie all ihr Geld unter den Bürgern verteilten. Die unteren drei Ebenen besetzte der große Rest der Menschheit. Zwischen den Dreisitzer-Reihen lief uniformiertes Personal umher, die Reisenden lasen holografische Zeitungen, oder surften über die an der Rückenlehne des Gegenübers angebrachten Monitore im Infonet herum. Jake hielt Blickkontakt mit einem Verkäufer, doch beim Bezahlvorgang seines Brötchens und des Kaffees musste er feststellen, dass die VTC sein Konto eingefroren hatte. Mit knurrendem Magen presste er die Stirn ans Fensterglas und blickte auf den Bahnsteig hinunter, wo nur noch vereinzelt Trauben von Menschen standen und Reinigungsroboter auf den frei gewordenen Flächen die Spuren der Zivilisation einkehrten.

Jake lehnte sich in die harte Sitzschale zurück. Dachte nach. Über Amanda. Er ließ jeden Moment ihrer kurzen Zeit Revue passieren, nicht nur einmal, in einer Endlosschleife, um sich später an alle Einzelheiten erinnern zu können, um das eine Gefühl, das mit ihrer gemeinsamen Zeit verbunden war, niemals zu vergessen.

Gegen Mittag kam er im Außenbezirk von Light City an und verbrachte dort zwei Stunden auf dem Flughafengelände, bevor das Boarding begann und er in einem Überschallflugzeug das Große Meer überquerte.

Mehr als zwei Tage war er in der Luft gewesen, bevor die Maschine in der am Unterlauf des Luvanda-Stroms errichteten Hafenstadt Segosa landete. Vor fünf Jahren noch war Segosa die Hauptstadt und das Handelszentrum der von der Vaughn-Familie abgespaltenen Fraktion gewesen. Ihr Anführer war längst tot, doch die Bevölkerung arbeitete immer noch Hand in Hand mit der Red Nova, deren Splittergruppe sich hierzulande DKBL nannte: die *Demokratischen Kräfte zur Befreiung Luvandas*. Von den Steinstatuen ihrer größten Märtyrer verweilten mancherorts in Segosa noch zertrümmerte Reliquien oder leergefegte Sockel, auf denen die Geschichtsplaketten aus dem Stein gerissen und die Namen mit dicken Farbstrichen überpinselt worden waren.

Jake wischte sich mit dem Handrücken den Schweiß von der Stirn, drehte sich von der Sonne weg und schaltete seinen PDA ein, um den Weg zum Verwaltungsgebäude zu finden. Doch sein Datengerät war nicht mehr mit dem Infonet verbunden.

Auf den staubigen Sandstraßen herrschte reger Betrieb. Es schlug ihm eine Sprache entgegen, die ihm schon das ein oder andere Mal in den Vergnügungsorten von Light City begegnet war.

In Segosa kauften und verkauften die Einheimischen direkt an der Straße, sie feilschten um Waren, tauschten und bezahlten mit Münzen; an einigen Ständen lagen auch Credit-Lesegeräte auf den Tischen bereit. Die Speisen waren auf Stoffdecken auf dem Boden ausgebreitet, und an fast jedem Stand sah Jake in geflochtenen Körben kalkweiße Knollengewächse, auf denen das Sonnenlicht widerschien.

Er ging zum nächsten Stand, wo eine alte Frau im Schneidersitz auf dem Boden hockte und nach seinem Arm fischte, während sie das Lesegerät schon in der Hand hielt.

»Vergessen Sie's«, sagte er. »Ich kann nix kaufen. Hab kein Geld.«

Die Alte redete in fremder Sprache auf ihn ein, drückte ihm einen Beutel vom fertig gekochten Reis gegen sein Hosenbein.

»Ich will nix kaufen«, sagte er. »'s gab erst eben im Flugzeug was. Ich such das Verwaltungsgebäude.«

Die Frau spie ihm etwas entgegen, was wie »*mai, mai, mai*« klang. Er wich einen kleinen Schritt zurück.

»Das Verwaltungsgebäude«, sagte er. »Von der VTC.«

Die Alte verstummte plötzlich. Sie warf den Reis achtlos auf die Decke, kam kraxelnd und krächzend hoch, schubste den Jungen mit ihren knochigen, sonnengebräunten Händen und scheuchte ihn auf die staubige Straße fort.

Es war brütend heiß. Wenn mal ein Wind aus Süden blies, dann war er feuchter und noch heißer als die stehende Luft. Der Junge irrte stadteinwärts durch weite Gassen, mied die Sonne und bewegte sich in den Schatten der Wellblechhütten. Die Einheimischen waren innerhalb und außerhalb ihrer Häuser laut und liefen kreuz und quer an ihm vorbei. Ein Straßenhändler wollte ihm leuchtendes Wasser in einer alten Plastikflasche andrehen. Er legte sie zurück in die flache hölzerne Kiste, die er sich um seine Brust geschnallt hatte, und kramte eine abgebrauchte Kaugummipackung hervor, dann einen holografischen Ring – der Verarbeitung nach bloß ein billiges Spielzeug – und versuchte es noch einmal mit einer kleinen Chipstüte, deren Aufdruck auf der Verpackung zeigte, dass die berüchtigte SnackBite Inc. für die Herstellung verantwortlich war.

Jake hatte noch niemanden auf den Straßen angetroffen, der vom anderen Kontinent war. Die meisten der einheimischen Siedler blickten ihm mit großem Argwohn hinterher. Er bog an einem kleinen Marktstand ab, hörte hinter den Hütten und Lehmgebäuden am Ende der Gasse Autos hupen, Stimmen und Gelächter anklingen und folgte dem Wirrwarr an Geräuschen zu einer Hauptstraße.

In einem Korso gepanzerter und mit schweren Geschützen bestückter Fahrzeuge fuhren Mitarbeiter und Söldner der VTC im Schritttempo an den Einheimischen vorbei, die am Straßenrand dem Spektakel beiwohnten. Kinder in bunten Lumpen liefen den Wagen hinterher und feuerten wild aus imaginären Gewehren auf den Konvoi.

Die Sandstraße lag schon zu einem Drittel im Schatten. Tau Ceti flammte dicht über den bewaldeten, im Nebel liegenden

Bergen. Über den Dächern auf der anderen Straßenseite strahlte im Sonnenlicht das Logo der VTC auf einem großen Turm.

Das musste die Zentrale gewesen sein, dachte er.

Von hier aus waren es nur noch wenige Kilometer.

Einmal sprach ihn eine Gruppe Konzernangestellter in aufwendig geschneiderten Gewändern an. Sie standen unter dem Schatten einer Palme und verteilten den Glaubenskodex an die Einheimischen. Jake blätterte eines der dicken Bücher durch, konnte die fremde Sprache darin nicht lesen, war aber sicher, dass die Seiten mit den gleichen Lehren und Lügen gefüllt waren, mit denen auch die Arbeiter auf Limbus II ihre Gehirne gewaschen bekamen.

Nahe der Verwaltung sah er erstmals in Segosa die Präsenz der *SnackBite Inc.* an einer modernen Marktbude mit Terminals, Getränkeautomaten und in der schwülen Luft flirrenden Hologrammen. Er erinnerte sich an das riesige Sortiment an Lebensmitteln aus dem Supermarkt in Light City, fast alles wurde von dieser Firma produziert. An dem Häuschen versammelten sich Dutzende Einheimische, zum allergrößten Teil ärmlich gekleidete Mütter, die in einem Stofftuch ihre Neugeborenen trugen. Zwei hagere Angestellte des Konzerns, ihrer Gestalt nach ebenfalls Bürger von Luvanda, sprachen zur Bevölkerung und schienen das Gedränge zu koordinieren. Einige Mütter tauchten aus der Menge heraus wieder auf, in ihren Händen trugen sie durchsichtige Plastiktüten voller kleiner Beutelchen.

Jake ging zu einem Konzernangestellten, der etwas außerhalb des Tumults rauchte, und fragte ihn, was sie hier verkaufen würden.

Der Konzernangestellte sagte: »Wir verkaufen nichts. Wir verschenken Muttermilchpulver an die armen Siedler. Aufgrund der großen Hungersnot sind die meisten Mütter so abgemagert, dass sie nicht genug Muttermilch produzieren, um ihre ganze Schar an Neugeborenen zu stillen. Also helfen wir mit dem Pulver nach, damit die Kleinen nicht verhungern müssen.«

»Wow, das ist nett von euch«, sagte der Junge erstaunt.

Der Konzernangestellte nahm einen kräftigen Lungenzug, schüttelte den Kopf, und während er den Rauch ausstieß, sagte er: »Das ist teuflisch genial.« Er musterte den Jungen von oben herab. »Sobald die Mütter den Kindern nur noch das Pulver geben, hören sie ganz auf, Muttermilch zu produzieren. Und das ist der Zeitpunkt, wo wir zuschlagen – dann sind sie auf unser Pulver angewiesen. Dann werden wir das Muttermilchpulver nicht mehr verschenken, sondern für teuer Geld verkaufen und ihnen die letzten Credits aus der Tasche leiern.«

Der Junge verließ den Stand wieder. Er ging hundert Meter weiter und betrat die VTC-Zentrale, ein gläserner Turm, der wie eine Sonnenuhr inmitten des heißen, staubigen Platzes einen langen schwarzen Schatten auf die Bevölkerung warf.

Im Foyer, gegenüber der Anmeldung, war ein Wartebereich mit unbequem wirkenden Sitzmöglichkeiten und einem Couchtisch, auf dem ein Tablett mit leergegessenen Tellern stand. Der Platz wirkte wie fluchtartig verlassen.

»In der Mail stand, ich sollt' mich hier melden«, sagte der Junge zum Verwalter. Der Verwalter war in eine paramilitärische Uniform mit aufgesticktem Konzernlogo gekleidet. Er bediente im Stehen ein Terminal.

»Name.«

»Jake.«

»Nachname?«

»Pryke.«

Einen Moment später sagte der Verwalter: »Sie sind spät dran, Pryke. Zu spät. Sie haben die persönliche Einweisung vor einer Stunde verpasst. Wo waren Sie so lange?«

Der Junge sah auf seinen PDA. »Es ist sechzehn Uhr«, sagte er. »Im Schreiben stand, dass wir uns um halb treffen.«

Der Verwalter hörte mit seiner Arbeit am Terminal auf und sah zum Jungen. »Scheinbar haben Sie die Zeitumstellung nicht bedacht und ihren PDA noch nicht umgestellt. Sie sind eine Stunde zu spät. Ihr Trupp ist bereits auf dem Weg zum Hafen.«

»Und was soll ich jetzt machen?«

Der Verwalter hob eine Braue, als liege die Antwort doch auf der Hand. »Ihnen nachlaufen natürlich«, sagte er. »Das schaffen Sie. Der Dampfer legt erst in einer Dreiviertelstunde ab.«

»Und wohin geht's?«

»Nach Aalgongonok.«

»Aalgongonok, Sir?«

Der Verwalter schien zu überlegen, was er darauf antworten solle. Einen Augenblick später sagte er: »Aalgongonok ist ein kleines verschissenes Minendorf, das knapp viertausend Kilometer stromaufwärts mitten in den Urwäldern liegt. Ist eigentlich alles Rebellengebiet dort, aber wir halten diese Basis tapfer.«

Der Mann legte eine kurze Pause ein.

»Schon mal den Dschungel gesehen, Bürschchen?«

»Nein, Sir.«

Der Verwalter nickte. »Stimmt. Sonst wärst du wohl auch nicht hier.« Er reichte ihm einen dünnen Stapel Papiere.

Die Bordtickets.

Sechzehntes Kapitel
Brot und Spiele und eine Menge Wasser

Der Anlegesteg B11 war aus mürben Holzbrettern zusammengeschlagen, die über das seichte Ufer noch etwa fünfzig Meter in den Fluss ragten. Am Ende des Stegs schaukelte ein alter Kutter von der Strömung hin und her. Zwei einheimische Matrosen lösten gerade die Taue von den Pollern, als sie den Jungen anlaufen sahen.

Er schritt die klapprige Gangway entlang, am Bug des alten Kutters war noch die grob abgekratzte Rebellenflagge zu sehen, übermalt von den drei Buchstaben des Konzerns, der die Macht in Segosa übernommen hatte.

Am hinteren Teil des Schiffs stand der Kapitän in einer offenen Steuerkabine. Mit einer Hand klammerte er sich ans Ruder, mit der anderen an seine Flasche, in der eine klare Flüssigkeit umherschwappte. Jake hörte den Singsang des Kapitäns, ein altes Seemannslied, das vom Untergang handelte. Er war offensichtlich betrunken, aber es war jene Art von Suff, in der keinerlei Heiterkeit mehr lag. Seine Stimme war kehlig und dunkel. Als er den Jungen bemerkte, verstummte er. Er trug die gleichen Lumpen wie die beiden Matrosen, aber von der Statur, den Gesichtszügen und der Sprache her war er vom anderen Kontinent. Er trat vors Steuer, machte einen großen Schritt aus der Kabine, schirmte mit der gewölbten Hand die Augen vor der Abendsonne ab und spähte zum Jungen herüber.

»Täuschen mich meine Augen«, fing er an, »oder hat Sally ihre Provianttüte vergessen.«

Der Junge sagte nichts.

Der Kapitän schnalzte mit der Zunge. »Sally Brown glaubt, sie würd hier fürstlich bekocht werden. Tscha, da muss ich dich enttäuschen: Auf diesem gottverdammten Kahn gibt's nicht mal 'ne Kombüse, in der du dir deine Eier hart kochen kannst.« Der alte Kapitän lachte, dunkelbraune Zähne, Lücken im Gebiss.

»Wie lange dauert die Fahrt?«

Mit ruhiger, noch dunklerer Stimme sagte er: »Sechs Tage mit Glück.«

»Das schaff ich.«

»Mit Glück. Mit sehr viel Glück. Und damit meine ich, wenn diese Wilden von der Red Nova uns diesmal nicht angreifen werden, wenn wir in keinen Hinterhalt der Einheimischen geraten, oder nicht wenigstens einen Motorschaden oder ein technisches Problem mit dieser gottverdammten Schaluppe erleiden, oder uns die verfluchte Bilge beim nächsten Sturm nicht vollläuft und wir absaufen. Also, nur wenn du an Wunder glaubst, Sally Brown, schaffen wir's in sechs Tagen dahin.«

Der Junge sah auf den Fluss. Dann zum Kapitän.

»Ich glaub an keine Wunder«, sagte er und ging zu seiner Gruppe, die am Bug in der Sonne lümmelte.

»Ich kenn dich doch«, meinte der Rotschopf aus der Truppe.

Der Junge nickte. »Hab dich auf'm Bahnsteig in Light City nach 'ner Kippe gefragt, und du hast mir widerwillig eine gegeben.«

»Ich hab sie dir gern gegeben.«

Jake warf einen Blick in die Runde. Es war dieselbe Gruppe wie am Bahnsteigrand.

»Ron«, sagte der Rothaarige und streckte ihm die Hand entgegen. Jake schaute ihm in die Augen und reagierte nicht.

»Wo kommst du denn her?«

»Würdest du eh nicht glauben.«

»Warum gibst du mir nicht die Hand?«

»Ist nichts Persönliches«, sagte er. »Ich will bloß nicht noch einen Freund verlieren.«

Was mit Segosa passiert sei, fragte er einen der einheimischen Matrosen, als sie schon ein paar Stunden auf dem Wasser waren. Er erklärte ihm, gebrochen und mit einfachen Worten, dass die VTC vor fünf Jahren in die Stadt einmarschiert sei und sich alles mit Gewalt genommen hätte. Nun versuche der Konzern, die Bevölkerung mit seiner Technologie zu beeindrucken, er macht Versprechungen über eine gute Zukunft voll Wohlstand und Fortschritt, doch das sei eine Lüge, sagte der Mann, und das wissen die meisten hierzulande, doch leider nicht die Bevölkerung, bei der es wichtig gewesen wäre, nämlich die Menschen in Light City. Nur sie wären in der Lage, etwas zu verändern.

Der Junge trank aus einer verbeulten Wasserflasche, die man ihm gegeben hatte; man müsse bei dieser Hitze viel trinken, meinte der Matrose, und tatsächlich war er vom ganzen Schwitzen schon völlig dehydratisiert, Hose und Shirt waren klitschnass, so, als sei er damit baden gegangen, so, als entzöge die Atmosphäre in Luvanda seinem Körper alles Wasser.

Er hörte hinter sich jemandes fremdes Würgen. Ein Junge aus der Gruppe, scheinbar ein guter Freund von Ron, beugte sich über die Reling und würgte schwallartig seinen Mageninhalt aus. Es war entweder der Kreislauf oder die Seekrankheit. Trotz der

Fahrt stromabwärts schaukelte der Kutter unentwegt auf und nieder.

Nachts war die Strömung besonders stark. Das wilde Reißen des Flusses übertönte die im Urwalddickicht säuselnden Winde, die der Junge in den flirrenden Blättern der Bäume verfolgen konnte. Die Urwälder kesselten die Reisenden ein, Jake hob seinen Blick gen Himmel, riesige bewaldete Berge zu jeder Seite. Ein Tropfen fiel ihm auf die Stirn. Das über ihm hängende Wolkenfeld war schwer beladen, es wälzte sich fort Richtung Osten, er sah Flächenblitze ursprungslos hinter den Wolkenmassen zucken. Ein fernes Knistern und Plätschern wuchs zu einem verschwommenen Trommeln an, bis Jake mitten in einem tropischen Regenfall auf einem Boot ins Nirgendwo hockte.

Das Unwetter wühlte den Fluss auf, ließ den Bug volllaufen, ein schwarzer Baumstumpf trieb gegen den Schiffsrumpf und erschütterte das Deck. Im Blitzlicht sah er die Wälder am westlichen Uferrand, wie sie sich schüttelten und schauerten, der Wind raste über den Fluss, aber es kühlte einfach nicht ab.

In jener Nacht auf dem Luvandastrom begriff Jake, wie weit er wirklich vom Mädchen entfernt war. Die Zahl von dreißigtausend Kilometern nahm auf einmal eine fühlbare Dimension an; trotzdem er immer noch auf Cetos V war, befand er sich in einer ganz anderen Welt, und er fragte sich, wie er bloß je wieder nach Light City zurückkehren sollte, dorthin, wo das Mädchen war, denn wo immer es sich befand – das spürte er mit jeder Faser –, war seine Heimat, und er litt fürchterliche Sehnsucht nach ihr.

Der Kranke, von dem die Mannschaft zuerst glaubte, er sei seekrank gewesen, litt unter einer weit verbreiteten Tropenkrankheit und entwickelte am folgenden Tag hohes Fieber; er schlief bis in die nächste Nacht hinein, wachte nur auf, weil man ihm Wasser einzuflößen versuchte, dann schlief er weiter. Allen war klar, der Kranke hätte ärztlich versorgt und so schnell wie möglich vom Dampfer heruntergebracht werden müssen, doch es war kein Halt vorgesehen, so die Vorschrift der VTC, also pflegte man ihn und setzte seinen Kurs fort. Als der Kranke am fünften Tag der Reise verstarb, warf man seinen Leichnam über Bord, und die Strömung riss ihn in die gleiche Richtung fort, in die das Schiff Kurs nahm, und so verblieb, mit Blick auf den in der Ferne treibenden, in den Flusswellen rollenden Körper, das Gefühl, als würde man ihn wiedersehen, als würde man den Tod dort, wo man selbst hinwanderte, schon bald wiedersehen, wenn auch in anderer Form, wenn auch in noch grässlicherer Gestalt als dieser.

Insgesamt neun Tage dauerte die Flussfahrt; dann legten sie an einem mitten im Urwald gelegenen, namenlosen Dorf an, das in der Gewalt der VTC war, und vergruben dort die Leichen von zwei weiteren Jungs, die sich auf der Schiffsreise angesteckt hatten. Vom Dorf ging es mit einem Geländewagen weiter, drei Tage durch den endlosen Dschungel, sechshundert Kilometer durch finsteres Dickicht; dann erreichten sie die Minenkolonie Aalgongonok.

Die dreizehn ausnahmslos jungen Männer stellten sich, ausgemergelt und erschöpft bis auf die Knochen, in einem Feldlager dem kommandierenden General namens Whorlow vor. Das Erste, was sie von ihm hörten, als sie das Stabszelt betraten, war sein Gebrüll. Er sagte: »Diese Siedler sind Abschaum. Sie verweigern sich der Zivilisation, aber wir werden ihnen welche bringen. Das ist unser Versprechen an dieses primitive Fleckchen Erde, das ist der Schwur gegenüber unserer zivilisierten Welt. Denn wenn hier der Wohlstand eintrifft, wird auch Light City endlich vom Terror befreit sein.«

Daraufhin marschierte der in einer hochdekorierten Uniform gekleidete General Whorlow die Breitseite des Zelts auf, besah sich den Haufen zusammengewürfelter Grünschnäbel mit strengen Augen und sagte: »Ihr alle seid von der VTC hierher beauftragt worden. Das kann nur eins bedeuten: Ihr seid der Firma ein Dorn im Auge. Entweder habt ihr Mist gebaut, oder man hat das Gefühl, ihr werdet Miss Vaughn früher oder später ans Bein pinkeln. Das hier ist kein begehrter Job, das ist die Wirklichkeit, nackt, hässlich und wahrhaftig steht sie vor euch. Ihr werdet einen wichtigen Teil zur Weltverbesserung beitragen, hier in Aalgongonok habt ihr die Chance, eure Loyalität der Vaughn Corporation gegenüber zu beweisen.«

Jake hob die Hand wie zu Schulzeiten. Nicht sonderlich erfreut von der Unterbrechung, bleckte General Whorlow die Lippen und nickte ihm zu.

»Sir, mir wurd noch gar nicht gesagt, wie lang ich hier bleiben muss. Könn' Sie mir sagen, wann ich wieder zurück kann?«

Der General – er hielt die ganze Zeit die Hände hinter dem Rücken verschränkt – trat einen Schritt näher an ihn heran, ohne dabei offensichtlich bedrohlich wirken zu wollen. Dennoch tat er es. Er hatte einen kahlen Schädel und breite Schultern, war etwa zwei Meter groß, Ende fünfzig oder Anfang sechzig vielleicht. Er ließ den Blick über die Runde gehen.

»Wer von euch hat wie der Junge ebenfalls nicht gesagt bekommen, wie lange er hier arbeiten soll?«

Die Neuankömmlinge regten sich nicht. Nur der Rotschopf, Ron, ließ seine rechte Hand wie beim Schwur hochgehen. General Whorlow presste die breiten Lippen aufeinander. »Wenn man euch keine Frist genannt hat«, begann er, »dann heißt es, ihr bleibt unbefristet hier, und das heißt in aller Regel, dass ihr nicht mehr lebend nach Light City zurückkehren werdet. Gerade ihr beiden müsst euch dem Konzern als loyal erweisen, ihr müsst in allererster Linie mein Vertrauen gewinnen, denn wenn einer ein gutes Wort für euch bei den Entscheidungsträgern einlegen kann, dann bin ich es. Aber ich will ehrlich zu euch sein. Der Tod hat im Urwald viele Gesichter, der Tod ist im Dickicht eine Karnivore, in der Savanne ist er ein Schwarm hungriger Aasgeier, und er kommt, er kommt auf jeden Fall, meistens viel früher als man denkt. Selbst für euch anderen mit einem Vierjahresvertrag oder länger, für euch ist die Wahrscheinlichkeit gering, je wieder etwas anderes als den Dschungel zu sehen. Ich lebe seit elf Jahren hier und habe erst eine Handvoll Männer zurückkehren sehen. Das hier ist eine Sache der Überzeugung, ihr macht es, weil ihr dem Konzern helfen wollt, nicht, weil ihr eine Schuld sühnen müsst, oder einen Job erledigen, um wieder nach Hause zu kommen.«

Ein anderer Junge hob die Hand, doch der General verweigerte ihm mit einer Geste das Sprechen. »Das hier ist nicht Fragenundantworten, das hier ist Erzählstunde, also spitzt die Lauscher, denn es könnte etwas dabei sein, was euch eines Tages euren mageren Arsch rettet.« Er legte eine Pause zum Wirken ein, in der er zur Kochnische schritt, die Kanne aus der Kaffeemaschine zog und sich einen Blechbecher vollfüllte. »Wir bewachen die Diamantminen und sorgen dafür, dass diese vermaledeiten Siedler in den Edelholzwäldern ihrer Arbeit nachgehen und nicht nur bloß rumfaulenzen, wie sie's am liebsten tun. Unser kleiner Trupp hält ein Gebiet halb so groß wie Light City, und es ist ständig hart umkämpft. Vergesst alles, was ihr über die Red Nova wisst, der Urwald ist ihr Territorium, hier liegt ihre Heimat, hier ist sie stark und es gibt sie in einer teuflischen Menge. Die Rebellen verfügen zwar nicht über so moderne Technik wie wir, aber auch ihre Waffen können töten. Das erleben wir Tag für Tag. Die Kontrolle über die Ressourcen hat oberste Priorität. Das ist unsere Aufgabe. Aalgongonok und die umliegenden Wälder sind taktisch äußerst wertvoll für die Red Nova, da eine ihrer wichtigsten Nachschubrouten durch dieses Gebiet führt. Wir müssen jederzeit auf ein Gefecht vorbereit sein, die Rebellen können am Tage oder auch in der Nacht angreifen.« Whorlow blickte wieder in die Runde, während er von seinem dampfenden Kaffeebecher nippte.

»Wer von euch hat Kampferfahrung? Wer von euch war mal beim Militär? Oder seid ihr etwa alle Kriegsdienstverweigerer?«

Es war mucksmäuschenstill geworden. Zögerlich hoben zwei Drittel der Neuankömmlinge ihre Hände. Der General stellte seinen Becher beiseite. Auf das Geräusch hin nahmen die Jungs Haltung an.

»Ah ja. Na, das sind mehr, als beim letzten Mal«, sagte er. »Um ehrlich zu sein, war das eine Fangfrage. Hätte ich euch erzählt, wieso ich danach gefragt habe, hätte sich wohl niemand mehr gemeldet. Na ja, nun ist es zu spät für euch. Ihr werdet fünf Kilometer von hier eine unserer Minen bewachen. Dort wird immer Nachschub gebraucht. Meldet euch im Zelt acht, auf dem östlichen Platz, dort bekommt ihr eine schöne Kampfausrüstung und alle weiteren Instruktionen.«

Die Jungs standen da, die Hände immer noch in der Luft. Sie ließen sie langsam wieder sinken und schauten irritiert drein, einige davon sehr ängstlich.

»Abtreten«, sagte der General.

Als die Gruppe Waffenerfahrener aus dem Zelt schlurfte, sagte er zu den Übrigen, darunter auch Jake: »Ihr seid die Glücklichen, zumindest, wenn man das Leben als etwas Gutes betrachtet. Denn ihr habt den weniger gefährlichen Job, eure Überlebenschance – zumindest für heute und den nächsten Tag – ist fünfmal höher als für die Jungs, die die Diamantenminen bewachen sollen. Euch schicke ich in die Wälder. Jeder von euch holt sich eine Waffe ab. Euch wird gezeigt, wie sie funktioniert. Das geht ganz schnell. Um auf unbewaffnete Hunde zu schießen, braucht man keine militärische Ausbildung.«

Die Gruppe bestand aus vier jungen Männern, darunter Jake und Ron. Sie hockten sich gegenüber auf der verdreckten Pritsche eines allradgetriebenen Mobils und hielten sich an rostigen Griffstangen fest, während sie den Dschungel auf holprigen Erdstraßen durchquerten und ihnen der Schweiß über die Gesichter lief. Auf diesem Flecken Erde breitete sich eine noch schwülere Hitze als in Segosa aus. Ein Platzregen setzte ein. Nach einer guten Stunde Fahrt erreichten sie einen Kontrollpunkt, der aus nicht mehr als einem Holzhäuschen, einer Schranke und einer dreiköpfigen Patrouille bestand. Dahinter endete die Straße, und ein Trampelpfad führte ins Dickicht.

Der Trupp setzte seinen Weg zu Fuß fort. Die Verästelungen der himmelhohen Baumkronen wuchsen dicht ineinander, vom Regensturm erreichten nur wenige Tropfen den von Farn und leuchtenden Sporenpflanzen überwucherten Waldboden. Blätterrascheln; hoch oben ein geisterhaftes Säuseln und Pfeifen des Windes.

Der Fußmarsch entwickelte sich allmählich zu einem Tagesmarsch mit mehreren Verschnaufpausen. Nach bereits sieben Stunden durchs Unterholz führte der Pfad durch einen lichteren Teil des Urwaldes. Im milchig-trüben Dämmer durchquerten sie einen Bananenhain; die dünnen Stämme waren von einem im Tropenregen wirbelnden Nebel umgeben. Auf den Feldern arbeiteten Siedler unter den strengen Augen ihrer Treiber. Der Gruppenführer fand seinen Weg vorbei an den palmenartigen Gewächsen, auf denen in Lumpen gekleidete Männer und Frauen barfüßig emporkletterten und mit Säbeln die Stauden bearbeiteten.

Von irgendwoher vernahm Jake einen gellenden Schrei, den Wind und Regen fortrissen; der Führer drehte sich nicht einmal nach dem Schrei um, die anderen suchten einen Augenblick den Ursprung, sahen aber nur den weißen Nebel um sich herum. Sie richteten sich wieder nach vorn, folgten dem Anführer, der das Gewehr zu jeder Zeit im Anschlag bereithielt.

Als sie den Hain hinter sich ließen, kamen sie zu den Edelholzwäldern, wo der Anführer sich von der Gruppe schied, und ein anderer die vier Jungs entzwei teilte. Er gab Jake und Ron eine gemeinsame Route, die es in zwei Tagen abzumarschieren galt, er teilte Kompasse aus, Proviant, Getränke, ein Buschmesser und mehrere Schlagstöcke, was im Falle des Jungen ein einfaches, rostendes Metallrohr war.

Wohin man schaute, gab es nur Bäume, ein Labyrinth aus dünnen, kahlen, hohen Stämmen mit einem breitgefächerten Laubdach, das den dunkel verhangenen Himmel verbarg.

Kaum dreihundert Meter vom improvisierten Lager entfernt, trafen Ron und Jake auf einen kräftigen gebräunten Siedler und einen Alten, der vom Fällen eines Baums eine Pause einlegte, sich jedoch rasch erheben wollte, als er die beiden sah. Er konnte aber nicht. Vor Erschöpfung blieb er liegen. Der junge Siedler rief dem Alten etwas in seiner Sprache zu und versuchte ihn, mit Kraft zum Aufstehen zu bewegen, damit es keine Prügel oder Schlimmeres gab.

»Was machen wir jetzt?« Ron sah Jake an, der neben ihm herging.

»Nichts machen wir«, sagte er.

Sie setzten ihren Weg schweigend fort.

Siebzehntes Kapitel
Alte Bekanntschaften

Am nächsten Tag führte die Route durch ein entwaldetes Stück Land, auf dessen schwarzer Erde frische Setzlinge keimten. Der ganze Himmel war verraucht und bewölkt von treibenden Rauchschwaden entfernter Brandrodungen. Durch den dunklen Qualm hindurch schimmerte Tau Ceti glutrot.

Die Jungs trugen ihre Halstücher wie Banditen über die Nase gezogen. Es herrschte eine trockene Hitze von den Feuerstürmen ringsum.

»Hier riecht's, wie wenn du unter einer Glasglocke stehst und tausend brennende Streichhölzer gleichzeitig auspustest.«

Jake schaute Ron an. »Oder es riecht nach brennendem Wald«, meinte er.

»Warum machen die das?«

»Was?«

»Warum fackeln sie den Wald ab?«

»Keine Ahnung.«

Das Gebrause des Feuers war durchsetzt von anspringenden Kettensägen. Sie sahen überall im höher gelegenen Urwald einzelne Bäume umstürzen; dann erspähten sie auf einer im Rauch der umliegenden Brände vernebelten Kakaoplantage eine andere Zweierpatrouille der VTC. Die Konzernschergen beugten sich über eine wehrlose, am Boden liegende Frau.

»Was ist da hinten los?«, fragte Ron.

Jakes einzige Antwort blieb ein schweres Schlucken.

Er kannte den Grund nicht, wusste nicht, was die Siedlerin falsch gemacht hatte, doch war ihm auf Anhieb bewusst, dass es den Schergen der VTC nie um eine gerechte Strafe ging, es war Willkür, Machtmissbrauch gepaart mit Barbarei und indoktriniertem Hass, den sie sich vielleicht nicht selber erklären konnten, den sie aber auch nicht hinterfragten, ein Hass, der gerechtfertigt war, weil jeder von ihnen so fühlte.

Ein gellender Schrei entfuhr der Schwarzhaarigen, ein Laut, der alle Angst dieser Welt in sich verdichtete.

Die beiden Männer, die gleiche Uniform wie Jake und Ron tragend, zerschlugen ihr mit einem Rohrstock die Beine. Dann hob der eine noch einmal den Rohrstock an und zerschmetterte ihr mit einem gezielten Schlag das Gesicht.

Der Uniformierte wischte sich das blutige Metallrohr am Hosenbein ab und spähte zu den beiden Jungs herüber. Er nickte ihnen zu. »Was gibt's denn da zu glotzen?«

Mit vom Blutdurst aufgeputschten Augen schritten sie auf die Neulinge zu. Der Junge konnte einfach nicht aufhören zu starren. Als er den beiden Mördern gegenüberstand, sagte der mit dem blutigen Rohrstock in der Hand: »Deine Fresse kommt mir doch irgendwie bekannt vor.«

Und auch Jake starrte gebannt in die Visage des Uniformierten, der etwa in seinem Alter war. Ein Jahr älter, um genau zu sein.

Devon Vasker fing auf einmal zu lachen an. Er reichte ihm die Hand. Als er sie nicht annahm, umarmte er ihn.

»Jake, mein Alter.«

Vasker schob ihn wieder von sich weg und begutachtete ihn mit etwas Abstand. Wie einen alten Freund.

Jake schüttelte den Kopf. »Du hast am Auswahlverfahren auf Limbus mitgemacht?«

»Jawoll«, sagte Vasker. »Ich bin der glückliche Gewinner gewesen. Aber wie zur Hölle bist du hierher gekommen?«

Achtzehntes Kapitel
Das Gräuel von Aalgongonok

Der Regen setzte wieder ein und hörte erst nach Stunden wieder auf. Die Nacht war warm, die Luft roch erdig. Sie hatten im Verpflegungszelt ein warmes Essen gehabt und saßen draußen bei Gaslampen an einem einfachen, aus Holz gezimmerten Tisch und spielten Karten. Erst nur zu zweit.

»Ich bin ja schon einige Grausamkeiten von der VTC durch mein Leben auf Limbus gewohnt. Aber hier müssen die Menschen in noch größerer Angst vor dem Konzern leben als wir«, sagte Jake, nachdem er und Ron sich schon eine ganze Weile lang angeschwiegen hatten. »Ich hätte niemals gedacht, dass die VTC *so* grausam sein kann. So ... menschenverachtend.«

Ron war eigentlich dran, doch er hielt die Karten starr in der Hand und starrte Jake an. »Abseits von L-City bröckelt die Fassade vom Konzern«, meinte er. »Hier in Luvanda lernen wir das wahre Gesicht der VTC kennen. Ob Vana Vaughn genau das wollte?«

»Glaub kaum«, sagte Jake. »Sie will vielleicht eher, dass wir'n paar von der Red Nova umlegen. Sie hat mir gesagt, dass ich ihr Vertrauen gewinnen soll.«

»Würdest du es tun?«

Der Junge schaute ihm in die Augen. »Ich will um jeden Preis wieder zurück nach L-City. Es muss einen Weg geben«, sagte er. »Aber ich werde nie wieder für den Konzern arbeiten. So viel ist klar. Wenn ich wieder zurück bin, dann tauch ich lieber unter.«

Vasker kam mit einer Gruppe Jungs aus dem Verpflegungszelt, sie setzten sich zu den beiden an den Holztisch heran, Vasker schaufelte die Karten auf dem Tisch mit beiden Händen zu sich, vermischte sie, während er die beiden Neulinge musterte – vor allem Jake.

»Du wärst hier nie gelandet, wenn ich nicht ins Exil gekommen wäre«, meinte er zu Vasker. »Denn eigentlich bin *ich* der Gewinner des Auswahlverfahrens geworden. Die haben mich aber vorher ins Exil gesteckt.«

Vasker teilte die Karten aus. »Und jetzt soll ich dir dankbar sein? Hätte ich gewusst, dass die Welt so is', wie sie is', wär' ich im Limbus geblieben. So viel dazu. Wenn jemand hier irgendwem dankbar sein sollte, dann du mir, denn ohne mich, wärst du schon auf Limbus abgekratzt.«

Jake blickte von seiner Hand zu ihm auf. »Was soll das denn heißen?«

»Weißt du's nicht mehr? Wir beide im Shuttle auf dem Bergungseinsatz. Quinlan wollte dich im Anzug verrecken lassen. Das war seine Order. Ich war die Arschgeige, die dich aus'm Anzug geholt hat und dich wiederbelebt hat. Und dafür noch Prügel von Quinlan bekam.«

Jake blieb die Luft weg.

Diesem Arschloch, diesem Mörder hab ich mein Leben zu verdanken?

»Du warst das?«, fragte er. »Ich dachte, Quinlan hätte mich zurückgeholt!«

»Bist du taub? Der war stinksauer auf dich. Der wollte dich abschmieren lassen. Hab gesagt, dass du so'n übler Kerl nun auch wieder nicht wärst.«

Jake sagte nichts. Senkte den Blick auf seine Karten.

»Brauchst mir nicht zu danken«, meinte Vasker. »Und wie hast du's nun hierher geschafft?«

Jake spielte sein Blatt aus, verlor. »Ist 'ne lange Geschichte«, sagte er. Ihm war übel. »Wie lange warst du denn in Light City, bevor Vaughn dich hierher geschickt hat?«

»Nicht ganz eine Woche. Die Schlange hat mich vor laufenden Kameras beglückwünscht, als ich aus der Harvester ausgestiegen bin. Hat mir gesagt, jetzt steht mir mein Leben offen. Ohne Erbschuld und so. Aber als die Show dann vorbei war, hat sie mir gesagt, dass ich in' paar Tagen den Zug nach hierher nehm' muss. Sie hat nix davon gesagt, wie's so zugeht im Dschungel. Sie hat bisher jeden Gewinner von den Monden hierher geschickt, hat man mir gesagt. Es gibt noch einen, der überlebt hat. Joh heißt er und kommt von Limbus vier. Der ist vor neun Jahren hierher gekommen. Alle anderen Gewinner sind schon krepiert. Und auf einmal sind wir wieder drei. Joh, ich und du.«

»Warum macht Vaughn das?«

»Weil sie uns Sträflinge hasst. Unsre Vorfahren waren ihre Erzfeinde. Und da sie uns Gewinner eh schon an der Backe hat, na ja, auf Cetos fünf hat, will sie uns lieber als Kanonenfutter für die Rebellen, bevor wir noch zu ihnen überlaufen.« Vasker schien einen Moment in sich gekehrt. Dann zuckte er mit den Schultern. »Was willst machen. Das Leben ist nun mal nicht nett, auch nicht hier. Schon gar nicht hier. Nur diesmal sind's die Siedler, die das bekommen, was wir schon einstecken mussten.«

Die anderen am Tisch, die meisten von ihnen Neuankömmlinge, waren verschwiegen, und so blieb es lange das einzige Gespräch am Tisch. Irgendwann, als die Nacht schon angebrochen war und der Junge seinen ganzen Proviant verspielt hatte, verabschiedete er sich und legte sich in sein Feldbett.

Am darauffolgenden Morgen schien Tau Ceti zur Hälfte über den dunklen Wäldern, der Stern schien durchweg; obwohl der Himmel schwer verhangen war, fand die Sonne immer einen Weg, die Wolken zur Seite zu schieben, und so schickte sie die schwüle Hitze wie eine Bestrafung in den Dschungel.

Auf einem Streifzug durch ein kleines Dorf suchten sie nach Siedlern, die in den Wäldern hätten arbeiten sollen.

»Es gibt immer irgendwelche faulen Hunde, die sich vor der Arbeit drücken wollen«, sagte Vasker.

Die Hütten waren weitläufig in der Wildnis verteilt, bestanden aus geflochtenen Palmblättern, Stroh, biegsamen Stöckern und alldem, was die Natur hergab. Im Innern geschlitzte Schatten, ein paar alte Kochtöpfe, Kleiderhaufen, Matten aus Stroh. Jake warf einen Blick in die nächste Hütte, auch dort war zum Glück niemand da.

Für die nächste Viertelstunde lastete Stille auf seinen Schultern. Niemand sagte etwas, niemand äußerte sich; kein Wind ging; kein Leben war zu vernehmen, nur die Schritte, das Stampfen der vier Jungs über blaue Gräser, ihr Auftrag: Das Grauen zu denen bringen, die nicht gehorchen wollten.

Irgendwann war es so weit – Vasker hatte etwas gehört. Alle hatten es gehört. »Da schreit'n Baby«, sagte er. »Kommt von da drüben.«

»Das war kein Baby.«

»Na klar war das ein Baby. Kommt schon.«

Sie folgten Vasker zu einer Hütte, die mitten zwischen zwei grünen Palmen lag. Hinter dem Häuschen rauschte ein schmaler Fluss in trügerischer Idylle, das Abbild der Tau Ceti flirrte auf der von kleinen Wellen gekräuselten Wasseroberfläche. Die Ruhe war bedrückt von dem unterbundenen Babygeschrei und dem, was unmittelbar bevorstand.

»Verfluchte Faulenzer«, rief Vasker und holte einen alten Revolver aus dem Hosenbund hervor. Er nahm den Lauf in die Hand und schlug den ausgemergelten, in schmutzigen Leinen gekleideten Vater mit dem Kolben ins Gesicht. Er machte keinerlei Anstalten, sich zu wehren. Die Frau, die ihr Neugeborenes in den Armen hielt, weinte. Zwischen den Beinen der Frau lagen in einer Pfütze frischen Blutes die Plazenta und die durchtrennte Nabelschnur.

»Devon, die hat grad ihr Kind bekommen. Die kann nich arbeiten.«

Doch Vasker stieß den Vater mit dem Fuß aus der Hütte, er fiel direkt vor Jake ins feuchte Gras und schaute mit angstverzerrtem Gesicht zu ihm auf, doch als er sah, dass er ihm nicht helfen konnte, blickte er an ihm vorbei in den Himmel, so, als flehe er nun einen Gott an, seine Familie zu beschützen.

Doch Vasker trat der Frau ins Gesicht, sie ließ ihr Baby trotzdem nicht los. Schließlich riss er das Geschöpf an den Beinen zu sich heran. Mit hochrot angelaufenem Kopf schrie das Baby, bis es sich verschluckte. Es keuchte und würgte und schrie.

Der Vater kniete auf dem Gras und flehte um sein Kind; er hätte aufstehen können, streckte aber nur die Hände nach dem schrumpligen Wesen aus, das frisch in eine Welt gekommen war, die aus nichts anderem als Hass und Gewalt bestand, und es schrie vielleicht, um sich gegen sein Schicksal aufzubäumen.

Doch Vasker kehrte den anderen den Rücken zu. Er ging mit dem schreienden Baby zum grasbewachsenen Ufer und schmiss es in einem hohen Bogen in den Fluss.

Jake hörte das Aufplatschen des kleinen Körpers, der wie ein Stein ins Wasser fiel. Das Geschrei war schlagartig verstummt, und von da an hatte man nichts mehr von dem Baby gehört, und es war davon auszugehen, dass man niemals wieder etwas von ihm hören oder sehen würde außer nachts im Schlaf oder in den schrecklichen Tagträumen, die sich aus den Erlebnissen im Dschungel zusammensetzten und einen, wie Raubtiere ihre Beute, verfolgten und auf eine Hetzjagd schickten, vor der es kein Entrinnen gab.

»Kinder halten ein' nur von der Arbeit ab«, rief Vasker und schritt von der Uferböschung zurück. Er zog den Revolver aus dem Hosenbund und schoss den Vater nieder.

Nach dem dritten Knall folgte Stille. Der Mann lag reglos im hohen Gras. Aus Kopf und Hals strömte dunkles Blut. Einen Augenblick später setzte die Siedlerin ihr unhaltbares Schluchzen fort.

»Was nun? Wollnwirse auch abknalln?«

»Wir knall'n hier niemanden ab, bevor ich's nicht sage«, meinte Vasker und schubste seinen Partner zur Seite. »Wir holen die Alte ersmal aus der Hütte.«

Sie hatte immer noch die Kraft, sich zu wehren, und das tat sie und sie schrie, doch niemand half ihr. Vasker stieß sie ins Gras und fixierte sie auf dem Boden. »Was steht ihr beiden Pfeifen da so blöd rum? Helft mal mit.«

Jake und Ron standen da wie angewurzelt. Ron schritt mit leichenblassem Gesicht zur Siedlerin und hielt ihre zappelnden Beine fest. An den Innenseiten ihrer Schenkel klebte das Blut der Geburt, es war bereits angetrocknet.

Jake blieb stehen und starrte.

»Wir lassen sie am Leben«, sagte Vasker. »Wir können ja nicht einfach jeden grundlos umbringen.« Er schritt hinter die Siedlerin, öffnete seine Gürtelschnalle, zog die Hose in die Kniekehlen und bückte sich nach ihr. Er gab Ron einen Klaps auf die Schulter. »Mach mal Platz da. Halt ihr lieber's Maul zu«, sagte er. »Ich kann's nicht ab, wenn Weiber heulen. Jake, pass auf, dass kein verfluchter Rebell uns von hinten angreift. Ron, ich hab gesagt, halt ihr's verfluchte Maul zu.« Dann zog Vasker der Siedlerin das Lumpengewand hoch und verging sich an ihr.

Neunzehntes Kapitel
Gedanken an Limbus II

Dieser Ort, die Wildnis, war von sonderbarer Schönheit. Fernab der Stacheldrahtzäune des Lagers schimmerte in den schwarzen Wäldern eine unendliche Vielfalt von Blumen und Gewächsen in blassen Farben. Jake hatte einmal gehört, dass alles in der Evolution einem Zweck diene, doch welchen Nutzen hatten leuchtende Pflanzen ohne eine Tierwelt?

Er verfolgte die vom nächtlichen Wind getragenen Leuchtsporen, die über das Lager wehten. Die Nacht war sternenklar. Die Kronossichel hing in der Schwärze ringsum und erinnerte an die Zeit in Light City. Jake saß mit Ron auf einer Bank, abseits der großen Gruppe, und probierte appetitlos von seinem Lunchpaket, das er tagsüber auf Patrouille nicht angerührt hatte. Er verzichtete auf das warme Abendessen im Verpflegungszelt, hielt es drinnen nicht mehr aus, ertrug die Gespräche nicht mehr, die sich nur darum drehten, welche Grausamkeiten sie den Siedlern heute angetan hatten.

»Wir können uns nicht ewig drücken«, sagte Ron. Sie waren nun schon zwei Wochen in der Wildnis stationiert gewesen. »Irgendwann müssen wir mitmachen, müssen so sein wie die, sonst machen die uns fertig.«

Jake blickte von seinem angebissenen Brot zu den anderen Jungs im Lager. Nur zwei der acht Grünschnäbel, die General Whorlow zu den Diamantenminen geschickt hatte, waren zurückgekehrt. Jake wickelte das Brot ein und verstaute es im Rucksack, den er schulterte, bevor er aufstand.

»Was hast du vor?«

»Du hast recht«, sagte er. »Erst vorgestern hab'n sie ein von den Neuen totgeprügelt, weil er fliehen wollte. Uns haben sie bisher in Ruhe gelassen, weil ich Vasker von früher kenne. Aber wenn wir uns nicht bald anpassen, enden wir auch so wie der, dense totgeschlagen hab'n.«

Er sah die Jungs aus den Diamantenminen in jener Nacht das erste Mal wieder, und sie erzählten gerade von ihrer Begegnung mit den Rebellen, von Feuergefechten, von umherfliegenden Granatensplittern, von Blut, Tod und Zerstörung, der Alltag voller Gewalt, auch die Minenarbeiter standen unter der Herrschaft dieser Schergen, die Jungs erzählten nichts von Misshandlungen, aber Jake war sicher, dass es die auch in den Minen gab.

Hinter den Gaslichtern sah er Vasker den Weg heraufkommen. Er trug ein Netz über die Schulter. Das Netz war voll mit abgehackten Händen der Siedler. Es waren kleine Hände, darunter Frauen- und viele Kinderhände. Vasker legte das Netz einfach auf den großen Holztisch, direkt neben Jakes ausgepackter Vesper.

»Die sind alle von heute. So viele faule Hunde gab's an einem Tag schon lange nicht mehr. Lernen die denn nie, dass sich Rumgammeln nicht lohnt?« Vasker drehte sich nach Jake um, der aufgestanden war und sein Brot auf dem Tisch liegen ließ und Ron einfach an Ort und Stelle zurückgelassen hatte.

»Wo willst'n hin, Jake?«

»Ich kann's doch nicht«, sagte er.

Er ging den langen Gang am Versorgungszelt vorbei, passierte die kastenförmigen, in Reihe aufgestellten, in die Nacht brummenden Diesel-Generatoren, und kam am Checkpoint an, blieb stehen und überlegte einen Augenblick, das Feldlager für einen langen Spaziergang zu verlassen, vielleicht nie wiederzukommen, es zog ihn nach draußen, die Sehnsucht nach der Ferne, in der auch seine Heimat lag, aber außerhalb der Mauern lauerten die Siedler und Rebellen und lechzten nach Rache, er war unbewaffnet, aber selbst der Gedanke störte ihn inzwischen kaum mehr. Trotzdem tat er es nicht.

Mit schweren Gedanken folgte er dem Sandweg zum nordöstlichen Wachturm, auf dessen Dach ein Scheinwerfer über die Mauern des Lagers flammte. Er wanderte zum asphaltierten Abstellplatz, wo die Geländefahrzeuge parkten, er ging zu den Fahrzeugen, als sei das die Nische, in der er als Mechaniker überleben konnte. Er setzte sich auf die Haube eines in Flecktarn lackierten Allradlers mit großen Offroadreifen, die Federung so hoch eingestellt, dass er den Kühlergrill hinaufklettern musste. Dann legte er sich quer über die Motorhaube und ließ die Beine baumeln, Regenwolken zogen von Westen her auf, hatten das Lager noch nicht erreicht, die Sterne in einer schwindelerregenden Vielzahl über ihm.

Aus seiner Jackentasche holte er das Schmetterlings-Amulett hervor. Er wog es in der Hand, berührte die schwarze Perle, strich ein paar Mal mit dem Daumen darüber, es war, als sei ihre Liebe darin verdichtet gewesen. Die Perle strahlte Wärme und Geborgenheit aus. Jake spürte auf einmal auch die Schweißerbrille auf seiner Brust. Er musste an Tayus denken, an Mori und an den Sträflingsmond.

Er hätte nie gedacht, im Leben nicht, dass er sich eines Tages nach dem Leben auf Limbus II zurücksehnen würde.

Zwanzigstes Kapitel

Die Red Nova

Als er im schwindenden Mondschein aufwachte, begriff er zunächst gar nicht, was vor sich ging. Die Jungs und Männer in seiner Unterkunft beugten sich über ihre Feldbetten und erbrachen sich. Der säuerliche Gestank nach Magensäften beschwerte die ohnehin schon schwüle Luft. Es wurden im Sekundentakt immer mehr, die vom Brechreiz befallen waren. Die Männer krampften sich auf ihren Betten zusammen. Unter das Würgen und Stöhnen mengten sich Schmerzensschreie.

Die Lichter im Zelt gingen plötzlich an; General Whorlow stand in Tarnkleidung und schwerer Panzerung im Eingang, brüllte etwas, das zwischen dem Würgen unterging, doch der Junge konnte sich auch so denken, was er sagte: Die Rebellen griffen an.

Das Erbrochene war mit Blut gemengt, die Männer kotzten im wahrsten Sinne ihre Eingeweide heraus. Es war ein Angriff der Red Nova, dachte Jake, eine Guerillataktik wie sie bereits auf der ST SAMSON vollzogen wurde, als man die Wachen im Frachthangar mit der Abendmahlzeit vergiftet hatte.

Alarmsirenen ertönten über das ganze Feldlager, gefolgt von einer Serie ohrenbetäubender Explosionen. Trümmerteile der Schutzmauer ritten auf der Schallwelle und zerschnitten mühelos den dicken Zeltstoff, sausten gewehrkugelgleich an Jake vorbei. Im Durcheinander sah er nicht, wer von den Trümmern getroffen war, wer vergiftet und wem es noch gut ging. Er folgte dem Aufruf über Lautsprecher, zu den Waffen zu greifen, doch kaum war er außerhalb des Zelts, durchströmten Rebellen die Bresche an der Westmauer und eröffneten das Feuer. Jake lief über offenes Gelände in die zur Waffenkammer und dem Feuergefecht entgegengesetzte Richtung, suchte Schutz hinter ein paar Fässern der Wasseraufbereitungsanlage, wo bereits Vasker und zwei andere Schergen kauerten. Sie waren mit einfachen Pistolen bewaffnet.

Jake warf einen kurzen Blick über die Schulter, überall zuckendes Mündungsfeuer, überall in der Nacht glühende Gewehrläufe. Es fing an zu nieseln. Am Himmel durchschimmerte der Mond schwach die Wolkendecke. Halb im Lichtkegel eines Scheinwerfers, dreißig oder vierzig Meter entfernt, lag General Whorlow angeschossen im Gras.

»Ich hab gewusst, dass es passiert«, sagte der junge Mann neben Jake. »Ich hab's gewusst. Zwei Jahre bin ich schon hier. Es musste jetzt einfach passieren.«

»Was machen wir jetzt?«

»Sterben natürlich.«

»Wir müss'n zum Parkplatz und uns 'nen Dingo schnappen«, sagte Vasker. »Und dann die südliche Route ins Zentrum von Aalgongonok nehmen. Das ist unsere einzige Chance.«

»Und wie sollen wir es in einem Stück darüber schaffen?«

»Keine Ahnung. Aber die Scheißrebellen überrennen uns gerade. Ich wart' hier bestimmt nich länger.«

Einer der dort kauernden Schergen kam hinter der Deckung hervor und verschenkte drei oder vier Kugeln an die Nacht.

»Du Scheißidiot«, sagte Jake, »jetzt wissen die, wo wir sind.«

»Ich lauf nicht bis da hin. Das ist Selbstmord.«

»Ist hier rumsitzen und ins Dunkel ballern auch.«

»Scheiße. Dann mach ich's eben allein.« Vasker kam hinter den Fässern hervor und legte einen Sprint übers offene Feld hin, vorbei am General, der mit einem lahmen Bein über die Grasfläche kroch. Sekunden später explodierte neben Whorlow eine Granate; die Sprengkraft katapultierte den Leib fünf oder sechs Meter in die Luft; von der Wucht der Explosion stürzte auch Vasker zu Boden. Kaum stand er auf, wurde er vom Maschinengewehrfeuer niedergemäht.

Jetzt sah Jake die Schemen von zwei leblosen Körpern auf dem Rasen liegen und dachte fieberhaft über einen Ausweg nach. Mit dem Rücken dicht an eines der mannshohen Fässer gepresst, lauschte er dem wilden Kampfgeschrei der Rebellen. Sie rückten immer weiter vor.

Er wusste nicht, wie viele es waren, aber sie waren klar in der Überzahl. Bald würden sie das ganze Lager eingenommen haben. Was wollten sie neben der propagierten Freiheit und Gerechtigkeit fürs Volk? Allen voran wohl den Tod der VTC-Schergen, Rache für die Ermordung ihrer Männer, die Folterungen der Siedler, dann Munition, Waffen, Ausrüstung. Wenn sie alles geplündert hätten, so dachte Jake, würden sie das Lager vielleicht wieder verlassen.

Schreie. Gewehrfeuerlärm. Granatenexplosionen. All die schrecklichen Geräusche des Krieges tanzten auf den gellenden Schreien der Alarmsirenen.

Die Fässer der Aufbereitungsanlage waren verschlossen, aber überall im Lager standen Regentonnen herum. Jake stand auf. Mied die Scheinwerferkegel und näherte sich im geduckten Laufschritt der Südmauer. Das vom Mondschein versilberte Gras flirrte im Wind. Er kippte mit fast übermenschlicher Kraft eine der 200-Liter-Regentonnen um, drehte die Öffnung gen Mauerwerk und kroch hinein. Er blieb einfach darin hocken, zusammengepfercht, das Herz trommelte, seine Schläfen pochten, und er hörte Gewalt und Tod wie zwei bösartige Freunde das Lager aufmischen, während er das Amulett fest umklammerte und immerzu nur an das Mädchen dachte.

Fast die ganze Nacht verharrte er in einer Position, die ihm die Blutzufuhr zu allen Gliedmaßen unterband. Vereinzelt fielen noch Schüsse wie die letzten Regentropfen nach einem großen Sturm. Nach einer Weile schaltete jemand die Alarmsirene ab, schlagartig erklangen die Stimmen der Rebellen, und Jake wünschte sich, verstehen zu können, worüber sie redeten. Er hörte Motoren starten und wieder ausgehen.

Ein Taschenlampenstrahl streifte die Südmauer.

Schritte.

Sie kommen näher.

Direkt vor der Tonne sah Jake mehrere Stiefel im Regen stehen. Die Männer gingen in die Hocke, einer von ihnen leuchtete mit der Taschenlampe hinein.

Jetzt ist es aus.

Sie fingen zu brüllen an.

Jake, vom grellen Licht geblendet, schloss mit dem Leben ab, man zerrte ihn heraus, versetzte ihm einen Tritt in den Magen, seitlings lag er im nassen Gras, krümmte sich vor Schmerz und schnappte nach Luft.

Jetzt werden sie mich erschießen.

Die Männer zogen ihn an den Armen hoch und tasteten ihn von oben bis unten nach Waffen oder Sprengstoff ab. Einer, scheinbar der Hauptmann, riss ihm das Schmetterlingsamulett aus der Hand.

»Das ist meins«, sagte Jake.

»Falsch«, sagte der Hauptmann. »Es gehört mir.«

Jake war verwundert darüber, dass sie die gleiche Sprache sprachen. Doch viel Zeit zum Wundern blieb nicht: Kaum hatten sie ihn auf die Beine kommen lassen, da wurde er mit einem Gewehrlauf von hinten gewürgt. Der Hauptmann, der das Amulett in der Hand begutachtete, drehte sich zur im Lager verstreuten Mannschaft um, schwieg eine Weile und wandte sich wieder zu Jake. Diesmal lag ein Grinsen auf seinem Gesicht. Völlig akzentfrei fragte er: »Wo hast du das her?«

»Es ist meins. Geben Sie's mir wieder.«

»Ich frag nur einmal.«

»Es is'n Geschenk. Von 'nem Mädchen. Sie sagte, es würd mir Glück bringen.«

Der Hauptmann lächelte ein schiefes und krummes Lächeln, das eine ganze Reihe fehlender Zähne entblößte. »Es bringt dir auch Glück«, sagte er. »Dieses Mädchen, es heißt nicht zufällig Amanda Byrch?«

Jake hielt die Luft an.

Ganz fest klammerte er sich ans Gewehr. In dem Moment gab der Hauptmann dem Rebell hinter ihm ein Zeichen, den Würgegriff zu lockern.

Mit gespreizten Beinen, leicht in der Hocke, rieb Jake sich den Hals und räusperte sich. Seine Hände zitterten.

»Was soll das? Woher zum Teufel kennen Sie sie?«

Doch statt Antworten, gab es nur tausend neue Fragen.

Der Hauptmann fesselte seine auf dem Rücken gekreuzten Hände und stieß ihn mit dem Gewehrlauf voran. Die Gruppe führte ihn quer über das Gelände zum völlig zerstörten Checkpoint. Überall auf dem Weg türmten frische Leichenberge. Jake sah noch einmal den zerfetzten Torso des Generals und auch Vaskers von Einschusslöchern durchsiebten Leichnam. Als die Rebellen auf der Hauptzufahrtsstraße – eine breite steinige Erdstraße – marschierten, wartete bereits ein alter Pick-up auf die Rebellen, halb auf dem Grasland geparkt.

Auf der Pritsche hockte gut ein Dutzend gefangener VTC-Schergen aus dem Feldlager. Jake bestieg die Ladefläche über eine Trittstufe und nahm das einzige noch freie Fleckchen auf dem Boden ein. Ein Rebell saß mit einem Karabiner auf dem Schoß auf dem Dach des Wagens. Eine am Kühlergrill montierte Scheinwerferleiste flammte auf und schnitt einen breiten Lichtkegel ins verregnete Dunkel. Der Wagen setzte sich blubbernd in Bewegung, dschungeleinwärts die Hauptstraße entlang Richtung Rebellencamp.

TEIL III

Erstes Kapitel
Ein Kämpfer für die Freiheit

Sie fuhren die ganze Nacht durch den Dschungel, setzten ihren Weg irgendwann zu Fuß fort, die Rebellen gingen dabei vor und hinter den Gefangenen. Sie durchquerten im Morgengrauen einen breiten, seichten Fluss; das Wasser rauschte an ihren Knien entlang und war eiskalt. Irgendwo hinter den Baumwipfeln jenseits des anderen Ufers stürzten Wasserfälle in unsichtbare Tiefen. Noch weit hinter den schillernden Katarakten tauchten im goldenen Morgennebel die bewaldeten Berge auf.

Die Reise führte sie ins Herz des Dschungels. Die Rebellen trugen Stirnlampen, um den Weg zu leuchten; die Männer legten die erste Rast erst am Mittag ein. Tau Ceti stand hoch im Zenit, doch durch die dichtbewachsene Kronenregion fiel kein einziger Sonnenstrahl hindurch. Sie stellten Gaslampen auf den Waldboden, damit die Gefangenen nicht im Dunkeln essen mussten. Jake saß im Schneidersitz auf verrotteten Blättern und schimmelnden Stöckern, eingekesselt von breitgefächertem, mit Sporen besetztem Farnkraut und hochwüchsigen Leuchtpilzen. Die Gefangenen aßen kalte Bohnen und Brot, sprechen war ihnen untersagt gewesen und wurde mit Schlägen bestraft. So schwiegen sie, und auch die Rebellen wechselten untereinander kaum ein Wort, ihr Schmatzen das einzige Geräusch weit und breit, um sie herum nur schwüle Luft und die erdrückende Stille einer urzeitlichen Welt.

Der Nebelwald, den sie durchquerten, lag im Luvandabecken und schien sowohl vom Dickicht als auch vom dichten Nebel unpassierbar. Die Rebellen machten das erste Mal auf dem Marsch von ihren Macheten Gebrauch. Auch die Bäume waren mit Moosen überwuchert, schillernde Blumen und Pilze wuchsen auf dem Geäst der Urwaldriesen, die Pflanzenwelt kämpfte im Dschungel um jeden Sonnenstrahl, und neuerdings kämpfte auch der Mensch hier gegen die Natur und seinesgleichen.

Der Weg aus dem Dschungel war ein Dreitagesmarsch gewesen. Am Anfang der Lichtung wartete ein Konvoi auf die Gefangenen. Jake nahm vorn auf dem Beifahrersitz eines mit Stahlplatten gepanzerten Jeeps Platz, hinter ihm die zwei Wachen, die den Trupp aus dem Urwald wie aus einem lebenden Labyrinth hinausgeführt hatten.

Erst im Auto fand er die Zeit, über alles Zurückliegende nachzudenken. Er konnte nicht glauben, dass er nach all dem, was ihm zugestoßen war, immer noch am Leben war. Das Grauen in Aalgongonok hatte ihn verändert. Er hatte die Barbarei der Konzernangestellten miterlebt, aber auch die mörderische Brutalität der Rebellen, und er spielte mit dem Gedanken, dass jener Ort am Äquatorialgürtel dieser Welt das Böse im Menschen hervorbrachte.

Er sah aus der mit Staub bedeckten Seitenscheibe ins ferne Land. Tayus und Morisa hatten ans Schicksal geglaubt. Der Eremit aus dem Exil auch. Amanda glaubte daran. Und seitdem Jake aus dem Dschungel lebend herausgekommen war, glaubte auch er daran.

Sie fuhren nach Norden in eine weite und öde Savannenlandschaft, auf der in verschwenderischen Abständen krumm gewachsene, mit einem breiten Laubdach geschmückte Bäume die weiten Grasebenen tüpfelten und Gesteinsformationen in solch riesige Höhen ragten, dass sie die Sonne unterhalb des Zenits verdeckten. Wie sie entstanden waren, war ihm schleierhaft; sie wirkten wie aus dem Boden emporgeschossen. Auf einer dieser annähernd zylinderförmigen Steinhöhen lag die Millionenstadt Rykuunh, deren zackige, unförmige Silhouette sich schon aus weiter Ferne gegen das klare Morgenblau abzeichnete.

Im Nordosten schwebte über dem Sonnenkreis ein gigantisches Luftschiff, das direkten Kurs auf die Metropole nahm. Sie war die Hauptstadt des Ognons-Distrikts, der sich von den Äquatorialwäldern über die Savanne und noch weit in die angrenzende Wüstenregion erstreckte. Die Stadt war die Hochburg der Rebellen und über eine weitläufige Brücke und zwei Aufzüge zu erreichen, einer auf der südwestlichen Seite und der andere auf der nordöstlichen. Die Brücke war eine viel befahrene Handelsroute und für Transporter und schwebende Frachter freigegeben. Das Logo der Widerstandskämpfer war auf den Fahnen über dem Kontrollhaus abgebildet, sie wehten zu jeder Zeit hoch an den Masten.

Der Jeep passierte den Checkpoint mit den nötigen Papieren und fuhr die dunkle Stahlkonstruktion hinauf, bei dreißig Prozent Steigung röhrte der Motor wie kurz vorm Zerfall. Von hier oben hatte Jake einen weiten Blick über die Savanne, er sah im Westen eine große Fläche voll mit blutigen Eroberungen eines ihm unbekannten Krieges, ein Panzerfriedhof, ein Schrottplatz mit ausrangierten Drohnen und Flugmobilen. Sogar die Schemen und flirrenden Lichter einer anderen Stadt nahm er von hier oben wahr; die Stadt war mitten auf einer fernen, blassblauen Bergkette gelegen.

Der Rebellenkommandeur war am Ende seiner Zwanziger und trug die Verantwortung für den gesamten Distrikt. Er bewohnte eine obere Suite in einem der schwarzen Zwillingstürme im Zentrum der Stadt. Jake wurde freigelassen und noch am Ankunftstag seiner Reise zu ihm beordert.

»Trinkst du?« Der junge Kommandeur mit dunklem Haar und dem Rebellenabzeichen auf dem linken Ärmel drehte sich vom Spirituosenschrank zu Jake um; die blau schimmernde Flüssigkeit schwenkte in der langhalsigen Flasche umher, die er zwischen zwei Fingern festhielt.

Jake nickte; der Rebell schenkte beiden ein Glas ein und stopfte den Korken auf die Flasche. Er schickte eine Wache mit dem Drink zu Jake, der das dickwandige Glas entgegennahm und mit einer Hand fest umklammerte. Nachdem der Kommandeur ihm aus der Ferne zugeprostet hatte, leerten beide ihre Gläser auf Ex.

»Es steht uns ein Krieg bevor«, fing er an, »er mag nicht heute ausbrechen, nicht morgen, aber schon sehr bald. Die World Union wird versuchen, Rykuunh einzunehmen. Darauf müssen wir vorbereitet sein.«

Die Augen des Jungen stumpf nach vorn gerichtet. Seine Haare waren fettig und hingen ihm in zotteligen Strähnen ins Gesicht. Er war schmutzig, die Kleidung steif vor Dreck. Mit dem leeren Glas in der Hand stand er im Raum wie ein verwilderter Junge, der nicht einfach nur dem Dschungel entflohen war, der darin gelebt hatte und darin aufgewachsen war, der nie etwas anderes gesehen hatte als die Natur um ihn herum, die gleichgültige, grausame Natur, die sich auch oder gerade durch den Menschen definierte.

»Woher kennt ihr Amanda? Wusstet ihr die ganze Zeit, dass ich in dem Lager war? Ihr wusstet von dem Stein? Nicht einmal ich wusste davon, dass er ins Amulett eingearbeitet war.«

»Du magst es noch immer nicht kapiert haben«, sagte der Kommandeur, »aber du bist eine wichtige Figur in diesem Spiel. Du hast uns etwas von unschätzbarem Wert gebracht. Du willst sicher wissen, worum es sich bei der schwarzen Perle handelt, oder?«

»Ich will wissen, wer Amanda wirklich ist.«

Der Kommandeur lächelte. »Hier in Rykuunh steht die einzige Forschungseinrichtung, die so fortschrittlich ist wie die in Light City. Ich werde die Perle« – er griff in seine Tasche. Die pechschwarze Kugel war bereits aus dem Schmetterlingsamulett herausgearbeitet und lag nun in roher Form in seiner Hand – »morgen eigenhändig dorthin bringen. Es gibt schon seit der Gründung der ersten Mondkolonie Gerüchte über diese Materie. Wir wissen nicht, woher sie kommt, ob sie ein Erz ist – nicht einmal, ob sie natürlichen Ursprungs ist. Manch ein Forscher behauptet sogar, es müsse hergestellt worden sein, aber wenn, dann nicht von Menschenhand. Das Einzige, was wir sicher sagen können, ist, dass selbst in kleinsten Mengen von diesem Material unfassbare Energiemengen stecken. Es wird nicht mehr lange dauern, dann werden wir ganz Luvanda mit diesem Fund über Jahre hinweg mit Energie versorgen können. Wie du vielleicht weißt, bedeutet die Kontrolle über die Energie die Kontrolle über die Welt. Spielst du Schach?«

Jake zuckte wütend die Achseln. Ihm kam das Wort von irgendwoher vertraut vor, er wusste aber nicht mehr, wo er es schon einmal gehört, oder ein Schachbrett gesehen hatte.

»Weiß gar nicht, was das ist«, sagte er.

»Na jedenfalls gibt es in diesem Spiel die Könige und es gibt die Bauern. Wer glaubt, Bauern seien unwichtig, ist ein Narr. Sie sind die wichtigsten Figuren im Endspiel. Wie man an dir sieht.«

Jake blickte ausdruckslos in seine Augen. »Ich will wissen, wer sie wirklich ist.«

»Amanda Byrch.« Der Kommandeur betonte ihren Namen, als klinge er noch eine ganze Weile in seinem Geiste nach. Als müsse er sich über den Namen und dessen Bedeutung erst einmal ausführlich Gedanken machen.

»Was glaubst du denn, wer sie ist?«

»Jedenfalls nicht die, für die ich sie gehalten hab.«

Der Kommandeur lachte. »Junge, Junge, du hast ja keine Ahnung. Byrch führt die Rebellen auf der ganzen Welt an. Wenn wir das Leben wieder auf ein Schachspiel reduzieren, dann ist sie König und Dame zusammen, sie ist Läufer, Turm und Springer, sie ist die Farbe Weiß, die gegen Schwarz kämpft. Sie ist die Anführerin der Red Nova.«

»Das ist unmöglich«, flüsterte Jake. »Wir waren die ganze Zeit zusammen in Light City. Sie studiert Geschichte. Ich hab sie an der Universität kennengelernt.« Er, der mit all seinen Gedankensträngen selbst nichts anzufangen wusste, sagte nach einer Weile: »Ich will sie wiedersehen. Ich muss sie etwas fragen.«

»Oh, Junge. Du bist eine halbe Welt von dem Mädchen deiner Träume entfernt. Vergiss es. Vergiss *sie*.« Der Rebellenkommandeur ließ die schwarze Perle wieder in seine Tasche verschwinden. Dann goss er sein Glas erneut voll und nahm einen Schluck. »Du wirst sie nie wiedersehen«, sagte er resolut. »Nicht einmal mir steht die Ehre zu, sie persönlich zu treffen. Denkst du, mir träumt nicht das Herz von ihr? Wir alle verehren sie und ihre Familie. Aber niemand wird Amanda Byrch haben können. Sie ist ein Symbolbild. So ist das eben mit besonderen Menschen – wir können sie gar nicht besitzen, weil wir zu ihnen aufschauen wollen. Du findest eine neue Liebe, mein Freund. Hier in Rykuunh gibt es viele schöne Mädchen, die ihre Herzen an Kämpfer wie uns verschenken. Glaub mir, die Liebe ist überall, wenn du nur danach Ausschau hältst. Eine Zukunft hingegen ist Mangelware. Aber hier bieten wir dir eine an. Was sagst du?«

Zweites Kapitel
Mirela

Rykuunh war von der Fläche ähnlich groß wie der Bezirk Keldaraan in Light City. Das Steinplateau, auf dem Rykuunh erbaut worden war, war allerdings derart riesig, dass es neben der Stadt noch ein Hinterland gab. Es hatte nur wenig mit den weiten Grasebenen der Savanne gemein, wo überall verstreut Büsche, Sträucher und niedrige Bäume wuchsen. Das Hinterland war ein trockenes totes Brachland, dessen einzige Flora aus dem zähen Unkraut bestand, das in den Schatten des rissigen Lehmbodens gedieh. Auf diesem ausgedörrten Stück Land, abgeschieden von der Stadt, die in den Abendstunden einen langen Schatten über die Region warf, begann Jake eine vier-monatige Ausbildung im Rebellencamp der Red Nova.

In der Mittagshitze unternahmen sie einen Marsch übers Gelände. Es war ein gegenseitiges Kennenlernen: Die Rekruten lernten ihr neues Zuhause kennen, und die Ausbilder die Belastbarkeit der Rekruten. Als sie die offenen Zelte erreichten, die ihre Schlafquartiere waren, spaltete sich die Truppe erstmals auf. Männer schliefen von den Frauen getrennt. Sie hatten zwanzig Minuten Zeit, ihre Habseligkeiten in den Zelten unterzubringen. Als Jake aufs Thermometer schaute, das an einem Stützbalken im Zelt angebracht war, waren es bereits einundvierzig Grad im Schatten gewesen.

Die Rekruten holten sich aus einem Häuschen neben dem Kantinenbereich ihre Uniformen ab und tauschten sie gegen ihre völlig durchgeschwitzte Kleidung. Für alle gab es sandfarbene Tarnhosen und sandfarbene Shirts. Beigefarbene Stiefel. Abends in der Kantine bekamen sie ihre erste Verpflegung, eine aufgewärmte Fertigmahlzeit, die Jake für sich allein auf einem Blechstuhl an der Wand einnahm. Am frühen Morgen, noch bevor die anderen Rekruten wach waren, stand er an der Plateauschwelle und ließ den Blick über das im Nebel liegende Tal gehen. Der Duft von Holzkohle durchwehte die Morgenluft. Im Osten war der Himmel in ein tiefes Rot getaucht, hinter dem Horizont der Halo der noch nicht aufgegangenen Sonne.

Die Ausbilder brachten den Rekruten mit Büchern ihre Werte bei, Werte, die sehr an den Menschen gebunden schienen, an sein Wohlergehen, an seine Freiheit.

Den ganzen Tag über trainierten sie Körper und Geist für den bevorstehenden Kampf gegen die Konzerne. In der dritten Woche seiner Ausbildung saß Jake zusammen mit Mirela, einem Mädchen, das ihm beim Übersetzen der fremden Sprache half, und dem Rest der Rekruten beim Frühstück in der Kantine. Jake langte in den Brotkorb, bestrich ein Zwieback mit dunkler Marmelade und das andere mit einem Chemieprodukt, das hauptsächlich aus synthetisiertem Eiweiß bestand und mit künstlichen Aromen bereichert war, Düfte, die an Mortadella erinnerten.

Ein Ausbilder stand vorn am Pult und schwang eine Rede.

»Was sagt er?«

Mirela lauschte dem Ausbilder. »Die World Union hat gestern Abend eine Offensive auf die drittgrößte Stadt in diesem Distrikt gestartet. Sie ist die letzte Bastion, bevor sie Rykuunh erreichen. Wahrscheinlich werden sie versuchen, uns einzukesseln, sie werden uns von allen Seiten angreifen.«

»Hat er gesagt, wann es passieren wird?«

»Er sagt immer nur, dass wir vorbereitet sein müssen. Es wird wohl noch einige Wochen dauern, höchstens ein paar Monate, aber der Tag, an dem Rykuunh angegriffen wird, steht unmittelbar bevor. Noch dieses Jahr wird der Krieg ausbrechen.«

Der Truppenübungsplatz lag eine Meile östlich der Schlafzelte in der Nähe der Klippen. Sie marschierten im Laufschritt durch die staubige Nachmittagshitze und trugen auf ihren Rücken die mit Wasser und Proviant gefüllten Rucksäcke. Aufgrund der guten Lage auf dem Steinplateau gingen in Rykuunh auch Scharfschützen aus der Schule der Rebellen hervor. Jake sah sie in der Ferne auf dem Boden vor dem Abgrund liegen, durch die Zielfernrohre ihrer Gewehre ins weite Tal unterhalb schauend. Von überall her erklang der Schall von Gewehrschüssen, dessen Ursprung in der Unermesslichkeit der Landschaft gar nicht zu bestimmen war.

Als das erste Magazin leergeschossen war, steckte Jake seine Waffe zurück ins Halfter und setzte die zerkratzte Schweißerbrille ab. Er nahm einen Feldstecher zur Hand und besah sich sein Ergebnis. Viel hatte er nicht getroffen. Ein paar Einschusslöcher waren auf dem menschenähnlichen Pappumriss zu sehen, aber das Meiste war ins Leere gegangen.

»Was gibt's denn da zu lachen?«

Mirela konnte sich ein Schmunzeln nicht verkneifen.

»Wär sicher einfacher zu treffen, wenn ich das Ziel auch sehen würde.«

Das Mädchen geriet ins Stocken. »Soll das heißen, du brauchst eine Brille?«

»Glaub schon«, sagte er, »aber ich hab keine Ahnung, wo ich eine herbekommen soll.«

Eines Abends saßen die Rekruten zusammen am Lagerfeuer und aßen aus einer Pfanne voll mit selbst angebautem Gemüse und in Rykuunhs Laboren gezüchtetem Fleisch. Ein Ausbilder spielte Gitarre und sang Lieder dazu, zu denen manch talentierte Rekruten einstimmten. Mirela sagte, es gehe den Ausbildern um die Rückführung des Menschen an seine Ursprünge, was der Junge für eine gute Idee hielt. Er musste an den Zettel seines Vaters denken, der für seine Mutter bestimmt gewesen war und den er im Bilderbuch gefunden hatte. Dort hatte sein Vater genau das Gleiche gesagt. Zurück zu den Ursprüngen. Jake glaubte, dass er nun endlich wisse, was er damit gemeint hatte, und er fragte sich, ob auch sein Vater so wie er ein Widerstandskämpfer gewesen war.

Erst jetzt fiel ihm auf, dass er seinen Rucksack und damit das Bilderbuch seiner Mutter in Aalgongonok zurücklassen musste.

»Du siehst traurig aus«, sagte Mirela.

»Nee. Überhaupt nicht«, sagte er.

Manchmal saßen nur noch die beiden mitten in der Nacht zusammen. Das Feuer war längst heruntergebrannt, und er erzählte ihr Geschichten über sein vergangenes Leben, er war frei, über sein Dasein auf Limbus II zu sprechen, die Ketten der VTC gesprungen – vielleicht schon viel früher, aber diesmal spürte er es, er spürte, dass der Vertrag übers Stillschweigen hier in Rykuunh keinerlei Gültigkeit mehr besaß.

In der gleichen Nacht saßen sie mit einem Becher Grubenpisse am Rand der Klippen und blickten in die weite, sternenerleuchtete Prärie unter ihnen, die Nacht selbst erfuhr Leben durch die leuchtenden Schwerlastzeppeline, die träge durch die Lüfte schwebten und Kurs auf Rykuunh nahmen, oder von der Stadt aus in die unbekannte Schwärze der Nacht aufbrachen.

»Was heißt eigentlich *loa*?«, sagte er nach einer Weile in die Stille.

»Es heißt so viel wie: *los jetzt*. Wieso?«

»Nur so.« Er überlegte. »Und *mai*? Als ich in Segosa angekommen bin, hab ich 'ne alte Frau an 'nem Essensstand getroffen. Die sagte immer nur *mai, mai, mai* zu mir und hielt mir dabei 'n heißen Beutel Reis ans Bein.«

Mirela schmunzelte. »Du hättest den Reis kaufen sollen.«

»Hab ich mir auch gedacht«, sagte er. »Und was heißt *Blödmann* in deiner Sprache?«

»*Jake.*«

»Lustig.«

Sie lachte, aber verriet es ihm am Ende doch, und er versuchte es nachzusprechen. Was seiner Kehle entfuhr, klang wie *oiokarzie*, aber er hatte es völlig falsch gesagt.

»Oioarzej«, sagte er dann, und zuerst lachte wieder nur Mirela, aber dann konnte auch er nicht mehr an sich halten, und ihre gemeinsamen Stimmen hallten hinaus ins Freie.

»Ich hab dich nie gefragt, wo du herkommst.«

»Stimmt.«

»Und wo kommst du nun her?«

Sie hob ihren Arm unter der Decke hervor und zeigte in die Ferne. »Siehst du die glitzernden Lichter dahinten auf dem Berg?«

Er schob seine neue Brille, die genau genommen selbst nur ein altes ausrangiertes Modell gewesen war, mit dem Daumen auf den Nasenrücken zurück und betrachtete die in der Nachtluft wie Sterne still flackernden Lichter. Die ferne Stadt in den Bergen schwieg geheimnisvoll.

»Ich habe Angst vor dem Krieg«, sagte Mirela auf einmal. »Die World Union hat Sekuur, Reluunh und jetzt auch noch Sheel'val eingenommen. Und noch viele angrenzende Dörfer unter ihre Kontrolle gebracht. Sie ist nur noch dreihundert Kilometer von uns entfernt.«

»Ich weiß.«

»Wenn alle schon schlafen, hörst du manchmal das Grollen der Bomben. Es klingt dann wie Donner, es klingt, als würde ein schweres Unwetter aufziehen. Aber du weißt, dass es keins ist.« Sie schüttelte den Kopf und betrachtete eine Weile ihre ferne Heimatstadt. »Jede Nacht, wenn ich mein Zuhause sehe, muss ich mir vorstellen, wie sie auch dort bald einmarschieren werden. Meine Eltern leben da.«

Er sah sie an. Folgte ihrem Blick in die Nacht hinaus, in die Stille. »Warum bist du eigentlich nach Rykuunh gekommen?«

»Du meinst, alles müsse einen Grund haben?« In ihren schwarzen Augen der Widerschein der Sterne ringsum.

»Genau das denke ich mittlerweile«, sagte Jake. »Alles hat einen Grund.« Und während er das sagte, dachte er an Amanda. Hatte sie ihn so geliebt, wie er sie? Hatte sie ihn überhaupt geliebt? Sie hatte von Anfang an nur gewollt, dass er die schwarze Perle nach Luvanda brachte. Das war ihr das Wichtigste gewesen.

»Eigentlich wollte ich in meiner Heimat bleiben«, sagte Mirela auf einmal. Sie malte mit ihrem Zeigefinger unbedeutende Linienmuster in den Staub. Schaute noch einmal nachdenklich in die Berge. »Mein Vater wollte, dass ich mich den Rebellen anschließe.«

»Er hat dich gezwungen?«

»So ist es nicht«, sagte sie. »Mein Lebensweg ist der richtige. Das weiß ich. Das fühl ich. Ich glaube wie du doch auch, dass alles, was passiert, einen Grund hat.« Sie lehnte sich zurück, fing ihr Gewicht mit den nach hinten gestreckten Armen ab. Die Stoffdecke fiel von ihren Schultern, und auf den feinen Linien ihres Halses zeichnete sich eine leichte Gänsehaut ab. Doch die Kälte schien ihr überhaupt nichts auszumachen.

»Also ich hab dir zwar von mei'm Leben auf Limbus erzählt«, sagte Jake, »aber nie etwas davon, wie ich nach Cetos fünf gekommen bin oder hierher nach Luvanda. Möchtest du's hören?«

»Ja.«

»Okay.« Er folgte dem funkelnden Band der Milchstraße von einer zur anderen Seite der Schräge. Nach einer Weile: »Na ja, da war dieses seltsame Material, das mir der Alte gegeben hat, als ich im Exil war«, sagte er und erzählte ihr die ganze Geschichte von Anfang bis Ende und überprüfte zwischendurch immer wieder ihr Gesicht nach Anzeichen von Langeweile oder Ermüdung; er hatte kein Talent zum Geschichtenerzählen, doch sie hörte ihm zu und ihr Interesse an seinem Leben und seinen Erzählungen schien aufrichtig.

»Ich stand mal wieder ganz kurz vorm Abnippeln«, sagte er, als er vom Angriff der Rebellen erzählte. »Die hätten mich ruck-zuck kaltgemacht, wenn sie das Amulett nicht in meiner Hand gesehen hätten.« Er schüttelte den Kopf. Trat mit der Stiefelspit-ze einen Stein weg. Er rollte in einer vom Milchstraßenglanz be-schienenen Staubschwade in den Abgrund.

»Und wie der Anführer dann die schwarze Perle im Schmet-terlingsamulett entdeckt hat, wusste ich auf einmal, dass *ich* das Material, nach dem die ganze Welt gesucht hat, die ganze Zeit bei mir getragen hab. Und ich wusste auch, dass alles, was man mir zuvor über Bestimmung gesagt hat, wahr ist. Ich bin dazu auser-koren, mit den Rebellen zu kämpfen. Mein ganzes Leben lang hab ich mich davor gedrückt, einzusehn, dass es so ist, doch jetzt weiß ich's besser. Ich gehöre hierher, das ist mein Platz, und dar-an gibt es keinen Zweifel mehr. Ich wünschte nur, Mori und Tayus könnten das hören.«

Mirela lehnte ihren Kopf an seine Schulter. Der Wind trug den Duft von ihrem leicht fettigen Haar heran. Ein Satellit glitt blinkend und still übers Firmament.

»Wie heißt du eigentlich mit richtigem Namen?«

»Ma'vena«, sagte sie. »Ich heiße Mirela Ma'vena.«

Jake nickte. »Mirela Mawena«, flüsterte er. Sein Atem wölk-te. »Kein schlechter Name.«

Drittes Kapitel
Unvergessen

Die Zeit kam, als die Ausbildung beendet und Jake als Kämpfer der Red Nova und deren Werte anerkannt war. Er bekam einen Job in der Stadt zugeteilt. Von nun kontrollierte er die Zu- und Abfahrten der Fahrzeuge auf der großen Brücke. Es war eine eintönige, stumpfe Arbeit, in der sich schnell Routine einschlich. Mit dem ersten Gehalt zog er aus dem Wohncontainer in ein Haus am Stadtrand, das er sich mit zehn anderen Rebellen teilte, darunter ein hochrangiges Mitglied. Sie waren junge Männer zwischen zwanzig und dreißig Jahren, die meisten von ihnen hier in Rykuunh geboren, manche aus anderen Städten im Ognons-Distrikt, aber niemand außer Jake hatte je einen Fuß auf den anderen Kontinent gesetzt.

Direkt nach der Spätschicht holte er Mirela zum Frühstück ab. Die Sonne war noch nicht aufgegangen, aber die Dämmerung setzte bereits ein, über ihnen träge Wolken und die letzten blassen Sterne. Sie nahmen an einem Zweiertisch draußen vor einem Café Platz, das gerade erst öffnete. Dort blieben sie lange sitzen. Sie genossen die ersten Strahlen der Tau Ceti, bestellten schwarzen Kaffee nach und aßen Kekse aus selbst angebautem Hafer.

Jake gewann den Eindruck, dass Rykuunh ein Mikrokosmos war, der ganz für sich allein bestehen konnte. An jeder Ecke sah er uniformierte Rebellen umherlaufen. Sie kontrollierten den Verkehr, oder kümmerten sich um Streitigkeiten zwischen den Bürgern.

»Uns liegt viel an der Bevölkerung. Und die Menschen, die hier leben, lieben uns.« Mirela trug einen grobmaschig gestrickten Wollpullover, ihr leicht strähniges Haar war aus dem Gesicht gestrichen und unter einer dicken Strickmütze versteckt.

Jake nippte am Kaffee; in der eisigen Kälte des frühen Morgens dampfte der Becher wie ein Schornstein. »Es ist schön hier«, sagte er. »Es ist sogar sehr schön. Friedlicher als in Light City.«

»Würdest du zurück wollen, wenn du könntest?«

Er nahm den Kaffeebecher am Henkel und setzte ihn vorsichtig ab. Er dachte eine Weile über ihre Frage nach.

»Wenn ich nur wüsste, wie«, sagte er.

Viertes Kapitel
Der Krieg

Rykuunh hatte vom Krieg noch nicht viel erfahren, bis zu dem kalten Tag im September des Jahres 2674, an dem Jake um Haaresbreite mit dem Leben davon gekommen war.

Die Rebellen an seiner Station hatten immer vermutet, dass es den Konzernen irgendwann gelingen würde, durch die Scanner am Brückenkopf einen getarnten Konvoi an Militärpersonal durchzuschleusen, doch dazu kam es nie: In Wirklichkeit griffen sie über Luftwege an. Aus einem achtzig Kilometer entfernten Mutterschiff sandte die World Union eine Armada von ferngesteuerten Drohnen auf die Stadt aus.

Als der Junge die Maschinen durch den blauen Himmel segeln sah, hielt er sie zuerst für eine unbekannte Vogelart. Er hatte nie zuvor eine Kampfdrohne in der Luft gesehen. Trotz der Verteidigungsmechanismen war der Himmel hinter der Luftabwehrzone noch immer punktiert von den schwarzen Boten des Todes. Im Sperrfeuer der Rebellen näherten sie sich der Stadt. Für den Widerstand war es ein aussichtsloses Gefecht, in dem der größte Gewinn die kleinstmögliche Zahl an Verlusten war.

Jake war gerade am Kontrollpunkt stationiert gewesen, als die ersten Raketen in umliegende Häuser einschlugen. In morbider Faszination blickte er den Raketen nach, deren Zeugnisse als Kondensstreifen am Himmel verweilten und noch lange danach in der Zerstörung, die sie anrichteten und im Tod, den sie über die Bevölkerung brachten.

Er hörte Explosionen von nah und fern, nahm die Erschütterungen wahr, die sie auslösten. Schwarzer Rauch trübte die Skyline von Rykuunh. Über Funk hieß es, eine Rakete habe den nord-östlichen Aufzug zerstört. Zwei weitere Raketen waren in den oberen Stockwerken der Zwillingstürme explodiert. Jake sah Menschen aus den brennenden Türmen springen und in die Tiefe stürzen. Riesige Feuer loderten aus den zerschlagenen Fensterscheiben, Kriegssirenen begannen durch die ganze Stadt ihr unheimliches Heulen, Staub von zerstörten Wohnhäusern ganz in der Nähe hüllte die Straßen ein und legte sich schal auf seine Zunge.

Er erspähte eine Drohnengruppe, die sich im Sturzflug dem Kontrollpunkt näherte. Der ganze Angriff zielte darauf ab, mit einem Schlag die Stadt von der Außenwelt abzuschotten. Mit den anderen Arbeitern rannte er um sein Leben. Der Checkpoint wurde von der Wucht der Explosion in Stücke gerissen; obwohl er schon in etwa hundert Meter Entfernung hinter einem Marktgebäude verschwunden war, brachte die Schallenergie auch hier noch Fensterscheiben zum Bersten. Der Knall kam so laut dahergeritten, dass Jake für die ganze nächste Stunde nur noch einen monotonen Pfeifton hörte, die panisch umherlaufende Menge war für ihn stumm, obwohl in den Gesichtern der Einheimischen Leid und Wut in Einklang schrien.

Jemand zerrte den völlig desorientiert umhertaumelnden Jungen in einen Häusereingang, dort versteckten sie sich in einem Kellergebäude und harrten aus, bis die Raketenangriffe vorüber waren.

Die Zerstörungswelle dauerte mehrere Tage an. Die Drohnen hatten die halbe Stadt verwüstet, die Forschungseinrichtung zerstört, die Zwillingstürme dem Erdboden gleichgemacht und beide Aufzüge vernichtet. Die Brücke stand wie durch ein Wunder mit einigen größeren und kleineren Schäden.

Über der ganzen Stadt lag Asche. Tote in den Straßen, Kinder, die ihre Eltern verloren hatten und Eltern, die die Gebeine ihrer Kinder aufsammelten. Das waren die Eindrücke, die Jake in sich aufnahm, während er eines frühen Abends zu seinem Wohnhaus strebte. Schuld daran war eine korrupte Regierung, die den Credits unterstellt war, und Credits hatten die großen Konzerne, Konzerne wie die VTC.

Einer seiner Mitbewohner war beim Drohnenangriff ums Leben gekommen. Einen Tag später fanden sie Ersatz, keinen Ersatz für das Individuum, das ihnen verloren gegangen war, aber Ersatz für einen Menschen, der in der Lage war, seinen Teil der Miete aufzubringen – denn dazu waren sie auch hier verpflichtet.

Die Rebellen hatten Vergeltung angekündigt und arbeiteten an einem Gegenschlag, der auch dem Leben des Jungen eine letzte Wende geben sollte. Sie suchten fähige Männer und Frauen, die nicht nur mit Herzblut den Ideologien der Rebellen folgten, sondern auch mit Herz und Blut, mit Leib und Seele; sie suchten nach Helden, die in Light City den Konzernen – allen voran der VTC – einen empfindlichen Schlag versetzen sollten.

Noch am gleichen Tag, als Jake davon hörte, meldete er sich im provisorischen Verwaltungsbüro, das früher einmal in einem der Zwillingstürme gewesen war und nun zwei Straßenecken weiter, in einem der unbeschädigten Gebäude in der dritten Etage.

Von da an, wo er seine Unterschrift im festen Glauben ans Schicksal gesetzt hatte, gab es für ihn kein Zurück mehr, auch wenn er sich zu einem bestimmten Punkt in der Zukunft nichts sehnlicher gewünscht hätte, als seine Entscheidung wieder rückgängig zu machen.

Die Vorbereitungen dauerten bloß eine Woche. Zuvor hatte er Mirela von seinen Plänen, nach Light City zurückzukehren, erzählt, und sie schien wenig begeistert gewesen. Umso mehr überraschte es ihn, sie hier im Camp wiederzutreffen. Sie habe es sich anders überlegt. Sie wolle mit ihm gegen die Konzerne kämpfen, sagte sie, und er glaubte für den Moment, dass er auch an ihrer Seite sein wollte. Meist besann er sich erst in den Abendstunden, im Schlafsack im Zeltlager, darauf, dass er dem Kommando nur für Amanda beigetreten war, für ein Mädchen, mit dem er nur wenige Tage verbracht und das er seit Jahren nicht mehr gesehen hatte.

In seiner Vorstellung waren Züge ihres Gesichts bereits ausradiert gewesen, genauso waren viele Momente mit ihr verschwunden und das Gefühl verblasst, das mit den Erinnerungen an sie einherging. Trotzdem glaubte er, seine Bestimmung nur in ihr zu finden.

Am Ende der Woche wurde er in ein staubiges Hinterzimmer berufen, wo er den Rebellenkommandeur und einige andere in Uniformen gekleidete Freischärler antraf. Sie hielten einen grün und blau geprügelten jungen Mann auf den Knien, der mit einem verdrehten und blutdurchtränkten Stofftuch geknebelt war. Seine Miene war ausdruckslos und der Blick ging ins Leere, so, als sei sein Geist schon eine Weile zuvor aus dem Körper gefahren, und nun schlug das Herz ohne Verstand weiter, und die Atmung ging ruhig und maschinell-gleichmäßig.

Man schloss die Tür hinter Jake, und er trat weiter in den Raum hinein.

»Dieser Mann ist ein Gefangener. Du erkennst ihn vielleicht wieder«, sagte der Kommandeur. »Er hat in Aalgongonok mit dir gearbeitet und unsere Männer, Frauen und Kinder versklavt, gefoltert, vergewaltigt und ermordet. Du weißt es so gut wie wir, du warst die ganze Zeit dabei.«

Jake gab keine Antwort. Er bekam den Blick von dem Geknebelten nicht los. Sein alter Partner Ron war die ganze Zeit über am Leben gewesen, dachte er, die ganze Zeit in Rykuunh, ein Gefangener der Rebellenarmee.

»Ihr müsst ihn gehen lassen«, sagte er.

»Wir wissen, dass du es nicht wolltest. Ich weiß es. Sonst wärst du überhaupt nicht hier. Aber dieser Mann hat mitgemacht. Er hat Grausameres als den Tod verdient, aber davor werden wir ihn bewahren. Wir bereiten ihm ein schnelles Ende.«

»Das ist Ron«, sagte Jake. »Er wollte es auch nicht. Er war die ganze Zeit bei mir! Er hasst die VTC so sehr wie ich. Deswegen ist er doch in den Dschungel geschickt worden. Weil er der VTC ein Dorn im Auge ist. Sie müssen ihn gehen lassen! Er kann einer von uns werden.«

»Er hat mitgemacht«, sagte der Kommandeur bestimmend. »Er ist einer von ihnen.«

Der Rotschopf, der nun kahl rasiert war, hatte Jake nicht einmal angesehen, aber er musste ihn bemerkt haben, musste wenigstens seine Stimme erkannt haben.

Der Kommandeur zog aus seinem Oberschenkelhalfter über der Tarnhose eine Pistole heraus. Entsicherte sie, hielt sie am Lauf fest und reichte sie, mit dem Kolben voran, dem Jungen.

»Ich soll ihn erschießen?«

Das kann er nicht von mir verlangen.

Jake starrte die Waffe an, als sei sie nicht bloß die Verheerung über einen Menschen, sondern über alles Leben auf dem Planeten. Nach kurzem Zögern nahm er die Waffe in die Hand und legte den Zeigefinger auf den Abzug. Er blickte noch einmal zu Ron und dann zum Kommandeur.

»Sie müssen ihn gehen lassen. Er hasst die VTC. Er ist einer von uns.«

»Du willst doch nach Light City und für uns gegen die Konzerne kämpfen. – Es wird Blut fließen. Menschen werden für die Gerechtigkeit sterben. Dass du bereit bist, für unsere Sache zu töten, musst du beweisen. Sonst können wir dich nicht dorthin schicken. Sonst hast du die Lektion nicht begriffen, und wir können dir nicht vertrauen.«

Jake senkte den Blick auf die Pistole, die unnatürlich schwer in seiner Hand lag. Ron machte keinerlei Anstalten, sich zu wehren, oder um sein Leben zu kämpfen. Vermutlich hatte er genug Zeit gehabt, sich auf diesen Tag vorzubereiten.

Dann fiel der Schuss.

Rons Gesicht verzog sich im Moment des Todes überhaupt nicht. Er fiel nicht einmal um – der Leib hielt durch irgendeinen unbedeutenden Zufall in eingefallener Haltung das Gleichgewicht, das Kinn klappte auf die Brust, und aus den Nasenlöchern schossen dunkle Blutfontänen.

O gottverdammte Scheiße.

»So einfach ist es, ein unbedeutendes Leben auszulöschen«, sagte der Kommandeur. Er steckte die geborgte Pistole seinem Helfer zurück ins Halfter und fügte hinzu: »Aber sein Tod war nicht unbedeutend, überhaupt nicht. Das muss ich klarstellen: Jeder tote Feind bringt uns einen Schritt näher ans Ziel. Aber es gibt viele Feinde zu töten. – Ayvir, bring uns einen neuen Gefangenen aus dem Lager. Wir geben Jake eine zweite Chance.«

Unverzüglich setzte sich der Angesprochene in Bewegung, schritt aus der Tür, und in der Zeit, wo er abwesend war, herrschte ein tiefes und bedrücktes Schweigen, auch dem Kommandeur schien es jetzt ernst, er ließ seinen Blick erst vom Jungen ab, als Ayvir mit einem anderen Gefangenen eintrat, die Tür schloss und ihn neben Rons Leiche auf die Knie stieß.

»Loa, loa.«

Jakes Herz hämmerte in der Brust. Er musste unkontrolliert schlucken, als er in die Augen des Todgeweihten sah.

Ich will zurück zu ihr, dachte er.

Und mit diesem Gedanken hob er die Waffe an.

Fünftes Kapitel
Überquerung

Kalte Meeresluft, salzige Brise, Neumond. Dunkelste Nacht von allen. Wo waren die Sterne am freien Himmel?

»Ich habe mit den Menschen auf der Brücke gesprochen. Sie sagen, in drei Tagen erreichen wir Light City.«

»Ich kann's immer noch nicht glauben, dass ich bald zurück bin.« Jake sagte es nicht einfach so; die Zeit in Luvanda war einem Traum ohne Erwachen gleich gewesen, und der einzige Weg hinaus, so hatte er zu glauben begonnen, schien er im Tod zu finden, mit dem er fast täglich im Dschungel gerechnet hatte.

»Werden wir zusammenhalten?«

»Werden wir«, sagte er und meinte es so.

Sie saßen allein auf einem der seitlich von der Reling angebrachten Rettungsboote, weit abseits der anderen Flüchtlinge, so weit es auf engem Raum möglich war. Hinter ihnen der Niedergang zur Messe, die in vorangegangener Zeit, als der Frachter noch für den längst bankrottgegangenen WorldPort-Konzern das Meer befahren hatte, einer Handvoll Matrosen zur Unterhaltung und zur Beköstigung gedient hatte.

Mirela lag in seinem Arm. Er wusste gar nicht, wie es dazu gekommen war. Ihr fror noch unter der Decke, und sie schmiegte ihr Gesicht an seine knöcherne Brust heran. Hielt ihren Arm um seinen Bauch geschlungen. Die Kleidung war rau und stank nach altem Schweiß, nach den Ausdünstungen verschiedener Menschen. Aber es kümmerte sie nicht. Sie kannten es nur so.

»Wie lange kennen wir uns eigentlich schon?«

»Ungefähr'n Jahr.«

»Fühlt sich länger an.«

»Ist es gut, wenn es sich länger anfühlt?«

»Ich glaube, ja. In diesem Fall schon.« Sie sah zu ihm auf.

»Weißt du was?«

»Ein bisschen was weiß ich.«

»Willst du noch mehr wissen?«

»Okay.«

»Ich mag dich.«

Ein Moment Stille dehnte die Sekunden. So viele Gedanken in seinem Kopf. So viel, was er jetzt am liebsten vermeiden würde. Von weit her trugen die Böen das Brechen der Bugwellen heran. Auf dem Oberdeck das Tuscheln von jenen Stimmen, die nicht in den Schlaf fanden.

»Ich kann dich auch verdammt gut leiden«, sagte er.

»Hast du schon mal so für jemanden gefühlt wie für mich?«

Er stockte. Öffnete den Mund und setzte zum Sprechen an, aber er verschluckte die Worte, noch ehe sie geboren waren. Schließlich sagte er: »Ich glaub, ich weiß jetzt, worauf das hinauslaufen soll.«

»Ich will dich etwas fragen.«

»Oder so.«

»Soll ich?«

»Ich glaub, mir wär's lieber, wenn du's nicht tätest.«

»Ich muss aber wissen, woran ich bin.«

Er zog die laufende Nase hoch. Wischte sich den Rotz mit dem Hemdsärmel von der Nasenspitze; sie war eiskalt und taub vor lauter Kälte.

»Du bist an einem treuen Freund«, sagte er nach einer Weile. »An einem guten Rebell, der hinter dir steht. Der wie ein Bruder für dich ist.«

Aus dem Blickwinkel nahm er ein leichtes Nicken wahr, spürte die Bewegung ihres Kopfes auf seiner Brust. Dann krallte sie sich in seine Rippen. Als wolle sie einen Verlorenen an sich binden.

Die Funzel oberhalb des Schotts war die einzige Lichtquelle in ihrer Nähe. Plötzlich ließ Mirela ihn los und setzte sich neben ihn hin. Er betrachtete sie. Sah im Dunkeln nur schwache Züge ihrer Wangenknochen, einen seidigen Abglanz auf ihrem Haar. Große braune ehrliche Augen. Was er dachte und beinahe gesagt hätte, war nicht gelogen: Sie war wunderschön.

»Von einer anderen hast du mir nie erzählt«, sagte sie.

»Ist halt nicht mein Lieblingsthema.«

»Hast du sie in Luvanda zurückgelassen?«

»Sie lebt in Light City.«

Er kapierte nicht, warum sie so überrascht war. So entsetzt. »Sie hat mir das Amulett gegeben. Ich hab dir von ihr erzählt. Sie's der Grund, warum ich zurück will. Ich dachte, das wär' dir von Anfang an klar.«

Mirela musterte ihn eine Weile. Ihr Blick wog schwer vor Enttäuschung. So schwer, dass er es nicht ertrug, sie noch länger anzusehen. Endlich wandte sie das Gesicht dem schwarzen Meer zu, und sie blickte ihn nie wieder so an wie zuvor.

»Du warst der einzige Grund, warum ich meine Heimat aufgegeben habe. Warum ich hier mit dir in die Ferne aufgebrochen bin«, flüsterte sie so leise, dass er ihre Worte im eisigen Fahrtwind unmöglich hören konnte.

Sechstes Kapitel
Gestrandet

Erst als die Küstenregion von Light City in Sicht kam, konnten die Flüchtlinge das erste Mal auf ihrer Reise sicher sein, die World Union würde sie nicht einfach im Meer versenken – sie waren am Ziel angekommen, nur waren die Erwartungen daran das genaue Gegenteil von dem, was sie bekamen. All jene Schutzsuchenden, die außerhalb des Einflussbereichs der World Union gelebt hatten, wurden in notdürftige Verschläge untergebracht, manche hausten unter Planen. Über sechs Millionen Menschen lebten in Adenaaru, der Bezirk, der alle Flüchtlinge aufnahm und einschloss. Sie bekamen erst nach langjähriger Prüfung ihrer Identitäten eine Möglichkeit, als Bürger von Light City anerkannt zu werden, bis dahin verrichteten sie niedere Arbeiten.

Adenaaru war ein einziges großes, von der Außenwelt abgeschottetes Gefängnis ohne Zugriff zum Infonet. Jake traf auf Menschen, die seit mehr als zwanzig Jahren hier lebten, weil niemand mit Sicherheit sagen konnte, wer sie waren, ob von ihnen eine Gefahr ausging oder nicht. Adenaaru war ein luftverpestetes Ballungszentrum für Zorn und Verzweiflung, Wut darüber, aus einem Leben voller Tod, Armut, Leid und Gewalt entkommen und in ein neues angekommen zu sein, das sich aus Belanglosigkeit und Schmutz zusammensetzte, aus ebenfalls Gewalt und Leid, die Armut ohne Familie und Heimat noch unerträglicher. Es gab jeden Tag Vergewaltigungen, Morde, Raub; es gab eine eigene Justiz und Gefängnisse, aber in denen war das Leben nur geordneter als hier draußen. Viele der Gestrandeten waren bereit, für ein wenig mehr eigenes Wohl ein anderes Leben zu ruinieren.

Manche taten es für die Familie, andere wollten austeilen, wollten Welten zerstören, weil ihre eigene seit jeher zerbrochen war.

Auf seinem Nachhauseweg von der Arbeit in einer Konservenfabrik sah Jake aus der Ferne, wie eine Gruppe Männer eine Familie überfielen, den Vater und die Söhne zurückhielten und die Frau schändeten. Die Schutzsuchenden, die vor dem Krieg und der Gewalt geflohen waren, lebten hier in noch größerer Furcht. Als sollte das ihr Schicksal sein, als wäre für sie keine Gnade vorgesehen.

Am nächsten Tag ging er einen Umweg durch eine von hochgezogenen Wohncontainern gesäumte Gasse. In dicken Bündeln hingen Stromkabel über den Containerschluchten, über manche von den Kabeln hatten Anwohner ihre Lumpen zum Trocknen aufgehängt. Der Dunst der Abwasserkanäle trieb aus den Poren der Gullideckel empor. Zwischen zwei Müllcontainern entdeckte Jake die nach Urin stinkende Leiche eines Obdachlosen. Er sah sie jede Nacht auf seinem Nachhauseweg zwischen dem Müll in der Ecke kauern und mehr und mehr verwesen. Niemand scherte sich um sie. Als gehöre sie zu der Gegend einfach dazu. Wie ein beständiges Merkmal zur Orientierung in dieser dunklen Gegend.

Noch mehrere Wochen lag die Leiche dort, bis die überquellenden Müllcontainer eines Tages geleert wurden und von dem Zeitpunkt an auch die Leiche fort war. Jake hatte keinen Zweifel daran, dass man sie einfach armselig mit dem Müll ins Abfallfahrzeug verfrachtet hatte.

An einem anderen Abend – er war wieder unversehrt bis zur Wohnungstür gekommen – wollte er gerade Mirela zum wöchentlichen Trinkgelage in einer nahe gelegenen Spelunke herausklingeln, da hielt ihm ein Mann ein Messer an die Kehle, stahl ihm die paar Münzen seines Wochenverdienstes und verlangte seine Stiefel. Die Flüchtlinge wurden zum Teil mit Münzgeld wie auf Limbus II bezahlt und zum anderen Teil mit Gütern, die sie am dringendsten brauchten.

Drei Wochen arbeitete Jake nur mit alten, um die Füße gewickelten Tüchern, ehe er ein paar abgewetzte Turnschuhe bekam. Nach Feierabend schlug er sich wegen der schönen Mirela mit einem Arbeiter in einer Schnapsbrennerei. Als der Mann am Boden lag, stürzten sich drei seiner Kumpels auf Jake, schlugen ihm zwei Zähne aus, brachen ihm das Nasenbein, den Unterarm und vier Rippen. Halbtot wurde er auf die Straße geschmissen und von einer zufällig dahergelaufenen, zufällig beseelten Gruppe Gestrandeter in ein notdürftig ausgestattetes Militär-Lazarett gebracht.

Eines frühen Morgens kam Mirela ihn besuchen. Sie brachte ihm eine Tafel Schokolade, die er nicht kauen konnte. Also schob er sich ein Stück in den Mund und ließ es zwischen Zunge und Gaumen zergehen.

»Du hast dein Leben riskiert, nur weil der Kerl mich eine –« sie stockte, war selbst in dieser Müllhalde noch zu vornehm, Beleidigungen auszusprechen.

»Das hast du einfach nicht verdient.«

»Ich war ja nicht mal dabei.«

»Trotzdem. Er hat's gesagt.«

»Ja, das hat er wohl.«

»Ist alles okay bei dir?«

»Das fragst du mich?«

»Nun ja ...«

»Ich wollte dir noch etwas sagen.«

Sie machte eine Pause.

»Dann sag's doch. Ich lauf dir nicht weg.«

»Nicht hier«, sagte sie. »Werd erst einmal wieder gesund. Ich will nicht, dass die Schmerzmittel dein Denken beeinflussen.«

Er wurde aus dem Lazarett entlassen, noch lange bevor er wieder gesund war. Die Nase wuchs krumm zusammen und war noch völlig zugeschwollen, der Kiefer von den herausgeschlagenen Zähnen ebenfalls geschwollen, der bandagierte Brustkorb schmerzte bei jedem Atemzug; so riss er täglich zwölf Stunden in der Konservenfabrik ab. Im weißen Papieroverall mit Haarnetz stand er in einer langen Reihe von Flüchtlingen am Fließband und schnitt das im Labor gezüchtete Muskelgewebe von verschiedenen Tieren zurecht. Manchmal entwuchsen dem In-vitro-Fleisch borstige Haarbüschel oder ein paar Zähne, die er dann wegschneiden musste. Er legte immer drei Stücke Laborfleisch in eine Konserve, die dann von Hochpräzisionsmaschinen mit Öl getränkt und verschweißt wurden. Auf dem Deckel des fertigen Produkts war die Zeichnung eines grinsenden Schafskopf abgebildet, und darauf stand: *schönes neues Lamm! Mit Genehmigung von SnackBite Inc.*

Mirela und Jake hatten ihren einzigen freien Tag im Monat auf einen Mittwoch gelegt. Es war Nachmittag, der letzte sonnige Tag vor einer großen Unwetterfront, die ein Vorbote der langen Regenzeit im Herbst war. Sie spazierten schon eine ganze Weile an dem verockerten Teil des Cordwell-Rivers entlang, der in

Adenaaru von der nahen Chemieindustrie von Quecksilber verseucht war.

Adenaaru war der einzige Bezirk, der an die große Mülldeponie im Osten der Stadt angrenzte. Die Deponie wuchs ständig an und war bereits zweimal so groß wie Ataris – der größte Bezirk in Light City. Die einzigen Flugmobile, die über Adenaaru ihre Bahnen zogen, waren die riesigen Müllfrachter, die ihre Bäuche öffneten und tausende Tonnen an Hausmüll und Elektroschrott auf die türmenden Abfallberge schütteten; Tag für Tag wuchsen sie an.

So ein Müllfrachter flog gerade über ihren Köpfen hinweg, als sie sich nahe einer welken Uferböschung auf einem Treppenabsatz niederließen und eine Thermoskanne Wasser teilten.

»In einer Woche bekomme ich den Bescheid über meine Aufenthaltsgenehmigung«, sagte Mirela.

»Hast du'n gutes Gefühl?«

Sie nickte. »Das wird was«, sagte sie. »Ich spreche ja sogar eure Sprache.«

»Tu ich auch. Mir hat man aber noch nicht gesagt, wann ich hier rauskomm.«

Von hier aus sah Jake direkt auf die Müllverbrennungsanlagen, die kilometerhohen Rauchwolken waren so weit weg, dass sie nur kleine glosende Feuer unter dem Himmelsblau waren. Trotz der Entfernung wehte der süßlich-ranzige Gestank von verdorbenem Essen und Müll bis zu ihnen heran und beschwerte die Luft im ganzen Bezirk.

»Und was wolltest du mir sagen?«

Kurz schwieg sie. Dann: »Ich hab mir wochenlang darüber Gedanken gemacht. Habe mir die Worte schon Tage zuvor zurechtgelegt. Doch jetzt, wo der Moment da ist, weiß ich nicht, wie ich anfangen soll.«

»Wenn es wieder um uns geht, dann – «

»Geht es nicht. Nicht direkt jedenfalls. Es geht viel mehr um uns als Organisation.«

»Die Red Nova?«

»Ja«, sagte sie. »Als wir zusammen in Rykuunh an den Klippen saßen ... da hast du mir gesagt, dass du glaubst, dass alles, was passiert, einen Grund haben muss. Ich denke nach wie vor, dass du recht hast.«

»Und was soll mir das jetzt sagen?«

Sie sah ihn an. »Ich gehöre nicht zur Red Nova. Das ist mir klar geworden.«

Er musterte ihr Gesicht.

Miri war immer das treueste Mitglied unter den Rekruten. Wieso hat sie sich umentschieden?

Er wartete ab, bis sie von sich aus weitererzählte.

»Erst vor zwei Tagen gab es einen Anschlag auf das – «, sie suchte das richtige Wort.

»Aufs Verwaltungsbüro«, sagte er.

»Ja. Dabei sind neun Menschen umgekommen.«

»Aber wir haben die VTC angegriffen, nicht die Menschen, die damit nichts zu tun haben. So wie die VTC es in Ronkondaar oder Rykuunh gemacht hat. Einfach Bomben auf die Unschuldigen geschmissen, auf Menschen, die keine Rebellen waren, sondern nur dort gelebt hab'n.«

»Auf Zivilisten«, sagte Mirela. »Trotzdem. Du hast den Großteil deines Lebens für die VTC gearbeitet. Stell dir vor, dort im Büro hat es Menschen wie dich gegeben. Die mit all dem gar nichts zu tun haben wollten.«

»Hat's bestimmt nicht.«

»Wie kannst du das so sicher sagen? Du hast mir doch selbst von deinem Freund Ron erzählt, den der Kommandeur vor deinen Augen hingerichtet hat. Das hast du mir erzählt. Du hast mir gesagt, er war wie du. Er wollte das alles überhaupt nicht.«

Diesmal schwieg Jake. Der Fluss spülte Verpackungsmüll an die Ufer. Er sah Flüchtlinge im braunen Flusswasser ihre Kleider waschen. Sah all das weltliche Elend an diesem kleinen Ort konzentriert. Es waren nicht nur Menschen aus Luvanda im Gestrandetenbezirk, sondern auch Leute von den Distrikten angrenzend zu Light City, wo die VTC auch dort der einheimischen Bevölkerung den Krieg erklärt hatte – oder wie der Konzern sagte: wo sie die Bevölkerung von der Gewaltherrschaft des Widerstands befreien wollte.

»Und was willst du jetzt tun?«, sagte er.

»Wenn ich aus Adenaaru draußen bin, dann mache ich genau das, was du mir immer gesagt hast – ich werde meiner Bestimmung folgen.«

Jake beobachtete das schmutzig wühlende Flusswasser. Dann hob er seinen Blick zu Mirela. »Du willst die Rebellen verlassen. Dann verlass sie. So eine gute Gelegenheit kriegst du nicht nochmal.« Nachdenklich fuhr er sich über die Narbe auf seiner rechten Hand. Vor Antritt der Reise hatte man ihm den Ausweischip unter der Haut entfernt. Auch er war identitätslos, er war ebenso frei wie Mirela. Der Gedanke kam auf: Sie konnten sich beide abseits der Gewalt, abseits des Krieges zwischen den Konzernen

und dem Widerstand ein gemeinsames Leben in Freiheit aufbau-
en.

Ihr Blick ging ins Leere. Sie schüttelte den Kopf leicht wie eine
Andeutung. »Jake«, begann sie, »in Luvanda sind wir beide zu
Mördern geworden. Wir haben wehrlose Menschen getötet. Ich
habe es getan, weil ich glaubte, dass du meine Bestimmung bist.
Ich wollte mit dir hierher.«

»Miri, ich –«

»Du warst ja auch meine Bestimmung«, sagte sie. »Du warst
ein Teil davon, ein Abschnitt vom Weg, den ich gehen musste,
um die Wahrheit zu finden. Als wir auf dem Schiff waren und
den Menschen geholfen haben, wusste ich, dass es das ist, was ich
bis zu meinem Lebensende machen will. Anderen helfen ist das,
wozu ich auserkoren bin. Ich will Menschen retten und nicht
noch mehr Leid und Gewalt durch Kriege in die Welt tragen.«

Eine ganze Weile verging, in der sie nichts anderes taten, als in
die Richtung der fernen Rauchschwaden zu sehen. Die riesigen
Abfallberge säumten den Horizont.

»Ich will die Rebellen verlassen, um ein Leben in Freiheit zu
führen, und ich frage dich, Jake, ist es nicht das Gleiche, was du
auch willst? Freiheit.«

Er überlegte eine Weile. »Ja«, sagte er dann. »Und deswegen
ist mein Platz bei den Rebellen. Ich kämpfe für die Freiheit.«

Sie nickte. »Das verstehe ich«, sagte sie. »Aber ich glaube
trotzdem, du machst einen Fehler.«

»Bestimmt nicht.«

»Wirst du mich verraten?«

»Ich werde niemanden verraten. Und schon gar nicht dich.«

Siebtes Kapitel
Schon wieder ein Abschied

In der Nacht vor ihrer Entlassung waren sie ein letztes Mal zusammen in einer Spelunke, die kurz vor Ladenschluss außer den beiden keine Gäste mehr hatte. Jake hatte seinen dritten Becher, während sie immer noch beim ersten war. Draußen fiel der Regen fast diagonal. In gewaltigen Sturmböen peitschte er gegen die Hausfassade, lief in Strömen die Scheiben herunter, aus einer von ihnen beobachtete Jake die menschenleere Straße. Der Sturm blies den Müll aus einem überquellenden Container und fegte ihn an seinem Blickfeld vorbei. Er nahm einen großen Schluck.

Plötzlich sagte sie: »Hast du schon mal daran gedacht, dass das hier deine einzige Chance ist, noch auszusteigen? Dass alles, was du für richtig hältst, am Ende doch das Falsche ist?«

Er begleitete sie bis an Adenaarus Hochsicherheitstore. Die großen Pforten waren von bewaffneten Posten umstellt. Die Söldner besetzten auf einer höheren Ebene Geschütze, große Panzerfahrzeuge waren auf dem Boden stationiert, um sicherzugehen, dass die Flüchtlinge keinen Aufstand wagten, oder ohne Erlaubnis den Bezirk zu verlassen versuchten.

In einiger Entfernung zum Kontrollpunkt blieb Jake auf einmal stehen. Sie umarmte ihn fest, und er spürte ihr tränennasses Gesicht an seiner Wange, der Kuss, den sie ihm gab, war voller Liebe, und er erwiderte ihn. Er sagte ihr, sie solle auf sich aufpassen; und dass er stolz auf sie sei, obwohl er gar nicht wusste, ob er in der Position war, so etwas zu sagen. Sie bedankte sich und fügte ein Lebewohl hinzu, das ihr zwar schnell entfahren war, aber wohl mehr als alles andere auf der Welt an Überwindung gekostet hatte.

Es war nur ein Gefühl, doch als er sie zum Ausgang entlangschreiten sah, glaubte er die ganze Zeit, sie würde sich noch einmal zu ihm umdrehen; aber das tat sie nicht. Sie sahen einander nie wieder.

Achtes Kapitel
Keine Hoffnung

Jake war siebenundzwanzig, als er den Bezirk verlassen durfte. Der Name auf seinem gefälschten Ausweis lautete Leru Reyyrua, er hatte einen neuen Chip bekommen, einen neuen PDA, sein Kontostand zeigte null Credits an. Das erste, was er tat: Er schrieb Amanda eine kurze Nachricht, in der er seinen richtigen Namen zwar nicht nannte, aber ihr trotzdem erkenntlich machte, dass er der Absender war. Schon nach wenigen Sekunden kam eine Antwort zurück:

Benachrichtigung zum Übermittlungsstatus (fehlgeschlagen)
Dies ist eine automatisch erstellte Benachrichtigung über den Zustellstatus.
Übermittlung an folgenden Empfänger fehlgeschlagen.
A.Byrch2356217@vrtw.wu

Jake blieb inmitten der belebten Wolkenkratzerbrücke stehen und starrte immer noch auf seinen PDA. Es war schon spätabends, und Tau Ceti sank unterhalb der dunklen Hochhäuser, die den Horizont säumten. Die Luft war kalt, der Himmel noch nicht ganz dunkel.

Er bekam einen Job als Straßenkehrer in Keldaraan zugeteilt, schon am ersten Tag traf er durch Zufall seinen alten Kollegen am Imbissstand wieder. Er schien Jake zuerst gar nicht erkannt zu haben, kein Wunder, er war unrasiert, trug eine Brille, seine Haare waren lang und fettig und zu einem Pferdeschwanz gebunden.

»Ab und zu hab ich an dich gedacht«, sagte der Mann. »Aber ich hätte nicht geglaubt, dich nochmal wiederzusehen. Was ist mit dir passiert?«

In einem kurzen Abriss erzählte Jake von den letzten Jahren. Er legte, derweil er erzählte, die Hände auf den Besen, und als er fertig war, legte er sein Kinn auf die übereinander gefalteten Hände und ließ seinen Blick ins Leere gleiten.

»Und«, meinte der Mann, »wünscht du dir nun, nach alldem, was du erlebt hast, dass du niemals nach Cetos fünf gekommen wärst?«

Jake zuckte mit den Schultern, überhaupt nicht überrascht, so als habe er sich die gleiche Frage schon einen Moment zuvor gestellt. »Das wird sich alles bald zeigen«, sagte er.

Von nun sparte er am Essen und verzichtete ganz auf die Trinkgelage in den Spelunken. Nach ein paar Tagen kaufte er sich einen Fahrschein nach Ataris. Er besuchte noch einmal die Universitätsbibliothek und setzte sich auf die Stufen, wo er Amanda das erste Mal gesehen hatte. Dort harrte er aus, hungerte, hielt nach ihr Ausschau, bis zum späten Abend, bis die Treppen leer waren und sich kein Student mehr zeigte. Das machte er Tag für Tag. Doch sie kam nicht.

An einem ungewöhnlich warmen Tag, der letzte, bevor der Winter kam, saß Jake wieder auf den Stufen und blickte gerade in die untergehende Sonne, die selbst nur als Spiegelung auf den unzähligen Fenstern eines Wolkenkratzerturms zu sehen war, da lief an ihm eine junge Frau vorbei, die nicht Amanda war, aber die er zu kennen glaubte. Er überlegte die ganze Zeit, woher. Sie stand bereits am Haltepunkt und wartete auf das nächste Shuttle, das um ein Gebäude herumkam, noch etwa hundert Meter entfernt war. Da fiel es ihm wieder ein.

Die junge Frau war ihrer Uniform nach inzwischen Dozentin an der Uni geworden. Als er Amanda das erste Mal gesehen hatte, saß diese Frau neben ihr auf der Treppe.

Jake stellte die Dose ab, übersprang beim Hinuntergehen jeweils eine Stufe und lief ihr nach. Er hielt sie an der Schulter fest, noch bevor sie einsteigen konnte.

Sie sah ihn bloß erschrocken an.

»Du hast dahinten mal mit Amanda auf den Stufen gesessen«, sagte er. »'s schon Jahre her. Deswegen weißt du's wahrscheinlich auch nicht mehr. Aber ich kannte sie gut. Ich muss wissen, wo sie jetzt ist.«

Die blonde Frau mit dem Konzernlogo auf der Brust spitzte die Lippen. Sie warf einen Blick hinter sich, die anderen Studenten nahmen schon Platz, jeden Moment wäre der Gleiter voll belegt.

»Ich muss los«, sagte sie.

Er hielt sie fest.

»Lass mich los«, sagte sie. »Ich will keine Schwierigkeiten.«

»Sag es mir.«

»Ich will keinen Ärger.«

»Bekommst du nicht. Ich will nur wissen, wo sie is'.«

»Nicht vor dir habe ich Angst, du Idiot. Der Konzern. Ich will nicht mit ihr in Verbindung gebracht werden. Hast du überhaupt eine Ahnung, wer sie war?«

Jake nickte.

Die Anführerin der Red Nova.

Aber woher zum Teufel wusste das die junge Frau?

»Sie war das wahre Gesicht der Freiheitsarmee«, flüsterte sie und entriss sich seinem Griff, den er von selbst gelockert hatte.

»War?«, sagte er.

Mit einer Hand an der Gleitertür wandte die Frau sich zu ihm hin. Ihre Haare wehten ihr ins Gesicht, die abendlichen Sonnenstrahlen vergoldeten ihre Haut. Sie sagte: »Amanda ist letzten Sommer hingerichtet worden. Als man herausgefunden hat, wer sie wirklich war, haben Söldner sie erschossen.«

Jake sah ihr nach, wie sie in den Gleiter einstieg. Sah dem Gleiter nach, wie er sich in den Flugverkehr einreihte und hinter einem Wolkenkratzer verschwand. Wie taub fühlte er sich. Benommen. Noch lange danach stand er am Haltepunkte und fragte sich, wohin das Gefühl verschwunden war, an das er die ganze Zeit über geglaubt hatte. Er mochte es nicht denken, wollte es nicht wahrhaben.

Neuntes Kapitel
Dunkle Zeiten

Am gleichen Abend saß er in seinem Appartement und beobachtete schon eine ganze Weile den Regen auf der Fensterscheibe. *Jetzt bin ich so geworden, wie du mich haben wolltest, aber du bist nicht mehr hier, um es zu sehen.*

Milchig-trübes Licht schimmerte von den umliegenden Gebäuden herein und beschattete ihn; seine Füße auf dem Schreibtisch gekreuzt. Sein Atem wölkte, er trug eine dicke Winterjacke gegen die eisige Kälte, die in seinem Zimmer herrschte. Die Heizung funktionierte, aber das Geld zum Heizen fehlte.

Er hatte sich für die Hälfte seiner restlichen Credits einen Tagespass zum Infonet gekauft. Der Monitor auf dem Tisch flimmerte ins Dunkel hinein. Auf dem Bildschirm die geöffnete Seite der First News mit dem Bericht über Amandas Tod.

Er hatte den Artikel gelesen: Beim Versuch, in einer Chemiefabrik von Roemer Pharmaceuticals Medikamente zu stehlen, wurde sie erwischt und erschossen.

Jake schaltete den Monitor aus und starrte eine Zeitlang auf den schwarzen Bildschirm vor sich. Draußen brach der Tag allmählich an. Er hatte die ganze Nacht durchgearbeitet, insgesamt vier Straßenblocks vom Müll der Zivilisation befreit. Er hätte todmüde sein müssen. Doch er war hellwach.

Irgendwann legte er sich ins Bett und starrte die metallene Decke an, schloss die Augen – und sie öffneten sich wie von allein. Er war weit entfernt vom Müdesein, und nichts auf der Welt konnte ihn je wieder zum Einschlafen bringen.

Er ging nicht mehr zur Arbeit. Nach der zweiten Woche, als die Miete fällig wurde, schmiss man ihn aus der Wohnung. Er lebte als Obdachloser auf den kalten Straßen Keldaraans. Die Brotausgabestationen waren alle überfüllt. Er schlief in irgendwelchen Häusereingängen und Hintergassen und wäre fast erfroren. In den ersten Nächten musste er oft an den Obdachlosen aus Adenaaru denken, den er tot zwischen den Mülltonnen aufgefunden hatte, und er musste feststellen, dass er sich vor diesem Schicksal nicht mehr fürchtete.

Zwei Tage hatte er nichts gegessen, dann durchstreifte er die Hinterhöfe verschiedener Imbissbuden, knackte die Schlösser an den Tonnen und durchwühlte den Müll nach Essbarem. Bald darauf schloss er sich einer Gruppe an, sie plünderten Getränkeautomaten und klauten Schnaps aus Supermärkten. Als sie sich einmal erwischen ließen, löste sich die Gruppe auf und fand nie wieder zusammen.

Es gab viele Obdachlose in Keldaraan; die meisten von ihnen waren so gleichgültig wie er und von Amos, Tricocol oder Synthalkohol abhängig, manch andere gingen irgendeiner Arbeit nach, aber verdienten damit so wenig, dass sie nicht einmal die Unterkunft in einem Zeltlager bezahlen konnten. Oder sie verdienten genug, aber schickten die Credits lieber ihren Familien und verzichteten dafür selbst auf ein Zuhause, auf ein Leben. All solche Männer und Frauen hatte er in jener Zeit kennengelernt, und es war dieser Abschnitt in seinem Leben, in dem er Hoffnung zurückgewann und die durch Tod und Trauer hervorgerufene Gleichgültigkeit abstreifte. Er besann sich auf seinen Auftrag, ihm war mehr denn je klar, wer der Feind war, und wen es zu besiegen galt. Er dachte wieder über das Leben nach, vor allem darüber, was Amanda über das Schicksal und was der Alte auf Limbus II im Exil über seine Bestimmung gesagt hatte. Und auch das, was Vasker im Dschungel über das Leben gesagt hatte, fiel ihm wieder ein.

Das Leben ist nun mal nicht nett. Und für jemanden, der ins Unheil hineingeboren wird, gibt es keinen Weg hinaus.

Doch er wollte wenigstens die Bürger Light Citys und deren Nachkommen vor dem Unheil beschützen, das die VTC über sie brachte. Er wollte sein Volk auf dem Sträflingsmond rächen.

Als er am nächsten Morgen frierend und mit Schmerzen in den Knochen auf dem Straßenboden aufwachte, ging er noch einmal seinen alten Schichtkollegen besuchen, der ihm einen Hotdog rüberreichte und ihm nach Bitten zwanzig Credits auf seinen PDA überwies. Dafür kaufte er sich in einem heruntergekommenen Infonetcafé einen Tageszugang, er setzte sich in die hinterste Ecke und meldete sich im verborgenen Teil des Infonets an, wo er mit dem Widerstand in Kontakt trat. Er schrieb dem Drahtzieher für kriegerische Aktionen in Light City, erzählte von seiner Ausbildung in Rykuunh und vereinbarte noch am selben Tag ein Treffen mit dem Kontaktmann.

Über die Hauptstraße, die er entlangging, peitschte der Pestregen, wie die in Keldaraan lebende Bevölkerung den Regen, der hier auf die Erde niederfiel, nannte. Er fühlte sich auf der Haut wie Öl an und war von Ruß geschwärzt. Die Regenwolken vermengten sich mit dem beißenden Qualm der Fabrikschornsteine. Zur Regenzeit kam alles zu den Arbeitern herunter, was die Industrie an Giften in die Luft stieß.

Jake blieb stehen; irgendwo hier sollte sein Kontakt warten. Es war 21 Uhr 39 und bloß zwei Grad über dem Gefrierpunkt. Er ließ den Blick von seinem PDA und schaute über die Straße.

Noch sechs Minuten bis zum Treffen.

Um die Uhrzeit trieben sich auf den Straßen Keldaraans nur noch Obdachlose herum. Auf der anderen Seite, mit Blick auf den Cordwell-River, der hier genauso verpestet war wie der Himmel, wärmte sich eine Gruppe an befeuerten Fässern, die Keldaraans Bezirksverwaltung stellte, damit ihre niedersten Arbeiter im Winter nicht erfrieren mussten.

Neben einen abgesperrten Baustellenbereich, wo die Straße weitläufig aufgebrochen war und Kanalisationsarbeiten stattfanden, lag ein Klohäuschen, vor dessen Tür ein einziger Mensch weit und breit stand und wartete. War er sein Kontakt? Der Mann war hager, glatzköpfig und trug eine Datenbrille mit verspiegelten Gläsern.

Noch drei Minuten bis zum Treffen.

Jake stand zwischen Trümmerhaufen und Müllsäcken. Auf dem nassen Asphalt spiegelten sich die Lichter der umliegenden Geschäfte. Die Buchstaben *E* und *M* eines Neonschriftzugs über einem Krämerladen waren abgefallen, sie lagen inmitten eines großen Scherbenhaufens vor dem Eingang. Jake ging in den vollautomatisierten 24-Stunden-Shop, wählte das Getränk seiner Wahl, bezahlte mit dem Rest an Credits auf seinem PDA und kam mit einer Wasserflasche wieder heraus.

Der Fremde stand immer noch vor dem Klohäuschen.

Jake überquerte die Straße, ging auf ihn zu und sagte: »Ich muss mal pinkeln.« Er nahm einen Schluck aus der Wasserflasche und spreizte dabei den kleinen Finger ab. Es war das geheime

Zeichen der Rebellen, das er anzuwenden schon in Rykuunh gelernt hatte. Es bedeutete so viel wie das Sicherheben der Kleinsten aus der Bevölkerung.

Der Mann zündete sich eine Zigarre an, deren glimmende Spitze sich in seiner Datenbrille spiegelte. Er blies den Rauch in Jakes Richtung. Er kratzte sich ebenfalls mit dem kleinen Finger an einer Braue und sagte: »Mein Wagen parkt in der Nebenstraße. Komm mit. Stell keine Fragen, solange wir nicht im Auto sind.«

Sobald sie Keldaraan über die Schnellstraße verlassen hatten, roch die Luft, die über das Gebläse von draußen ins Fahrzeug gelangte, wieder merklich frischer. Die große Schadstoffwolke wälzte im Rückspiegel über den immer weiter zurückfallenden Bezirk. Nur der Regen hörte nicht auf; das ostwärts ziehende Wolkenfeld breitete sich über die ganze Stadt aus. Bei Tempo zweihundert glitten sie im verschwommenen Lichtermeer an anderen Autos vorbei, Richtung Ataris, wo für Jake damals alles begann. Wo er aus der Rettungskapsel ausgestiegen war; wo er Amanda zum ersten Mal gesehen hatte.

Er drehte das Frischluftgebläse herunter, es war schlagartig leise geworden. »Wär' doch um einiges schneller, wenn wir die Hyperloopstation nach Ataris nehm' würden. Die's ganz in der Nähe.«

Der Mann rümpfte die Nase, als sei ihm ein übler Gestank in die Nüstern gezogen. »Wäre schneller«, sagte er, »aber da sind Kontrollen. Und wenn die uns rausfischen, hab ich unter dem Sitz eine Vollautomatik, die nicht registriert ist.«

Jake schaute aus der Frontscheibe. »Sind Sie der, mit dem ich im Infonet geschrieben hab?«

Der Mann schüttelte den Kopf. »Nein, das bin ich nicht. Aber die, mit der du geschrieben hast, wirst du heute auch noch treffen.«

»Eine sie?«

Der Mann nickte. »Zu ihr fahren wir gerade hin.«

Die Tachonadel kletterte hoch bis auf zweihundertfünfzig Stundenkilometer. Kurz vor der Morgendämmerung erreichten sie den Ataris-Bezirk. Sie fuhren über eine Brücke, am Fuß des Vaughn Towers vorbei, und stiegen an einem von Kunstlichtern erhellten Markt in einem sehr belebten Viertel aus. Oberhalb der Stadt hätte es auch helllichter Tag sein können – die Wolkenkratzertürme standen derart gedrungen, dass hier unten keinerlei Sonnenlicht die Bewohner erreichte. Selbst der Regen kam nur tropfenweise an.

»Was ist das für ein Ort?«

»Das Bankenviertel.«

»Und *hier* ist der Unterschlupf?«

»Das beste Versteck ist dort, wo es keiner erwartet.«

Jake folgte dem Mann durchs Gedränge einer multikulturellen Volksdichte, die weder im Altersunterschied noch im Wohlstand hätte weiter auseinanderklaffen können. Im Wirrwarr der Menge sah er Söldner der VTC, er sah ärmliche Ladenbesitzer vor ihren Geschäften sitzen und rauchen, er sah Bettler, Huren, Invaliden und viele, sich in Eile bewegende Männer und Frauen der Oberschicht, die denen, die Zeit zum Herumtrödeln hatten, mechanisch auswichen; ihm war noch nicht ganz klar, ob all diese Menschen immer noch wach waren, schon wieder, oder niemals

schliefen. Der Mann, der sich bisher nur als sein Chauffeur ausgegeben hatte, bog in eine unscheinbare Marktgasse ein, in der
die feuchte Luft vom Duft fremder Gewürze und warmen Speisen angereichert war. Der Rebell stieg einen Niedergang hinab zu
einem schmalen, von schwarzen Müllsäcken versperrten Korridor, wo die Hinterausgänge verschiedener Geschäfte lagen. Er
blieb an einer Metalltür stehen, klingelte und zeigte sein Gesicht
dem starren Kameraauge an der Freisprechanlage. Kurz darauf ertönte der Summer, und die Tür öffnete sich.

Er ließ Jake den Vortritt.

Zehntes Kapitel
Alte Freunde

Das Versteck war ein etwa sechzig Quadratmeter großer Büroraum mit metallenen Wänden, Dekopflanzen, Ventilationsschächten und einer verspiegelten Fensterreihe aus dickem Panzerglas, die direkt auf den Marktplatz und die treibende Menge hinauszeigte. Neben einigen anderen Rebellen, die gerade Zeitung lasen, oder sich mit Kaffee wach hielten, sah Jake jemand anderes Gesicht, das ihm wie das aus einem lang zurückliegenden Traum vorkam.

Hinter einem großen Schreibtisch starrte Earl Tardino angestrengt auf einen Monitor. Jake konnte zuerst gar nicht glauben, dass er es wirklich war.

»Earl!«, rief er.

Tardino blickte vom Monitor auf, und auch die anderen Rebellen unterbrachen sofort ihr Treiben, als sie die Stimme des Jungen hörten. Niemand kannte ihn persönlich, aber sie erhoben sich – jeder zollte ihm auf seine Art Respekt: ein kurzes Nicken oder ein tiefer Blick; manch einer verzog nur die Mundwinkel, aber die Anerkennung, die sie Jake darboten, war ehrlich und manifestierte sich in der Stille. Sie alle schienen vom Wunder, das er in Luvanda vollbracht hatte, zu wissen.

Tardino durchbrach als Erster das Schweigen, indem er in die Hände klatschte. Ein anderer setzte nach, und einen Moment später applaudierte der ganze Raum. Das Getose hielt eine Weile lang an und wurde von einer unheimlichen Stille jener Art abgelöst, die nur dann einsetzt, wenn man das Gefühl bekommt, von jemandem beobachtet zu werden.

Jemandem.

Oder etwas.

»Willkommen zurück, Jake Pryke.«

Diese Stimme ...

Jake regte sich keinen Millimeter. Konnte auch diesmal nicht glauben, wer da gerade zu ihm sprach. Die Stimme, die über einen Lautsprecher in der Ecke erklang, war unverkennbar die von E.E.R.I.E. gewesen.

»Eerie, du lebst?«

»Ja, ich lebe. Jake Pryke, du hast die unschätzbar wertvolle Materie nach Luvanda gebracht. Die Rebellen erzielen große Fortschritte. Trotz der Kriege gegen die VTC und der Zerstörung ihrer Forschungseinrichtung hat die Red Nova ihr Ziel erreicht: In Rykuunh haben sie mit dem Bau einer Maschine begonnen, mit deren Hilfe sie die unbekannte Materie als Energiequelle nutzen können. Noch dieses Jahr sollen Leitungen verlegt werden, um die Energie an Orte außerhalb der Stadt zu transportieren. In den nächsten Jahren werden die Rebellen ganz Luvanda mit Strom versorgen und die Bevölkerung befreien können.«

Sie machte eine Pause.

»Jake Pryke –«

Er lauschte.

»Es tut mir leid, was mit Amanda Byrch passiert ist. Es tut uns allen schrecklich leid.«

Er nickte.

»Ich habe sie hier in diesem Unterschlupf kennengelernt. Wir haben uns unterhalten, haben uns lange alles Mögliche erzählt, so, wie wir beide uns früher auf der Samson die Nächte um die

Ohren geschlagen haben. Amanda Byrch hat mich viel über dich gefragt. Sie war dir sehr ähnlich. Auch sie hat ein großes Herz.«

Jake nickte. Er war stehengeblieben, ging nun aber auf Tardino zu, der ihm die Hand reichte. »Da ist ja unser Held«, sagte er. »Du siehst anders aus als bei unserem letzten Treffen.«

»Sind Jahre her.«

»Hab dich im ersten Moment überhaupt nicht erkannt.«

»Ich trag jetz'n Pferdeschwanz so wie du früher. Vielleicht liegt's aber auch an der Brille.«

»Das ist's bestimmt nicht«, meinte Tardino und fuhr fort: »Es sind auch nicht deine Narben, es ist auch nicht der Schmutz in deinem Gesicht, auch nicht der Bart, es ist deine Ausstrahlung. Du bist kein Junge mehr. Du scheinst mir in Luvanda zum Mann geworden.« Er begutachtete ihn noch eine Weile. »Wie alt bist du jetzt?«

Jake zuckte zunächst nur mit den Schultern. Er wusste es nicht. »Ende zwanzig, schätze ich.«

»Wie ich sehe, trägst du die Schweißerbrille noch.«

»Die nehm ich auch nicht mehr ab. Die steht für alles, was ich erreicht hab. Aber auch für das, was ich nicht schaffen konnte.«

»Eerie hat mir erzählt, dass du heute Morgen mit ihr in Kontakt getreten bist.«

Jake stockte einen Moment. »Jetzt verstehe ich«, meinte er. »Sie war's, mit der ich geschrieben hab?«

Tardino nickte. »Eerie leitet inzwischen unsere ganze Organisation. Ich hatte nie Zweifel, dass sie es zu etwas bringen würde. Aber an dich hab ich ehrlich gesagt nie geglaubt. Ich hätte nicht gedacht, dass du uns eines Tages eine Hilfe sein würdest. Umso mehr hast du mich überrascht. Wir sind stolz, dich auf unserer Seite zu haben – ich bin stolz.«

Jake bedankte sich, war in Gedanken aber ganz woanders, und Tardino musterte ihn eingehender. Es wirkte, als würde er seine Gedanken lesen können. »Du möchtest mich etwas fragen, stimmt's? Es steht in deinem Gesicht. Es geht um Amanda, oder? – dann frag.«

Er räusperte sich. Sagte: »Hat sie von Anfang an gewusst, wer ich bin?«

Tardino kaute eine Weile auf seinem Kaugummi herum. Dann schüttelte er den Kopf. »Dass ihr euch getroffen habt, war reines Glück«, erzählte er. »Wir haben uns schon Gedanken gemacht, wie ich nach Luvanda kommen soll, um dieses schwarze Ding unseren Brüdern und Schwestern zu überreichen. Irgendwann hat Amanda mir von einem Jungen erzählt, und als sie ihn beschrieben hat, wusste ich sofort, dass von dir die Rede war. Zu diesem Zeitpunkt war mir erst klar, dass du den Kapselritt überlebt hast. So haben wir dann den Plan geschmiedet.«

Jake wusste nicht, was er dazu sagen sollte. Er wollte seinem Mentor glauben, doch von Anfang an hatte ihn jeder nur belogen. Die VTC hatte ihm versprochen, auf Cetos V ein freier Mensch zu sein. Auf der ST SAMSON hatte sich die Red Nova als Schiffsbesatzung ausgegeben und seinen Tod billigend in Kauf genommen. Amanda hatte ihm ihre Liebe beteuert, doch auch sie wollte in aller erster Linie nur, dass er den wertvollen Fund nach Luvanda brachte.

Und Jake wusste nicht, warum er Tardino gerade jetzt Glauben schenken sollte. Auch wenn er es wollte.

»Wie hat sie mich beschrieben?«, sagte er.

Tardino setzte sich wieder. »Als den größten Knallfrosch von allen.«

Er selbst sah anders aus. Hatte den Zottelbart abrasiert, und seine langen Haare auf wenige Millimeter gekürzt. Die blauen Augen immer noch so ausdrucksstark wie vor Jahren, damals, als er ihn für einen Raumschifftechniker hielt und nicht für ein hohes Mitglied des Widerstands.

Tardino stieß mit dem Kugelschreiber in seiner Hand ein Pendel an und folgte einen Augenblick dem Takt. Dann sagte er, es bringe nichts, sich über seinen Lebensweg Gedanken zu machen, denn weder könne man die Vergangenheit rückgängig machen noch die Zukunft vorhersehen.

»Und was soll mir das jetzt sagen?«

»Amanda hat mir viel über dich erzählt«, meinte Tardino. »Du hast mit ihr über deine Freunde auf dem Sträflingsmond geredet, die auch Rebellen waren. Morisa und ...«

»... Tayus. Ihm gehört die Schweißerbrille.«

»Ja, Tayus. Du hast ihr gesagt, dass du dich als Raumschifftechniker beworben hast, so, wie du es schon auf der Samson vorhattest. Aber daraus ist nichts geworden. Es hätte nie etwas werden können. Weißt du auch, wieso nicht? – Weil du einer von uns bist. Bist schon immer einer von uns gewesen. Nur bist du vor dieser Erkenntnis dein ganzes Leben lang geflohen. Wenn Amanda mit einer Sache recht hatte«, fuhr er fort, »dann die, dass du dein Schicksal nicht lenken kannst. Aber wenn du erst einmal herausgefunden hast, wer du bist, wofür du bestimmt bist, dann gehst du darin auf, dich dieser Aufgabe zu widmen. Alle anderen Anstrengungen wären nur ein Irrweg, wären nur vergeudete Zeit, verschenkte Mühe, verschwendetes Potential. Verstehst du, was ich sagen will?«

Jake nickte, musterte ihn. Seine Worte klangen beinahe exakt wie die des Eremiten. Nichts geschieht zufällig, dachte er.

»Was machen wir jetzt?«

Tardino warf noch einmal einen Blick auf das Newtonpendel, das bisher scheinbar keinerlei Energie eingebüßt hatte. »Wir werden die VTC besiegen«, sagte er. »Was hast du in Luvanda gelernt?«

Jake sagte: »Ich habe das wahre Gesicht der VTC gesehen. Das ist die Erkenntnis, die ich auf dem anderen Kontinent erlangt habe. Es geht nur um die Überzeugung. Darum, das Richtige zu tun und den Preis dafür zu bezahlen.«

Tardino nickte. So als gebe er ihm zu hundert Prozent recht. »Vielleicht willst du es nicht hören«, fuhr er fort, »aber es ist genau das, was Amanda dich lehren wollte. Deswegen wollte sie, dass du nach Luvanda gehst. Du solltest lernen, wie die Zahnräder der Welt ineinandergreifen. Um wirklich einer von uns zu werden, musstest du deine Träume und Wunschvorstellungen endgültig ablegen.«

Jake stand vor ihm und schaute ihm in die Augen.

»Ich war auch mal so wie du«, sagte Tardino. »Und ich habe dieselben Lektionen lernen müssen, als ich in deinem Alter war. Amanda übrigens auch. Wir beide zwar auf eine ganz andere Art und Weise. Aber es waren die gleichen Lehren. Bevor ich mich der Red Nova angeschlossen habe, war ich selbst noch voller Illusionen gewesen. Jetzt bin ich es nicht mehr. Jetzt weiß ich aber umso mehr, wofür ich kämpfe.« Tardino lehnte sich zurück und betrachtete den Jungen schon fast väterlich. »Wurdest du in Rykuunh an der Waffe ausgebildet?«

Jake nickte. »Woll«, sagte er. »Nahkampf, Fernkampf, alles. Hab sogar jemanden von der VTC erschossen.«

Tardino spitzte die Lippen. Er sah ihn noch einen Moment so an, ehe er den Blick schweifen ließ und sagte: »Was du hier siehst, ist die Ruhe vor dem Sturm. Unsere Männer wollen sich ablenken, bevor sie noch begreifen, dass sie bald Geschichte schreiben.« Tardino stand auf und machte einen Satz zum Aktenschrank, daneben ein Turm hochgestapelter Stühle. Aus einem Fach nahm er eine Akte, nahm einen Stuhl von oben, trug beides zurück zum Platz, legte die Akte auf den Schreibtisch und bot Jake den Stuhl an.

»Noch bevor die Welt wusste, wer Amanda war, konnte sie der VTC geheime Informationen stehlen.«

»Was für Informationen?«

»Was glaubst du denn?«

Jake zuckte die Achseln. »Vermutlich irgendwas, was dem Konzern schaden würde.«

Tardino lachte. »Schaden?«, sagte er. »Du glaubst wirklich, Amanda würde ihr Leben riskieren für Informationen, die dem Konzern bloß *schaden* würden? Nein, die Wahrheit ist – diese Informationen werden der VTC ihren Kopf abschneiden. Damit werden wir den ganzen Konzern stürzen.« Er klappte die Akte auf. In einer Klarsichthülle lag ein Speichergerät, das er herausfischte, auf den Tisch legte und zu Jake rüberschob.

»Indem wir das beenden, was Amanda angefangen hat, werden wir ihrem Tod einen Sinn geben.«

»Ihrem –?« Jake schüttelte den Kopf. »Wir können die Welt zum Guten verändern, wir können den mächtigsten Konzern der Welt in die Knie zwingen. Aber ihr Tod wird für mich niemals einen Sinn ergeben.«

»Doch, das wird er«, sagte Tardino. »Das wird er schon sehr bald, mein Freund. Du wirst sehen. Früher oder später wirst du alles begreifen.«

Jake senkte den Blick zum Datenspeicher und nahm ihn zögerlich in die Hand. Von der Größe her passte er genau auf seine Fingerkuppe, von der Aufmachung war er unscheinbar – eine Plastikverkleidung, eine LED, eine Anhängeöse, nur drei Terrabyte Speicherplatz. So ein Ding gab es in jedem Media-Store für ein paar müde Credits zu kaufen – und das sollte das Werkzeug sein, um den mächtigsten Konzern aller Zeiten zu stürzen?

»Was genau sind das für Daten«, hakte er nach.

»Das«, sagte Tardino, »unterliegt unserer höchsten Geheimhaltungsstufe. Bis wir sie veröffentlichen.« Der Ex-Techniker nahm ihm den Speicher wieder aus der Hand, lehnte sich im Drehstuhl zurück und kreuzte die Füße auf dem Tisch. »Das weiß außer mir nur noch Eerie.« Tardino klemmte das kleine Gerät zwischen Daumen und Zeigefinger, begutachtete es mit ein wenig Abstand und seufzte. Er klopfte Jake auf die Schulter, sagte, er solle mal mitkommen, und trat an das getönte Fenster heran.

In gebeugter Haltung schaute er nach oben und presste seinen Zeigefinger ans Glas. »Wenn du in die Straßenschlucht dort ganz bis zum Ende schaust, dann siehst du oben ein leuchtendes Hologramm am Himmel. Es ist grad noch vom Luftverkehr verdeckt, aber gleich solltest du sehen können, was darauf steht.«

Es dauerte einen Moment. Jake schob die Brille zurück auf die Nasenwurzel und kniff die Augen zu schmalen Schlitzen zusammen.

»Und? Kannst du lesen, was dort steht?«

Noch immer in die Ferne spähend nickte er langsam. »Da steht *VCC*«, sagte er und entspannte seine Augen wieder. »Ich hab den Turm schon mal durch ein Fernrohr betrachtet. Am ersten Tag, als ich in Light City gelandet bin.«

»Ja. Das ist die Kommunikationszentrale der VTC. Der Fernsehturm ist unübersehbar«, sagte Tardino. »Er ist, wenn man den Weltraumlift nicht mit einbezieht, das höchste Bauwerk in Light City. Höher als der Vaughntower. Und von hier sind's nur wenige Kilometer bis zum Fernsehturm. Von dort strahlen sie die First News aus, Tag für Tag, Stunde um Stunde. Alle Nachrichten kommen live auf jeden beschissenen Videoschirm in ganz Light City. Und das Beste: Nur über die Zentralserver kommt man ans Infonet ran. Verstehst du, Jake? Wenn wir den Fernsehturm stürmen, können wir die Daten, die Amanda uns beschaffen konnte, in den Zentralrechner hochladen und an die ganze Welt bringen. Niemand wird mehr seine Augen vor den Schandtaten der VTC verschließen können. Es wird Aufstände unter den Menschen geben. Die World Union muss einen Bürgerkrieg fürchten. Das Infonet wird endlich frei sein, wenn der Konzern seine Macht verliert.«

Jake spürte, wie er von der Seite gemustert wurde, Tardino fragte sich wohl gerade, ob er seine Begeisterung teilte.

»Wenn die VTC erst einmal besiegt ist, wird die ganze Welt ein großes Stück ihrer Freiheit zurückerlangen. Und nicht nur diese, auch deine Heimatwelt. Vergiss nicht, dass die VTC im Besitz der Mondrechte ist.«

Jake lachte freudlos. »Wie könnte ich das vergessen«, sagte er. Noch einen Moment blickte er aus der regenbenetzten Fensterfront und beobachtete die Verkäufer vor ihren Geschäften, er sah den vorbeiziehenden Menschen nach, nahm das rege Treiben in sich auf. Die Leute hatten keinen Schimmer, was auf sie zukam, dachte er. Welche Veränderungen bevorstanden.

»Der Fernsehturm ist doch bestimmt gut bewacht.«

»Gut bewacht? Tja. Das Gelände gleicht wohl mehr einer Festung. Die VTC selbst sagt, es sei unmöglich dort einzubrechen – und ganz so sehr überzogen ist es nicht. Ich werde ehrlich sein: Viele von uns werden bei dieser Mission ihr Leben lassen. Wir wahrscheinlich auch. Aber einige werden durchkommen. Die VTC hat immer noch nicht begriffen, wie viele wir wirklich sind. Sie unterschätzt ihren Feind, und das wird sie zu Fall bringen. Wir werden all unsere Kräfte für diesen Einsatz vereinen. Wir werden Ablenkungsmanöver an anderen Orten starten, werden Straßenbarrikaden errichten, um ihre Verstärkung abzuschneiden, werden in mehreren Einheiten aus sämtlichen Winkeln den Turm angreifen. Auf dem Boden und aus der Luft.«

»Aus der Luft?«

»Wir haben Gleiter in unserem Versteck so umgebaut, dass wir sie frei lenken können.«

»Wie lange hat die Vorbereitung gedauert?«

»Wir haben die letzten drei Jahre auf diesen Tag hingearbeitet.«

»Und wann geht's los?

»Am Donnerstag.«

Der Junge zögerte. »Donnerstag«, wiederholte er und machte dabei ein ziemlich nachdenkliches Gesicht. »Das ist ja schon übermorgen. Was für ein Glück, dass ich mich noch rechtzeitig bei euch gemeldet hab.«

»Glück?« Tardino lachte.

»Zufall halt.«

Er gab Jake einen Klaps auf die Schulter, eine Geste, die ihm sagen sollte, dass es Zeit zum Aufwachen war. »Junge! Nach all dem, was du erlebt hast, glaubst du immer noch an Glück und Zufälle?«

Elftes Kapitel
Retter der Welt

Was der Äquatorialgürtel für den Globus ist, war der Cordwell-River für Ataris: Er teilte den Bezirk in Nord und Süd. Sie überquerten den großen Fluss auf einer Brücke, die die einzige Zufahrtsstraße zum Gelände im nördlichen Bezirk war, auf dem der Fernsehturm stand. Die ausgeleuchteten Metallwälle umschlossen das Gebiet über eine weite Fläche von mehreren Hektar. Es waren riesige Schutzmauern, die in ihrer Größe den Hochhäusern der Stadt ebenbürtig waren, doch im Schatten des Fernsehturms waren sie kaum mehr als winzig kleine Erhebungen. Die Spitze des Turms war im leuchtenden Nebel der Unwetterwolken verschwunden.

Jake betrachtete noch eine Weile den riesigen Turm aus der regenüberschwemmten Frontscheibe. Dann senkte er den Blick auf sein Datenpad. Auf der Liveübertragung, die ein nachrichtenbekannter Immobilien-Tycoon von einem angrenzenden Wolkenkratzer zu den Rebellen sandte, ähnelte das Areal hinter den Schutzmauern mehr einer geheimen Militärbasis als einer einfachen Sendeanstalt, die Light City und ihre Bürger mit unabhängigen Nachrichten versorgte.

»Du wirst auch nicht schlauer draus, wenn du noch länger raufschaust.«

»Ich will eben vorbereitet sein.«

»Du machst dich aber nur verrückt.«

»Ich versuch nur, alle möglichen Abläufe im Kopf durchzuspielen.«

»Du versuchst, die Zukunft vorauszusehen. Aber du kannst dich nicht aufs Leben vorbereiten. Altes Sprichwort: Das Leben lässt sich nicht in die Karten schauen. In Wirklichkeit passiert immer nur das, womit man nicht rechnet.«

Jake presste die Lippen zusammen und legte das Datenpad auf die Armatur und blickte nach draußen. Die Frontscheibe ein kaleidoskopartiges buntes Lichtermeer. Die Scheibenwischer schwangen auf dem Glas auf höchster Stufe hin und her, doch kamen sie gegen die Regenfluten kaum an. Signallichter huschten über die pfeilförmigen Fahrbahnmarkierungen und leuchteten den Weg zum Turm aus.

»Geht das nicht leiser? Das Geplärre macht mich noch verrückt.«

Eine Gruppe von Lackierern hatte die ausrangierten Schwerlaster in moderne Transporter eines Logistikunternehmens verwandelt, das jeden zweiten Donnerstag zur gleichen Uhrzeit Versorgungsgüter zum Fernsehturm lieferte. An den Seiten des Laderaums lief der Werbespot des Zustelldienstes in einer Dauerschleife auf den mannshohen Flachbildschirmen; die fröhlich plärrende Musik, die eine Lobpreisung auf die Weltlogistik war, drang trotz der geschlossenen Fenster ins Fahrerhäuschen ein.

»Geht nicht«, meinte Tardino und verringerte die Geschwindigkeit um zehn Stundenkilometer. »Wir müssen alles vermeiden, was unsere Tarnung irgendwie auffliegen lässt. Außerdem ist die Musik doch ziemlich gut.«

Der von Flutlichtern bestrahlte Checkpoint kam in Sicht, und die lange Gerade war ab hier vom Sicherheitsdienst der VTC gesäumt. Die Wachen beobachteten die anrollenden Lastwagen mit großer Aufmerksamkeit.

»Was sind das für Knarren?«, fragte Jake. »Hast du die gesehn? Dieser Scherge da hat auch so eine – und der da auch. Das sind doch keine normalen Gewehre.« Er sah Tardino an, der konzentriert durch die Scheibe blickte und seine Lippen mit der Zungenspitze befeuchtete.

»Das hier ist die höchste Einheit der VTC. Die Söldner tragen Energiewaffen«, sagte er. »Die sind teuer in der Anschaffung, aber dafür auch viel präziser und tödlicher als herkömmliche Munition. Wenn du gleich irgendwie die Chance bekommst, dir so ein Ding unter den Nagel zu reißen, dann tu uns allen den Gefallen, und mach es auch. So 'ne Plasmawaffe würde unsere Chancen um einiges verbessern. – Verstanden?«

»Klar.« Jake musste schlucken, doch das Globusgefühl in seinem Hals verblieb. Er fühlte plötzlich, als wolle er auf den letzten Metern wieder kehrtmachen. Sich umentscheiden, die letzten Wochen rückgängig machen, die Rebellen verlassen.

Es war seine Angst, die aus ihm sprach, sein Überlebensinstinkt, der seinen Fluchtreflex reizte. Er nestelte nervös an seinem Hosenbein herum.

»Kack dir nicht ins Hemd, Alter. Wir alle haben Angst. Aber wir denken nur an unsere Aufgabe. So wie Amanda.«

Jake atmete heftig. Warf einen Blick zu Tardino. »Ich –«

»Die Panik steht dir ins Gesicht geschrieben. Du musst runterkommen. Nicht die VTC, sondern *wir* schaffen die Zukunft.«

Hinter den stürzenden Regenfällen erschien der Kontrollpunkt diffus und grell. Auf dem Monitor der Außenübertragung sah Jake vor dem großen Eingangstor ein Kontrollhäuschen. Die metallene Schiebetür öffnete sich, und zwei bewaffnete Söldner traten heraus und drehten ihre glänzende Ganzkörperpanzerung ins Scheinwerferlicht. Der eine hob die Hand in ihre Richtung.

»Jetzt geht's los, Kumpel. Mach nicht so'n Gesicht. Ring dir'n Lächeln ab oder so. Sei einfach unauffällig.«

Jake versuchte es. Er wischte sich den Schweiß von der Stirn und umklammerte den Griff der Pistole, die er im Schoß unter seinem viel zu großen Carbonfiber-Pullover versteckt hielt. Derweil bremste Tardino den Transporter ab, er ging runter auf zwanzig Stundenkilometer, runter auf zehn ... und hielt den Laster mit geringem Abstand zu den Wachen an. Ihre Panzer badeten im grellen Scheinwerferlicht, dann schritten sie aus dem Kegel ums Fahrzeug herum. Die Linienstruktur des Kraftfelds war im Regen sichtbar. Es umspannte die gesamte Eingangspforte, die groß genug war, um einen Lastzug durchzulassen.

Eine Wache klopfte auf der Fahrerseite gegen die Metalltür.

»Wir schießen erst, wenn auf uns geschossen wird«, flüsterte Tardino. »Vorher wird nicht gefeuert, verstanden?«

Jake lockerte seine Hand, ließ den Finger vom Abzug. »Ich – «

»Verstanden?«

Der Söldner klopfte noch einmal resolut gegen die Tür.

»Klar!«

»Ruhe jetzt.« Tardino ließ das Fenster herunter, Regen fiel herein, und er sagte freundlich lächelnd: »Tag, die Herrschaften, wir bringen Nachschub. Pünktlich auf die Minute.«

»Sie sind früh dran.«

Tardino schüttelte lächelnd den Kopf. »Pünktlich auf die Minute«, sagte er wieder.

»Wir haben Nachricht erhalten, dass sich die Lieferung wegen einer Straßensperre verzögert. Sie dürften eigentlich noch gar nicht hier sein. Ihre Ausweis-ID und den Passierschein, bitte.« Die Stimme, die durch den Regen tönte, klang computergeneriert, offenbar waren Stimmenverzerrer in die Integralhelme der Söldner eingebaut.

Jake drehte den Kopf wie ein Roboter auf die andere Seite, so steif ließ ihn die Angst werden. Er sah der Bedrohung direkt ins Auge. Der Wächter stand hinter der von Regenschlieren durchzogenen Scheibe, er stand stramm und reglos gegen den Wind, die Laserwaffe im Anschlag. Durch das golden verspiegelte Visier ließ sich das Gesicht dahinter nur schwer erahnen, keine Emotionen waren deutbar gewesen, und für einen kurzen Moment hatte Jake die wahnwitzige Vorstellung, die Söldner könnten bloß Androiden sein. Dass aber echte Menschen unter der Rüstung steckten, bewies Tardino, als er aus einem Stoffbeutel eine Granate herausholte, sie scharfmachte und aus dem Fenster schmiss.

Jake riss die Augen auf.

»Bist du bescheuert?«

Er hörte noch das Fluchen der Wachen, ein Sprung zur Seite, dann war es schon passiert: Völlig lautlos fiel die gesamte Elektronik in einem Umkreis von mehreren Dutzend Metern aus – das Monitorbild war schwarz, die Anzeigen auf der Armatur erloschen. Selbst die Scheinwerfer waren ausgegangen.

Tardino stieg aufs Gas, der Laster setzte sich zischend in Bewegung, der ganze Zug rollte an und fuhr in den Tunnel hinein.

»Warum haben sie nicht auf uns geschossen?«

»Aus dem gleichen Grund, weswegen das Kraftfeld ausgefallen ist und wir jetzt im völligen Dunkel durch 'nen Scheißtunnel fahren!«

»Das war eine EMP-Granate«, sagte Jake monoton.

»Es war ein Prototyp von 'ner EMP-Granate. Unbezahlbar die Dinger. Na ja, wären sie, wenn's die schon zu kaufen gäbe.«

»Wie seid ihr da rangekommen?«

»Ich hab's dir doch gesagt: Die Red Nova ist überall. Selbst in der innersten Struktur der VTC haben wir Leute.«

Das gleißende Licht am Ende der Tunnelröhre raste auf sie zu. Sie fuhren auf der anderen Seite der Schutzmauer wieder heraus, und im selben Moment, packte Tardino Jake am Nacken und drückte ihn in Richtung der Fußmatte.

»Runter!«

Kaum hatten sie das Gelände betreten, zerbarsten die Fensterscheiben um sie herum in einem einzigen, langgezogenen Knall, und die über Jake vorbeisirrenden Projektile schlugen dumpf in die Fahrzeugkarosserie ein.

Wie aus dem Nichts sprang das Monitorbild wieder an. Was Jake darauf sah, ließ ihn den Atem anhalten: Sie näherten sich viel zu schnell dem riesigen Betonsockel des Fernsehturms.

Doch Tardino stieg nur noch weiter aufs Gas.

»Du bringst uns um! Brems endlich!«

Der Laster krachte im Sperrfeuer der gegnerischen Truppen gegen die Betonmauer.

Ein ohrenbetäubendes Knirschen von splitterndem Glas und brechendem Metall. Der Aufprall fühlte sich wie ein Sturz aus zehn Meter Höhe an. Direkt auf den Asphalt.

Jake hing vornübergebeugt im Gurt, Tardino löste die Steckzunge und drückte den Knopf auf der Armatur, der den Laderaum öffnete.

»Warte!«, rief er. »Wir lassen zuerst die anderen aussteigen.«

»Aber –«

Rummms!

»Was zum Teufel war das?«

»Muss eine von den Plasmakanonen gewesen sein. Ja! Die brennen uns Löcher durch den verdammten Laderaum.«

»Wir müssen hier raus«, rief Jake. »Wir verrecken hier drinnen.«

Kugeln prasselten auf den Transporter wie Hagelkörner auf ein Wellblechdach ein.

Tardino nickte, was wohl das Okayzeichen war, um endlich aus dem Todeskäfig zu springen. Sofort betätigte Jake den Schließmechanismus, die Flügeltür öffnete sich nach oben, er sprang herunter, und Tardino auf seiner Seite hinterher.

Schneeweißer Rauch – vom Starkregen selbst wie von Gewehrfeuer zerstäubt – stieg von der eingedrückten Motorhaube des Lasters auf. Im dichten Giftnebel entfernten sie sich vom Transporter und verschanzten sich hinter dem Treppenaufgang am Fuß des Turms. Er musste etwa zwanzig Meter hoch und genauso lang gewesen sein. Jake und Tardino kauerten Schulter an Schulter in einer Nische des Treppenaufgangs.

»Wohin jetzt verdammt?« Seine Stimme überschlug sich. Er brüllte Tardino noch einmal die gleiche Frage ins Ohr. Registrierte dann erst den geistesabwesenden Ausdruck auf dem erblassten Gesicht seines Mentors.

»Earl!« Jake folgte seinem Blick aufs offene Feld. Dort sah er das Entsetzen: Er spähte über die verkrümmten Leiber der toten Verbündeten ans Westende des Walls, wo gerade ein Transporter lichterloh brennend aus der Tunnelröhre rollte – die fünfte Truppe hatte es nicht einmal aufs Turmgelände geschafft. Söldner liefen kreuz und quer durch die Lichtkegel der Flutlichter, die gerade überall auf dem Platz ansprangen. Der Rest der Widerstandskämpfer war mitten im Kreuzfeuer eingeschlossen und verteidigte sich hartnäckig gegen seine Gegner, und überall durchzogen grelle Bänder aus gebündelter Energie das Areal und hinterließen, wo sie trafen, nichts außer geschmolzene Materie oder verkohltes Fleisch. Die Zeugnisse der Laserwaffen waren im dampfenden Regen noch für kurze Zeit sichtbar.

»Sieh's dir an! Wir fallen wie die beschissenen Fliegen. Wir sind nach nur zwei Minuten in der Defensive und haben gefühlt die Hälfte unserer Männer verloren.«

»Sie kämpfen und sterben für unsere Sache«, sagte Jake.

Tardino schüttelte den Kopf. »Sie sterben für nichts, wenn wir nicht endlich die Scheißtreppen hochlaufen.« Er rief die Überlebenden von Trupp eins und zwei zu sich. Doch es war zwecklos: Die Rebellen kauerten hinter und unter dem Transporter, hinter eingezäunten Generatoren, hinter Metallkisten, Barrikaden oder großen Waffenspinden und waren allesamt im Kreuzfeuer der Gegner eingeschlossen.

»Ich hoffe, du hast deine Hausaufgaben gemacht.«

»Was?«

»Hast du die taktischen Grundprinzipien gelernt?«

Jake nickte frenetisch.

»Gut. Warum wendest du sie dann nicht an?« Tardino eröffnete seinerseits das Feuer und zielte grob in die Richtung der Söldner, die den Rebellentrupp am Laster auf der Hinterseite belagerten. Jake erinnerte sich an das Manöver: Es nannte sich *Feuer und Bewegung* und zielte darauf ab –

»Weißt du, das hier wäre alles leichter, wenn du mir mal ein bisschen unter die Arme greifen könntest.« Er stieß ihn in die Seite. »Bist du taub, Mann? Hör auf nachzudenken und gib unseren Männern endlich Feuerschutz.«

Jake atmete tief durch und hob die Pistole an. Selbst aus der Entfernung, bei dem Unwetter, war es ein Kinderspiel, die leuchtende Hightech-Panzerung der VTC-Schergen ausfindig zu machen.

Bevor er überhaupt einen Schuss an die Nacht vergeben konnte, stieß Tardino ihn noch einmal an. »Da kommen sie! Schau nach oben!«

Vor dem dunkelgrau lodernden Himmel eine blinkende Reihe von etwa einem Dutzend Gleitern.

»Unsere Luftunterstützung«, rief Tardino lachend.

Während Jake mit weit aufgerissenen Augen die Gleiterformation beobachtete, kam eine Handvoll Widerstandskämpfer beim ersten Laster keuchend aus dem Rauch zu ihnen gelaufen. Jake schob wie geistesabwesend seine Brille auf den Nasenrücken. »Sind die nicht viel zu schnell?« Er verstummte plötzlich. Traute seinen Augen nicht mehr. »Was zur Hölle tun sie da?«

Die Gleiter flogen mit voller Geschwindigkeit in die oberen Stockwerke des Turmkorbs hinein.

Der große Knall erreichte erst verzögert das Gelände. Es dauerte noch einige Sekunden, ehe die Scherben der kaputten Fenster aufs Turmgelände niederhagelten.

Jake verschränkte die Arme über dem Kopf. »Scheiße«, sagte er, »Scheiße. Scheiße! – Was für ein Scheißplan war das?«

»Es war meiner. Keine Zeit für Erklärungen«, rief Tardino und schaltete das Laservisier an seiner Waffe ein. »Wir müssen weiter.«

Jake versuchte, einen Söldner ins Visier zu nehmen, der auf der Westseite der Basis auf ein garagenähnliches Gebäude mit Flachdach zulief. Erst beim zweiten Blick erkannte er, dass sich ein gewaltiges Geschütz darin befand.

Plötzlich brach neben Jake ein Stück aus der Turmwand, ein Querschläger jaulte an seinem Ohr vorbei, Schutt vom aufgeplatzten Beton spritzte ihm ins Gesicht.

Reflexartig tauchte er unter und rieb sich mit dem Saum seines Ärmels den Staub aus den Augen. Seine Hände zitterten wie verrückt.

»Der will ein Geschütz bemannen«, rief Tardino. »Schnell!«

Ohne zögern stürmten sie mit einer kleinen Gruppe den Treppenaufgang hinauf. Jake blieb seitlich des riesigen Metalltors stehen. Nur elf von den über hundert Kämpfern hatten es hierher geschafft. Tardino fingerte ein neues Magazin aus den vielen Taschen seiner Schutzweste, während er zur Gruppe hinüberspähte und ihnen zunickte. Er ließ das leergeschossene Magazin herausfallen und schob das neue ins Patronenlager, das mit einem hörbaren Klickgeräusch einrastete. »Was auch immer uns im Turm erwartet«, sagte er. »Wir werden es schaffen. Seid ihr bereit?«

Zwölftes Kapitel
Komplikationen

Schritte auf dem Glasboden.

Maschinengewehrfeuer.

Schreie.

Maschinengewehrfeuer.

Totenstille.

Jake spähte durch die Tür in den nächsten Raum. Aus dem Zwielicht heraus sah er, was die Rebellen angerichtet hatten.

Fackelrauch verpestete die Luft.

Beschattet vom flackernden Licht lagen drei Söldner und etwa ein Dutzend Konzernangestellte in ihrem Blut auf dem Boden. Eine Frau hing tot über das Geländer im zweiten Stock.

Tardino schlurfte durch leere Patronenhülsen und stellte sich hinter ein Bedienpanel, an dessen Seiten Glasdisplays aufgeklappt waren. Mittig stand ein Holoprojektor, der einen Querschnitt des Turms in die Luft warf. Die Räume oben im Turmkorb leuchteten rot auf und zeigten an, wo das Rebellenteam aus den Gleitern bereits wütete.

Tardino ließ seine Finger über die virtuelle Tastatur gehen. Kurz darauf sprangen die Lichter im Raum an, die Lüftungsschächte vibrierten und sogen den beißenden Qualm ein.

»Verdammt. Die Tür zu den Fahrstühlen bekomm ich nicht auf«, sagte er. »Dafür brauchen wir eine Zugangskarte.« Er drehte sich um und ließ den Blick über die Leichen gehen. Eine Frau war noch am Leben und hielt ihre Hand auf einen Bauchschuss.

Tardino trat hinkend an sie heran.

»Wer besitzt die Zugangskarte zu den Fahrstühlen?«

Sie hob ihren Blick. Ein unvorstellbarer Schmerz weitete ihre Augen. »Warum sollte ich Ihnen helfen?«

»Weil du deinem Leben im letzten Moment noch eine Wende in die richtige Richtung geben kannst.«

In den Fugen ihrer strahlend weißen Zahnreihe kauerte fast schwarzes Blut. Der Schuss musste ihre Magenwand durchbrochen haben.

»Das hab ich mein Leben lang getan«, sagte sie. »Seit über zwanzig Jahren setze ich mich für die Rechte der Gestrandeten ein, die vor euren Kriegen geflohen sind.«

»Wer von euch hat die Zugangskarte?«

»Es ist nicht alles schwarz und weiß, aber das seht ihr nicht.« Die Frau sackte in sich zusammen. Ihr Kopf rollte über die Schulter auf die Brust ab. Kurz darauf kippte sie nach vorn um. Sie war tot. Erschossen von den Rebellen.

Tardino wandte sich zu den anderen. »Uns läuft die Zeit weg. Durchsuchen wir die Taschen der Leichen«, sagte er. »Irgendjemand von denen muss eine Zugangskarte haben.«

Jake ließ erst jetzt den Blick von der toten Frau. In seinem Kopf geisterten Mirelas Worte herum: *Stell dir vor, dort im Büro hat es Menschen wie dich gegeben. Die mit all dem gar nichts zu tun haben wollten.*

Er ging in die Hocke und durchsuchte die Taschen eines Konzernangestellten; der Tote war zwischen sechzig und fünfundsechzig Jahre alt, grau-melierte Haare, glattrasiert, kantiges Gesicht, offenstehende graue Augen, die keinerlei Ausdruck mehr bargen.

In der Innentasche der Konzernuniform fand er eine Brieftasche, er klappte sie auf, sah hinter dem Klarsichtsteckfach ein Familienfoto, das er sich zu betrachten nicht traute. Doch er sah ihn und seine Töchter im Augenwinkel.

Er zog eine goldfarbene Karte mit VTC-Logo aus der Brieftasche. »Ist sie das?« Er hielt sie so hoch, dass Tardino sie gut sehen konnte.

»Du bist unser Mann.«

»Jeder hätte sie finden können.«

»Aber du hast sie gefunden. Du bringst Glück. Nun gib schon her.«

Mit der Zugangskarte hinkte er zum Panel zurück und zog sie durchs Lesegerät. Ein grünes Licht auf dem linken Glasdisplay erschien, und kurz darauf ertönte ein Signal bei einer Metalltür, der Entriegelungsmechanismus war ausgelöst worden – der Weg zu den Fahrstühlen endlich frei.

Dreizehntes Kapitel
Der Anbeginn einer neuen Zeit

Der gläserne Lift glitt an der Außenseite des Schafts empor und befand sich in dem Augenblick, als Jake über die Hochhausdächer auf das hell erleuchtete Straßennetz blickte, in fünfhundert Meter Höhe. Mehrere Konvois näherten sich dem Fernsehturm aus verschiedenen Richtungen.

»Wie viel Zeit bleibt uns noch?«

»Überhaupt keine«, sagte Tardino. »Deren Luftunterstützung kann uns jeden Moment am Himmel begrüßen. Sobald wir oben sind, werden wir die Scile kappen, an denen der Fahrstuhl hängt.«

Im selben Moment fielen plötzlich Trümmerteile aufs Dach des Lifts.

Jake hob den Blick. Hinter dem regenbenetzten Glas sah er, wie aus dem Turmkorb Frauen in kurzen Röcken und Männer in maßgeschneiderten Anzügen der Reihe nach aus den Fenstern fielen. Die Schlingen um ihre Hälse brachen ihnen mit einem Ruck das Genick.

Etwa zehn Meter unterhalb des Stockwerks, aus dem sie gefallen waren, baumelten die Konzernangestellten in der Luft, Arme und Beine hingen schlaff von ihren Körpern; der Sturm schaukelte die Erhängten hin und her wie Pendel aus der Hölle.

»Was soll das? Was soll der Scheiß«, flüsterte Jake und war sich gar nicht darüber gewahr, es laut ausgesprochen zu haben.

»Das nennt man medienwirksame Rache«, meinte Tardino. »Sie haben unsere Leute vor laufenden Kameras hingerichtet – wir hängen ihre auf. Jeden Moment werden Kameradrohnen der

First News um den ganzen Turm herumschwirren. Dann sieht die Welt, dass wir unsere Leute rächen.«

Der Lift öffnete sich eine Etage unterhalb der Aussichtsplattform im 338. Stockwerk, hier lag die Sendeanstalt der First News. Auf der Milchglasfront prangte überlebensgroß das Logo der Nachrichtenfirma, die Flügeltür war von zwei hochgewachsenen Palmen gerahmt. Hinter den Scheiben ließ sich das Chaos, das die Rebellen angerichtet hatten, bereits erahnen.

Das Zugseil des Lifts zerriss unter Dauerbeschuss, und der Hochgeschwindigkeitsaufzug jagte funkensprühend in die Tiefe. Der berstende Krach vom Aufprall kam den Fahrstuhlschacht erst herauf, als Jake vor der Flügeltür zu den Büroräumen stand.

Mehrere Gleiter hatten es geschafft, ihre Bruchlandung in diesem Stockwerk zu bewerkstelligen. Ein unwirkliches Bild, wie die Luftgleiter mitten in den Büroräumen eine Schneise der Verwüstung hinter sich gelassen hatten, qualmend, Leichen von Nachrichtensprechern unter sich begrabend. Einige Rebellen hingen tot in ihren Gurten. Sie hatten das Manöver nicht überlebt.

Durch die kaputten Fensterscheiben zog Rauch von den beschädigten Motoren in Schwaden nach draußen. Jake stieg über eine Nachrichtensprecherin, schritt vorbei an den von Scherben gesäumten Gerippen ehemals elegant designter Schreibtische. Viele Computer waren intakt geblieben, und auch die meisten Videoschirme an den Glaswänden spielten noch verschiedene Werbespots ab.

An Tischbeinen oder Heizungsrohren befestigte Seile ruckten geisterhaft über die unteren Fensterkanten. Regen fiel herein. Jake hielt sich mit einer Hand am splitternden Aluminiumrahmen fest, trat mit dem linken Fuß so weit ans kaputte Fenster heran, dass sich unter seiner Stiefelspitze der Abgrund auftat. Er blickte nach unten auf die Köpfe der erhängten Redakteure.

Bist du stolz auf dich?

Auf dem von hier aus ganz zu überschauenden Turmgelände hatte sich die Verstärkung der VTC bereits versammelt. Jake sah Söldnertruppen als nur winzig kleine Pünktchen aus gepanzerten Fahrzeugen steigen.

»Geh von den Fenstern weg.« Tardino schnappte ihn sich bei seiner Jacke.

»Tardino!«, rief ein anderer. »Kampfdrohnen der VTC sind im Anflug.«

»Verstanden. Komm mit, Jake, ich brauch mal was zum Wachmachen.« Tardino ließ seinen Kragen nicht los. Er bediente sich an einem Kaffeeautomaten. Der Plastikbecher kam mit Milchpulver von der SnackBite aus der Klappe herausgefahren. »Spitz die Lauscher, ich wiederhol mich nur ungern, und Komplimente vergeb ich sowieso nur einmal: Du hast die unbekannte Materie gefunden, nach der die ganze Welt gesucht hat. Du hast sie vom Mond gebracht und nach Luvanda geschmuggelt. Bist dort durch die Hölle gegangen, um sie unseren Brüdern und Schwestern auszuhändigen. Hast überlebt. Es ist einzig und allein dein Verdienst, dass der Kontinent eine Chance bekommt, wieder frei zu sein. Du bist von einem bedeutungslosen Sträflingsjungen zu unserem wichtigsten Mann geworden. Es tut mir leid, dass wir nicht immer ehrlich mit dir sein konnten. 's tut mir vor allem leid, dass auch Amanda dich anlügen musste. Aber wir mussten sicher sein, ob wir dir vertrauen können.« Auf einmal hielt er ihm den Datenspeicher hin. Zuerst warf Jake nur einen irritierten Blick darauf.

»Ich soll die Daten veröffentlichen?«

»Kein anderer könnte das.«

Er nahm das Speichergerät an sich, hielt es in der Faust umschlossen und sah Tardino ernst in die Augen.

»Geh die Treppen rauf zur Aussichtsplattform«, sagte er. »Dort steht ein Terminal, das direkt mit dem Antennenträger verbunden ist. Dort wirst du den Datenspeicher reinstecken und das Schicksal des Konzerns besiegeln.« Er nippte am Kaffee. »Geh schon. Wir halten die Stellung. Uns bleibt keine Zeit mehr.«

Vierzehntes Kapitel
Für all das, was jemals war

Von den Büroräumen führten Stahltreppen nach draußen auf die in knapp drei Kilometer Höhe gelegene Aussichtsplattform. Hier oben war Jake dem Sturm ganz nah. Blitze krachten direkt über ihm und entluden sich in den Unwetterwolken wie glühendes Drahtgeflecht.

Am Treppenabsatz angekommen, sah er am anderen Ende der Plattform eine junge Frau stehen. Sie hielt sich gegen den Sturm am Geländer fest. Er sah sie nur von hinten. Sie beugte sich leicht über das Geländer und blickte in die goldvernebelte Schlucht hinab. Ihre Kapuze flatterte im aufkommenden Wind.

Er glaubte, ihre Konturen zu erkennen.

Doch das war unmöglich.

Er musste sich irren.

Vielleicht hatte sie seine Schritte durch den Regen gehört, vielleicht hatte er sich ihr auf eine andere Weise bemerkbar gemacht, doch sie drehte sich um, noch ehe er ganz bei ihr war.

»Amanda?«

Er wollte etwas sagen. Stattdessen stand sein Mund offen, und Regen spritzte ihm von seiner Unterlippe.

Das ist unmöglich. Aber sie steht vor mir.

»Das Schicksal, Jake. Es hat uns beide wieder zusammengeführt. Wir sind hier, um unsere Geschichte zu Ende zu schreiben.«

Er hatte ihre Stimme schon so lange nicht mehr gehört. Hatte ihren Klang gar nicht mehr recht in Erinnerung gehabt. Jetzt kam alles zurück.

Sie schien darauf zu warten, dass er endlich etwas sagte.

Doch er sah sie nur an.

»Nachdem die VTC herausgefunden hat, wer ich bin, musste ich meinen Tod vortäuschen. Damit sie aufhören würden, nach mir zu suchen. Ich bin hier. Ich bin bei dir, Jake.«

Er geriet ins Stocken.

Stand nur einen Schritt von ihr entfernt.

Noch einen weiter, und ich kann sie berühren.

»Erinnerst du dich, was ich gesagt habe, als wir uns das letzte Mal in L-City gesehen haben?«

Er nickte. »Wir beide werden nach all der Zeit ganz andere Menschen sein«, sagte er und begriff auf einmal, was sie damals gemeint hatte.

»Du musst es doch auch gemerkt haben, Jake: Wie oft du dem Tod davongekommen bist, kann kein Zufall sein. Die Prophezeiung hat sich bewahrheitet. Der Junge vom Mond und das Mädchen aus der Stadt. Zusammen retten sie die Welt.«

Jake sah Amanda, sah in die regendurchzogene Nacht. »Du hättest mir doch einfach erzählen können, dass du zu den Rebellen gehörst. Es hätte nichts verändert.«

»Es hätte alles verändert! Manche Sätze sind so bedeutend, dass sie den Lauf der Welt verändern können. Und in diesem Fall war es ein solcher Satz. Wenn du von Anfang an gewusst hättest, wer ich bin, dann hättest du niemals den Stein den Rebellen in Rykuunh überreichen können. Und du hättest mich niemals wiedergesehen. Aber vor allem wärst du niemals aus Überzeugung einer von uns geworden, sondern nur für mich.«

»Deswegen hast du deinen Tod vorgetäuscht? Deswegen habt ihr mich die ganze Zeit im Glauben gelassen, dass du tot wärst.«

Das nasse wellige Haar unter ihrer Kapuze war bis zu den Schultern abgeschnitten; das nasse, bleiche Gesicht, ihre großen Augen waren wie früher voll Kummer.

»Wir haben eine Aufgabe zu erfüllen, Jake. Unsere vielleicht letzte. Hat Tardino dir erzählt, welche Informationen auf dem Speicher sind?«

»Er hat gesagt, es sind Aufzeichnungen von Limbus zwei.«

»Aufzeichnungen?«

»Ja.«

»Nein. Es sind Erinnerungen.«

»Was?«

»Gib ihn mir.«

Er legte den kleinen Datenträger behutsam in ihre Handfläche. Die erste Berührung nach so vielen Jahren.

»Lass ihn doch nicht nass werden«, sagte er und sah vom Speichergerät zu Amanda auf. Sie wog das wertvolle Ding in der Faust. Lächelte. Und warf es im hohen Bogen von der Plattform.

»Was um alles in der Welt machst du da?«

Jake sah sie erschrocken an. Sein Atem ging schwer.

Hat sie das wirklich getan?

»Jake«, sagte sie und ergriff beide seiner Hände, führte sie an ihre Brust heran, der Hemdstoff kalt, nass, er klebte an ihrem Busen. »Dank der Kontrolle über das Infonet und ihrer Propaganda glauben die Leute immer noch, dass die VTC in Luvanda Gutes bewirkt. Sie haben nicht die geringste Ahnung, was das wahre Gesicht der VTC ist. Du bist einer von einer Handvoll, die diesem entsetzlichen Dasein auf den Sträflingsmonden entkommen konnte, und du bist der Einzige von ihnen, der es von Luvanda zurück nach Light City geschafft hat.«

Er sah sie immer noch so unverständig an wie zuvor. Musterte ihr bildschönes Gesicht. Fragte nichts. Brauchte nichts sagen. Das Mädchen ließ seine Hände wieder frei.

»Die Bürger sind unsere Verbündeten«, sagte sie, »weil sie im Gegensatz zu den Konzernen nicht nur Verstand besitzen, sondern auch ein Herz haben. Und du sollst ihr Herz entfachen.«

»Ich? Wie?«

»Erinner dich zurück an den Moment, bevor du die Samson betreten hast. Hemold hat dich einen Vertrag übers Stillschwei-gen unterschreiben lassen. Das war die Bedingung, damit du den Mond überhaupt verlassen durftest.«

»Ich erinnere mich.«

»Hast du dich daran gehalten?«

»Ich«, er überlegte, »nicht direkt.«

»Wem hast du davon erzählt?«

»Dir natürlich. Und in Luvanda einer, einer Freundin.«

»Noch jemandem?«

»Nur euch ...«

»Denk nach.«

Seine Augen verengten sich zu schmalen Schlitzen, nur um kurz darauf so groß wie noch nie zuvor zu werden. »Ich hab's auch Eerie erzählt!«, rief er. »Ich hab Eerie alles über Limbus zwei erzählt, Nächte lang. Alles, woran ich mich erinnern konn-te.«

»Du hast ihr von deinem ganzen Leben berichtet.«

Er nickte. »Die Daten sind gar nicht auf dem Speicher gewesen.«

»Sie sind in deiner Erinnerung.«

»Ich bin der, den ihr hierher bringen wolltet. Deswegen wolltet ihr mich um jeden Preis zur Turmspitze bringen. Deswegen habt ihr mit dem Angriff so lange gewartet. Ihr habt nur auf mich gewartet.«

Amanda schaute ihm eine Weile in die Augen. Sagte: »Tardino hat Eeries Aufzeichnungen von jenen Nächten auf der Samson bei sich. Sie werden jeden Moment im Infonet online sein. Für jeden Menschen in Light City zugänglich.« Aus der Trauer, die ihre Augen wie einen undurchdringbaren Nebel umschlossen hielt, erwuchs plötzlich Hoffnung. »Vor vielen Jahren«, sagte sie, »warst du einmal im Fernsehen zu sehen. In einem kurzen Ausschnitt, wo eine Reporterin, Ginger North ist ihr Name, dir Fragen über deine Heimatwelt gestellt hat. Erinnerst du dich? – Das ist der Beweis für die Menschen, dass du wirklich von Limbus zwei bist.«

Amanda hielt noch einmal seine Hand fest. »Die Kameradrohnen der First News umkreisen den Turm. Sie sollen unser Gesicht sehen. Sie alle sollen erfahren, dass es dich, Jake Pryke, immer noch gibt. Dass Vana Vaughn versagt hat. Bist du bereit, das Schicksal dieser Welt zu verändern?«

Das erste Mal seit langer Zeit sah er sie wieder lächeln. »Lass uns gemeinsam ans Geländer herantreten«, sagte sie. »Zeigen wir der Welt unser Gesicht. Zeigen wir der VTC, mit wem sie sich angelegt hat.«

Fünfzehntes Kapitel
Die neue Ordnung

Nie hätte er sich das Ende so vorgestellt. Das des Konzerns, vielleicht sein eigenes. Würden sie es je lebend von hier zurückschaffen? Und wohin war zurück? Es gab kein Zurück mehr. Die Kameradrohnen der First News umkreisten sie bereits. Und die ganze Welt wusste auf einmal, was Vana Vaughn schon all die Zeit über befürchtet hatte: Jake Pryke gehörte der Red Nova an.

Die Scheinwerferkegel durchschnitten den Regenfall, beleuchteten Amanda und ihn wie zwei leichenblasse Akteure eines Bühnenstücks, dessen Ausgang so ungewiss war wie kein anderes. Dort unten, wo die Stadt wie eine Miniaturlandschaft erschien, wo das Leben gerade verstummte, und alle bei sich zu Hause, in den Cafés, auf der Arbeit oder auf den Straßen auf die Videoschirme starrten, während die Kameradrohnen der First News die Gesichter von Jake Pryke und Amanda Byrch heranbrachten. Selbst auf den Flanken der riesigen Zeppeline, die über Light City kreisten, waren ihre Gesichter zu sehen.

»Jetzt liegt es nur noch an den Bürgern dieser Stadt, was sie daraus machen. Aber ich weiß, dass sie das Richtige tun werden.«

Jake betrachtete ihr Profil. Er wollte sie küssen. Doch im Angesicht der Kameradrohnen erschien es ihm viel zu sentimental – er war schließlich das neue Gesicht des Widerstands. Er stand für Stärke und Entschlossenheit. Amanda nahm ihn an die Hand.

»Was auch immer passiert«, sagte sie, »versuch einfach den Moment zu genießen. Das Glück, das du jetzt in dir trägst, es würde ohnehin nicht für immer halten. Aber jetzt ist es lebendig und frisch und gerade so wundervoll durch den Bann über das Endliche.«

»Ich will dich nicht nochmal verlieren.«

»Das wirst du auch nicht.«

»Können wir es überhaupt von hier wegschaffen?«

»Wir müssen. Einige Gleiter funktionieren noch. Aber die Chancen sind nicht auf unserer Seite. Dass wir es an einen Ort schaffen, wo wir in Sicherheit sind, ist eine weitere Unmöglichkeit, die wir wahr werden lassen.«

»Mit dir an einen Ort, wo wir sicher sind. Das klingt nach einem Traum.«

»Die Welt ist nicht das, was wir in ihr sehen«, sagte sie, »sondern das, was wir aus ihr machen. Ans Aufgeben oder Verstecken ist nicht zu denken. Lass uns für die Zukunft, von der wir träumen, kämpfen. Und dann ... dann werden wir eines Tages nicht mehr fliehen müssen. Dann wird die Welt unser Traum sein.« Ihr Gesicht ganz weiß im Scheinwerferlicht. Ihre Smaragdaugen träumten von einer besseren Zukunft. Sie drehte ihr Gesicht in den Regen, direkt in die Scheinwerfer der Drohnen hinein, als wolle sie der Welt und den Konzernen sagen: Hier sind wir. Hier waren wir einmal, und egal, was mit uns noch passieren mag, wir werden immer in der Erinnerung der Menschen fortbestehen.

Die Stadt war von hier oben eine endlose Fläche aus Betonbauten und kalten Lichtern. Aus dem bizarren, vom Menschen geformten Ozean tauchten die Wolkenkratzer wie stählerne Ungeheuer aus einer unmoralischen Fabelwelt auf. Konzernriesen – ihre Waffe die Werbung. Überall hingen Flachbildschirme in unermesslicher Größe an den gläsernen Fassaden und an den Luftschiffen, und wo Jake eben noch sich selbst und Amanda Hand in Hand auf dem Fernsehturm stehen sah, folgte er nun seiner eigenen Erzählung im Kartenraum der ST SAMSON.

Er erinnerte sich daran, wie er damals E.E.R.I.E. von den ausgepeitschten Sklavenarbeitern auf Limbus II erzählte, von seiner Mutter, die er mit zwölf Jahren durch einen Arbeitsunfall verloren hatte, von seinem Freund Tayus Nraad, den die Maulwürfe der VTC wissentlich in eine Selbstmordmission gelockt hatten, er erinnerte sich an die Nächten von einem Dutzend vergeudeter Jahre, in denen er Erzsäcke schleppen musste, um sich etwas dazu zu verdienen, von den Schlägen und Misshandlungen träumte er, dem schlechten Essen, dem allgegenwärtigen Zwang und die Idee von der Befreiung der Erbschuld durch harte Arbeit und der einzigen Erlösung im Tod.

Von dem geschäftigen Alltag herausgerissen, wurden die Bürger von Light City gewahr über die Welt; nicht so, wie sie war, aber ein Stück in diese Richtung; ein weiterer Vorhang fiel, dahinter die Erzählungen von versklavten Männern, Frauen und Kindern auf Limbus II – eine unbekannte Welt tat sich dort unten den Menschen auf – und doch war sie die ganze Zeit real gewesen.

Es fühlte sich an, als sei dieser Moment der Punkt gewesen, auf den sein ganzes Leben hingesteuert war – das waren die Früchte seines Seins, und trotzdem fühlte es sich wenig wie sein Kampf allein an. In dem Augenblick drückte Amanda fest seine Hand. Er wusste, es war ihr gemeinsamer Kampf gewesen, ein gemeinsamer Sieg – sie wuchsen über sich selbst und ihre Erdrücker hinaus, und auch wenn Freiheit etwas anderes als hier oben zu stehen war, nass, zitternd, verletzt, mit kaum einer Chance zu entkommen, blieben sie dennoch ungebeugt.

Printed in Great Britain
by Amazon